괴테 전집 4

Johann Wolfgang von Goethe

서·동 시집

West-östlicher Divan

괴테 전집 4

Johann Wolfgang von Goethe

서·동 시집
West-östlicher Divan

요한 볼프강 폰 괴테 지음 | 전영애 옮김

도서출판

길

괴테 전집 4

서·동 시집

2021년 7월 20일 제1판 제1쇄 펴냄
2024년 1월 20일 제1판 제2쇄 펴냄

2024년 11월 10일 제1판 제3쇄 찍음
2024년 11월 20일 제1판 제3쇄 펴냄

지은이 | 요한 볼프강 폰 괴테
옮긴이 | 전영애
펴낸이 | 박우정

기획 · 편집 | 천정은
전산 | 한향림

펴낸곳 | 도서출판 길
주소 | 06032 서울 강남구 도산대로25길 16 우리빌딩 201호
전화 | 02)595-3153 팩스 | 02)595-3165
등록 | 1997년 6월 17일 제113호

차례

시

보다 나은 이해를 위하여

일러두기

- **원문의 판본에 대하여**

　이 번역은 헨드리크 비루스(Hendrik Birus)가 편집한 프랑크푸르트 판『서·동 시집』(West-östlicher Divan) 중에서 증보판(Neuer Divan, 1827)을 옮긴 것이다.

- **'*' 및 '⟨*⟩' 표시에 대하여**

　* 표시가 붙은 시는『서·동 시집』초판본(1819)에는 들어 있지 않았다가 증보판(1827)에 들어간 시이다. 또 ⟨*⟩ 표시는 괴테가 미처 표시하지 못한 시에 비루스 교수가 추가로 붙인 것이다.

- **주(註)와 본문 속〔 〕 표시에 대하여**

　본문의 주는 모두 옮긴이가 단 것들이다. 또한 이해를 위해 옮긴이가 번역 속에 보충하여 삽입한 문구를〔 〕속에 넣어 표시하였다.

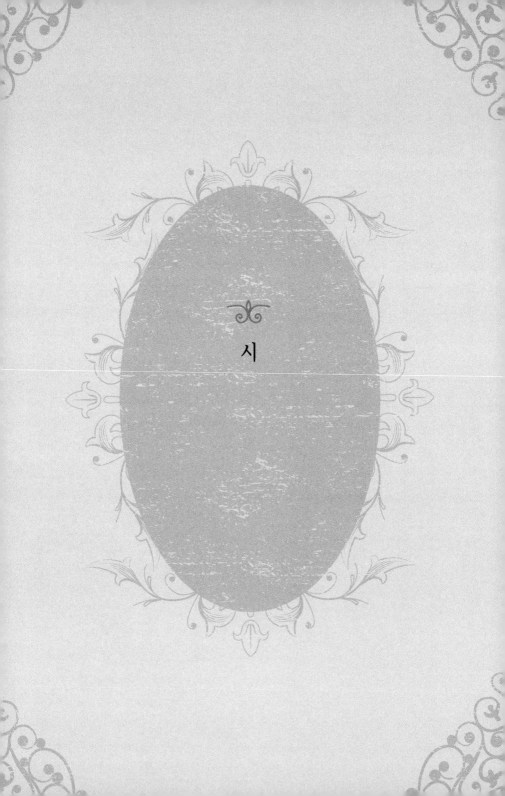

시

MOGANNI NAMEH
가인歌人의 서書[1]
BUCH DES SÄNGERS

스무 해[2]를 보내며
내게 주어진 것 누렸노라
더없이 아름다운 세월이었노라
바르메크[3] 일족의 시대처럼.

---

1 전체 시집에서 서시와 같은 역할을 하는 시 묶음이다. 오리엔트로 향하는 정신적인 '헤지
라'의 여정과 그곳의 이국적 풍물과 삶이 담기고, 시에 대한 성찰로 수렴된다. 서시 「헤지
라」는 두드러지게 그러하다.
2 "마흔이 되기 전에 공부 좀 해야겠다"고 이탈리아로 떠났던 1786년부터 1805년 나폴레옹
침공과 그 이후의 혼란기가 시작되기까지의 평화로웠던 시기.
3 옛 페르시아의 사제이며 의사이던 인물로 시문학과 교양의 후원자.

헤지라[4]

북北과 서西와 남南이 쪼개진다
왕좌들이 파열한다, 제국들이 흔들린다
그대 피하라, 순수한 동방東方에서
족장族長의 공기를 맛보러 가라
사랑과 술, 노래 가운데서
히저의 샘물[5]이 그대를 젊어지게 하리.

거기, 순수함 가운데서 올바름 가운데서
나, 인간 족속들의 심원한
근원까지 가겠노라
사람들이 아직 천상의 가르침을
신神에게서 지상의 언어로 받던 곳
머리 아프지 않게 바로 받던 그곳.

조상을 높이 기리며

4　Hegire: 무함마드의 천도(Hedjra)를 가리키지만, '망명', '이주'(Emigration)라는 뜻도 있다.
　　원문에서는 독일어 대신 프랑스어 단어 '에쥐르'(Hegire)를 써서 의미의 폭을 넓히고 있다.
　　시는 헤지라에 비교될 시인의 정신적인 오리엔트 행(行)을 보여주는데 1814년 크리스마스
　　이브에 쓰였다.
5　Chisers Quell: 영원한 청춘의 샘.

남을 섬기기는 거부하던 곳
거기서 나 젊음의 제약도 기뻐하리,
믿음은 넓고 생각은 좁은 것도.
그곳에선 말이 그리 귀중했잖은가
아직은 말로 전하는 말이었기에.

양치기들 가운데 섞여
오아시스들에서 원기를 찾겠노라
카라반과 함께 떠돌며
숄과 커피와 사향을 팔며
어느 오솔길이든 가겠노라
사막으로부터 도시들까지.

험한 바윗길 오르고 내릴 때
위로를 주는구나, 하피스[6]여, 그대 노래
대장이 신명나게
노새의 높은 등에서
노래 부를 때. 별들을 깨우려
도둑을 쫓으려 노래 부를 때.

---

6 Mohamed Schemsed-din Hafis/Shams ad-dīn Muhammad Hāfiz(1326~90): 고대 페르시아
최고의 시인. 쉬라즈에서 태어나 그곳의 이슬람 신학교에서 가르쳤으며 샤 소자(1364~84)
의 총애를 받았으나 승려들의 모함으로 1369년에 궁정에서 추방당했다. 티무르가 쉬라즈
를 점령했을 때, 두 사람이 만난 적이 있다. 현세적이면서도 신비로운 그의 시작품은 지금까
지도 널리 사랑받고 있다. 그의 시집 『디완』(*Dīwān*)을 모범으로 하여 괴테의 이 『서·동 시
집』(*West-östlicher Divan*)이 쓰였다.

목욕장에서 선술집에서
성^聖 하피스여, 그대를 생각하겠노라
사랑이, 베일을 살짝 쳐들 때
암브라 향 고수머리 흔들어 향기 풍길 때.
시인의 사랑의 속삭임은
후리⁷들까지도 음탕하게 만들잖는가.

그대들 이런 시인이 부럽거든
부럽다 못해 괴롭거든
알아나 두어라, 시인의 말은
낙원의 문 주위를
언제나 나직이 두드리며 감도는 것을,
영원한 생명을 간구하며.

---

7 Huri: 이슬람의 전사들이 가는 천국에 있다는 성(聖)처녀.

축복의 담보물[8]

홍옥에다 새긴 부적 탈리스만[9]
믿는 사람에게 운運과 복福을 준다
그 부적이 흑요석에까지 담겨 있거든
축성된 입으로 거기에 입맞춤하라!
그것은 모든 재앙을 몰아낸다
그대를, 그대 있는 곳을 지켜준다
새겨 넣은 말이
알라의 이름을 순수하게 알리면
그대를 사랑과 행동으로 불붙이면.
특히 여성들은
이 탈리스만이 흡족하리.

아물렛도 같은 것
하지만 종이에 적힌 기호
옹색한 보석에처럼

---

8 아라비아 지역 전래의 부적들이 다루어진다. 시는 그 자체로 이국적 풍물의 묘사이지만, 또한
   '축복의 담보물'들은 나아가서 이 시집에 실린 시 전체의 분류의 방편으로 삼아 읽을 수도 있다.
9 파리에 가시는 분들께는 아라비아 박물관(Musée d'Arab)에 들러보시기를 권한다. 이 시가
   다루는 많은 '축복의 담보물'들이 전시되어 있다. 나아가 책 전체의 이해에 도움이 된다. 거
   꾸로 이 책을 읽고 나서 그런 것들을 보면 더 많은 것이 보인다.

빽빽하게 새기지 않아
경건한 영혼을 지닌 이
여기선 한결 긴 시구를 택해도 된다
남자들은 이 종이를
경건히 몸에 두른다, 성의聖衣처럼.

새김글 뒤에는 아무런 숨긴 게 없다
그 자체이니, 모든 말을 다 해주리
그걸 읽으면 유쾌하게 절로 이런 말이 나오지
"이게 바로 내가 할 말이야! 내 말."

하지만 *아브락사스*[10]는 자주 쓰지 않겠다!
여기선 대개 음산한 광기가 만들어낸
기괴한 것이
지고至高의 것을 가리키니
내가 어처구니없는 말을 하거든
생각하라, 지금 아브락사스를 주나 보다라고.

*인장반지*는 그려 보이기 어렵다
가장 좁은 공간에 가장 높은 뜻이 들었으니
여기서 그대, 진짜를 그대 것으로 만들 수 있다
생각하기도 어렵게 말씀이 새겨져 묻혀 있으니.

---

10 Abraxas: 고대 그리스어의 부적. 인간의 몸에 수탉의 머리, 뱀 모양의 다리를 가진 기괴한 형상으로 이루어져 있으며, 그리스 자모를 숫자로 치환해서 합치면 365가 된다고 한다.

거침없는 생각

내 말안장 위에 앉은 나만 인정하라!
너희는 너희 오두막에, 너희 장막에 머물라!
나는 즐겁게 온갖 먼 곳으로 말 달리니
내 머리 위에는 오직 별들만 총총.

———

그분이 너희 위해 별자리들을 앉혔다
땅과 바다까지 가 닿는 사다리 되라고.
항시 높은 곳 바라보며
너희 마음 즐거우라고.

탈리스만

동방은 신의 것!
서방은 신의 것!
북녘과 남녘은 고요히
그 두 손의 평화 안에.

———

그분, 하나뿐인 정의로우신 분
누구나에게나 올바름을 행하려 하신다
그의 백 가지 이름 중에서
이 이름 '정의로우신 분'을 높이 기릴지라! 아멘.

———

헤맴은 나를 혼란케 한다
하지만 그대, 나를 혼란에서 벗어나게 하신다
내가 행동할 때, 시詩 지을 때
그대, 나의 길에 지표를 주오.

———

내가 현세의 것을 생각하든 궁리하든
그건 보다 높은 득을 가져다준다
우리가 먼지가 되어도 정신은 흩어져버리지 않고
제 안으로 뭉쳐져서, 밀고 올라간다, 높은 곳으로.

———

숨 쉬는 가운데 두 가지 은총이 있으니
들숨과 날숨이 그것.
들숨은 옥죄고, 날숨은 후련하다
생명이란 그리 놀랍게 뒤섞여 있는 것.
신에게 감사하라, 그가 너를 짓누를 때
신에게 또 감사하라, 그가 너를 되놓아줄 때.

네 가지 은총

아라비아인들이 그들 몫대로 한껏
드넓은 광야를 즐겁게 누비도록
알라는 모두에게 구원이 되도록
네 가지 은총을 내리셨다.

첫째는 터번, 모든 황제의 왕관보다
더 훌륭하게 꾸며주는 장식.
천막 하나, 어디서든 살도록
한 곳에서는 걷어 가는 것.

칼 한 자루, 바위나 높은 성벽보다
더 확실하게 지켜주는 것,
마음에 들고 쓰임새 있는 작은 노래 한 곡
아가씨들이 애타게 그리는 것이지.

하여 나, 거리낌 없이 꽃을 노래하네,
그녀 숱에서 흘러내리는 꽃들 따라
그녀 잘 안다, 뭐가 자기 것인지
언제까지고 내게는 아리땁고 쾌활한 그녀들.

꽃과 과일들을 나는 그대들
식탁에 아주 곱게 올릴 줄 알지
윤리 도덕도 동시에 원한다면
그것도 주마, 싱싱한 걸로.

고백

감추기 어려운 건 무얼까? 그건 불!
낮에는 연기가 드러내고
밤에는 불꽃이 드러내지, 그 무시무시한 것.
감추기 어려운 것 또 하나는
사랑. 아직 가만히 품고 있어도
아주 쉽게 두 눈을 넘어 나가지.
숨기기 가장 어려운 건 한 편의 시詩
써서 말[11]로 덮어두진 못한다.
시인이 힘차게 노래 부르고 나면
그건 속속들이 그의 몸에 스며들지
사랑스럽고 다정하게 적어놓고 나면
온 세상이 그걸 사랑해 주기를 바라지.
시인은 시를 누구에게든 흥겹게 큰 소리로 읽어준다네,
그게 우리를 괴롭히든, 북돋우든.

---

11 곡식을 되는 '말'(Scheffel). 켜놓은 촛불에다 말을 씌워 빛을 가리고 꺼지게 만들지는 않는
   다는 뜻으로 잘 알려진 성서 구절(마태복음 5:15)의 인용이다. 성서의 우리말 번역은 "촛불
   은 커서 등경 밑에 두지 아니하고"(Man stellt es untern Scheffel nicht)이다.

원소

몇 가지 원소로
한 편의 참된 노래는 이루어지는가,
문외한도 기꺼이 느껴보고
명인도 기쁘게 듣자면?

사랑이 모든 것에 앞서
우리의 주제가 되거라, 우리가 노래할 때.
사랑이 노래에 속속들이 스미면
그만큼 더 울림이 좋으니.

다음으로는 술잔 부딪치는 소리 울려야 하리
루비 빛깔 포도주도 빛을 뿜어야 하리.
연인들에겐, 술꾼들에겐
가장 곱게 솟은 거품꽃이 손짓하니까.

무기 부딪치는 소리도 필요하지
트럼펫 요란히 울리도록.
행복이 불꽃으로 타오를 때
영웅이 신神처럼 승리에 취하도록.

그리고 마지막으로 불가결한 것,
시인은 이런저런 걸 증오해야지
참을 수 없고 추한 걸
아름다움처럼 살려둬선 안 되지.

가인歌人은, 이 네 가지
시원의 힘을 담은 원소를 섞을 줄 알지
하피스처럼 만백성을
영원히 기쁘게, 생기 나게 해주지.

창조와 생명주기

한스 아담[12]은 흙덩이였는데
신이 인간으로 만들었다
어머니 대지의 품을 나올 때만 해도
아직 덜떨어진 게 많았다.

엘로힘이 코 안으로
최상의 정신을 불어넣어 주자
이제 벌써 좀 나아 보였다
재채기를 하기 시작했으니.

하지만 뼈에다 팔다리와 머리 달렸어도
절반은 여전히 흙덩이였다
그 얼간이를 위해 마침내 노아가
진짜를 찾아냈다, 커다란 술잔을.

술로 적셔지자마자,
이 흙덩이가 곧 흥을 느낀다

---

12 Hans Adam: 독일에서 좀 단순한 사람이라는 인상을 주는 지극히 평범한 이름인 '한스'를
    '아담' 앞에 덧붙임으로써 마치 아담이 어떤 바보스러운 사람의 성(姓)인 양 유머러스하게
    시작하고 있다.

밀가루 반죽이 술을 부어놓으면
부풀어 오르듯.

그렇게 하피스여, 그대의 아리따운 노래,
그대의 신성한 본보기가
우리를 인도하리, 술잔 부딪는 소리 가운데서
우리 창조주[13]의 성소聖所로.

---

13 창조가, 더구나 이슬람에서는 금지된 술을 통해 완성되었다는 유머러스한 시. 진흙에서 사
    람을 빚은 창조설화는 이슬람 세계에서도 공통된 것이며, 무엇보다 "우리 창조주"라는 표
    현은 『서·동 시집』의 시세계의 포괄성을 드러낸다.

현상[14]

빗줄기와
아폴로 신이 짝지으면
금방 둥근 띠 한 자락이
색색깔로 물들지.

그처럼 둥그런 띠 안개 속에
떠오른 모습 보이네
그 띠, 뿌옇기는 해도
그래도 천상의 아치.

그러니 너, 쾌활한 노인아,
침울해지지 말라
머리카락 금방 희어져도
그래도 너, 사랑을 하게 되리.

---

14 색깔이 없는 무지개 형상을 보고 쓴 시. 여러 해 만에 고향을 찾아가는 길에 처음으로 쓴
   (1814. 7. 25.) 시인데 노(老) 시인의 사랑의 예감이 담긴다.

사랑스러운 것

저기 영롱한 게 무엇인가,
하늘과 언덕을 이어주는 것 같은 저것?
아침안개가 시야를 가려
내 눈길 선명하질 않네.

사랑스러운 여인들에게 지어준
베지르[15]의 천막들인가?
가장 사랑스러운 여인과 혼례를 올린
축제의 양탄자인가?

빨강과 하양, 아롱다롱 어우러져,
더 아름다운 건 본 적 없네
하지만 어찌하여, 하피스여, 그대의 고향 쉬라즈[16]가
음산한 북녘 땅으로 오고 있는가?

그렇다, 이건 이웃해 늘어선
색색깔 양귀비

---

15 Vezir/wazir: 페르시아의 고관(高官).
16 페르시아 만 부근의 도시, 풍요로운 곳이어서 과일, 포도주, 꽃으로 유명하며 시인 하피스
    가 태어난 곳.

전쟁의 신을 비웃느라
벌판을 줄줄이 다정하게 뒤덮었구나.

현명한 이, 늘 이렇게
유익하게 꽃장식을 가꾸시기를,
또, 오늘처럼, 햇살 한 가닥
내 길 위에다 맑게 빛나게 하시기를.

분열

왼편 개울가에서
큐피드가 피리를 불면
오른편 들판에서
마르스가 북을 치면
귀는 사랑스레
그곳으로 끌린다
하지만 아련한 노랫소리
소음으로 기만당한다.
전쟁의 천둥 가운데
이제 상시로 울려대는 피리 소리
내가 미치겠다, 미쳐버리겠다.
이게 이상한 일인가.
계속 커진다 피리 소리
요란한 나팔 소리
벌써 갈팡질팡, 내가 내닫고 있다
이것이 놀랄 일인가.

지금 여기에 옛일이

장미와 백합 아침이슬 젖어
내 가까이 뜰에 피고
뒤에는 아득히 덤불지고
바위는 높이 치솟는다.
높은 숲으로 에워싸여
기사의 성城[17]으로 관冠 씌워져
산능선 굽이굽이 이어지네
마침내 골짜기와 화해할 때까지.

거기 옛날 같은 향기가 나네
그때, 우리 아직 사랑으로 괴롭던 때
또 내 찬미가의 현絃들이
아침햇살과 다툼하던 때.
덤불숲에서 들려오는 사냥노래
가득한 음音의 충만을 깨뜨리며
가슴이 원하는 대로, 필요로 하는 대로
불 붙이고, 생기 주던 때.

---

17 바이마르에서 멀지 않은 아이제나흐(Eisenach) 소재 바르트부르크(Wartburg) 성. 중세에
    는 기사들의 노래 경연이 열렸던 곳이고 나중에는 루터가 신약성서를 번역한 곳이기도
    하다.

이제 숲들이 영원히 싹트고 있다,
하니 너희도 숲들과 더불어 용기 내어라
전에 너희가 스스로 누린 것
이제 남들도 누리게 하라.
그러면 아무도 우리만 독차지한다고
아우성치지 않으리.
이제 모든 삶의 단계에서
너희, 즐길 수 있어야만 한다.

이 노래로써, 이 마무리로써
우리도 다시 하피스 곁에 있다
하루의 완성을 위해서는, 즐기는 자와 더불어
즐기는 것이 마땅하므로.

노래와 형상[18]

그리스인이야 그 진흙을
눌러 형상들을 만들라지
제 두 손이 빚은 자식[19]에게서
그 기쁨이 솟으라지.

하지만 우리[20]는 황홀하다
유프라테스 강에 손 담가
흐르는 물 속에서 물길 따라
물길 거슬러 저어보는 일.

그렇게 영혼의 큰불을 내가 끄면
노래, 노래 울려 퍼지리
시인의 맑은 손이 길으면
물이 둥글게 뭉치리.[21]

---

18 서구 예술관과 오리엔트 예술관의 차이를 다룬 시이다. 또한 당시 화두였던 그리스 지향의
    조형적인 '고전적 시'와 당대에 막 시작되던 음악적인 '낭만적 시'라는 대립적인 예술관의
    표현으로도 읽힌다.
19 조각이었으나 생명을 얻은 피그말리온이나 진흙으로 인간을 만들었다는 프로메테우스를
    떠올리게 하는 구절이다.
20 여기서 괴테는 오리엔트 시인의 역할을 하고 있다.
21 물을 길으면 물이 저절로 뭉쳐서 양동이가 필요 없었다는 정결하고 신심 깊은 여인에 대한
    인도 설화가 바탕에 있다. 같은 설화를 소재로 3부작 발라데 「파리아」가 쓰이기도 했다.

대담무쌍

인간이 건강하자면
어디서든 무엇이 중요한가?
누구든 마무리되어
음音이 된 소리 즐겨 듣는다.

죄다 치우라! 뭐든 달려가는 길에 거슬리는 건!
침울한 매진이라면 부디 그만!
노래하기 전에, 노래 그치기 전에
우선 시인이 살아야 한다.

삶의 첫소리 제아무리
영혼을 뒤흔들며 진동시켜도!
가슴의 두근거림 느끼면 시인은
스스로와 화해되리.

당당하고 씩씩하게

시 짓기는 일종의 오만,
아무도 나를 욕하지 마라!
다행히도 너희 피는 따뜻하고
즐겁고 자유롭다, 나처럼.

시간시간 고통의
쓴맛을 보고 나면
나 또한 겸손해지리
너희 이상으로.

소녀가 꽃 피어날 때면
겸손은 곱지
그녀 다정한 구애를 바라지
거친 사람들은 피하고.

겸손은 또한 선하다고 하는
현명한 이
시간과 영원에 관해
나를 가르칠 수 있지.

시 짓기는 일종의 오만!
즐겨 홀로 행하라
피 신선한 친구들과 여성들
너희야 들어오라!

고깔모자도 성의聖衣도 걸치지 못한
소인배 성직자일랑 날 설득하려 마라!
네가 나를 망가뜨릴 수야 있겠지만
겸손하게 만들지는 못한다, 절대로!

너의 뻔한 말들의 텅 빈 '무엇'
나를 몰아낸다
그건 이미 닳도록
신발 밑창에 달고 다닌 것.

시인의 물방아가 돌아가거든
세우지 말길.
한번 우리를 이해한 사람은
우리를 용서도 할 테니.

온누리 생명

사랑을 기리기 위해, 하피스여
그대가 멋지게 노래 한 가락을 부를 때,
먼지는 그대가 아주 능숙하게 다루는
원소의 하나.

그녀 집 문지방의 먼지가
그 황금빛 뿜는 꽃들 앞에
마흐무드[22]의 총신들이 무릎 꿇는
양탄자보다 즐겨 간택되기에.

바람이 그녀 집 문으로부터
먼지구름을 휘익 몰아가면
그 향기들은 그대에게 사향보다도
장미유보다도 더 향기롭지.

먼지, 항시 구름에 감싸인 북쪽에는
일지 않아 오래 아쉬웠던 것
하지만 뜨거운 남쪽에선

---

22 Mahmud: '칭송받는 이'라는 뜻으로 이슬람 지도자의 이름으로 자주 쓰인다.

이제 먼지라면 충분하다.

하지만 내게는 저 사랑스러운 문이 닫힌 지,
그 돌쩌귀에서 잠잠히 꿈쩍 않은 지 벌써 오래다!
나를 치유해 다오, 천둥비여
푸르름의 내음 맡게 해다오!

지금 모든 천둥이 우르릉거리면
온 하늘이 번쩍이면
바람의 거친 먼지가
축축해져 바닥으로 내리겠지.

그러면 즉시 생명 하나 솟는다
신성하고 비밀스러운 힘 솟구친다
하여 푸르러진다 푸르르다
지상의 곳곳.

황홀한 그리움

아무에게도 말하지 말라, 현자 아니거든
뭇사람들 곧바로 비웃을 테니까.
불꽃 죽음을 동경하는
생명을 나 찬양하련다.

그대를 잉태했고, 그대 또한 잉태시켰던
사랑의 밤이 식어가고
고요한 촛불은 타고 있을 때
낯선 느낌이 그대를 엄습한다.

어둠의 그늘에
더는 사로잡혀 있지 마라
새롭게 욕망이 그대를 사로잡아
더 높은 교합으로 이끌어 가니.

어떤 원거리도 불사한다
사로잡힌 듯 날아온다
하여 마침내, 빛을 갈망하며
나비여, 너는 불탄다.

'죽으라, 그리하여 이루어지라!'
이를 마음에 담지 못한 한
그대, 어두운 땅 위의
한낱 음울한 객客일 뿐.

_____

사탕수숫대 하나도 솟아
온 세상을 감미롭게 하지!
내 붓대에서는
사랑스러움 흘러나오라.

HAFIS NAMEH
하피스 서[1]
BUCH HAFIS

말(言)을 신부라 부르라

신랑은 정신.

이 혼례식을 보았노라,

하피스를 찬양하는 이

---

1 괴테는 1814년 요제프 폰 하머(Joseph von Hammer)의 독역본 등을 통하여 하피스를 알게
되었으며 그 이후 하피스는 괴테에게 가장 가까운 동방 시인이었다. 여러 편의 시가 하피스
와 연관되어 있어서 이 별도의 시 묶음이 되었고, 시집의 첫 시에서 이미 드러나던 서·동 대
화가 여기서 계속된다. 그래서 이 묶음의 첫 시는 대화 형식이다. 대화는, '하피스'(쿠란을
외우는 사람)라는 이름을 얻을 만큼 경건한 사람이지만 동시에 사랑과 금기인 술을 노래한
파격적인 인물이 어떻게 이슬람 세계에서 용인되는 시인, 더구나 최고의 시인인가 하는 근
본 물음을 다루며, 이어서 서구 시인 괴테의 그에 대한 연대 표명이 이루어진다. 시편 전체
에서는 하피스의 시세계가 다각도로 소개되는데, 하피스의 종교성(「별명」, 「페트바」, 「공공
연한 비밀」), 하피스 시의 형식(「따라 짓기」), 주제(「한정 없이」, 「하피스에게」) 등이 다루어
지며 하피스에게 부치는 헌시로 마무리된다.

별명

시인

모하메드 셈세딘[2]이여, 말해다오

어찌하여 그대의 민족이, 고귀한 민족이

그대를 하피스라 불렀는가?

하피스

존경을 표하며

그대 물음에 답하노라

쿠란의 축성된 유언을,

내가 복받은 좋은 기억력에다

고스란히 간직해 가고,

그래서 몸가짐도 경건히 하니

일상의 해악이 나나

예언자의 말씀과 그 씨앗을

그래 마땅한 그대로, 존중하는

이들을 범하지 못했노라

그래서 내게 그런 이름이 주어졌노라.

---

2 하피스의 원래 이름. 하피스라는 이름은 후에 얻은 별명인데 "쿠란을 외울 수 있는 사람"이
란 뜻이다.

시인

그렇다니 하피스여, 이런 것 같다
나도 그대 앞에서 물러나지 않아야겠다.
생각을 다른 사람들처럼 하면
다른 사람과 같아지는 법.
그래서 나는 그대와 아주 똑같다
나는 우리의 성서聖書에서
훌륭한 상像을 취하여,
저 천 중의 천³ 위에
우리 주님의 모습 찍혀졌듯, 품어
고요한 가슴속에서 나를 북돋웠으니
부정에도, 방해에도, 약탈에도 굴하지 않고
믿음의 그 환한 상으로.

---

3 땀이 예수의 모습으로 찍혀 남은 베로니카의 수건. 여기서 괴테는 쿠란을 고스란히 외우는
  하피스에 대한 대응으로 베로니카의 수건에 찍혀 남은 예수의 영상, 즉 기독교적 심상 하나
  를 제시하고 있다.

고발[4]

너희 알기나 하느냐, 사막, 바위와 장벽들 사이에서
악마가 누구를 노리고 있는지?
어떻게 악마들이 순간을 포착하여
사람들을 붙들어 지옥으로 데려가는지?
그건 거짓말쟁이들이고 악당이지.

그런 자들과 어울리기를
시인이 왜, 삼가지 않는가!

알기나 하는 건가, 자기와 누가 함께 가고 있는지,
그, 오직 미망 속에서 행동하는 그자?
고집스러운 사랑으로 인하여 끝 모르게
그는 황야로 내몰리고 있다
그의 탄식의 운韻은, 모래에 적혔다가,
금방 바람에 쓸려 가버렸다
그는 제가 무슨 말을 하는지 모르고
지금 하고 있는 말을 지키지도 않을 것.

---

4   이 시는 이어지는 두 편의 시와 긴밀히 연결된다. 하피스가 고발당한 일을 다룬다.

하지만 그의 노래, 그건 늘 불리게 놔둔다

그 노래 쿠란에 어긋나니까.[5]

이제 그대들, 법의 전문가들이,

지혜로 경건하고, 학식 드높은 사람들이

충직한 이슬람교도들의 굳건한 의무를 가르치라.

하피스가 특히, 말썽이다

이 미르차[6]가 정신을 산란케 하고 있다

무얼 행하고 무얼 행하지 말아야 할지는 그대들이 말하라.[7]

---

5 쿠란에 어긋나는 것은 '장례'조차 (명예가 되므로) 아깝고 또 그런 노래란 곧 사라질 것이
   므로 굳이 제재할 필요가 없다는 뜻이다.
6 Mirza: 시 모음집을 편찬한 16세기 인물 Sam Mirza라는 설이 있으나(카타리나 몸젠), 괴테
   가 주로 참조한 당대 오리엔트 연구의 대가(실베스트르 드 사시)의 책들에는 나오지 않는
   인물이어서, 괴테가 여기서는 고유명사가 아니라 '시인'을 뜻하는 보통명사로 쓰고 있다고
   본다. 미르차의 원래 뜻은 '왕자', '문필가', '시인'.
7 문학과 종교의 관계에 대한 물음이 계속되는데, 이 시에 이어지는 세 편과 밀접하게 연관되
   어 있다. 일종의 역할시(Rollen-Gedicht). 이 시에서는 정통 이슬람교도가 시인에 대한 불
   신을 표명하고 권위의 판정(Gutachten, Fetwa)을 요구하고 있다.

페트바 (판정)[8]

하피스의 시편들은 표시해 준다,

확정된 진리를 지울 수 없도록.

허나 여기저기, 법의 경계를 벗어난

소소한 것들도 있다.

확실하게 가려면, 알아야 한다

뱀 독毒과 해독제를 구분할 줄 알아야 한다 —

하지만 순수한 쾌락의 고귀한 행위에

즐거운 마음으로 몸 내맡길 줄도 알아야 한다

오직 영원한 괴로움이 따르는 그런 쾌락 앞에서는

신중한 뜻으로써 자신을 지킬 줄 알아야 한다

이것이 명백히 최상, 틀림이 없어야 한다.

이렇게 불초 에부수우드가 너희 보라 적었으니

신께서 그의 죄를 모두 사해주소서.

---

8 이 판정(Fetwa)은 종교적 권위가 내리는 판결. 바로 앞 시가, 시는 진정한 믿음의 궤도
   에 머물지 않는다는 "고발"이었는데, 그에 이어지는 시이다. 에부수우드 에펜디(Ebusuud
   Efendi/Abuʾs-Su-ud, 1490~1574)는 16세기 콘스탄티노플의 유명한 이슬람학자인데, 하
   피스의 시를 고발하는 청원에 대해서 감정서를 썼다. 이 시는 에부수우드의 이 감정서 전문
   을 바탕으로 한 시이다. 에부수우드는 시의 양면성을 인정하고 비판적으로 읽을 것을 권했
   다. 에부수우드가 하피스의 『디완』을 일방적으로 비난하지 않은 점을 괴테는 마음에 들어
   했다.

독일인이 감사한다

성^聖 에부수우드⁹여, 그대 말이 맞았노라!
그런 성인들을 시인은 소망한다
법의 경계를 벗어난
저 소소한 것들이야말로 그의
상속분이니까, 거기서 시인은 당당하게,
근심 속에서도 신명 나게 움직인다.
뱀 독과 해독제 ──
시인에게는 분명 독도 해독제도 나타날 것,
독이 죽이지도 않을 것이고, 약이 고치지도 못할 것.
진정한 생명이란, 행동의
영원한 죄 없는 순수함이니까, 그건 저 이외에는
그 누구도 해치지 않음으로써 증명되는 것.
그래서 늙은 시인도 희망할 수 있으리,
낙원에서 후리들이 그를,
거룩해진 젊은이를, 맞아주리라고.
성 에부수우드여, 그대 말이 맞았노라!

---

9 바로 앞의 시에서 스스로를 '불초 에부수우드'라고 적었던 이의 이름에다 '성'(聖)을 붙여
   그가 옳다는 것과 존경을 표현하고 있다.

페트바(판정)

무프티[10]가 시인 미스리[11]의 시를 읽었다
한 편 한 편, 모두 다.
그러고는 사려 깊게 모조리 불 속에 던져 넣었다
아름다운 글 적힌 책, 없애버렸다.

"누구든 화형에 처하라" 그 높은 판관은 말했다.
"미스리처럼 말하고 믿는 사람은. ― 본인만은
화염의 고통에서 제외시켜라.
누구든 시인에게는 알라께서 천부의 자질을 주셨으니.
시인이 죄악에 빠져 그 자질을 오용하게 되면,
그때는 유념하여 신과 직접 해결을 보도록 하라."[12]

---

10 Mufti: 최고위 이슬람 학자.
11 Misri: 17세기 터키 시인인데 진정한 이슬람교도가 아니라는 혐의를 산 인물이다. 무프티
    가 여기서 그의 시가 쿠란에 맞는지 아닌지를 감정하여 판결을 내려야 한다. 이어지는 부
    분이 그 판정이다.
12 또 하나의 성직자 심판관의 감정인데, 이 시 역시 그런 판정 하나를 시적으로 옮겨놓은 것
    이다. 시는 알라의 선물이고 시인 미스리는 알라와 바로 교통하니 글쓰기는 자유롭다는 내
    용이다. 한편으로는 책을 불태우는 상징적 제스처로 심판을 하고 다른 한편으로는 시인 미
    스리가 계속 원하는 대로 글을 쓰게끔 허락한다. 예술의 독자성에 대한 이런 판정으로써
    시인과 믿음의 문제를 다룬 첫 다섯 편의 시가 마무리된다.

한정 없이

그대가 끝을 내지 못하는 것, 그 점이 그대를 위대케 한다.
그대가 결코 시작을 하지 못하는 것, 그거야 그대의 운명.
그대 노래, 돌며, 별 총총한 하늘장막처럼
시초와 끝이 언제든 같다
중간을 만드는 것, 그게 분명
끝에 남아 있는 것, 또한 시초였던 것.

그대는 기쁨의, 진정한 시인의 샘
헤아릴 수 없이 그대에게서 흘러나온다, 파도에 파도.
언제든 입맞춤할 준비가 된 입,
가슴의 노래, 사랑스럽게 흐르고,
마시게끔, 언제든 근질거리는 목구멍
선한 마음, 가득 부어지고.

그리하여 온 세상이 가라앉는다 해도
하피스여, 그대와, 오로지 그대와
나 겨루어보련다! 신명도 고통도
우리 둘, 쌍둥이처럼, 나누자!
그대처럼 사랑하고 또 마시는 것
나의 자랑, 나의 삶이 되어라.

이제 노래여 울려라, 스스로의 불로!
너, 옛 노래건만, 더욱 새롭구나.[13]

---

13 이 시편의 다른 시들도 어느 정도는 그러하지만, 하피스와의 만남이 각별히 부각된 시. 다
    양한 모티프가 하피스적이다. 하피스 자신이 "하피스여, 너는 원(圓)과도 같구나" 하는 시
    구가 있는데, 노년의 괴테에게서, 특히 『서·동 시집』과 『빌헬름 마이스터의 편력 시절』에
    서 두드러지는 것도 순환구조이다. 끝 두 행은 첫 두 행에 연결되는데, '그대'(du)가 시 전
    체에서 하피스를 가리켰던 것에 비해 마지막에서는 '노래'를 가리키면서, 오랜 전통에 뿌
    리박고 있는 자신의 시 역시 하피스 시의 '순환'과 유비됨을 부각한다.

따라 짓기

그대의 운율韻律[14]도 따라 써보겠노라
반복이 내 마음에 들기를.
처음에는 뜻을, 그다음에는 말도 찾아내노라.
어떤 음音도 두 번 다시 울리지는 않기를.
음은 특별한 의미를 밝혀내야 하노라,
그건 그 누구보다 그대가 잘했던 일인 것을.

한 점 점화의 불꽃 같구나
황도皇都가, 불길 넘실거리면,
무섭게 바람 일으키며, 일으킨 바람으로 이글거리는구나
불꽃은, 벌써 꺼져, 별들의 거처로 가버렸건만.
그대는 이렇게, 이글이글 영원히 타는 불로 휘감는구나
한 독일인의 마음을, 새롭게 격려하며.

---

14 두 번째 행에서 단 하나의 운율이 반복되는(xa, xa, xa …… aa) 2행 시구가 나열되는 오리
    엔트의 가젤(Ghasel) 형식. 여기서 괴테는 페르시아 시인 하피스와의 내면적 공감을 표현
    할 뿐만 아니라 하피스가 즐겨 쓴 가젤 형식까지 따라 써봄으로써 가까움을 과시하고 있
    다. 가젤의 각운 형식을 괴테의 원문은 비교적 충실하게 실현하고 있다. 번역이 이 운율을
    다 되살릴 수는 없었으나 같은 어미를 최대한 많이 써서 반복 구조를 조금이나마 반영해
    보았다.

딱 맞춘 리듬은 물론 자극하지,
재능이 그 가운데서 즐거워하고.
하지만 얼마나 금세 끔찍해지는지,
피도 의미도 없는 움푹한 가면들은.
정신도 즐겁질 않지,
새로운 형식에 마음 쓰지 않으면
저 죽은 형식을 끝장내지 않으면.

공공연한 비밀

사람들은 그대를, 성聖 하피스여,
신비로운 혀라 불렀는데
그러면서도, 말의 학자들이
말의 가치는 인식하지 못했다.

신비롭다는 것이 그들에게서는 그저 그대 이름
그대에게 있는 바보스러움이나 생각하고
그들은 그들의 맑지 못한 술을
그대 이름으로 팔기에.

그들이 그대를 이해하지 못하기에
그러나 그대, 신비롭게 순수하다.
경건하지는 않은 채로 축복받은[15] 그대!
그 점을 그들은 그대에게 인정해 주려 하지 않는다.

---

15 "경건한"(fromm)은 의무에 특히 교회의 의무에 충실한 것을 나타내고 "축복받은"(selig)
은 신을 향해 있음을 나타낸다. 하피스의 특성을 요약하는 구절이다. 하피스의 바로 이런
면모를 즉, 그가 표현하는 감각적인 것이 실은 보다 높은 초월적인 것일 수 있음을 자구에
만 집착한 당대 학자("말의 학자")들은 이해하지 못하였다.

윙크

내가 비난하는 그들이 옳기도 하다
말 한마디가 단순히 인정되지 않는 게
자명한 것 같기도 하니까.
말이란 부채! 부챗살 사이로
아름다운 눈 한 쌍이 내다본다.
부채는 다만 사랑스러운 베일
얼굴이야 내게 가리지만
그녀를 감추지는 못해
그녀가 지닌 가장 아름다운 것
눈, 내 눈을 들여다보며 섬광으로 빛나기에.

*하피스에게

모두가 원하는 게 무언지, 그대 이미 알고
또 잘 이해하고 있었다
그리움이, 티끌 먼지에서 왕좌까지,
우리 모두를 질긴 끈으로 묶고 있으니.

참으로 괴롭고, 나중에는 참으로 좋다
누가 거기에 맞서랴?
어떤 이는 목을 부러뜨리고
다른 이는 마냥 대담무쌍하다.

용서하시라, 명인이시여, 그대 아시듯
그녀가, 저 걸어가는 실삼나무가
눈길 잡아채 가면
나 자주 불손해지는 것을.

실뿌리처럼 가만가만 그녀의 발
흙과 사랑을 나눈다
가벼운 구름덩이처럼 그녀의 인사는 녹아든다
동방의 애무가 그녀의 숨결을 녹이듯.

그 모든 것이 우리에게로 예감 차게 밀려오고 있다
고수머리에 고수머리가 닿아 곱슬거리고
다갈색 풍성함 가운데 고불고불 말리며 부풀어 올라
그렇게 바람 속에서 살랑이는 곳.

이제 이마가 환히 드러나는구나
그대 마음을 매끄럽게 펴주려고
그런 즐겁고도 진실한 노래 그대가 듣고 있구나
그 안에다 정신을 누이려.

그러다 입술들이
아주 사랑스레 움직이면
그것들은 그대를 단번에 자유롭게 해준다
멍에에다 그대를 묶으며.

숨결은 더는 돌아오려 하지 않는다
영혼이 영혼에게로 도망치며
온갖 향기, 행복 사이로 굽이친다
보이지 않게 구름처럼 흘러가며.

하지만 너무나도 세차게 불타면
그럴 때면 그대는 술잔을 잡는다
술 시중드는 소년이 달려온다, 온다
다시 또 다시.

소년의 눈이 빛나고 가슴이 떨린다,
그대의 가르침을 희망하고 있다,
그대 말씀을, 술이 정신을 고양시킬 때,
최고의 뜻으로 듣기를.

그에게는 온 세계 공간이 열린다,
내면에는 구원과 질서.
가슴이 부풀어 오르고 솜털이 거뭇거뭇해진다.
소년이 청년이 되었다.

사람의 마음과 세상은 무얼 지녔는지,
아무런 비밀도 남지 않게 되면 그대
생각 깊은 사람에게 신실하고 다정하게 신호를 준다
이제 뜻을 활짝 펼치라고.

제후의 보물이 왕좌로부터도
우리를 위해 분실되지 않도록
그대, 샤[16]에게 좋은 말씀 한마디를 준다
그 말씀을 베지르에게도 준다.

그 모든 것을 훤히 아시는 그대, 오늘 노래한다
내일 또한 똑같이 노래하리.
그렇게 그대, 우리를 다정하게 이끌고 다닌다

---

16 Schach: 페르시아의 왕.

거칠고도 온화한 인생길로.[17]

---

17 이 시편의 마지막 시인 이 시에서는 하피스에게서 나타나는 중요한 모티프들을 요약하고
동시에 앞으로『서·동 시집』의 '사랑의 서', '성찰의 서', '줄라이카 서', '주막 시동의 서' 등
에서 나올 자신의 모티프들을 요약하고 있다. 사랑의 그리움(1~6), 사랑의 운명(7~8), 사
랑하는 이의 모습(9~16), 그녀의 얼굴(17~22), 그녀의 노래(23~32), 술(33~36), 사랑
하는 소년(36~40), 그에 대한 교육적 관계(41~44), 다른 생각하는 사람들과의 정신적 공
동체(45~48) 등. 모티프들은 오리엔트식으로 느슨하게 나열되어 있지만 동시에 하나하
나 이어진다. 개개의 이미지들은 전형적으로 동쪽의 것. 끝에는 만남의 모티프도 나오는
데 동경은 사랑의 그리움뿐만 아니라 종교적 동경, 혹은 두 가지를 다 이야기하기도 한다.
42행의 "질서"의 원어는 Orden인데 괴테 자신의 특유한 어휘 구사의 의미에 따라 그에 맞
게 옮겼다.

USCHK NAMEH
사랑의 서
BUCH DER LIEBE

〈 * 〉

말해주오,

내 마음 무얼 갈망하는지?

내 마음 그대에게 가 있으니

귀히 간직해 주오.

본보기들

듣고 간직하라
　　여섯 쌍 사랑하는 이들의 이야기.
이름만 듣고 사랑이 불붙었고, 사랑이 또 불을 돋웠네
　　루스탄과 로다부.
모르는 사람들이 서로 가까이 있구나
　　유숩과 줄라이카.
사랑했을 뿐, 사랑을 이루지 못했네
　　펠하트와 쉬린.
오로지 서로를 위하여 존재한 사람들
　　메쥐눈과 라일라.
나이 들어서도 사랑의 눈길로 바라보았네
　　제밀이 보타이나를.
달콤한 사랑의 변덕
　　솔로몬과 갈색의 여왕!
이들을 유념해 두었다면 그대
　　사랑에서 강해진 것.

*또 하나의 쌍

그렇다, 사랑하는 것은 큰 획득!
누가 더 아름다운 소득을 찾아내랴? ―
힘 없어도, 부자 아니어도
그대 가장 위대한 영웅들과 같다.
사람들이, 예언자 이야기라도 하듯
바믹과 아스라[1] 이야기를 하리. ―
이야기하지 않으리, 이름만 부르리
그 이름들 모두 잘 알고 있으니.
무얼 그들이 했는지, 무얼 하고 또 했는지,
그건 아무도 모른다! 그들이 사랑했다는 것,
우리가 아는 건 그뿐. 바믹과 아스라에 대해 묻는다면.
그걸로 이미 충분히 말한 것.

---

1 Wamik과 Asra: 페르시아 사산 왕조 시절의 시에 나오는 인물들로 수많은 난관을 극복하고
 행복한 결합을 이룬 연인들의 대명사로 쓰인다.

교과서

책들 중에서 가장 신기한 책은
사랑의 책
주의 기울여 읽어봤더니
기쁨은 몇 쪽 안 되고
책 전체가 괴로움
한 단락은 헤어짐이더라.
재회 — 짧은 한 장章,
맺지도 못했더라! 여러 권의 근심,
설명에 설명으로 길어지더라
끝도 없이, 한도 없이.
오 니자미[2]여! — 하지만 끝에 가서는
그대 바른 길을 찾아냈지
풀릴 수 없는 것, 그걸 누가 풀까?
사랑하는 이들이 서로 다시 만나며 풀지.

———

2 Nisami/Ganjavī Nizāmī(1141~1202): 페르시아의 서사시인. 열렬한 사랑의 상호작용을 주
  제로 삼고, 풀리지 않는 문제의 최상의 해결은 윤리적 행동 가운데 있는 것으로 여겼다고
  한다.

*
그래, 눈이었지, 그래, 입이었지
나를 바라보던 것, 내게 입맞춤하던 것.
가느다란 허리, 그 통통한 몸
낙원의 쾌락에 맞는.
그녀였나? 그녀 어디로 가버렸나?
그래! 그녀였어, 그녀가 그걸 주고 갔어
달아나며 저를 주고 갔어
그러면서 내 삶을 송두리째 가져갔지.

경고받아

나 또한 곱슬머리에
너무나도 사로잡히고 싶네
하여, 하피스여! 그대처럼
될 뻔했네, 그대의 벗, 나도.

하지만 요즘 여인네들
길던 머리 땋아 틀어올린다네[3]
그런 투구 쓰고 싸우려 덤빈다네
우리가 익히 겪는 바와 같이.

하지만 생각이 신중한 사람은
그런다고 굴복하지 않지
무거운 사슬은 두려워해도
가벼운 올가미 속으로는 달려든다네.

---

3 땋아서 틀어올린 머리는 당대의 유행. 이런 낭만주의 시대의 유행 스타일을 '투구'라고 표
   현한 것처럼 괴테는 썩 좋아하지 않았고, 그가 좋아했던 여성들은 크리스치아네나 마리아
   네나 풀어 내린 곱슬머리였다.

탐닉하며

곱슬머리 가득해서 머리가 곱슬곱슬 저리 둥그네! ―
그런 풍성한 머리카락에 손 넣어
두 손 가득 이리저리 쓸어보노라면
마음 바닥에서부터 건강해지는 느낌이지.
이마에, 눈썹에, 눈에, 입에 입맞춤하면
나는 생생한데 또 거듭거듭 상처 입고 있네
다섯 갈래 빗,[4] 어디다 꽂아야 할까?
벌써 또다시 곱슬머리에게로 가네.
귀도 이 유희를 마다하지 않으니
여기는 살도 아니고, 살갗도 아니다
이리 만지작거리기 부드럽고, 이리 사랑스럽고!
하지만 작은 머리를 늘 어찌 만지작거리든
그런 풍성한 머리카락에는 손 넣어 늘
한정 없이 아래위로 쓰다듬게 되지.
그대도 그랬겠지, 하피스여,
우린[5] 그걸 이제 처음으로 시작한다오.

---

4 손가락.
5 '우리'(wir)는 자주 '나'(ich)를 대신한다.

신중하게

당신 손가락이 사랑스레 보여주고 있는
에메랄드 이야기를 해보라고요?
이따금은 말 한마디가 필요하지만
종종, 잠자코 있는 편이 나은데요.

그러니까 말하건대, 그 빛깔은
초록이고 눈에 상쾌해요!
이런 말은 안 해요, 고통과 상처가
두려워해야 할 만치 가까이 있다는 말.

어찌 됐든! 그대는 이걸 읽겠지요!
왜 그런 힘을 발휘하는지!
"위험해요, 당신의 존재는
에메랄드처럼 생기 주고요."

———————

〈＊〉
사랑아, 아! 굳어버린 끈에 묶여
자유로운 노래들이 서로를 구속하는구나

맑은 하늘나라에선
명랑하게 이리저리 날던 노래들.
모든 것에게 시간은 파괴적,
노래만은 간직된다!
한 줄 한 줄이 불멸이거라
영원하거라, 사랑처럼.

신통찮은 위로

자정에 울었지요, 흐느꼈지요
당신이 그리워서요.
그때 밤의 유령들이 왔어요
나는 부끄러웠고요.
"밤의 유령들아" 내가 말했죠
"울고불고하는
나를 너희가 보았구나, 너희 여느 때는
잠자는 이를 지나쳐 가더니.
큰 재산을 나는 잃었단다.
나를 나쁘게 생각하지 말아다오,
여느 때는 현명하다 불렀던 나를,
큰 화가 닥쳤단다!" —
그러자 밤의 유령들은
실쭉한 얼굴로
지나갔어요,
내가 현명한지 어리석은지는
전혀 괘념치 않은 채.

분수를 알아

"얼마나 얼토당토않은 망상을 당신은 하는지
사랑한다 해서 그녀가 당신 것이라니.
나라면 전혀 기쁘지 않을 일이오,
그녀는 환심을 살 줄 아는 것일 뿐."

시인
나는 만족합니다, 그녀 내 것이라!
이런 게 변명이 되지요.
사랑이란 자발적으로 주는 것,
환심을 사려는 것도 섬김이라오.

인사

아, 얼마나 기뻤는지!
들판을 거니는데
후투티⁶가 길을 건너가네!
옛날에 바다에 있던 조개들을,
돌 속에서 돌이 된 것들을 찾고 있는데
후투티가 따라왔다,
관冠 벼슬을 활짝 펼치며.
놀리는 투로 으스대었다,
죽은 것을 조롱하며,
그 산 것이.
"후투티야"라고 내가 말했다. "정말이로구나!
너 참 아름다운 새로구나
서둘러라, 후투티!
서둘러 사랑에게
전해다오, 나 영원히
그녀 것이라고.
너 예전에

---

6 몸길이 28센티미터 정도에 아름다운 관 모양의 벼슬을 가진 분홍빛 띤 갈색 새. 페르시아에
   서 사랑의 전령으로 여겨졌다.

솔로몬 왕과
시바의 여왕 사이에서도
중매쟁이 노릇 하지 않았느냐!"

헌신

"너는 사위어가면서 그리도 다정하구나,
자신을 소진하면서 그리 곱게 노래하누나."

          시인
사랑이 나를 적대시합니다!
고백하고 싶은데요,
난 무거운 마음으로 노래한답니다.
촛불을 한번 보세요
빛나지요, 사위어가면서."

———

〈 * 〉
자리 하나를 사랑의 고통이 찾고 있었습니다
정말 황량하고 고독한 그런 곳을요
그러다가 황량한 내 마음을 찾아내어
둥지 틀었지요, 그 빈 가슴속에.

어쩔 수 없어서

누가 새들에게 명령할 수 있어요,
벌판에서 잠잠히 있으라고?
또 누가 버둥거리지 말라 하겠어요
털을 깎이고 있는 양들에게?

내가 버릇이 없는 건가요,
내 털이 헝클어지면?
아니죠! 버릇없게 만드는 건
내 털을 쥐어뜯는 털 깎는 사람.

누가 날 막으려는가, 신명 따라
하늘에 닿도록 노래 부르는 걸?
그녀 얼마나 사랑스러운지
내가 구름에게 털어놓는 걸.

비밀

내 사랑의 눈을 보고는
다들 의아해하며 멈추어 선다
반대로 나는, 무얼 아는지라,
그게 무슨 뜻인지도 안다.

이런 뜻이니까. 난 바로 이이를 사랑해요
저 사람이나 저이는 아니고요.
선량한 그대들, 그만두오
그대들의 놀라움, 그대들의 그리움일랑!

그렇다, 무시무시한 힘으로
그녀, 좌중을 빙 둘러본다
하지만 그녀야 그에게 다음번 밀회시간을
알려주려는 것일 뿐.

비밀 중의 비밀

"우리는 바지런히, 자취를 찾아요,
우리, 일화 사냥꾼들은,
당신 애인이 누군지 혹시 당신
경쟁자가 많지나 않은지.

당신이 사랑에 빠졌다는 건, 뻔히 보이니
그러는 거야 기꺼이 인정해 주겠지만
애인이 그렇게나 당신을 사랑한다니
그건 믿을 수 없겠는데요."

어디 마음껏, 신사 여러분,
그녀를 찾아보시구려! 한 가지만은 들어두시오
당신네들 놀랄 거요, 그녀가 거기 서 있으면!
그녀가 떠나면, 당신네들 그 빛에 황홀해 있을 거요.

그대들 알지요, 세합-에딘이
아라파트 산 위에서 외투를 벗은 일을[7]

---

7   세합-에딘(Schehab-eddin)이 메카 근교의 성산(聖山) 아라파트(Arafat)에 올라 성소(聖所)로 가는 도중에 믿음에 회의가 들어 "나는 매일 신을 생각하지만 신도 나에 대해 물으실까?"라고 자문을 하는데, 성소에서 성직자가 나와서 "너를 사랑하시는 분이 네가 부족함에

자신의 뜻으로 행동하는 이
그 누구도 그대들 어리석다 하지 마오.

당신 황제의 왕좌 앞에서
혹은 무척 사랑하는 여인 앞에서[8]
언제든 그대 이름이 불리면
그게 최고의 보수報酬가 되게 하라.

그래서 언젠가 *메쥐눈*이 죽으면서 원하기를
라일라 앞에서는 자신의 이름을
언제까지고 부르지 말아달라 했을 때[9]
그건 최고의 비통悲痛이었다오.

도 불구하고 너에 대해 물으셨다. 외투를 벗고 감사하며 성소로 들라."라고 하였다는 일화
를 가리킨다.

8 이 대화시의 뒤에는 오스트리아 황제비 마리아 루도비카가 있다는 설이 있다.

9 메쥐눈(Medschnun)과 라일라(Leila): 서로 적대적인 가문 출신의 연인들. 시 「본보기들」
참조.

TEFKIR NAMEH

성찰의 서

BUCH DER
BETRACHTUNGEN

칠현금의 음ᵘ이 주는 권고를 들으라
하지만 그건 그대가 들을 능력이 있을 때나 소용 있는 것.
가장 행복한 말, 그조차 비웃음을 사지,
듣는 사람 귀가 비뚤어져 있으면.

"칠현금이 대체 뭐라고 울리는데요?" 이렇게 크게 울리지,
가장 아름다운 여인이 최고의 신부는 아니다.
하지만 당신, 우리 가운데 하나이고자 하니
가장 아름다운 것, 최상의 것을 원해야 한다.

다섯 가지

다섯 가지가 다섯을 못 이루니
그대, 이 가르침에 그대 귀를 열라
으쓱거리는 가슴에서는 우정이 싹트지 못하고
저열함과 한통속인 사람은 불손하다
악한 자, 위대함에 이르는 법 없고
질투하는 자, 남의 약점을 감싸지 못한다
거짓말쟁이는 신실함과 믿음을 바라도 허사.
이 다섯을 단단히 지녀 아무도 빼앗지 못하게 하라.

다른 다섯 가지

누가 내게 시간을 줄여줄까?
활동!
무엇이 시간을 견딜 수 없이 지루하게 만들까?
한가함!
무엇이 빚을 초래하지?
마냥 기다리고 참기만 하는 것!
무엇이 이득을 가져오는가?
생각만 오래 하지 않는 것!
무엇이 명예에 이르게 하는가?
스스로를 지키는 것!

———

사랑스럽다, 눈짓 보내는 아가씨의 눈빛
마시는 자의 눈빛도 사랑스럽다, 만취되기 전에는.
명령할 수 있었던 분의 인사도,
그대에게 쬐는 가을의 햇살도.
이 모든 것보다 더 사랑스럽게 나
항시 눈앞에 지니고 있는 건, 작은 선물을 향해
궁핍한 손이 참으로 사랑스럽게 다급히 내밀어져

다정하게 감사하며, 그대가 내미는 것을 받아 드는 모습.
이 눈빛! 이 인사! 이 말하는 듯한 다가옴!
바로 보아라, 그러면 그대도 늘 베풀게 되리.

———

그리고 펜드 나메[1]에 쓰여 있는 것
그건 그대 가슴에서 솟아 나와 적힌 것.
스스로 베푸는 사람은 누구든
그대가 그대 자신처럼 사랑하리.
잔돈을 즐겁게 지금 내밀라
황금의 유산을 쌓지 말라
서둘러, 즐겁게, 우선하여 택하라
훗날의 추모에 앞서 현재를.

———

대장장이 집 앞을 말 타고 지나간다고 그대
그 대장장이가 말에 편자를 언제 박아줄지 알지는 못한다
벌판에서 외딴 오두막을 본다고 그대
그 오두막이 그대 연인을 품고 있는지 알지는 못한다
멋지고 담대한 젊은이를 마주치면, 그는
장차 그대를 넘어설 사람 아니면 그대가 그를 넘어설 사람.

---

1 펜드 나메(Pend-Nameh)는 '충고의 서'란 뜻이다.

포도나무 그루에 관해 가장 확실하게 말할 수 있는 건
장차 그대 위해 거기 뭔가 좋은 것이 열릴 거라는 것.
그같이 그대 또한 세상에 맡겨져 있다
나머지는 내가 반복하지 않겠다.

————

*

모르는 사람의 인사를 존중하라!
옛 친구의 인사처럼 소중히 생각하라.
몇 마디 말도 나누지 않은 채 너희 안녕히! 하면서
너는 동쪽으로, 그는 서쪽으로, 오솔길에 오솔길을 가지 —
가던 길이 여러 해 뒤 다시 겹치면,
뜻밖에도 겹치면, 너희 기쁘게 외친다
"그로구나! 그래, 그때였지!"
물길, 물길을 오간 그 많은 나날
그사이 있었던 그 많은 하지며 동지.
이제는 상품에 상품을 바꾸고, 소득을 나누라!
옛 신뢰는 새로운 맹약을 맺게 하라 —
첫 인사가 수천 번의 인사의 값이 있으니
반기는 이, 누구에게든 다정히 인사하라.

————

*

네 잘못에 대해서는

늘 말들 많지,

확실하게 이야기하느라

온갖 머리를 다 짜기까지 하지.

너의 선함에 대해서도

다정하게 이야기해 주었더라면,

보다 나은 편을 택하여

이해심 있게 진실한 눈짓도 곁들였더라면

오 그러면 분명! 최고 중의 최고도

내가 찾았으련만.

분명 은신처에 머무는

몇 안 되는 사람만 아는 그것.

이제 제자로서 나를, 오라고

마침내 선택된 나를,

참회의 경건함이 가르친다

인간이 실수할 때면.

---

*

시장은 사라고 너를 부추긴다

하지만 앎은 저를 부풀린다.

고요히 자신을 돌아보는 사람

배우라, 어떻게 사랑이 사람을 북돋는지.

많이 듣고 많이 알자고

밤낮으로 힘쓰면 그대
다른 문에도 귀 기울이라,
어떻게 아는 것이 합당한지.
바른 것이 그대에게로 들어와 주기 바라거든
신神 가운데 바름이 있음을 느끼라.
순수한 사랑으로 불타오르는 사람을
신은 알아보신다.

————

*
참으로 정직했기에
나는 잘못을 범했고
여러 해
자신을 온통 괴롭혔다.
나는 인정받기도 했고 못 받기도 했다
이게 뭐란 말인가?
그래 악당이 되려
노력했지
그게 잘 안 되어
나를 짓찢어야 했지.
그래서 생각했지, 정직이
그래도 최상이라고
정직은, 궁색했어도,
굳게 서 있는 것.

―――――

〈＊〉

묻지 마라, 어느 성문으로 해서
신의 도시[2]에 들어왔는지는
한번 자리를 잡은
고요한 곳에 머물라.

그러고는 둘러보라, 현명한 사람을 찾아
또 명령하는 힘 있는 사람을 찾아.
현명한 이는 가르쳐줄 것이고
힘 있는 이는 행동과 힘으로 받쳐줄 것이니.

쓰임새 있고 느긋하게 그대
그렇게 국가에 충직해 왔으면
아시라! 아무도 그대를 미워하지 못한다
또 많은 사람들이 그대를 사랑한다.

군주는 충직함을 알아본다
충직함은 위업을 살아 있게 한다
그러면 새것 역시 낡은 것 곁에서
비로소 굳건하게 지켜진다.

―――――――――――

2 신의 도시는 세상을 뜻한다. 이 시는 괴테와 함께 추밀고문관이었던 키름스(Karl Kirms)와
   폰 샤르트(Konstntin von Schardt)의 봉직 50주년 기념 때도 사용된 시이다.

---

*

어디에서 나는 왔는가? 그건 아직도 하나의 물음,
여기까지 온 나의 길, 이 길을 나는 나도 모르게 왔고
오늘 이제 그리고 여기 천국처럼 즐거운 날에
고통과 즐거움이 친구처럼 서로 만난다.
둘이 합하면, 오 감미로운 행복이어라!
혼자인데, 누가 웃고 싶으랴, 누가 울고 싶으랴?

---

*

하나씩 하나씩 가버린다
남에 앞서 가기도 한다
그러니 우리 민첩하고 용감하고 대담하게
인생길을 가자.
그대를 멈추게 하는 건, 곁눈길로써
꽃들을 많이 줍는 것.
하지만 너 자신이 틀렸을 때보다
더 무섭게 붙들어 두는 건 아무것도 없다.

여자를 조심스럽게 다루라!

구부러진 갈비뼈로 만들어졌다
하느님도 똑바로 펴놓을 수 없었다
네가 펴려 하면, 부러진다.
가만 놔두면, 점점 더 구부러진다.
그대 선한 아담이여, 세상에 어느 편이 더 나쁜가? —
여자를 조심스럽게 다루라.
그대들 갈비뼈 하나가 부러지는 건 좋지 않다.

———

인생이란 신통찮은 장난
이 사람한테는 이게 빠지고, 저 사람한테는 저게 빠지고
이 사람은 원하는 게 적지 않고, 저 사람은 너무 많고
또 능력과 운運도 함께 작용한다.
또 불운不運도 닥치며
누구든, 원하지 않아도, 지고 간다.
마침내 후손들이 홀가분히
'못하겠어-하기 싫어' 씨氏를 지고 갈 때까지.

———

인생은 거위 말 주사위 놀이[3]

---

3 주사위를 던져 나온 숫자만큼 자신의 거위가 판에서 앞으로 나가는 게임인데, 뒤돌아보는
거위가 그려진 칸에 자기 거위가 오게 되면 던져 나온 주사위 숫자만큼 뒤로 가게 되고, 죽
은 거위가 그려진 칸에 자기 거위가 오면 게임을 그만두어야 한다.

앞으로 가면 갈수록
목표에 일찍 도달한다
그 누구도 가서 서 있고 싶지 않은 곳이지.

거위는 멍청하다고들 말한다
오 사람들을 믿지 말기를.
거위는 한 마리가 한 번씩 돌아는 보거든
뒤로 가라 내게 가리키려고.

이 세상에선 전혀 다르니
모두가 앞을 향해 돌진만 하느라
누가 돌부리에 걸리거나 쓰러져도
어떤 인간도 돌아보지 않는다.

———————

*

"세월이 참 많은 것을 앗아 갔다고, 그대 말하누나.
관능의 유희의 고유한 쾌락,
가장 사랑스러운 희롱의 기억도
어제의 일, 멀고 넓은 땅을
더는 헤매고 싶지 않다, 높은 곳으로부터
인정받은 명예의 장식도, 칭찬도
예전에 즐거웠던 일. 무얼 해도 이젠 유쾌함이
솟아 나오질 않는다, 그대에게 무모한 감행이 없다!

그러니 난들 알랴, 그대에게 무슨 특별한 것이 남아 있는지?"

내겐 아직 충분히 남아 있다! 구상과 사랑이 남아 있다!

─────

〈*〉
지자知者 앞에 서보는 것
모든 경우에 확실하다!
네가 오래 자신을 괴롭히고 있으면
그는 금방 안다, 너의 어디가 잘못되었는지
갈채 또한 너는 희망해도 된다
그가 아니까, 네가 무얼 이루었는지.

─────

선선히 주는 자, 자기는 사기당한다 하고[4]
인색한 자, 자기는 다 빨아먹힌다 하고
머리 있는 자, 자기는 오도당한다 하고
분별 있는 자, 자기는 허당 되기 십상이라 하지.
모진 자는 다들 피해 돌아간다 하고
모자라는 새[5]는 자기가 사로잡힌다 하지.

───────────

4 모두 앞으로만 달려가는 세상의 비관적 묘사가 이어지는 시이다.
5 모자라는 새(Gimpel)는 실제로 있는 새로 부리가 뭉툭하고 꼬리가 삐죽한 잿빛 새
   (Dompfaff)인데 좀 모자라는 단순한 사람에 대한 비유로 잘 쓰이는 터라 섞어 번역하였다.

이런 거짓말들을 제압하라.
사기당한 자, 사기 치라!⁶

———————

명령할 수 있는 자가 칭찬도 하는 것이다
또한 비난도 할 것이다
하니 충직한 신하여,
이것이든 저것이든 느긋이 받아들여야 한다.

그가 아마도 미미한 것을 칭찬도 할 테니까
또한, 칭찬해야 마땅할 때 비난도 할 테니까
하지만 네가 언제나 좋은 기분이면
그는 너를 맨 나중에 시험해 보리라.

그러니 고귀한 이들이여 그대들도 그렇게 하라,
신을 마주하여서도 미미한 자처럼 하라
행하라, 견뎌라, 있는 그대로.
다만 언제나 좋은 기분이거라.

———————

이 시 전체의 번역도 자구가 아니라 보다 의미를 살렸다.
6 자신을 방어하라는 시니컬하고 실용적인 행동 지침.

샤 제드샨[7]
그리고
그 같은 분
께

트란스옥시아나[8] 사람들의
온갖 요란한 소리와 음향을 뚫고
우리의 노래 과감히
그대의 궤도에 올려진다!
우린 아무것도 두려울 게 없다
그대 가운데서 살아 있으니
그대 장수하시라
그대 제국 굳건하여라!

---

7 샤 제드샨(Schach Sedschan)은 하피스의 군주로 마치 괴테의 카를 아우구스트 공과도 같은
   사람이었다. 따라서 "그 비슷한 이"는 아우구스트 공을 뜻한다.
8 현재 이란의 보하라 지역인 트란스옥시아나(Transoxanien) 지방 거주민들(die Transoxanen)
   은 징과 방울로 연주하는 요란하고 전투적인 야니챠렌 음악을 만들어낸 사람들이다. 그런
   "요란한 소리와 음향" 사이에서 아우구스트 공이 빈(Wien) 회의 때문에 빈에 머물고 있었
   다(1814. 9. 17~1815. 6. 2). 그때 괴테는 바이마르에서 이 『서·동 시집』을 쓰고 있었다.
   "우리의 노래"는 그것에 연관되어 있고 시인과 그 작품을 "살아 있도록" 지켜주는 군주에
   대한 생각이 담겨 있다. 마지막 행은 오리엔트에서 쓰던 군주에 대한 인사.

최고의 호의

길들여지지 않은 채로 나
주인을 하나 찾아냈다
몇 해 지나서는 길들여져 나
여주인도 하나 찾아냈다.
그들이 시험을 아끼지 않았기에
그들은 내가 충직하다고 느꼈고
세심하게 나를 지켜주었다
그들이 찾아낸 보물로.
아무도 두 주인을 섬기지는 못하는데
그는 거기서 행운을 찾았다
주인과 여주인이 즐겁게 보았다
자기들 둘이 나를 찾아낸 것을,
그리고 내게는 행복과 별이 빛났다,
내가 그들 둘을 찾아냈기에.[9]

---

9 앞 시와 연결되어 "주인"은 괴테가 섬긴 군주 아우구스트 공인 것이 분명하고, "여주인"은
   시 「비밀 중의 비밀」과도 연결되는 황제비 마리아 루도비카로 추정된다.

피르다우시[10]

말하기를

"오 세계여! 너 얼마나 뻔뻔하고 악랄한가!
너는 먹이고, 키우고, 죽이기를 동시에 하는구나."

———

알라의 은총을 입은 사람만은
자신을 먹이고 키우네, 살아 있게 풍요롭게.[11]

———

부富란 무엇인가? — 덥혀주는 태양 같은 것
그건 거지도 즐긴다, 우리가 즐기듯!
부유한 사람 그 누구도 언짢아하지 마라
거지가 고집 가운데서 누리는 복된 즐거움을.

---

10 Ferdusi/Abu'l-Qasim Mansū Firdausī(934~1030경): 신 페르시아 문학의 중요한 기초를
   놓은 큰 시인이다. 출생연도는 공식기념일이고 사망연도는 불확실하다.
11 첫 두 행은 폰 하머가 번역한 페르시아 시선집 『보물 광맥』(*Fundgruben*)에 수록된 피르다
   우시의 샤 나메(Schahnameh: 왕의 서)에서 그대로 인용한 것이고 이어 운명을 바깥에서가
   아니라 안에서 보는, 반박문과도 같은 두 행을 스스로 덧붙임으로써 전체는 하나의 균형
   잡힌 대화를 이루고 있다.

잘랄 알딘 루미[12]

말하기를

너는 세상 안에 머무는데, 세상은 꿈이 되어 달아난다
네가 여행하는데, 공간은 운명이 정해준다
더위도 추위도 네가 붙들어두진 못하며
네게서 꽃 피어나는 것, 금방 시든다.[13]

12　Dschelâl-eddin Rumi/Jalāl al-Din ar Rūmī(1207~73): 페르시아의 신비주의 시인이자 이슬람 법학자.

13　'꿈같은 인생'이란 모티프는 동양만이 아니라, 유럽 바로크 문학, 또 페르시아 문학에도 있다. 잘랄 알딘 루미에 대하여 산문편에서 괴테는 정신적으로 "혼란한 것"을 향했다고 쓰고 있다.(이 책 332~33쪽 참조.)

줄라이카

말하기를

거울이 내게 말하네요, 내가 아름답다고!
당신들은 말하지요, 늙는 것 또한 나의 운명이라고.
신 앞에서는 분명 모두가 영원히 변함없으리니
내 안에 있는 그분을 사랑하세요, 지금 이 순간.

RENDSCH NAMEH

불만의 서[1]

BUCH DES UNMUTHS

---

1 성찰이 이어지되 주로 당면 현실에 대한 것이어서 비판과 분노도 많이 담기는 시편들의 묶음이다.

"이걸 어디서 따 왔지?
이게 어떻게 당신한테 올 수 있었지?
삶의 잡동사니에서 어떻게
이런 부싯돌을 구했지?
꺼지려는 마지막 불꽃을
되살려 보겠다는 건가."

그대들 그렇게는 생각 말기를
이건 하찮은 불꽃이라고.
측량할 수 없이 먼 곳
별들의 대양大洋에서도
나는 나를 잃어버리지 않았다
새롭게 태어난 것 같았다.

하얀 양 떼의 물결로
언덕은 뒤덮이고
양들을 돌보는 소탈한 양치기들
기꺼운 마음으로 조촐하게 나를 대접하는 이들
이 침착하고 사랑스러운 사람들
누구나 나를 기쁘게 했다.

전운이 감도는
두려운 밤이면
낙타들의 신음소리
귓속을, 영혼을 파고들었지
낙타를 이끄는 이들의
자부와 자랑.

하여 점점 멀리 갔다
하여 점점 넓어졌다
하여 우리의 전체 대오
그것은 영원한 도주와도 같았다
황야와 카라반 등 뒤로는, 파랗게
한 획 신기루 바다.

———————

자기가 최고 시인 아닌 줄 아는
삼류 문사를 찾아보기 어렵고
자작곡 연주를 사양하는
거리의 악사도 찾아보기 어렵다네.

그런데 나 그들을 나무랄 수 없었네
남의 명예를 존중하면 분명
자신의 명예는 깎이나 보다
남들이 살아 나도 산단 말인가?

바로 어떤 제후의 접견실에서도
그런 걸 느꼈네
쥐똥과 코리안더 향香을
구분할 줄 모르는 곳이었네.

낡은 것²은 그런 억센
새 빗자루를 한사코 미워했고
새 빗자루는 지금껏
빗자루였던 것을 인정 못 했네.

그리고 서로 경멸하며
두 민족이 갈라져 있는 곳에서는
둘 중 어느 쪽도 실토하지 않겠지
자기들이 똑같은 것을 구하고 있다는 것을.

거친 자부심을
사람들이 혹독하게 비난했네
남들이 인정받는 건
조금도 못 견디면서.

———

누가 명랑하고 선하면

---

2 '낡은 것'(das Gewesene)은 앙시앵 레짐(ancien régime)을 의미한다고 해석되곤 한다.

곧 이웃이 괴롭히려 든다
유능한 이가 살아서 활동하는 한
그를 돌로 쳐 죽이고 싶어들 한다.

그러나 나중에 죽고 나면
곧 큰 기부금을 거둬
그의 생애의 고난을 기리기 위하여
기념비를 완성한다
하지만 그럴 때도 자기 이득만은 챙기며
뭇사람들, 잘 저울질할 테지
그 선한 사람을 아주 잊는 편이
더 똑똑한 일 아닐까 하고.

———

우월한 힘을, 그대들 느끼겠지,
세상 밖으로 몰아낼 수는 없다는 걸
총명한 이들, 지배자들과
담론을 나누는 게 나는 좋은데.

저기 속 좁은 어리석은 사람들이
언제나 제일 펄펄 뛰고
반푼이들, 모자란 사람들이
우리를 억누르려 조바심치니.

나는 자유로울 것을 선언했다
바보들로부터도, 현자들로부터도.
현자들은 아랑곳하지 않았고
바보들은 길길이 뛰었다.

그들은 생각한다, 폭력으로든 사랑 가운데서든
우리가 궁극적으로 짝 지어야 한다고
내게 태양빛만 흐려지게 하고
내게 그늘만 뜨거워지게 하면서.

하피스도 울리히 후텐[3]도
갈색 수도복, 푸른 수도복[4]에 맞서서
아주 단호히 무장해야 했다
내 적수는 기독교인들 가운데서 표 나질 않는다.

"그렇다면 우리에게 적의 이름을 말하라!"
아무도 그들을 구별하지 마라.
나 이미 교구 안에서도
그런 일로 충분히 시달리고 있으니.

----

3   Ulrich Hutten(1488~1532): 기사, 인문주의자. 루터와 함께 종교개혁을 이끌었다.
4   갈색 옷은 기독교(카푸친) 교단의 복장이고 푸른 옷은 이슬람 사제의 복장이다.

그대가 선善의 바탕에 서 있다면
나 결코 나무라지 않겠다
선을 행하기까지 한다면
보아라, 그것이 그대를 고귀하게 만들리.
하지만 그대가 그대만의 울타리를
그대의 땅 선善[5]에다 둘러쳤다면
난 자유롭게 살고 있다, 정녕
속아 사는 건 아니다.

인간이란 선하기에
언제까지나 더 나아지리니
누가 무얼 한다 하여
남도 따라 행하지는 않아야 하리.[6]
가는 길에는, 이런 말 한마디 있는데
아무도 그걸 비난하진 않겠지.
우리 가려는 데가 한곳이니
자아! 함께 가십시다라는 말.

많은 것이 이곳저곳에서
우리를 가로막겠지
사랑에 빠졌을 때는 결코

---

5 여기서 '선'(das Gute)은 일반적, 윤리적인 것은 물론 '재산'(Gut)까지도 포괄하고 있다.
6 인간의 성선설은 계몽주의에서 널리 퍼졌던 학설이고 '더 나아짐'(besser werden)은 프랑스
   혁명 이념에 포함된 희망인데, 이 시의 저자는 '언제까지나 더 나아짐'(besser bleiben)을, 그
   러면서도 그저 남과 똑같이 되는 것의 포기를 이야기한다.

조언자나 친구가 달갑지 않고
돈과 명예라면
혼자 다 받고 싶을 테지
그리고 술과도 막역한 친구,
결국은 갈라서지.

그런 것에 대해서는
하피스도 이야기한 적 있지
많은 어리석은 짓에 대해
머리 아프게 생각했지.
나도 아직 모르겠다, 세상 밖으로 도망치는 것이
무슨 득이 있는지.
최악의 상황에 이르면 그대 역시
한번은 드잡이를 해보지 않겠는가.

———————

소리 없이 다만 피어나는 것이
이름에 달린 것같이 말들 하는구나
그러나 내가 사랑하는 건 아름다운 선善
신이 빚어놓은 모습 그대로의 모습.

누군가를 내가 사랑한다, 필요한 일이다
누구도 미워하진 않는다. 나더러 미워하라면
그것도 할 각오는 되어 있다

당장에라도 한껏 미워하리라.

사람들을 좀 더 자세히 알고자 한다면
옳은 점을 보라, 그른 점을 보라
그들 자신이 훌륭하다 부르는 것은
아마 옳은 점은 아닐 것.

옳은 점을 붙잡아 보려면
철저히 살아야만 한다
횡설수설 늘어놓는 일은
얕은 노력으로밖엔 안 보인다.

그렇다! 구김살 내기 좋아하시는 분은
갈갈이 찢기 좋아하시는 분과 어울릴 것이고
그렇게 되면 풍파에 삭은 사람쯤이야
최상의 인간으로 보이겠지!

항상 스스로 새로워져야만
누구에게든 날마다 새 소식이 들리며
또한 산만한 오락은
누구든 그 내면을 황폐하게 하지.

이런 황폐함을 우리 나라 사람들은 원하고 좋아하는구나
자기를 독일 사람이라 쓰든지 톡일⁷ 사람이라 쓰든지 간에
그러면서 이 노래만은 몰래 부르고 있구나

"그러니까 예전에 그랬고 앞으로도 그러리라"고.

———————

메쥐눈[8]이란 — 말하고 싶지 않지만
바로 미친 사람이란 말이네
나, 나를 메쥐눈이라 자찬하겠으니
그대들 탓하지 말아다오.

가슴이, 이 터질 듯 벅찬 가슴이
그대들을 구원하려고, 분출하면
그대들 이렇게 외치지 않느냐, "미친 사람이다!
동아줄 가져와라, 사슬 준비해라!"라고.

그리하여 마침내, 그 더 현명한 이들이
결박당하여 여위어가는 것을 그대들이 보게 되면
불쐐기에라도 찔린 듯 그대들 몸이 타리
그 모습 도리 없이 바라만 보아야 하니.

———————

내 일찌기 그대들에게 충고했던가
전쟁을 어떻게 해야 하는지?
그대들이 평화조약을 맺고자 했을 때
내 그대들 행동을 질책했던가?

어부가 그물 던지는 모습도
그렇게 나는 조용히 바라보았고
노련한 목수에게는
곱자 쓰는 법을 굳이 엄히 가르치지 않았다.

자연이, 나 위해 열심히,
내 것으로 만들어준 게 무엇인지
나, 많이 생각해 보았는데
그런데 그대들은 내가 아는 것보다
더 많이 알고 싶어 하는구나.

그대들도 그 같은 강함이 느껴지는가?
자아, 그렇다면 힘내어 제 할 일을 해내거라!
그러나 내 작품을 보거든
우선은 배우라. 그이가 하려 했던 것 이런 것이구나.

방랑자의 평정

저열함을 두고
아무도 하소연하지 말라
누가 무어라 하든
그게 힘 있는 것이니까.

저열함은 그름 가운데서 기세 떨쳐
높은 이득을 취하고
옳음까지 좌지우지한다,
온통 제 뜻대로.

나그네여! ── 그런 난경에
맞서려 했단 말인가?
회오리바람과 마른 똥은
휘돌게 두게, 흩날리게 두게.

─────

누가 이 세상에게 바라겠는가
세상 쪽에서 자기를 아쉬워하고 꿈꾸어 주기를
노상 뒤돌아보며 혹은 곁눈질하며

언제나 허구한 날을 허송하는데?
그대들의 노고勞苦, 그대들의 선의善意
재빠른 인생을 절뚝절뚝 뒤따라갈 뿐.
그대가 여러 해 전에 필요했던 것을
세상은 오늘에야 주고 싶어 하지.

————

*

자찬自讚은 잘못이다
그런데 선善을 행하는 이 누구든 그리한다
자화자찬하지 않아도
선은 언제나 선으로 있건만.

두어라, 너희 어리석은 이들아,
저 혼자 현명한 줄 아는 현인은 기쁘게 두어라
너희들 같은 바보 또 하나, 그가
세상의 실없는 감사나마 실컷 누리게 하라.

————

그대 믿는단 말인가. 입에서 귀로 가는 것⁹이
무슨 신통한 득이 있으리라고?

———————

9 구전(口傳).

구전이란, 아 그대 어리석은 이여
그 또한 아마도 망상인 것을!
그런데 중요한 건, 무엇보다 판단.
그대를 믿음의 사슬에서
구원해 낼 수 있는 건 분별뿐인데
그걸 그대가 벌써 포기했구나.

———

누가 프랑스식으로 굴든, 영국식으로 굴든
이탈리아식이든 아니면 톡일식이든
누구나 원하는 건 한결같이
이기심이 요구하는 것.

자기 자신을 드러내고 싶은 곳에서
그게 백일하에 드러나지 않으면
남이라곤 인정이란 없으니까
많은 사람도 한 분도.

오늘까지는 다만 그른 것이
득세하고 있지만
내일은 바른 것이
호의를 가진 친구들이 얻고들 하지.

3천 년 역사를

설명하지 못하겠거든
미망迷妄 속에서 미숙한 채
하루하루 그냥 살아가거라.

----

*

예전에, 신성한 쿠란을 인용할 때면
사람들은 몇 장, 몇 행까지 언급하였으며
어느 이슬람교도든, 마땅하듯,
그의 양심이 존중받고 편안하다 느꼈었지.
새로운 승려들은 아는 게 더 많질 않아
옛것을 그저 지껄여대고, 새것까지 덧붙인다.
혼란이 나날이 커지는구나,
오 신성한 쿠란이여! 오 영원한 안식이여!

예언자
말하기를

신께서 무함마드에게
보호와 행운을 기쁘게 베푸신 것이, 노여운 사람 있거든
제 집 넓은 방들 중 가장 튼튼한 대들보에다,
그런 대들보에다 억센 동아줄을 매고
거기다 제 몸을 매달아라! 줄에 대롱대롱 매달려 있다 보면
제 분노가 가라앉는 것을 느끼게 되리라.

*티무르[10]
말하기를

뭐라고? 그대는 뛰어난 사람의 힘찬 폭풍을
승인하지 않는구나, 위선자 사이비 사도야!
알라께서 만약 나를 버러지로 정하셨다면
나를 버러지로 만들어놓으셨을 테지.

---

10 앞의 시 「예언자 말하기를」과 짝이 되는 시이다.

HIKMET-NAMEH
지혜의 서[1]
BUCH DER SPRÜCHE

---

1 '잠언' 묶음인 이 시편들은 공격적 어조가 강한 「불만의 서」에 뒤이어 온화한 지혜를 담아
  균형을 도모하는 시 묶음이어서 「지혜의 서」로 의역하였다.

탈리스만을 책 안에 뿌려두려네
나름의 균형을 이루도록.[2]
믿음 깊은 바늘을 책갈피에 꽂아보는[3] 이
어디서나 좋은 말을 찾아내서 기쁘리.

―――

오늘 낮으로부터, 오늘 밤으로부터
아무것도 요구하지 말라
어제 낮과 밤이 가져다준 것 외에는.

―――

최악의 시절에 태어난 사람
그저 궂은 나날 정도는 편안할 것이다.

―――

무엇이 얼마나 쉬운지는
그걸 고안해 낸 이와 그것에 이르러본 이가 안다.

―――

바다는 늘 물을 가득 담고 있다
땅은 결코 물을 담아두지 않는다.

―――――――――――――

2 앞의 「불만의 서」에서 공격적 어조가 강했던 데 대한 균형.
3 펴지 않은 책의 아무 데나 책갈피나 바늘 같은 것을 꽂아 힘을 주는 구절을 찾아내는 민간의
   풍습.

———————

*

왜 순간순간 이리도 마음 두려운가? ―
인생은 짧고 하루는 길다.
하여 마음은 늘 떠나가고 싶어 한다
모르겠다, 하늘 향해서인지는.
하지만 마음은 줄곧 가려고, 가려고만 하고
자기 자신으로부터 도망치고 싶어 한다.
마음은 연인의 가슴으로 날아가
거기, 하늘에서 가뭇 쉬고
삶의 소용돌이에 휩쓸리면서도
마음은 늘 그 한곳에만 매달려 있다.
무엇을 뜻했든 무엇을 잃었든
마지막에 남는 건 자기 자신의 바보.

———————

*

운명이 너를 시험하면, 왜 그런지 잘 알아두라
운명은 네가 자중하기를 바란다! 묵묵히 따르라.

———

아직 낮이다, 사람은 움직여라
아무도 힘을 쓸 수 없는 밤이 온다.

———————

*

네가 세상에다 할 수 있는 일은, 벌써 되어 있다
창조주가 모든 것을 신중히 생각하셨던 것.
너의 운명은 정해져 있다, 그 방식을 좇으라
길은 시작되었다, 여행을 마저 하라.
근심 걱정은 아무것도 바꾸지 못한다
너를 영원히 내동댕이쳐 균형을 잃게 할 뿐.
——

도움이, 희망이 없다고
무겁게 짓눌린 자는 탄식하는데
있다, 치유하며 언제언제까지고
한마디 다정한 말은.
——

"행동거지 얼마나 서툴렀는가
행운이 너희 집으로 찾아왔을 때."
행운 아가씨는 그래도 섭섭해하지 않고
몇 차례 더 다녀갔다.

———————

*

내가 받은 유산, 얼마나 찬란하고 넓디넓은지
시간이 나의 소유, 나의 경작지는 시간.

선善을 순수하게 선에 대한 사랑에서 행하라!
그것이 네 피에 전승되게 하라
그것이 설령 네 아들딸에게 남아 있지 않아도
손자들한테는 득이 된다.

─

안와리[4]가 그랬다, 남자 중의 남자,
가장 속 깊고, 가장 식견 높은 그가.
어디서든, 언제든 소용되는 게
올곧음, 판단 그리고 융화라고.

──

왜 적들에 대해 탄식하는가?
그들더러 친구라도 되란 말인가
그들에게 너 같은 존재는
말 없어도 하나의 영원한 비난이다.

─

그걸 견디는 것 이상으로 멍청한 게 없다,
멍청한 사람들이 현명한 이들을 보고
그들이 위세 있는 시절에
마땅히 겸손한 태도를 보이라고 할 때.

─

---

4   페르시아 시인. 이 책 329∼30쪽 참조.

너나 내가 이웃으로서 설령

신神보다 나은 이웃이라 해도

우리 둘은 별로 명예롭지 못하다

신은 누구든 있는 그대로 놔두시거든.[5]

———

인정하라! 오리엔트의 시인들이

옥시덴트의 우리보다 위대하다.

그러나 우리가 그들에게 완전히 필적하는 것

그건 같은 우리네 사람들에 대한 증오에서이다.

———

어디서든 누구나 저 잘나고자 한다

세상에서 바로 그렇게 돌아가듯.

물론 누구나 나름으로 막 나갈 수 있겠지만

다만 자기가 이해는 하는 것, 그 범위 안이어야 할 것.

———

신이여 당신 노여움으로부터 우리를 지켜주소서!

울타리새[6]가 지지표[7]를 얻고 있습니다.

———————

5 페르시아 시인 사디(Saadi)의 『굴리스탄』에 다음과 같은 구절이 있다.
   "위대한 신은 보신다 | 보시고도 모두 덮어두신다 | 내 이웃은 아무것도 못 본다 | 못 보고도
   비난하고 | 나를 가만 놔두지 않는다." 시는 가만 놔두지 않는 이웃에 대한 단상.

6 노래하는 아주 작은 새인데, '소인', '소인배'에 대한 은유이다. 각국의 이해가 극심하게 갈
   리고 합의 도출이 어려웠던 빈 회의에서의 현상을 염두에 두고 있다.

7 Stimme: '목소리'이기도 하다.

———

질투가 폭발하려 하거든
그것이 허기지도록 놔두어라.

———

스스로의 존엄을 지키자면
정말 억세어야 한다.
매만 있으면 뭐든 사냥한다,
멧돼지만 빼고.

————————

내 길을 가로막는
속물 교단[8]이 무슨 소용인가?
똑바로 봐도 모르겠는 것
그건 삐딱하게 봐도 알아볼 수 없다.

———

스스로 더 대담하게 싸우는 사람이라야
어떤 영웅을 흔쾌히 찬양하고 일컬으리.
인간의 가치는 아무도 알지 못한다,
스스로 더위와 추위를 겪어본 사람 아니면.

———

선善은 순수하게 선에 대한 사랑에서 행하라,

---

8 Pfaffen-Orden: 적수의 집단을 가리키는 것으로 보이나 괴테의 색채론에 반대한 파프
   (Christoph Heinrich Pfaff)를 뜻한다는 해석도 있다.

네가 행하는 것, 네게 남아 있지 않는다.
설령 네게 남아 있어도
네 자식들에게까지 남아 있진 않는다.

———

심히 굴욕적으로 빼앗기지 않으려거든
감추어라, 너의 황금, 너의 떠남, 너의 믿음.

————————

그 많은 좋은 이야기 그 많은 어리석은 이야기를
어딜 가든 듣게 되는 건 어찌된 셈일까?
요즘 사람들이 아주 옛 사람들의 말을 되풀이하면서
다들 그게 자기 말이라고 생각한다.

———

다만 그 어떤 때에도
휘말려서 반박하진 마라
현자라도 무지에 빠진다,
무지한 사람들과 다투게 되면.

———

"왜 진실은 멀고도 멀리 있는가?
가장 깊은 바닥으로 몸 감추는가?"

아무도 이해를 제때 하지 못하는 것이다! ———
제때만 이해한다면
진실은 지척에 널려 있으련만

사랑스럽고 온화하련만.

———————

자비가 어디로 흘러가는지
왜 그대 굳이 찾겠다 하는가.
물에다 빵부스러기를 던져보아라
누가 그걸 즐기는지야 뉘 알랴.

————

한번은 거미를 때려잡았는데
생각했다, 굳이 그래야 했는지?
신께서는 거미에게나 나에게나 똑같이
이 세월에서 한몫을 뜻하셨거늘!

————

"밤은 어둡고, 신의 곁은 빛이다.
신은 왜 우리한테도 그렇게 해주시지 않았을까?"

———————

이 무슨 다채로운 동아리인가!
신의 식탁에는 친구와 적들이 함께 앉아 있네.

————

그대들은 나를 구두쇠라 하는데
주어봐라, 내가 흩뿌릴 것을.

————

나더러 네게 주위를 보여달라면
우선 네가 지붕에 올라가야 한다.

———

말이 없는 사람은 근심할 일도 별로 없다,
사람은 혀 밑에 숨어 있으니.

———

두 명의 하인이 있는 주인
잘 보살핌을 받지 못한다.
여자가 둘 있는 집
깨끗하게 정돈되지 않는다.

———

이보게들, 계속 그렇게
그 말만 하게나, "스승님 말씀이야!"[9]
무얼 그리 길게 남자니 여자니 하나,
그냥 다 아담[10]이고 이브이지.

———

---

9 Autos epha!: 피타고라스 학파 사람들이 논거가 부족할 때 피타고라스의 권위를 빌려 오기 위해서 썼다고 하는 말. 이런 권위의 요구에 이어 언어유희적으로 이브를 연결시켰다(epha 는 이브(Eva)와 발음이 거의 같음). 아담은 여러 오리엔트의 언어에서 첫 사람의 이름이면 서 또한 남자라는 뜻, 이브 또한 여자라는 뜻.

10 Adam: 아담은 페르시아어, 아라비아어, 터키어, 타타르어, 모굴어 등 오리엔트의 여러 언 어들에서도 고유명사에 그치지 않고 '사람'을 뜻한다고 한다. 하와/이브 역시 그러하다. 창 조사의 논박할 수 없는 전승, 그리고 기독교와 이슬람의 공동의 기원인 구약을 다시 상기 시키는 구절이다.

무엇에 대해 내가 알라 신께 높이 감사하는가?
신께서 병과 앎을 나누어놓은 것이지.
어느 환자든 절망할 수밖에 없으리라
의사가 알듯 병을 환히 알면.

———

바보짓이다, 누구든 자기 경우에
자신의 특별한 의견을 찬양하는 것은!
*이슬람*의 뜻이 '신에의 귀의'라면
이슬람 가운데서 살고 또 죽는다, 우리 모두가.

———————

세상에 태어난 사람은 집 한 채를 새로 짓는데
그는 가고, 집은 두 번째 사람에게 남겨진다.
그 사람은 다르게 꾸밀 것이나
아무도 집을 다 짓지는 못한다.

———

내 집으로 들어서는 사람, 비난은 할 수 있다,
내가 여러 해를 두고 어렵사리 이루어놓은 것을.
하지만 문 앞에서만은 분명 주의해야 한다,
내가 들여보내 주지 않기도 하니.

———

주여! 마음에 들어 하소서
이 작은 집[11]을,
더 크게 지을 수야 있겠지만

더 많이 나오지는 않습니다.

———

그대는 영원토록 태어났다
아무도 그대에게서 되빼앗아 가지 못한다.
근심 없는 두 친구
술잔, 작은 노래책.

———

"로크만[12]한테서는 별별 게 다 나와요,
못생긴 사람이라고들 했지만!"
사탕수수 안에 단 음식이 들어 있는 게 아니고
설탕, 그것이 달다.

———

찬란하여라, 지중해 너머로
밀려들어 오는 오리엔트
오직 하피스를 알고 사랑하는 사람만이
안다, 칼데론[13]이 노래한 것을.

———

———

11 괴테가 오리엔트의 격언에서 받은 영감을 표명하는 시. 오리엔트에서 집은 자주 시모음집
    을 나타내고 여기서 '집'은 『서·동 시집』을 나타낸다는 것이 주석자의 해석이다.
12 Luqmān: 고대 페르시아의 우화 작가. (소크라테스처럼) 남달리 현명하고 남달리 추했다
    고 한다.
13 Calderon(1600~80): 스페인의, 즉 서구의 작가.

"왜 그대 한쪽 손만 꾸미고 있는가
합당한 만큼보다 훨씬 더."
왼손이 대체 무얼 하겠는가
오른손을 꾸미지도 않는다면?

———

설령 메카로 몰아가더라도
그런다고 예수의 나귀가
더 나아지는 일은 없을 테고
여전히 바보나귀일 뿐.

———

물컹한 건[14] 아무리 밟아도
퍼지기만 한다, 단단해지지는 않는다.

———

하지만 세게 쳐서
단단한 틀 안에 넣으면, 형태는 잡힌다
그 비슷한 돌을 그대 아마 알 텐데
유럽인들은 피제[15]라 그걸 부르지.

————

침울하지 말라, 그대들 선한 영혼들이여!
잘못이 없는 사람은 남들이 잘못하면 잘 아니까

---

14 Quark: 보통은 '걸쭉한 요구르트'라는 뜻이다.
15 Pisé: 진흙을 틀에 넣고 밟아 자연 건조시킨 벽돌.

하지만 잘못이 있는 사람, 그는 비로소 제대로,
이제야말로 똑똑하게 안다, 다른 사람들이 잘했다는 것을.

―――

너, 아주 많은 사람들에게 감사하지 않았구나
네게 그 많은 좋은 것을 준 사람들에게!
거기에 대해 나, 마음 상하지 않는다,
그들이 준 것은 내 마음속에 살아 있다.

―――

좋은 평판을 얻도록 하라
사리판단을 잘하라,
더 바라는 자, 망한다.

―――

열정의 밀물, 헛되이 밀어닥친다
제어되지 않은 육지로. ―
시詩의 진주를 해변에 던져준다,
그런데 그게 이미 인생의 소득.

*심복心服〔이〕

온갖 부탁을 그대는 다 들어주셨습니다,
그것이 그대에게 해로운 것이었어도요.
여기 이 선한 사람은 바라는 게 별로 없습니다
위험도 없고요.

*베지르〔가〕

그 선한 사람은 바라는 게 별로 없었다
그 얼마 안 되는 걸 내가 그에게 즉시 주었더라면,
그는 당장 망했을 게야.

————

*

나쁜데, 흔히 있는 일은
진실이 오류를 뒤에 달고 오는 것.
진실은 그게 가끔 유쾌하기도 하다
그렇게 아름다운 여인에게 누가 따지랴?
오류 씨여, 진실과 맺어지고 싶겠지만
그건 진실 양에게는 참 불쾌할 것.

———

*

알아두라, 몹시도 거슬린다,
저토록 많은 사람들이 노래하고 말하니!
누가 시예술을 세상에서 몰아내는가?
시인들이지!

—

TIMUR NAMEH
티무르의 서[1]
BUCH DES TIMUR

---

1 두 편으로 이루어졌는데, 그중 한 편은 미완성으로 유일하게 완결되지 않은 묶음이다. 몽골
족 폭군왕의 겨울 원정과 나폴레옹의 모스크바 원정을 겹친다.

겨울과 티무르[2]

해서 이제 겨울이 사납게 노하여

그들을 에워쌌다. 모든 사람 사이사이로

그 얼음숨결을 뿌리며

겨울은 갖가지 바람을

역풍으로 그들에게 몰아친다.

서릿날 선 폭풍들에게

병사들을 제압할 막강한 힘을 주어놓고는

티무르의 작전회의장으로 내려왔다

위협하며 이렇게 호통쳤다.

불행한 인간아! 조용히, 천천히 좀

돌아다니라, 너 불의不義한 폭군아.

민초들의 마음이 더 오래

불에 그을리고, 불타야 하는가, 네 화염에?

너는 저주받은 귀신

---

2 Timur Leng(1336~1405): 중앙아시아, 러시아, 아라비아를 정복했던 몽골족의 황제. 폭
   정의 대명사인 그가 겨울철 중국 원정에서 죽었는데, 거인 티무르의 이러한 운명적 죽음과
   1812~13년 겨울 모스크바 원정에서 실패한 나폴레옹이 연결된다. 이에 연관해 1815년 8월
   8일 괴테의 낭독을 듣고 나서 브와서레도 일기에 "티무르의 겨울 원정이 나폴레옹의 모스
   크바 원정과 병행되는 작품"이라고 썼다.
   이 시는 『서·동 시집』 안에서 유일하게 운을 안 맞춘 미완성작이다. 1814년 12월 11일 예나
   에서 쓰였다.

좋다! 그럼 나는 다른 귀신.

너는 늙은이, 나도 그렇다, 우리는

땅도 사람도 굳혀버린다.

너 마르스³이지! 그럼 난 사투르누스,⁴

가장 끔찍한 것과 연합해서

화禍를 부르는 성좌들.

인간들을 죽이며, 너는

대기권을 얼어붙게 하는데, 내 바람은

기세를 펴는 너보다 더 차다.

너의 거친 군대들이

믿음 있는 이들을 수천 가지 만행으로

괴롭히고 있는데, 아마도, 내 평생 동안.

신이 있다면! 더 나쁜 것이 있을 것.

그리고 결단코! 널 그냥 두지 않겠다.

내가 하는 말을 하느님도 들으시기를!

그렇다 결단코! 죽음의 추위로부터,

오 늙은이여, 너를 지켜주지 못하리,

화덕의 이글이글 타는 석탄불도

12월의 불꽃도.

---

3 Mars/Ares: 군신(軍神), 화성(火星).
4 Saturnus/Saturn: 목신(牧神), 토성(土星).

줄라이카에게

좋은 향내로 그대를 애무하기 위하여
그대를 더욱 기쁘게 하기 위하여
수천 송이 장미가, 봉오리인 채
이글거리는 불 속에서 우선 죽어야 한다.

향기를 영원히 간직하는
작은 병, 당신 손끝처럼 날씬한
그 작은 병 하나를 소유하기 위하여
희생된다, 하나의 세계가.[5]

싹 트는 생명들로 가득 찬 하나의 세계가,
힘차게 움터 나오며
벌써 밤꾀꼬리의 사랑[6]을,
그 심금을 울리는 노래를 예감하던 생명들이.

우리의 즐거움을 늘리려고
저 괴로움에 우리가 괴로워해야 할까?

---

5 티무르가 제국을 건설하기 위해 수많은 인간을 죽인 것을 비유하고 있다.
6 밤꾀꼬리와 장미 간의 사랑은 페르시아 문학의, 특히 하피스의 상시적 모티프이다.

무량수無量數의 영혼을
티무르의 지배는 소모하지 않았는가!

SULEIKA NAMEH
줄라이카 서[1]
BUCH SULEIKA

밤에 생각했어요,
잠결에 달을 보고 있다고.
하지만 깨어나니
뜻밖에도 해가 뜨고 있었어요.

---

1   원제목은 '사랑의 서. 줄라이카 나메. 줄라이카 서'였다. 사랑의 시편들이, 때로는 서정적으
    로 때로는 연극적으로 지극히 다채롭게 펼쳐지는 시 묶음이다. 1814년과 1815년 두 차례,
    고향 프랑크푸르트에서 만난 마리아네 폰 빌레머와의 사랑에서, 또 함께 읽은 하피스 시집
    에서 받은 영감에서 태어난 이 시편들은 오리엔트를 무대로 빌린 주옥같은 연시들인데,
    『서·동 시집』의 하이라이트라고 불릴 만하며 시들 중 몇몇 편은 줄라이카, 즉 마리아네의
    작품이다.

초대[2]

오늘 하루로부터 도망쳐서는 안 돼요.

당신이 달려 닿고자 하는 그날이

오늘보다 낫지는 않으니까.

그대 즐겁게 머물면,

내가 세상을, 내게로 끌어당겨 오고자,

곁으로 제쳐놓는 곳, 거기 즐거이

머물면, 머지않아 그대 나와 함께 편안해요.

오늘은 오늘이고, 내일은 내일

또 따라올 것과 지나가 버린 것

후딱 가버리지도 않고 걸려 남아 있지도 않아요.

그대는 머물러주세요, 세상 무엇보다도 더 사랑하는 나의 것,

그걸 그대가 가져오고, 그걸 그대가 주니까.

———

줄라이카가 유숩에 매혹당했던 것[3]

———

2 Einladung: '초대'가, 시인이 정신적으로 가 있는 오리엔트로의, 사랑의 시세계로의 입장권
   인 양, 이어서 이국적 무대 위에서 다채로운 연극처럼 사랑의 장면들이 펼쳐진다.

3 줄라이카(Suleika)와 유숩(Jussuph)은 시 「사랑의 본보기들」에 등장했던 한 쌍. 자미(Ğāmi)
   의 낭만적인 서사시 『유숩과 줄레이하』(*Yusof va Zoleihā*)의 주인공이다. 유숩은 기독교 성서

놀랄 일 아니지
그는 젊었고, 젊음은 호의를 얻는 법
유숩은 아름다웠고, 혹할 만했다 한다
줄라이카도 아름다웠으니, 서로를 행복하게 했겠지.
하지만 그대는, 그리 오래 내가 기다리고 기다린 이,
불같이 뜨거운 젊음의 눈길을 내게로 보내고
지금 나를 사랑하고, 훗날 나를 행복하게 해주기를.
그걸 나의 노래들은 기릴지니
그대 내게서 영원히 줄라이카라 불리리라.

———

그대 이름 이제 줄라이카이니
나도 이름이 있어야 하리.
그대가 그대 연인을 기린다면,
하템![4]이라 불러주오
그 이름 보고 나를 알아보도록,
주제넘음이 아니다.
스스로를 성聖 게오르크[5] 기사라 칭하는 이

<hr />

의 요셉이지만 줄라이카는 포티바의 아내 이름이 아니다. 요셉 관련 묘사도 쿠란에서는, 포티바의 아내의 부정이 강조된 기독교 성경에서와는 달리, 유숩의 아름다움에 큰 비중이 두어져 있다.

4 Hatem: 무함마드 이전의 인물로 너그러움으로 유명한 전사. 마치 연극에서 등장인물을 소개하듯 연인과 자신에게 이름을 주고 있다. 노시인은 스스로를 줄라이카와 짝이 될 젊고 아름다운 유숩이라고는 칭하지는 못하고 그 대신 너그럽고 당당한 인물을 불러오고 있다.

5 성 게오르크(Sankt Georg): 십자군 시절부터 기사와 말의 수호자.

자기가 바로 성 게오르크라고 생각하는 건 아니지.
하템 타이,[6] 모든 것을 주는 그이가
가난한 나는 될 수 없소
하템 초그라이, 모든 시인들 가운데
가장 부유하게 사는 그이도 나는 되고 싶지 않소.
하지만 그 둘을 염두에 두는 것
그게 비난할 일만은 아니리.
행복이라는 선물을 받는 것, 또 주는 것
언제나 큰 낙樂이리.
사랑하며 서로에게서 힘을 얻는 것
낙원의 기쁨이리.

---

6 아라비아인들 중 가장 잘 베푸는 사람.

하템

기회가 도둑을 만드는 것이 아니고
기회 자체가 가장 큰 도둑이라오.
내 가슴에 아직 남아 있던
사랑을 모조리 훔쳐 가니 말이오.

기회는 당신에게 다 주어버렸지,
내 인생의 모든 소득을,
나 이제, 가난뱅이가 되어, 내 삶은
오직 당신만 쳐다보고 있다오.

하지만 벌써 자비를 느낀다오,
그대 눈길의 홍옥[7] 가운데서
그리고 그대 품 안에서 기뻐한다오,
새로워진 운명을.

---

7   Karfunkel: 홍옥은 어둠 속에서 빛을 내는 타는 듯 붉은 보석인데, 모은 태양 빛이 아니라 그
    자체의 힘으로 빛난다고 한다.

줄라이카

당신의 사랑 가운데서 더없이 행복해져서
나, 기회를 나무라지 않아요
기회가 당신에게 도둑이 되었다 해도
그 도둑질이 얼마나 기쁜데요!

또 무엇 하러 훔쳐요?
당신을 내게 자진해서 내주세요.
너무나도 기꺼이 믿고 싶네요 ―
그래요, 나예요, 당신을 훔친 건.

그리 선선히 내준 것
당신에게 득이 되어요.
나의 안식, 나의 풍요로운 생명
기쁘게 드리니, 자아 받으세요!

농담하지 마세요! 가난뱅이라뇨!
사랑이 우리를 부유하게 해주지 않나요?
당신을 두 팔로 안고 있으면
그 어떤 행복도 부럽지 않은데요.[8]

———

사랑하는 사람은 길 잃지 않으리
사방이 제아무리 어두워도.
라일라와 메쥐눈이 되살아난다 해도
사랑의 길은 나에게 물으리.

———

이게 있을 수 있는 일인가, 내가 사랑아, 당신을 어루만지고 있다니
이 신의 음성의 울림을 듣고 있다니!
있을 수 없는 일로 보인다, 언제든, 한 송이 장미는
이해할 수 없는 일로 보인다, 밤꾀꼬리는.

8　대화를 이루는 두 편의 시(앞의 시와 이 시)는 원문에서는 많은 단어가 공유되는데 거울에
　비춰놓은 듯 같은 단어들이 맞세워져 있다.

줄라이카

유프라테스 강 위에서 배를 타고 있는데
금반지가 손가락에서
벗겨져 물벼랑[9]에 빠지고 말았어요
얼마 전 당신에게서 받은 것인데요.

그런데 꿈을 꾼 거였죠. 아침노을이
나뭇가지 사이로 눈부셨어요
말해주세요, 시인이여, 말해주세요, 예언자[10]여!
이 꿈은 무슨 뜻인지요?

---

9   Wasserklüfte: 괴테의 조어.
10 Proph*ete*: 원문에서 '예언자'(Prophet)에다 e자를 덧붙여, '시인'(Poet)에다 역시 e자를 덧
    붙인 그 앞 단어 *Poete*와 각운을 맞추었고, 이렇게 굳이 e를 더해서 맞춘 각운은, 두 행 앞서
    나온 '아침노을'(Morgen*röthe*)과 운을 맞출뿐더러, 그렇게 함으로써 각운이 맞게 된, '시
    인'이고 '예언자' 같은 괴테(*Goethe*)라는 이름을 떠올리게 하는 정교함을 보이고 있다.

하템

그걸 풀이하는 거야, 내가 하지요!
자주 당신에게 이야기하지 않았나요?
어떻게 베네치아의 총독이
바다와 혼인하는지?[11]

그렇게 당신 손가락마디에서도
반지가 유프라테스 강으로 떨어진 거라오,
아, 수천의 천상의 노래들에다 더해진
감미로운 꿈, 그대가 도취시킨다오!

나를, 인도스탄[12]에서부터
다마스쿠스[13]까지 휘달려,
새로운 카라반과 함께
홍해 바닷가까지 가는 나를.

나를 그대가 혼인시키네요, 그대의 강물과

---

11 베네치아에서 성모 승천일에 벌이는 큰 의식과 연결되는데, 총독이 바다로 나가 반지를 물
    에 빠뜨림으로써 지배자로서 베네치아 시의 바다와 결합함을 상징하는 풍습이다.
12 인도스탄(Indostan/Hindustan): 힌디의 땅. 갠지스 강과 인더스 강 유역을 가리킨다.
13 아라비아의 큰 상거래 지역.

테라스와 이 숲[14]과.
마지막 입맞춤에 이르기까지 여기서
그대에게 내 정신이 바쳐져 있을 거요.

———————

남자들의 눈길을 잘 알아요
어떤 눈길은 말하지요, 당신을 사랑해요, 괴로워요!
갈망하고 있어요, 실로 절망하고 있어요!
그 밖에 또 무엇이 있는지, 여자는 알지요.
그 모두가 내겐 다 소용없어요
그 모두가 내 마음 움직이지 못해요
하지만, 하템이여, 당신의 눈길은
나의 하루에다 비로소 광채를 주지요.
그 눈길이 말해요, 그녀 내 마음에 든다,
다른 그 무엇도 그리는 내 마음에 들지 못할 만큼.
장미를 본다, 백합을 본다
모든 정원의 장식이자 명예,
또 그렇게, 사이프러스, 치자꽃, 제비꽃
솟구쳐 대지의 치장이 되고 있는 것들을.
치장한 그녀 또한 하나의 경이,
놀라움으로 우리를 사로잡으며
우리에게 원기 주고, 치유하고, 축복한다.

---

14 줄라이카로 설정된 마리아네의 집, 즉 함께 머문 곳은 프랑크푸르트의 마인 강변에 있다.

하여 우리는 몸이 다 나은 것 같은가 하면
다시 병들고 싶기도 하다.
여기 그대가, 줄라이카여, 바라보고 있었다
병들게 하면서 낫게 해주었다
낫게 해주면서 병들게 했다
미소 지으면서 건너다보았다
한번도 세상에게는 지어주지 않은 미소,
하여 줄라이카는 느끼고 있다, 눈길이 하는
영원한 이야기를. 그녀 내 마음에 든다
다른 그 무엇도 그리는 내 마음에 들지 못할 만큼.[15]

---

15 두 사람이 나누는 대화가 한 덩이의 시가 되고 있다. 여기에 시 「은행나무」가 이어진다. 은
   행나무는 비슷하게 둘이 하나가 된 듯한 잎을 가지고 있다.

은행나무

이 나무의 이파리,
동방에서 와 내 정원에 맡겨져,
남모르는 뜻을 맛보게 하고
아는 사람에게 기쁨 주네.

이건 그 자체 안에서 둘로 갈라진
하나의 생명체인가?
아니면 참으로 귀하게 서로 만나
사람들이 하나인 줄 아는 둘인가?

그런 질문에 대답하려다
참뜻을 찾은 것 같네
그대 내 노래들에서 느끼지 않는가,
내가 하나이면서 둘이라는 것을?

———

줄라이카
말해보세요, 그대 시를 많이 지으셨을 테고
그대 노래를 이리저리 보내셨죠 ―

아름답게 적혀, 그대 필적,
호화롭게 묶여, 금테 둘러
점이며 획까지 완성되어
사랑스레 마음 끌며, 이런저런 책.
언제든, 그대 어디를 향하든,
그건 분명 사랑의 담보물이었지요.

하템

그렇다오! 꼼짝 못하게 아리따운 눈길들의
또 미소 짓는 매혹의
눈부시게 하얀 이의.
사향 향기 내며 뱀 고수머리,
눈썹들, 매력적으로 드리워져
수천 가지 위험이 있었지요!
이제 생각하니 오래전부터 그렇게
줄라이카가 예언되어 있었소.

줄라이카

해가 뜨네요! 호화로운 모습!
초승달이 해를 안고 있네요.
누가 저런 쌍을 짝지을 수 있었을까요?
이 수수께끼, 어떻게 설명될까요? 어떻게?

하템

술탄이 할 수 있었어요, 그가 혼인시킬 수 있었다오

지고至高의 우주의 쌍을.
선택된 이들, 충실한 무리 중
가장 용감한 이들을 표시해 주려고요.

그건 또한 우리의 환희의 초상이기를!
거기서 나는 벌써 나와 당신의 모습을 다시 본다오
당신이 나를, 사랑이여, 당신의 해라 하니
오라, 감미로운 달이여, 나를 안으라!

———————

오라, 사랑아, 오라! 터번을 감아다오
그대 손길에서 나와야만 그건 아름답다.
이란의 최고의 자리에서, 아바스 대제[16]도,
자기 머리가 더 멋지게 감긴 건 못 보았으리.

터번은 띠, 알렉산드로스 대왕의
머리에서 아름답게 리본 매듭져 흘러내렸던 것[17]
또 모든 계승자들에게, 저 다른 이들에게
왕의 치장으로 마음에 들었던 것.

———————

16 샤 아바스(Abaas) 1세(1588~1692). 시인은 사랑에 빠진 자신을 큰 황제들보다도 높은 지
    위로 올리고 있다.
17 마케도니아 왕 알렉산드로스 대왕(BC 356~323)은 '아시아의 왕'이기도 하다. 고대 동전
    에 새겨진 모습은 자주 곱슬머리를 뒷목덜미에서 묶고, 이마 띠를 늘어뜨린 모습이다. 시
    「네 가지 은총」에서 시인은 터번을 아라비아인들에게 신이 내린 첫 번째 은총으로 꼽은 바
    있다.

우리 황제[18]를 장식하는 것도 터번
왕관이라고들 하지. 이름이야 사라지겠지!
보석과 진주! 눈은 황홀해 있으라!
가장 아름다운 장식은 언제나 고운 모슬린 천.

그리고 여기 이것, 티 없이 맑은 은빛 줄무늬,
이걸 이마 둘러 감아다오, 사랑아.
제왕이 무언가? 내게 친숙한 것이지!
그대 나를 바라본다, 나, 제왕처럼 위대하다.

———

내가 원하는 건 아주 조금뿐
바로 모든 게 마음에 들기에,
한데 조금뿐인 게, 얼마나 오래
유쾌하게, 이미 세계를 내게 주고 있는지!

나 쾌활하게 자주 술집에 앉아 있는다오,
소박한 집에서 쾌활하게.
하지만 그대 생각을 하게 되면 금방
나의 정신은 원정遠征의 길을 나선다오.

티무르의 제국이 그대를 섬기도록 하겠소

---

18 프란츠 2세: 나폴레옹 침공 후 독일 황제관을 내려놓고 '오스트리아 황제'로서만 있었다.

티무르의 명령을 받는 군대가 복종토록 하겠소
바다크샨[19]이 그대 위해 루비를,
터키석은 휘르칸 해海[20]에서 오게 하리.

태양의 땅, 부하라[21]에서는
꿀처럼 달콤한 말린 과일들을
사마르칸트에서는 비단 종이에 쓴
수천 편 사랑스러운 시詩를.

거기서 그대, 기쁨으로 읽으리
내가 오르무스[22]에서부터 그대 위해 조목조목 적어둔 것,
그리고 어떻게 카라반 전체가
오로지 그대만을 위해 움직였는지.

어떻게 브라만의 나라에서
수천의 손길이 애썼는지
인도스탄의 온갖 호화로움이
양모며 비단 위에 그대 위해 꽃피도록.

그렇다오, 사랑을 빛내려고
수멜푸어스[23]의 쏟아지는 개울 다 헤쳐지고

19 가장 아름다운 루비가 발견되었다는 곳.
20 카스피 해의 고대 명칭.
21 오늘날 우즈베키스탄의 중심 도시.
22 걸프만으로 이어지는 인도양 입구의 섬. 원거리 교역의 중심지였다.

땅에서, 자갈밭에서, 굴러온 자갈, 밀려온 자갈에서
그대 위한 다이아몬드가 씻기네.

대담한 남자들의 잠수부 무리가
만灣에서 보물 진주를 캐어 오면,
그 위에 예리한 전문가들의 시 모음집 한 권
그대 위해 늘어놓으려 애썼네.

이제 바소라²⁴가 마지막,
향신료와 향, 곁들여 놓았네
세상이 즐기는 모든 것 가져오네
카라반들이 그대에게로.

하지만 이 황제의 재화들
결국은 눈을 어지럽힐 뿐.
하지만 진정 사랑하는 마음들,
그 하나는 다른 하나 가운데서만 행복하다오.

————

내가 그 언제 주저했으랴
부하라와 사마르칸트를

사랑스러운 이여, 그대에게 선물하기를?
이 도시들의 도취와 영화.

하지만 황제에게 한번 물어보라
그가 이 도시들을 그대에게 주겠는지?
그이, 나보다 더 빛나고 더 현명하지만
사랑을 어떻게 하는지는 모른다오.

지배자여! 그런 선물들에 더하여
이제 결단을 내려야 한다!
저런 아가씨는 가져야 한다
거지가 되더라도, 나처럼.

————

곱게 써 내려가고
멋지게 금박으로 두른 것
그대 그걸 보고 미소 지었지
무람한 종이들
나의 떠벌림을 용서하오
그대 사랑에 대한, 그대로 하여
이루어진 나의 성공에 대한,
사랑스러운 자화자찬을 용서하오.

자화자찬! 시샘하는 이에게만 악취이지

친구들에게는 기분 좋은 냄새라오,
또 자신의 취향에는!

존재함의 기쁨은 크고
존재함에서 느끼는 기쁨은 더욱 크다오.
그때, 그대가 줄라이카여,
나를 느껍도록 행복하게 해줄 때
공인 양,
그대의 열정을 내게로 던질 때,
나는 그 공을 받아서
되던진다오,
'그대에게 드리는 나'[25]를.
그건 엄청난 순간!
그다음에는 금방 프랑켄인들[26]이, 금방 아르메니아인들이
나를 그대에게서 채어 간다.

하지만 여러 날이 지나야 하리,
여러 해가 걸려야 하리,
수천 가지로, 그대의 넘치는 낭비를 내가 감당하려면
수천 가닥으로 그대가,
오 줄라이카여, 짜놓은
내 행복의 오색 끈을 가닥가닥 풀자면.

---

25 mein gewidmetes Ich: '나의 바쳐진 자아(自我)'가 직역이다.
26 십자군 전쟁 이후 오리엔트에서 흔히 쓰인 유럽인의 표기.

그 대신 이제 여기
시詩의 진주들이 있노라
내 열정의
부서지는 세찬 파도가
삶의 황량해진
해변에다 실어다 준 진주라오.
섬섬옥수로
사랑스레 집어 들어
꿰었다, 보석
황금장식으로.
이 진주 받아 그대 목에 걸라
가슴에 걸라!
알라 신의 빗방울들이
소박한 조개 속에서 여물었노니.

———————

사랑에는 사랑, 시간에는 시간,
말에는 말, 눈길에는 눈길
입맞춤에는 입맞춤, 더없이 신실한 입으로부터,
숨결에는 숨결 그리고 행복에는 행복.
그렇게 저녁에도, 그렇게 아침에도!
하지만 그대 내 노래들에서 느끼겠지
여태도 남모르는 근심들을.
유숩²⁷의 매력을 나 빌리고 싶다오,

그대 아름다움에 응답하려.

———————

줄라이카
무리와 섬기는 자와 승리자
그이들은 고백하지요, 언제든
세상 사람들의 가장 큰 행복은
오직 사람이라고.

어느 인생이든 살 만하다고
자기 자신만 잃지 않으면.
모든 걸 잃어도 된다고,
자기만 지금대로 그대로이면.

하템
아마 그럴 수 있겠지요! 그렇게들 생각하고요
하지만 나는 다른 궤도에 서 있다오.
모든 지상의 행복은 하나 되어
오직 줄라이카 가운데 있는 걸 본다오.

그녀가 자신을 나에게 남김 없이 주기에
나, 나에게 '소중한 나'[28]라오

———————————

27 젊고 아름다운 남자.

만약 그녀 몸 돌려버린다면
순식간에 나도 나를 잃고 말겠지요.
그러면 하템 노릇도 끝장날 테고요
하지만 나, 벌써 운명의 제비를 바꾸어 뽑았다오
나 얼른 돼버린다오,
그녀가 애무하고 있는 멋진 이의 모습으로.

랍비까진 될 생각은 없었소
그건 내가 원하는 바도 아니니,
하지만 피르다우시든, 몬타나비든[29]
누구든 황제는 되고자 했소.

───────

하템

황금세공사의 작은 시장 가게,
오색 찬란히 연마된 보석들처럼
그처럼 예쁜 아가씨들이
백발이 다 된 시인을 둘러싸고 있네.

아가씨들
또 줄라이카를 노래하네요!

───────────────

28 ein wertes Ich: 소중한 자아(自我).
29 Montanabi(915~65): 모든 아라비아 시인 중 가장 위대한 시인 혹은 마지막 위대한 아라
    비아 시인이라고 한다.

우리는 그녀를 견딜 수 없어요
당신 때문이 아니고 — 당신 노래들
때문에, 그녀를 샘내야죠, 샘낼 수밖에 없죠.

그녀 설령 못생겼더라도
당신이 그녀를 가장 아름다운 존재로 만드니까요
바로 그렇게 우리도 제밀과
보타이나[30]에 대해서 많이 읽었거든요.

하지만 우린 예쁘니까
우리도 노래 속에 그려져 있고 싶은 거예요
마땅하게 그려주신다면요
보수는 톡톡히 드리죠.

하템
갈색 아가씨들, 자! 그쯤이야 되지.
크고 작은 묶음머리, 빗 꽂은 머리,
자그만 두상의 싹싹한 단정함을 장식하고 있구나
둥그런 탑이 이슬람 사원을 장식하듯.

그대 금발 아가씨, 참 사랑스럽구나
하는 양이 모두 참으로 싹싹하구나
생각해 보니, 들어맞게도

---

30 Dschemil과 Boteina: 노령까지 사랑했던 연인들이라고 한다.

꼭 사원의 첨탑 같구나.

저 뒤쪽의 아가씨, 눈이
두 가지로구나, 두 눈을
하나씩 마음대로 쓸 줄 아네.
하지만 넌 내가 피해야겠다.

별 같은 눈동자 동그랗게 덮은 눈꺼풀 중
하나는 가볍게 눌려 있어,
악동 중의 악동 같은데
다른 하나, 착하기 그지없네.

저쪽 눈이 상처 내며 낚는다면, 이쪽은
치유하며, 먹이며 제값을 하겠구나.
이런 이중의 눈길을 받아보지 않은 이
그 누구도 행복하다 칭송할 수 없네.

하여 나 이렇게 모두를 칭찬하네
하여 나 이렇게 모두를 사랑하네.
너희를 내가 추켜세우는 그만큼
나의 여주인 줄라이카를 노래하는 것이니.

　　　아가씨들
시인은 참 좋아라 머슴 노릇 하려 하지
상전 노릇도 거기서 나오니까

하지만 무엇보다 그가 바라는 건
사랑하는 여인이 직접 노래 부르는 것.

그녀가 우리 입술 위에서 감돌
노래를 부를 요량이 있기나 하나요?
그것 참 수상하거든요,
그녀 숨겨진 채 좌지우지하니.

　　하템
한데, 그녀의 권능을 누가 알기나 할까!
너희들이 그런 깊은 이치를 알까?
스스로 느껴진 노래는 솟지
스스로 쓰인 시는 입에서 절로 나오지.

너희 여류시인들 모두 중
누구도 그녀와 같진 못하지.
너희야 노래하며 너희만 사랑하지만
그녀는 내 마음에 들려고 노래하거든.

　　아가씨들
잘 알아두세요, 당신은 우리에게 저
후리의 하나가 있는 양하고 있어요!
그럴지도 모르죠! 우린 아무도
이 세상에서 스스로 도취에 빠지진 않아요.

하템

고수머리여, 나를 사로잡고 있어라
이 환영幻影의 무리 안에서!
너희 사랑스러운 갈색 뱀[31]에게
맞설 게 나는 아무것도 없다오.

이 마음뿐, 마음은 꾸준하다
갓 핀 꽃들 속에서 활짝 부풀어 오른다
눈 속에서도 안개비 속에서도
그대 위해 에트나 같은 화산 솟는다오.

그대 수줍게 하며, 아침노을처럼[32]
저 정상들의 험준한 암벽을 물들이네
하여 다시 한 번 느낀다오 하템은
봄의 입김과 여름 불길을.

---

31 머리카락.

32 원문에서 이 연은 운율이 대단히 이목을 끄는 대목이다. 2, 4행의 끝단어(암벽(Wand) /불
    길(Brand))는 각운이 잘 맞는 데 비해 이 첫 행 "아침노을"(Morgenröte)과 운이 맞아야 할
    자리에 들어온 3행의 "하템"(Hatem)은 전혀 운이 맞지 않으며 그 자리에 운을 맞추어 들
    어와야 할 사람 이름이라면 "괴테"(Goethe)여야 하는 것.

술을 따라라! 또 한 병!
이 잔은 그녀에게 보내노라!
한 줌 재를 보면 그녀
말하리. "그이 내게서 불타버렸구나."

줄라이카

결코 당신을 잃지 않겠어요!
사랑은 사랑에게 힘을 주지요.
당신은 내 젊음을 장식해 주세요,
세찬 열정으로.
사람들이 내 시인을 기리면
아! 내 마음, 얼마나 부풀어 오르는지요.
사랑은 생명이고
생명의 생명은 정신이니까요.

———

당신의 감미로운 루비 입술이
추근거림을 욕하지 말게 하오
사랑의 고통에 달리 무슨 이유가 있겠나
그 치유를 찾는 것 외에는?

———

그대, 연인과 헤어져 있으면,
오리엔트와 옥시덴트처럼,

마음이 모든 사막을 뚫고 달려간다오.
마음은 어디서든 스스로에 이끎을 주어
사랑하는 이들에겐 바그다드도 멀지 않다오.

———

〈*〉
늘 보완되기를
안에서 부서질 듯한 너희의 세계![33]
이 맑은 두 눈, 반짝이고 있으니
이 심장, 나를 위해 뛰고 있으니.

——

오! 감각들이 그렇게 여럿이라니!
감각들은 행복에 혼란을 가져온다.
나 그대를 보고 있으면, 귀먹었으면 한다
나 그대 말을 듣고 있으면, 눈멀었으면 한다.

——

먼 곳에 있어도 그대 이리 가깝다!
그러다 느닷없이 고통이 엄습한다.
그러다 다시 그대 목소리 한 번 들린다,
단번에 그대가 다시 와 있다!

———

---

33 지리멸렬하고 혼란스러운 빈(Wien) 회의를 가리키는 것으로 해석된다.

어떻게 변함없이 쾌활할 수 있을까,
낮과 빛으로부터 멀리 떨어져서?
하지만 이제는 써야겠다
마시고 싶지는 않다.

그녀 나를 자신에게로 끌었을 때
긴말은 하지 않았었다
그때 혀가 막혔듯이,
지금은 펜이 막힌다.

더 따르라! 아이야[34]
잠잠히 잔을 채우라!
내가 하는 말은 오직, 생각하고 있어!
벌써들 안다, 내가 무얼 하려는지.

———————

내가 그대 생각을 하고 있으면
술 따르는 아이가 금방 묻는다
"어르신, 왜 그리 잠잠하셔요?
시동은 가르침을
늘 더 듣고
싶은데요."

———————

34 Schenke: 주막에서 술 따르는 시동.

사이프러스 나무[35] 아래서
나를 잊고 있노라면
그 애는 그걸 대수로이 여기지 않고
그 잠잠한 주변 가운데서
나는 현명하다,
영리하다, 솔로몬처럼.[36]

---

35 섬세하면서도 날씬하게 높이 솟는 이 나무는 이 시집에서 연인의 우아한 걸음, 날씬한 몸
    매의 은유로 나타난다.
36 솔로몬은 구약에서 현명한 왕의 예일 뿐만 아니라 열정적 연인의 예이기도 하다. '솔로몬
    의 아가' 참조.

⟨*⟩ 줄라이카 서

나는 이 시편을 한데 모으면 참 좋겠는데
다른 것들과 같이 묶여 있도록.
허나 어떻게 말과 종이를 줄일 수 있을까요,
사랑의 광기가 그대를 멀리멀리 데려가는데?

―――――

수북한 덤불가지들에서
사랑하는 이여, 보아라!
열매들을 살펴보아라
껍질에 싸이고 가시 있고 초록인 것들.

열매들은 벌써 오래 뭉쳐져 매달려 있다
잠잠히, 아무도 모르게 저 혼자서
그네처럼 흔들리는 가지 하나
그 무게를 달고 있다, 참을성 있게.

하지만 늘 안에서부터 무르익고
갈색 씨앗이 부푼다
씨앗은 대기 속으로 나오고 싶고

해를 보고 싶다.

껍질이 터진다, 그러면 씨앗은
기뻐하며 몸을 떨군다
그렇게 나의 노래들
그대 품 안으로 떨어져 쌓인다.

———————

　　줄라이카
흥겨운 분숫가에서,
분수는 물줄기 가닥가닥으로 유희하는데
나는 알 수 없었어요, 무엇이 나를 붙드는지
하지만 거기 당신 손길로
내 이름 표시 암호가 가만히 적혔어요
난 눈길 떨구었죠, 그대에게 마음 기울어.

여기, 운하의 끝에서
가지런히 모인 큰 가로수길 끝에서
나는 다시 높은 곳으로 눈길 줍니다
한데 거기서 나는 또다시
내 이름 글자들이 곱게 적혀 있는 것을 봅니다.
머물러요! 내게로 마음 기운 채 머물러요!

　　하템

물은 솟으며, 또 물결치며
사이프러스 나무들이 그대에게 고백하여라
나 오고 있음도 또 나 가고 있음도
줄라이카로부터 줄라이카에게로라고.

줄라이카
당신을 다시 만나자마자,
당신을 내가 입맞춤과 노래로 북돋우자
당신은 고요히 자신에게로 돌아왔잖아요
뭐가 마음 죄고, 마음 누르고, 마음 가로막아요?

하템
아, 줄라이카, 나더러 말하라고?
찬양하는 대신 탄식하고 싶네!
그대 여느 때 내 노래를 그냥 불렀는데,
언제나 새롭게 언제나 다시.

이 노래들도 찬양해야 할 텐데
하지만 그냥 끼워 넣어진 것들
하피스의 것도 아니도, 니자미도 아니고
사디도 아니고 자미의 것도 아니고.

선조들의 무리를 잘 아는데
음절에 음절, 음향에 음향,
기억 속에 간직되어 있는데

여기 이건 새로 태어난 노래들.

지금 지어진 것이로군.
말해주오! 그대 다른 이와 새롭게 맺어진 거요?
그대 그리 즐겁고도 대담하게
낯선 숨결을 내게 불어넣어 주니.

당신에게 방금 생명을 준,
방금 사랑 속으로 흔들어준
마음 끌며, 하나 되자 청하며,
내 것처럼 조화로운 숨결이니.

    줄라이카
하템이 오래 떠나 있었으니
소녀도 무얼 배웠답니다
참으로 아름답게 그의 기림을 받았기에,
헤어져 있음도 시험을 이겨냈죠
그 노래들 당신에게 낯설게 보이지 않도록 밝혀요,
그건 줄라이카의 노래들이어요, 당신의 노래들이기도 하죠.[37]

---

37 '노래는 내가 지었으나 당신의 것' 또는 '당신이 일깨우고 내가 배웠으니 이 노래들은 당신
과 나에게서 비롯된 것'이라고 풀이한다. 시인의 연인이 시인이 되어버린 것.

*바흐람 구르*³⁸가 운율韻律을 만들어낸 사람이라네
황홀해진 *그가* 순수한 영혼의 충동에서 말했네,
딜라람이, 그 시절 그의 연인이, 재빨리
같은 단어와 울림으로 응수했네.

또 그렇게, 연인이여, 그대가 나의 사람으로 정해졌네
운율을 아리땁게 즐거움 돋우도록 쓰라고.
사산 왕조 사람, 바흐람 구르도 나는
더 부러워할 필요 없네, 내게도 그리되었으니.

그대가 내게 이 책을 일깨웠지, 그대가 주었지
내가 즐겁게, 충만한 마음에서 말한 것
그대 아름다운 삶에서 나온 건데, 되울려 가니까
눈길에 눈길이 따르듯, 운韻에 운韻이 따르잖는가.

이제 계속 그대에게 울려라, 먼 곳에서도
언어는 가닿는다, 설령 음향은 사라진다 해도.
이게 별들 총총히 흩뿌려진 밤하늘³⁹ 아니겠는가?
이게 드높이 거룩해진 사랑의 우주 아니겠는가?

---

38 Beramgur/Bahram Gur(통치 420~38): 사산 왕조(226~651)의 큰 왕 바흐람 5세. 처음으로 운문으로 말했으며, 그 계기를 준 것은 그가 사랑한 노예 딜라람(Dilaram)이었다고 한다. 딜라람은 '마음을 안정시키는 사람'이란 뜻으로 '연인'(Dilara)이라는 단어에서 비롯된 이름이다. 전체 시는 시의 기원을 이야기하고 있다.
39 원어는 '외투'(Mantel). 페르시아의 창조신화에 의하면 별 하늘은 창조주의 외투.

당신 눈길에 또 당신 입에,
당신 가슴에 나를 맞추는 것,
당신 목소리를 듣는 것
마지막 그리고 첫 즐거움이었네.

어제, 아, 그것이 마지막 즐거움이었네
그다음에는 꺼졌네, 등불도, 지필 불도
나를 즐겁게 한 희롱 하나하나가
이제 빚처럼 무겁고 값비싸네.

우리를 새롭게 결합하는 게
알라의 마음에 안 들기 전에
나에게 태양을, 달과 세상을 다오
울 기회만이라도 다오.

줄라이카

이 술렁임은 무슨 뜻일까?
동풍이 기쁜 기별 가져오는 걸까?
그 시원한 날갯짓
마음의 깊은 상처를 식혀주네.

애무하며 바람은 먼지와 유희하다가
먼지를 일으켜 가벼운 구름덩이 만드네
안전한 포도넝쿨 정자로
곤충들의 즐거운 작은 무리를 몰아가네.

작열하는 태양을 부드럽게 누그러뜨리고
내 뜨거운 뺨도 식혀주네
벌판이며 언덕에 휘늘어진
포도넝쿨에 입맞춤하네, 달아나면서도.

나에게도 가져다주네, 그의 나직한 속삭임이
친구의 수천 번의 인사를.
이 언덕들이 어두워지기 전에
내게 인사하는 것 같네, 수천 번 입맞춤이.

그러니 너는 계속 불어 가거라!
친구들과 마음 흐려진 이들을 위해 애써라.
저기, 드높은 장벽이 햇볕 받아 이글거리는 곳
거기서 나, 머잖아 찾으리, 참으로 사랑하는 이.

아! 진정한 마음의 기별,
사랑의 입김, 새로워진 삶은
오직 그이 입에서만 내게로 오리
오직 그이 숨결만 내게 주리.[40]

---

40 훗날 마리아네가 쓴 것으로 밝혀진 시로 흔히 '동풍 시'로 불린다. 슈베르트의 작곡으로 더욱 널리 알려졌다. 1815년 여름 괴테는 두 번째이자 마지막으로 마리아네의 집에 머물렀다가 떠났는데 마리아네와 그 부군이 괴테를 좀 더 전송하려고 하이델베르크까지 뒤따라가서 사흘을 머물렀고 그곳에서 최종 작별이 이루어진다. 이 시는 그곳을 향해 가는 설렘을 담았다.

드높은 모습

태양, 그리스인들의 헬리오스,
호화로이 하늘궤도를 달린다
분명, 우주를 제압하려
그는 두리번거린다, 내려다보고, 쳐다본다.

그는 본다, 가장 아름다운 여신[41]이 우는 것을
구름의 딸, 하늘의 자식인
그녀에게 빛나는 건 오직 그 혼자인 것 같다
모든 맑은 공간들이 눈먼 것 같다.

고통과 전율[42]에 사로잡혀 그가 가라앉으면
그녀에게선 더욱 자주 눈물 솟고
그녀의 슬픔 속으로 흥겨움을 보내는 이도 그,
진주알 알알에다 입맞춤 또 입맞춤을 보낸다.

이제 그녀, 시선의 거센 힘을 깊이 느끼고
눈길 떼지 못한 채 올려다본다

---

41 무지개의 여신 이리스(Iris).
42 Schauer: '전율'과 '비'(Regen)라는 뜻이 동시에 있는데 여기서는 두 가지 뜻이 함께 쓰였다.

진주[43]들은 모습이 되려 한다
알알이 그의 모습을 받아 담았기에.

하여 그렇게, 색색깔 둥근 띠에 둘려,
명랑해진 그녀 얼굴, 빛을 발한다
이끌려서, 그도 그녀에게로 온다
하지만 그가, 하지만 아! 그녀에게 닿지는 못한다.

그렇게, 운명의 가혹한 제비에 따라,
더없이 사랑하는 여인아, 그대 나를 떠나가는구나
나 설령, 위대한 이 헬리오스라 한들
수레의 왕좌가 다 무슨 소용이랴?

---

43 '진주'는 이 시집 안에서 자주 비, 눈물의 은유로 쓰이고 있다.

여운

참 호화롭게 울려요, 시인이
태양이나 제왕에 자신을 비교하면
하지만 그, 슬픈 얼굴들은 감추고 있네요
음산한 밤들에 그가 가만가만 걸을 때의 그 얼굴.

구름에 가닥가닥 사로잡혀
밤이면 하늘의 가장 맑은 푸르름이 가라앉아 버렸지요
내 두 뺨은 여위어 창백하고
또 내 가슴의 눈물은 잿빛이고요.

나를 그렇게 어둠에, 고통에 맡기지 마세요
그대, 세상에서 제일 사랑하는, 그대, 나의 달얼굴이여,
오, 그대 나의 인광,[44] 나의 촛불,
그대 나의 태양, 그대 나의 빛이여!

---

44 유황(Phosphor). 유황은 가연성이 높은 폭발성 물질로 당시에 폭약 제조에 쓰였는데, 이
   시에서는 '빛을 가져오는', '빛을 발하는'이라는 단어의 어원 때문에 쓰이고 있다.

줄라이카

아! 네 젖은 날개,
서풍아, 얼마나 네가 부러운지.
넌 그이에게 소식 전할 수 있지
헤어져 있어 얼마나 나 괴로운지.

네 날개의 펄럭임
가슴속에서 고요한 그리움을 깨워낸다
꽃들, 눈, 숲과 언덕
네 입김에 눈물 젖어 있구나.

하지만 네 온화하고 부드러운 바람결
상처 입은 눈꺼풀을 식혀준다
아, 고통으로 나 죽고 말리,
그이 다시 보리라는 희망 없다면.

서둘러 가라, 내 사랑에게로
부드럽게 그 마음에다 말하라
하지만 그이 슬프지는 않게
내 고통은 숨겨다오.

하지만 말해다오, 겸손하게 말해다오,
그의 사랑이 나의 생명이라고.
우리 둘의 기쁜 감정이
나, 그의 곁에 있게 해주리.[45]

---

45 앞의 속칭 '동풍 시'와 마찬가지로 마리아네의 글로 밝혀진 시로 흔히 '서풍 시'로 불린다.
하이델베르크에서의 잠깐의 재회 후 괴테와 마리아네는 평생 다시 만나지 못했다. 이 시는
그 최종적 이별 후 마리아네가 쓴 것이다.

재회

있을 수 있는 일인가! 별 중의 별,
그대를 다시 가슴에 품다니!
아, 먼 곳의 밤은 그 얼마나
심연인가, 얼마나 고통인가!
그래, 당신이지! 내 기쁨의
감미로운, 사랑스러운 상대
지나간 괴로움을 생각하며
나 전율해요, 그대 여기 있음에.[46]

가장 깊은 바닥에서 세상이
신神의 영원한 가슴에 닿아 있을 때,
그분이 첫 시간을 정하셨지,
드높은 창조욕으로.
하여 그 말씀을 하셨지. "… 있으라!"
우주가 힘차게
현실 속으로 쏟아져 들어왔을 때
그때 울렸고, 고통스러운 아!도

---

46 Gegenwart: '현재' 혹은 '현전', '지금 여기 있음'의 뜻. 따라서 '현재(現在) 앞에서'라고도
직역될 수 있다.

열렸지, 빛이! 하여 어둠이
쭈뼛쭈뼛 빛과 헤어졌고
즉시 4대 원소들은
갈라지며 서로에게서 달아났지.
재빨리, 거칠고 황량한 꿈에 잠겨
각자 다투어 먼 곳으로 가
무한한 공간 속에서, 굳어졌지
그리움도 없이, 소리도 없이.

모든 것이 말이 없고, 고요하고 황량했고
처음으로 외로웠지, 신이!
그래서 그는 아침노을을 지었고
노을은 그 괴로움을 가엾이 여겨
그 침울한 이를 위해
소리 고운 색색깔 유희를 펼쳤지
하여 이제 다시 사랑할 수 있었다,
우선 서로 갈라져 떨어졌던 것들.

하여 서둘러 애쓰며
원래 하나였던 것들이 서로를 찾았다.
영원한 생명으로
감정과 시선을 돌렸다.
붙잡든, 그러쥐든,
다만 붙들고 있기를!
알라는 더는 할 일이 없으리,

이젠 우리가 그의 세계를 지어야 하는 것.

그렇게, 아침노을빛 날개에 실려
나는 휘익 그대 입가로 가고
또 밤은 수천 개의 인장을 찍어
별처럼 환히 맹약에 힘을 주지.
지상의 우리 두 사람은
기쁨에서도 고통에서도 전범典範이지
하여 두 번째 말씀이 있어 '…있으라!' 하여도
우리를 두 번째로 갈라놓진 못하리.

보름달 뜬 밤

여주인이시여, 말해보아요, 이 속삭임은 무슨 뜻인가요?
왜 그대 입술 나직이 움직이지요?
늘 혼자서 웅얼거리는데,
포도주를 홀짝이는 것보다 사랑스럽네요!
그대, 오뉘처럼 다정한 그대 두 입술에
또 한 쌍을 끌어당겨 올 생각을 하고 있나요?

키스하고 싶어! 키스!라고 내가 말했어.

보세요! 어슴푸레한 어둠 속에서
모든 가지들이 꽃피며 이글거려요
별에 별이 유희하며 내려오고
수천 가지 홍옥紅玉은
에메랄드 빛, 덤불들을 뚫고.
하지만 그대 정신은 모든 것에서 멀리 있네요.

키스하고 싶어! 키스!라고 내가 말했어.

그대 연인, 멀리서, 시험당하며,
똑같이 쓴 감미로움에 잠겨

불행한 행복을 느끼고 있어요.
그대들이 보름달 가운데서 서로 반기는 일
그대들이 신성하게 찬양했었지요
지금이 그 순간이랍니다.

키스하고 싶어! 키스!라고 내가 말하고 있어.

비밀 문서[47]

그대들, 오 외교관들이여,
모름지기 애쓰라,
그리고 그대들의 통치자들에게
말끔하고 산뜻하게 조언을 주라!
암호화된 외교 우편은
세상 사람들을 바쁘게 한다
마침내 어구 하나하나
다 풀려 가지런할 때까지.

감미로운 여주인으로부터
암호가 내 손으로 들어왔네
그걸 나 벌써 즐기고 있네
그녀 기술을 고안했기에.
이건 넘치는 사랑이네,
나와 그녀 사이같이
더없이 사랑 충만한 곳에선
아리땁고 변함없는 뜻이네.

---

47 산문편 '보다 나은 이해를 위하여'의 「꽃과 기호의 교환」과 「암호」 편 참조. 연인들이 주고
   받는 비밀 편지의 종류, 특히 괴테와 마리아네가 주고받은 암호 편지이다.

수천의 꽃들로 된
오색 꽃다발[48]이네,
천사 같은 마음들로
가득 차 있는 집이네.
찬란한 오색 깃털들
하늘, 그 위로 흩뿌려졌네,
울려 퍼지는 노래의 바다
향내 가득히 불어오네.

꼭 가닿고 싶은 마음이 만든
남모르는 이중문서,
생명의 골수에
화살에 화살처럼 와 박히네.
내가 그대들에게 밝힌 것,
이미 오래전에 신성한 관습이었네
그대들 그걸 알았거든
잠잠히 그대들도 그걸 사용하라.

---

48 사화집(Anthologie)으로서의 암호 편지. 'Anthologie'의 그리스어 어원은 '꽃 모음'이다.

반사

그이 내게 거울이 되었네
나 참 즐겨 들여다보네
황제의 훈장[49]이 두 겹 광채를 달고
내게 걸려 있는 것 같네.
어디서든 내가 나를 찾고 있네
스스로에 도취해서가 아니네
참으로 어울리고 싶어서이지,
한데 여기 이것이 그 경우.

이제 내가 거울 앞에 서면
홀로 된 이의 고요한 집에서,
금방, 내가 나를 잘못 보기도 전에
사랑하는 이가 함께 걸어 나오네.
얼른 돌아서네, 그러면 다시,
내다보던 그녀 사라져버렸네
그럴 때면 나 내 노래들을 들여다보지
그럼 금방 그녀 다시 거기 있네.

---

49 해와 달이 함께 있는 모습의 훈장. 이를 하템과 줄라이카의 결합의 상징으로 쓰고 있다.

노래들을 나 점점 더 아름답게 쓰네
점점 더 내 뜻에 따라
시비하는 이들, 비웃는 이들 있다 해도
나날의 소득이 되네.
겹겹 테두리 속 그녀 모습
아름다워질 뿐,
황금빛 장미넝쿨이며
투명칠 반짝이는 거울틀에 감싸여서.

줄라이카

얼마나! 가장 내밀한 쾌적함인 듯
노래[50]여, 나 네 뜻을 느끼는지!
사랑에 차 너는 말하는 것 같구나
내가 그의 곁에 있다고.

그분이 영원히 나를 생각하도록
그의 사랑의 희열
늘 멀리 있는 여인에게 선물하기를
한 생生을 그에게 바친 여인에게.

그래요! 내 가슴, 거울이어요
친구여, 그대가 그대 모습을 보는 거울
이 가슴이지요, 그대 인장이
입맞춤에 또 입맞춤으로 찍혀 있는.

감미로운 시 짓기, 소리 큰 진실
나를 공감에다 묶어요!
사랑의 맑음이 순수하게 체현되어요

---

50 바로 앞의 시를 가리킨다.

시詩의 옷을 입고.

———————

*

세상 비추는 거울[51]일랑 알렉산드로스 대왕 손에 맡겨두어요.
거기 뭐가 보이나요? — 거기 또 저기
말 없는 만백성, 그가 다른 사람들과 함께
강제하며 한없이 뒤흔들고 싶어 했던 사람들이지요.

그대! 더는 가지 말아요, 낯선 것을 지향 말아요!
내게 노래해 줘요, 스스로에게 노래 불러주던 그대.
생각해 줘요, 내가 사랑한다는 것, 내가 살고 있다는 것
생각해 줘요, 그대가 나를 그리하게 했다는 것.

———————

세계는 속속들이 바라보기 아름다워요
하지만 그 무엇보다 아름다운 건 시인의 세계죠.
색색깔, 환하거나 은빛 회색
벌판 위에, 밤과 낮이, 불빛들이 빛을 내기 시작해요.
오늘 내겐 모든 것이 찬란하네요, 다만 머물렀으면!

———————————————

51 Weltenspiegel: 다양한 세상 모습을 비추는 '거울'이면서, 또한 문맥으로 하여 '제후 지침
서'(Fürstenspiegel)를 상기시킨다.

나는 오늘 사랑의 안경을 끼고 보고 있거든요.

———————

수천 가지 모습으로 그대, 자신을 감추나 봐요
하지만 더없이 사랑하는 이여, 곧바로 나 알아봅니다, 그대를.
그대, 마법의 베일로 자신을 덮을 수 있겠지만
어디에나 있는 이여, 곧바로 나 알아봅니다, 그대를.

사이프러스의 가장 맑고 가장 젊은 솟구침에서
속속들이 아름답게 자라난 이여, 곧바로 나 알아봅니다, 그대를.
운하의 맑은 물결의 출렁임 속에서
만인의 마음 사로잡는 이여, 잘도 나 알아봅니다, 그대를.

솟으며 물줄기가 펼쳐지면,
만물을 유희하는 이여, 너무나 즐겁게 나 알아봅니다, 그대를.
구름이 모습 빚으면서 모습 바꾸면
만물의 다채로움을 지닌 이여, 그곳에서 나 알아봅니다, 그대를.

꽃무늬 베일의 초원 양탄자에서
모두 색색깔 별로 뒤덮인 이여, 아름답게 나 알아봅니다, 그대를.
수천 가지 가지 친 담쟁이를 이리저리 붙잡아보노라면
오 만물을 굳게 감싸고 있는 이여, 거기서 나 알아봅니다, 그대를.

산맥에 아침이 점화될 때면,

금방, 만물을 밝히는 이여, 나 반깁니다, 그대를.

그러면 내 머리 위에서 하늘이 맑게 둥글어지지요

만물의 마음 넓히고 있는 이여, 그러면 나 숨 쉽니다, 그대를.

내가 외면적 뜻으로, 내면적 뜻으로 알고 있는 것,

그대 만물을 가르치는 이여, 내가 압니다, 그대를 통해서.

그리고 내가 알라[52]의 백 가지 이름을 다 부르면

그 하나하나와 함께 이름 하나가 여운으로 울립니다, 그대를 위해.[53]

---

52 문맥에 따라 '만물' 혹은 '만인', '모두'로 달리 번역된 접두사 All이, 한 행씩 건너뛰며 열한 번이나 나온 후에 열두 번째로 나온 비슷한 음향의 Allah가 매우 강조되어 있다. 아흔아홉 가지 이름이 있다는 알라의 이름이 다 불린 듯하다. 그런데 마치 알라의 백 번째 이름인 듯, 똑같이 반복되는 '그대를'(dich)이 더해진다.

53 시 전체가 마치 2행이 반복되고 매번 둘째 행 끝단어가 운이 맞는 오리엔트 시형식 가젤과도 같다. 여기서는 운이 맞을뿐더러 심지어 같은 단어(그대를(dich))가 반복되고 있다. 시인의 눈에는 어디서나 보이는 '그대'가 원문에서는 형식적으로도 두드러지게 재현되고 있다.

SAKI NAMEH
주막 시동의 서
DAS SCHENKENBUCH[1]

1　Das Schenkenbuch는 '주막 시동의 서'(Das Buch des Schenken) 혹은 '주막의 서'(Das Buch der Schenke)라는 두 가지 번역이 다 가능하다. 페르시아어 saki nameh의 사키(saki/saqi)는 명확히 '주막 시동'이며 괴테 자신의 책 예고에서도 '주막 시동의 서'로 공지되었다. 괴테가 참조한 폰 하머의 번역은 두 가지 뜻을 다 가진 복수(Das Buch der Schenken)여서 페르시아 원어에 상치된다. 여기서 괴테는 제목은 단수로 쓰면서도 본문에서 두 가지 뜻을 다 살려서 두 주제를 함께 아우르고 있다. 처음에는 주막이 다루어지고, 여덟 번째 시에서야 비로소 주막 시동이 등장한다.

그렇다오, 주막에 나도 앉아 있었지

다른 사람들처럼 나도 술을 따라 받았지

한 날을 두고 사람들은 수다 떨고, 소리 지르고, 다투고

한 날이 명한 대로, 즐겁고도 슬프게.

하지만 나, 마음 가장 깊은 곳이 기쁨으로 차 앉아 있었지

사랑하는 이를 생각했지 — 그녀를 어떻게 사랑하느냐고?

그건 내가 모르지, 하지만 얼마나 나 오갈 데 없이!

가슴이 시키는 대로 나 그녀를 사랑하는지

가슴은 한 여인에게 스스로를 다 주고는 하인처럼 매달려 있다네.

양피지가 어디 있었더라, 펜은 어디에?

그것들 다 적어두었는데! — 그랬었지! 정말 그랬어!

_____

나 홀로 앉아 있네

어딘들 더 낫겠는가?

내 술은

나 홀로 마신다

아무도 나를 막는 사람 없고

나, 나만의 생각을 오롯이 지니고 있네.

그렇게나 만취했다네, 물라이,[2] 그 도둑,
취중에 아름다운 글을 적었다네.

———

쿠란이 영원한 건지?
그건 내가 묻지 않겠다!
쿠란이 만들어진 건지?
그것도 난 모른다!
그것이 책 중의 책이라는 것
믿는다, 이슬람교도의 의무에서.
하지만 술이 영원한 건지
그거야 의심치 않는다.
그게 천사들보다도 먼저 만들어졌다는 것
그 또한 지어낸 말만은 아닐 것.
마시는 자, 언제든,
신神의 얼굴이 보다 생생하게 보인다네.[3]

———

---

2 Muley: 모로코의 파티마 왕조(909~1171) 시절의 남자/신사(Herr)에 대한 호칭.
3 이슬람의 금주령에 어긋날 뿐만 아니라, 신을 그리지 않는 이슬람의 계율에도 어긋나는 구절. 한편 "신의 얼굴을 바라본다"라는 표현은 구약 성서에서 실락원에 관한 부분, 최후의 심판에 관한 부분들에 나온다.

취해야 하리, 우리 모두!
술 없이도 취하는 게 젊음.
늙음은 마셔서 다시 젊어지니
그건 경이로운 미덕.
근심을 근심하는 거야 인생살이
근심 걱정 잊게 하는 건, 술.

———

새삼 알아볼 것도 없다
술은 엄히 금지되었노라.
그래도 취해야겠거든
최상의 포도주만 마시라.
형편없는 술로까지 저주를 받는다면
그대, 갑절로 이단자이리.

————

말똥말똥한 동안에는,
나쁜 것도 마음에 든다
취중에는
옳은 것을 아느니.
다만 지나침이
또한 가까이 있으니
하피스여! 오 가르쳐달라
어떻게 그대 그걸 이해하였는가.

내 의견은
과장되지 않았기에.
취할 수 없으면
사랑도 하지 말라
하지만 그대들 술꾼들아
더 잘났다 망상하진 말라
사랑할 수 없거든
마시지도 말라.

줄라이카

왜 그대 자주 그리 격하시지요?

하템

그대도 알지요, 육신이란 감옥,
영혼을 꾀어 가두어놓았지
거기서 영혼은 팔꿈치 운신도 자유롭지 못하지.
영혼이 여기로 또 저기로 벗어나보려 하면
사람들은 감옥 자체를 사슬에 묶어버리지
거기서 영혼은 이중의 위협을 받지
그래서 그 태도가 자주 이리도 이상한 거라오.

———————

육신이 감옥이면
왜 감옥이 이렇게 항시 목마를까?
영혼은 그 속에 잘 있는데
즐겨 맑은 정신에 머물고 싶어 하는 것 같은데.
하지만 지금은 술 한 병
새롭게 한 병 또 한 병을 들여오라.
영혼이 더는 못 견디겠단다,
문을 와장창 부수겠단다.

술시중꾼에게

내게다 놓지 마라, 이 거친 사람아,
술 항아리 그리 거칠게 내 코앞에다 갖다놓지 마라!
술을 가져오는 사람은, 나를 다정히 바라보라
그러잖으면 술잔 속의 11년도산産⁴ 흐려진다.

---

4 혜성이 왔던 1811년도에 산출된 품질 좋은 포도주.

시동에게

너 고운 소년아, 너는 들어오너라
왜 거기 문지방에만 머물러 있나?
앞으로 내 술은 네가 따라라
모든 술이 맛나고 맑으리.

시동이 말한다

너, 갈색 곱슬머리,
수작 부리는 아가씨야, 내 길에서 썩 비켜라!
우리 어르신께는 내가 감사히 술 따르겠다,
이제 내 이마에 입맞춤해 주셨으니.

하지만 넌, 장담하거니와,
보아하니 입맞춤으로는 만족하지 않을 거야
네 두 빰, 네 젖가슴
내 친구분을 지치게 할 거야.

지금 민망해서 조금 물러나며
날 속인다고 믿는 거지?
난 아주 문지방에 드러누워 있겠다
그러다 잠을 깨겠어, 네가 살금살금 기어들면.

———————

취한 것을 두고 사람들은
갖가지로 우리를 나무라는데
취함에 관해서는

아무리 말해도 끝이 없다.

보통 취기醉氣야

날이 새면 사라지지

하지만 나의 취기는 나를

밤에 이리저리 내몰았다.

그건 사랑의 도취

나를 가련하도록 괴롭히지

낮에서 밤으로, 밤에서 낮으로

내 마음속에서 두렵게 망설이지.

마음, 노래에

취해 부풀고 솟구치는 마음

어떤 맹숭맹숭한 취기도

감히 이리 금방 솟지는 못하지.

사랑에, 노래에 또 술에 취함,

밤이 되든, 날이 밝든

이 최고의 신적神的인 취기

나를 황홀케 하네, 나를 괴롭히네.

———————

　*

너 작은 악당 너!

내가 의식은 남아 있어야지

어디서든 중요한 건 그것.

그래서 네가 여기 있는 걸

내가 이리 기뻐하지
너 사랑스러운 아이야
내 아무리 취했어도.

———————

*

주막에서 오늘
새벽부터, 이 무슨 소란인가?
주인과 아가씨들, 횃불들, 사람들!
무슨 드잡이가 있었나, 실랑이가 있었나?
피리소리 들렸다, 북소리 울렸다!
난장판이었다 ─
하지만 나, 신나하며 좋아라,
나 또한 거기 있었지.

내가 버릇없다고
다들 날 비난하겠지
하지만 나는 현명하게도
학파들의 싸움과 강단으로부터는
멀찌감치 떨어져 있다오.

주막 시동

시동
어쩌다 이 지경이 되셨어요! 오늘 이리 늦게
침실에서 겨우 나오시다니
페르시아 사람들은 이런 걸 '얼 나갔다' 하죠
독일 사람들은 '고주망태' 되었다 하고요.

시인
이제 나, 사랑하는 소년아,
나 이제 세상이 싫어졌다
장미의 빛, 향기도
밤꾀꼬리의 노래도.

시동
방금 제가 치료를 해보려는 참인데요
잘될 것 같습니다
여기! 신선한 아몬드를 드셔보셔요
그럼 포도주가 다시 맛날 거예요.

그러면 제가 테라스에서
신선한 공기를 흠뻑 마시게 해드리죠

제가 눈 떼지 않고 바라보고 있노라면
그대, 시동에게 입맞춤을 해주시겠지요.

보세요! 세상은 동굴이 아니에요
늘 많답니다, 갓 깬 새끼들, 둥지들
장미 향기와 장미유油!
밤꾀꼬리도요, 어제와 다름없이 노래하지요.

―――――――

저 밉살스러운 늙은 아낙,
환심 사려 드는 여인.
사람들은 그녀를 세상이라 부르지,
그녀 나를 속였다
다른 모든 여인들처럼.
그녀 내게서 믿음을 앗아 갔고,
그다음에는 희망을,
이제는 그녀
사랑에마저 손대려 해서
나 떨쳐 나왔다.
구해낸 보물[5]을
영원히 지키려고
그걸 나 현명하게도

―――――――――――

5 사랑.

줄라이카와 사키[6]에게 나누었다.
둘이 제각기
경쟁을 하고 있다,
서로 보다 높은 이자를 주겠다고.
하여 나 그 어느 때보다도 부유하다.
믿음을 되찾았노라!
그들의 사랑에 대한 믿음을.
술잔에 담긴 믿음, 나에게 허락한다,
현재라는 찬란한 감정을.
희망인들 무얼 바라랴!

---

6 Saki: '술 따르는 소년'. 여기서는 '주막 시동'(Schenke)이라는 말 대신 페르시아어를 쓰고
   있다.

시동

오늘은 식사를 잘 하셨죠
하지만 술을 더 드셨죠
식사 때 잊고 남기신 음식은
이 그릇에 담겼답니다.

보세요, 이걸 '작은 백조'라 하죠
포만한 손님의 기분대로.
물결 위에서 뻐기고 있는
내 백조에게 이걸 가져가요.

하지만 노래하는 백조에 대해서는 안다고들 하지요
백조가 우는 건 스스로에게 울리는 조종弔鐘이라는 것.
노래 같은 건 없어도 상관없어요
만약 그 노래, 그대의 종말을 가리키는 것이라면.

시동

시장에서 모습을 보이시면
사람들이 위대한 시인이라고 해요
노래하시면 저는 즐겨 듣지요
또 귀 기울이지요, 침묵하시면.

하지만 저는 더더욱 사랑하지요,
잊지 말라 입맞춤해 주시면.
말이야 지나가 버리지만
입맞춤은 마음속에 남아 있거든요.

운율에 운율이 무언가를 뜻하거든요
많이 생각하는 건 더 좋고요.
다른 사람들에겐 노래를 불러주시고
시동과 계실 때는, 입 다무셔요.

시인

시동아 오너라! 한 잔 더 다오!

　　　시동
어르신, 충분히 드셨습니다
남들이 절도 없는 술고래라 하겠는데요.

　　　시인
내가 언제 주저앉은 것 보았느냐?

　　　시동
그건 무함마드께서 금하셨죠.

　　　시인
　　　　　　　사랑스러운 아이야!
듣는 사람 없으면, 말해주마.

　　　시동
즐겨 하시는 말씀에는
전 물어볼 게 별로 없는데요.

> 시인
>
> 귀 기울이거라! 우리 다른 이슬람교도는,
> 우리는 맑은 정신으로 몸 숙이고 있어야 한다
> 그분이 그 신성한 열성으로
> 혼자서만 미쳐 있고자[7] 하면.

———————

*

> 사키
>
> 조심하세요, 오 어르신! 취하시면
> 주위에 불의 광채가 튀어요!
> 타닥타닥, 수천 개의 섬광이 번뜩여요
> 어딜 붙잡아야 할지 모르겠고요.
>
> 저 구석엔 승려들이 보여요,
> 식탁을 내리치시면
> 저이들은 위선자같이 몸을 숨기네요,
> 가슴을 활짝 여셔도요.
>
> 말해주세요, 왜 젊음이,
> 아직 온갖 오류에 얽매였는데

————————

7 원어 verrückt는 '미친'이라는 뜻으로 통용된다. '신성한 열성'은 깊은 신앙심을 나타내며, 이런 상태의 이슬람 예언자는 천재이기도 해서, 이슬람의 금주령이 아무나 예언자 같은 도취경에 빠지지 않게 하려 함이라는 설도 있다.

이렇게 미덕이라곤 없는데,
늙음보다 현명하다는 건지.

모두 아시면서, 무얼 하늘이,
무슨 온갖 걸 땅이 지니고 있는지
그러면서 감추지 않으시네요
가슴에서 솟는 와글거림도.

하템
바로 그래서, 사랑스러운 소년아
너는 언제까지고 젊어라, 현명해라
시 짓기는 천상의 선물이기는 하나
지상의 삶에서는 기만欺瞞.

처음에는 비밀에 잠겨 이리저리 흔들려보다가도
다음에는 조만간에 떠벌려버리지!
시인은 침묵으로 은폐해도 허사
시 짓기 자체가 이미 폭로이거든.

여름밤

> *시인*
> 해가 졌다
> 하지만 서쪽에서는 여전히 빛난다
> 알고 싶다, 얼마나 오래
> 저 황금빛은 더 지속하는가?

> *시동*
> 원하시면, 어르신, 제가 머물러
> 장막 밖에서 기다리겠습니다
> 어둠이 희미한 빛의 여주인이 되면
> 제가 금방 알려드리겠습니다.

> 제가 알기 때문이죠
> 저 높은 곳을 사랑하신다는 걸
> 무한한 것을 바라보기를 사랑하신다는 걸
> 푸르름 속 저 불꽃[8]
> 두 가지가 서로를 기리는 시각.

---

8 성좌를 가리킨다.

가장 환한 것이 다만 말하려 하죠.
이제 나 내 자리에서 반짝이겠다
신이 너희를 더 밝히시면
너희도 나처럼 이렇게 반짝여라.

신 앞에서는 모두가 찬란하니까요,
바로 그분이 최상의 분이기 때문에.
이제 모든 새들이 잠들지요,
크고 작은 둥지 속에서.

하지만 한 마리 동그마니 앉아 있군요,
사이프러스 가지 위에.
미풍이 그를 흔드는 곳
이슬의 가벼운 물기까지 흔드는 곳.

그런 걸 제게 가르치셨어요,
아니면 무언가 그 비슷한 것,
그대로부터 언젠가 들은 것
마음에서 물러나질 않을 거예요.

올빼미이겠어요, 그대 위해서는
부엉이이겠어요, 여기 테라스 위에서.
기다려서 비로소 북쪽 성좌의
쌍둥이 선회[9]를 다 볼 때까지.

그건 자정쯤이겠지요
그대가 자주 너무 일찍 잠 깨면,
그러면 호화로움이 있을 거예요,
그대가 나와 함께 우주를 경탄할 때.

　　　시인
비록 이 향기와 정원 안에
온 밤들 밤꾀꼬리 소리 울리기야 하지만
그대 오래 기다릴 수도 있으리
밤이 그 많은 것을 할 수 있을 때까지.

그리스인들이 일컫듯,
이 꽃시절에는
생과부, 아우로라[10]가
헤스페로스[11]에 빠져 몸 달아 있으니까.

돌아보라! 그녀가 온다! 얼마나 재빠른가!
긴 꽃벌판 건너 온다!
이편이 환하고 저편도 환하다

9　큰곰자리와 작은곰자리의 공통된 움직임을 가리킨다.

10　아침노을의 여신 아우로라(Aurora, 그리스어로 Eos)는 티톤(Tithon)을 사랑하여 그에게
　　불멸을 주기를 제우스에게 청하여 이루었으나, 영원한 젊음을 청하기를 잊어, 티톤은 힘
　　없는 늙은이가 되었다고 한다. 그래서 여기서 아우로라가 '생과부'(Strohwitwe)로 지칭되
　　었다.

11　Hesperus: '초저녁별', '샛별(금성)'. '저녁', '서방' 등의 함의도 있다.

그렇다, 어둠이 몰리고 있다.

가벼운 붉은 신발바닥 딛고
태양과 더불어 달아난 그,
그녀가 따라잡으러 미친 듯 달린다
그대 느끼지 않는가, 사랑의 헐떡임.

가거라, 아들들 중의 가장 사랑스러운 이,
깊이 안으로 문, 문을 닫으라
그녀, 네 아름다움도
헤스페로스처럼 납치하고 싶을 테니까.

―――――

⟨ * ⟩
　　　시동 졸려하며
기다리다 기다리다 드디어 이렇게 배우네요.
모든 원소들 가운데 신이 있다는 것을.
이리 멋지게 가르쳐주시다니!
하지만 가장 멋진 건 사랑해 주시는 거죠.

　　　하템
이 애는 정말 사랑스럽게 자고 있네, 잘 권리도 있지
너 선한 소년은 내게 술을 따라주었다
친구이자 스승으로부터, 강압도 벌도 없이

이렇게 어린데, 늙은이가 생각하는 바를 알았구나.
하지만 이제 아름답게 충만한 건강이
네 사지에 스며들고 있구나, 네가 새로워지도록.
나는 더 마신다, 그러나 조용, 조용하다
네가 잠 깨어나며 나를 기쁘게 하지 않도록.

MATHAL-NAMEH
비유의 서
BUCH DER PARABELN[1]

---

1 Parabel: 18세기에는 우화나 비유적 이야기를 가리켰다. 나탈-나메의 Natal도 natala(비슷하다, 비교하다)가 어원이다.

하늘로부터 내려, 거친 바다들의 소나기 가운데서,
물방울 하나, 두려워하며 몸서리치며 가득한 물을 쳤다
하지만 신은 그 겸손한 믿음의 용기에 보답해 주셨다
그 물방울에게 힘과 지속[2]을 주셨다.
그를 말없는 조개가 보듬었다
하여 이제, 영원한 명성과 보상이 되어,
진주가 우리 황제의 왕관에서 빛나고 있다
우아한 광채와 온화한 빛으로.

─────────

밤꾀꼬리[3]의 저녁노래, 쏟아지는 비를 뚫고
알라 신의 환한 왕좌로까지 밀려갔다.
좋은 노래에 대한 보상으로
알라 신은 새를 황금 새장에 가두었다.
새장은 인간의 지체肢體.
갇혀 있다고 느끼기는 하지만

─────────────

2 시의 불멸성과 연관된 은유. 18세기까지 진주는 하늘에서 바다로 떨어진 물방울에서 이루
   어졌다고 생각되었고, 이 시집에서 진주는 자주 시의 은유로 쓰이고 있다.
3 Bulbul: 페르시아어로 '나이팅게일', 여기서는 영혼의 비유로 쓰였다.

그래도 잘 생각해 보면
작은 영혼은 다시 또다시 노래 부른다.

〈*〉 기적의 믿음

깨졌다, 언젠가 예쁜 접시 하나
나는 정말로 절망해서
마구 허둥지둥
빌어댔다, 온갖 악마를 불러가며.
처음엔 펄펄 뛰다가, 나중엔 힘없이 울었다,
슬프게 파편들을 주우면서.
그걸 신이 불쌍히 여겨, 바로 만들어놓으셨다
예전과 똑같이.

———————

조개에서 굴러 나온 진주,
가장 아름다운 것, 드높이 태어났다,
보석상에게, 그 착실한 사람에게,
진주가 말했다. 내가 없어져요!
나를 꿰뚫으시면, 아름다운 나의 우주
금시 망가져버리죠,
자매들과 함께, 나, 하나하나씩
붙여져서 평범한 것이 되어야만 해요.

"나는 지금 이득만 생각하니,
네가 날 용서해야 한다.
내가 여기서 잔인하지 않으면
어떻게 끈을 가지런히 꿰겠느냐?"

———————

놀라며 즐겁게 보았네,
공작 깃털 하나, 펼쳐진 쿠란 위에 놓였네,
그 신성한 자리에서 환영받아!
지상의 모습을 한 최고의 보물이었네.
네게서, 하늘의 별들에게서처럼
신의 위대함을 작은 것에서 배우겠네.
온 세상을 조감하시는 그이,
그 눈을 여기에다 찍어놓으셨네,[4]
가벼운 솜깃털[5]을 그리 장식해 주셨네
왕들이 감히
새의 호화로움을 모방하지 못하네.
겸손하게 너, 명성을 기뻐하라,
그렇게 너, 성소聖所에 머물 만하니.

———————

———————

4 공작 꼬리 깃털 위의 무늬, '공작 눈' 무늬는 기독교적 상징에서 신의 눈의 모사이다.
5 솜깃털(Flaum)은 깃털(Feder)이고, 깃털은 (시인의) 붓이기도 하다. 여기서는 신이 장식해
   준 존엄한 것으로 강변되어 있다.

어느 황제에게 회계원이 둘 있었다
하나는 받아들이고, 또 하나는 내주었다
후자에게서는 그냥 두 손에서 술술 빠져나갔고
전자는 어디에서 받아내야 할지를 몰랐다.
내주던 이가 죽었다, 지배자가 금방 알지 못했다,
주는 자의 직책을 누구에게 맡겨야 할지.
하여 주위를 둘러보자
받을 사람이야 무한히 많았다
하루 동안 지출이 없었기에
황금이 넘쳐 주체할 수 없었다.
그때 비로소 황제는 분명해졌다
모든 파국의 죄가 어디에 있는지.
이 우연을 황제가 잘 평가할 줄 알아
그 자리는 내내 비워두었다.

———

*

새 냄비가 솥한테 말했다.
"네 배 참 시커멓구나!" —
"그런데 이건 우리네 부엌관습이란다.
이리 좀 와보거라, 이 매끈한 얼간아,
머지않아 네 자랑도 줄어들 것이다.
손잡이가 맑은 모습을 비춘다고
좋아라 잘난 척 말고

네 궁둥이나 보아라."

―――――――

모든 인간은 위대하고 또 왜소하다
직물을 섬세하게 짠다[6]
거기 그들의 가위 끝을
아주 조심스럽게 가운데다 대는 곳
거기로 어쩌다 빗자루가 하나 지나가면
그들은 말한다, 듣도 보도 못한 일이라고
가장 큰 궁전[7]이 파괴되었노라고.

―――――――

하늘로부터 내려오며 예수님은
복음福音의 영원한 문서를 가져왔다[8]
제자들에게 밤낮으로 그걸 읽어주었다
하느님의 말씀 한마디, 작용하고 적중한다.
예수님이 돌아가셨다, 말씀도 거두어 가셨다.

―――――――

6 직조(Weben)는 흔히 창조의 은유. 괴테에게 헌정된 극작품 「알라딘 혹은 요술램프」에 나오
   는 거미의 노래를 패러디한 시이다.
7 레싱의 「비유」에서 궁전은 종교의 상징으로 이야기된다. 그 내용은 측량할 길 없는 규모의
   궁전에 불이 난 것 같다고 생각하여 온갖 부질없는 행동을 야기하는 이야기이다. 결국 그건
   불이 아니고 극광일 뿐이었음이 밝혀진다.
8 여기서는 신약의 복음서(Evangelium)를 이슬람의 시각에서 쿠란처럼 미리 있었던 것으로
   해석하고 있다.

그러나 제자들은 느낌으로 잘 받아들였고
각자 썼다, 그렇게 한 걸음 한 걸음,
각자 기억하고 있는 대로
다양하게. 풀이할 건 아무것도 없었다
제각기 능력이 달랐던 것.
하지만 그로써 기독교도들은
최후의 심판의 날까지 버텨낼 수 있다.

[보시기] 좋더라

낙원에서 달이 빛날 때
여호와는 깊이 잠든
아담을 보시고, 가만히
작은 에바[9] 하나를 곁에다 눕히셨다, 역시 잠든 그녀.
거기 이제 지상의 제약 가운데서
신의 가장 사랑스러운 생각 둘이 누워 있다.
좋구나!!!라고 외치셨다, 명인의 보수가 되게,
심지어 거기서 떠나고 싶지 않으셨다.
방금 뜬 눈이 다른 눈을 들여다볼 때
우리가 사로잡히는 것 — 놀랄 일 아니다
마치 우리가, 벌써 우리가
우리를 생각하셨던 이 곁에 가 있기라도 한 듯.
하여 이제 그분이 우리를 부르신다, 있으라!
다만, 조건이 있다, 모두 둘[10]이어야 한다.
그대를 지금 이 두 팔의 울타리가 두르고 있다,
신의 모든 생각들 중 가장 사랑스러운 생각이.

---

9   이브를 보통 이름처럼 사용하고 있다.
10 "낙원에 홀로 있는 것보다 | 더 큰 고통은 없으리."(FAI, 2, 387) 참조.

PARSI NAMEH

배화교도¹의 서

BUCH DES PARSEN

---

1 고대 페르시아인. 산문편 '보다 나은 이해를 위하여'의 첫 부분 참조.

유언
고대 페르시아 신앙의

무슨 유언을, 형제들이여, 너희에게 남겨야 할까?
떠나는 사람이, 가난한 경건한 이,
너희 더 젊은 이들이 참을성 있게 봉양했던 이
그 마지막 나날에 돌보며 존경했던 이가.

왕이 말 타고 가는 것을 우리 자주 보았지,
왕을 치장한 황금, 또 온 사방을 치장한 황금,
그와 그 휘하의 위대한 이들 위로 보석이
촘촘한 우박 알처럼 흩뿌려져 있었지.

그걸 두고 너희 언제 왕을 시샘했던가?
그 장관을 보는 걸 더욱 즐기지 않았던가,
태양이 아침 날개에 실려
다르나벤드² 산맥의 헤아릴 수 없는 산정언덕에서

둥그렇게 솟아오를 때. 누가 시선을

---

2 Darnawend: 고대 이란의 민족적 기억이 서린 엘부르즈 산맥의 최고봉 다마반드(Damawand)
를 가리키는 것으로 추정된다. 그곳은 태양신 미트라(Mithra)가 머무는 신성한 곳이며 사
자(死者)의 영혼도 해 뜨기 전에 가는 곳. 다른 일설에 의하면 배화교도들의 도시 이스파한
(Isphahan) 동남쪽에 있는 연봉(連峰)이라고 한다.

그곳으로 돌리지 않을 수 있었으랴? 느끼고 느꼈다
수천 번, 그 많은 삶의 나날에
이 태양, 이 오고 있는 태양에 내 몸 두둥실 실려 가는 것을.

그 왕좌에 앉으신 신을 알아보려
그이를 삶의 원천의 주인이라고 부르려
저 드높은 광경에 값할 만하게 행동하려
또 그 빛 속에서 나아가려.

하지만 불의 원은 솟아 완전해졌고
나는 눈부셔하며 어둠 속에 서 있으며,
가슴이 뛰었다, 새롭게 힘 얻은 온몸을
나는 던졌다, 오체투지로.

하니 이제 형제의 뜻과 기억을 위하여
한마디 신성한 유언을 남기노라
하루하루, 힘든 수고를 꾸준히 해나가는 것,[3]
그 밖의 다른 계시는 필요 없다.

갓 태어난 아이가 경건한 두 손을 꼬물락거리면
그를 즉시 태양 쪽으로 돌려놓아
그 몸과 정신을 빛 욕조에 담그라!

---

3 봉사(Dienst)는 '나날의 의무'를 뜻하고, Bewahrung은 '성취', '이룸'을 뜻한다. 발라데 「보물 찾는 사람」에도 같은 주제가 나온다.

아이가 아침마다 은총을 느끼리라.

죽은 이들은 살아 있는 것에게 넘겨주라[4]
짐승들조차도 돌부스러기와 흙으로 덮어주라
또 너희 힘이 닿는 한 멀리까지
정淨하지 않은 건 덮을지라.

들판은 반듯하게 정하게 고르거라
태양도 기껍게 너희의 근면을 비춰줄 것이니
나무를 심거든 줄 맞추어 심어라
태양은 정돈된 것을 번성케 하느니.

물에도, 운하에서든
콸콸 흘러가는 것에서든, 결코 정淨함이 없으면 안 된다
너희 위해 젠더루드[5] 강이 산악 지역에서
정하게 솟아 나왔듯, 정하게 스며 사라지게 하라.

물의 부드러운 낙하가 약해지지 않도록
부지런히 배수 도랑을 파주라
갈대와 골풀, 도롱뇽과 도마뱀,
괴피조물들! 함께 제거하라.

땅과 물이 그렇게 정하게 지켜지면

---

4 조장(鳥葬)에 대한 완곡한 표현.
5 Senderud: 이스파한의 산악 지역에서 나오는 강 이름. 훔볼트에 의하면 "그 물이 살아 있는 강".

태양도 공중에서 기껍게 빛나리
태양은, 그에 합당하게 받아들여져,
생명이 있게 하고, 생명에는 구원과 경건함이 있게 한다.

너희, 수고에서 수고로 그리 고통받아도,
위로받으라, 이제 온 누리가 정화되었다
또 이제 인간은, 사제가 되어, 감히
부싯돌을 쳐 신의 비유를 만들어낸다.

불꽃이 타오르거든, 즐겁게 깨달아라
밤은 환하고, 녹은 몸은 유연하다
화덕의 활활 타오르는 불길에
동물과 식물의 체액 속 날것이 익는다.

땔감을 날라 올 때면, 너희 즐거운 마음으로 하라
지상의 태양의 씨앗을 너희가 나르는 것이기에
목화를 따거든, 신뢰에 차서 말하라
이것이 심지가 되어 신성을 간직하리라고.

램프 하나하나의 타오름 가운데서 너희
경건하게 보다 높은 빛의 반사광을 알아보면
불운이 너희를 결코 가로막지 않으리
신의 왕좌에 올리는 아침의 경배를.

저기 우리 존재를 보증하는 황제의 인장이 있다

우리와 천사들을 위해 맑은 신의 거울이 있다
지고의 것을 오로지 찬양하며 웅얼거리는 이들[6]
겹겹 원을 이루어, 여기 다 모여 있다.

젠더루드 강 강둑에서 모든 것 다 버리고 나,
일어나 다르나벤드로 날개 쳐 가겠네
태양 밝아올 때, 즐거운 마음으로 태양 만나겠네
또 거기서부터 영원히 너희를 축복하겠네.

———

인간은 대지를,
태양이 비추는 것이기에,
소중히 여기고
포도넝쿨을 보고 흥겨워하는데
포도넝쿨은 날카로운 칼날에 운다,
그 즙, 잘 끓여져, 세상에 원기 주며
많은 힘을 돋우지만
또 어떤 사람들은 숨 막히게 함을 느끼기에.
나무는 안다, 만물을 번성케 하는
그 이글거리는 불덩이에 감사할 줄을.
술에 취해버린 자, 웅얼거리며 흔들흔들 가고
절도 있는 자, 노래 부르며 즐거워하리.

---

6 천사.

CHULD NAMEH
낙원의 서[1]
BUCH DES PARADIESES

---

1 서시 「헤지라」에서 시작된 시적인 오리엔트 행의 종착점 상황처럼 읽히는 시 묶음이다. 오
   리엔트인들의 표상 속의 낙원이 펼쳐지는 가운데 "영원한 생명을 간구"하던 시인의 말이
   깃들 곳을 찾는다.

*미리 보는 맛

진정한 이슬람교도는 낙원 이야길
마치 직접 다녀오기라도 한 양 한다
그는 쿠란을 믿는다, 쿠란이 언약하는 대로
여기에 그의 맑은 가르침은 근거하느니.

하지만 그 저자, 예언자는
그 높은 곳에서 우리의 부족함을 눈치채고
우레 같은 저주를 내리면서도 보신다,
자주 의심이 우리의 믿음에 시련을 주는 것을.

그렇기에 그는 영원한 공간들에다
젊음의 본보기 하나를 보냈다, 만물을 젊게 하려고
그녀, 둥둥 떠 와서 더없이 사랑스러운 올가미로
지체 없이 내 목을 묶는다.

내 품에, 내 가슴에 나, 천상의 존재를
안고 있으니, 더는 아무것도 알고 싶지 않아라.
하여 이제 낙원을 굳게 믿노라
영원히 이리 진심으로 입맞춤하고 싶어라.

자격 있는 사람들

바드르 전투[2]가 끝난 후
별 총총한 하늘 아래서
무함마드가 말하기를

적敵이야 자기네 전사자들을 애도하겠지
다시 돌아올 수 없이 누운 몸이니.
우리 형제들은 너희, 가엾어하지 말라
저 높은 천체 속을 거닐고 있으니까.

항성[3] 일곱이 모두
그 금속 대문[4]을 활짝 열어두었다
벌써 두드리고 있다, 거룩해진 그이들이
대담하게 낙원의 문을.

느닷없이 또 느껍도록 행복하게 그들은 찾아낸다,

---

2 624년 3월(헤지라 1년 반 후) 무함마드가 직접 진두지휘한 바드르(Badr) 전투. 메카 사람들
   에 맞선 전투의 정점이었다.
3 고대 표상에 따라 달, 별, 목성, 토성, 화성, 수성, 금성.
4 중세 연금술에서는 7항성에 각기 7가지 금속이 연결되었다. 화성에는 철, 금성에는 청동 등.

찬란함들을, 나의 비상[5]이 스치던 것들을
기적의 말(馬)이 순식간에 나를
층층 하늘을 다 뚫고 실어 갔을 때.

지혜의 나무에 나무, 실삼나무처럼 솟으며
황금으로 치장된 알알 사과[6]를 쳐드네
생명나무들, 드넓게 그늘 드리우며
꽃자리와 약초 꽃을 덮고 있네.

이제 한 가닥 감미로운 바람이 동쪽에서
후리들 무리를 데려오는구나
눈으로 그대는 맛보기 시작한다
바라보기만 해도 벌써 잔뜩 배부르다.

그대가 벌인 일을 탐색하며 그녀들은 멈추어 있는가?
큰 계획들? 위험하게 피 흐르는 꽃다발?
그대가 영웅인지 살핀다, 그대 왔기 때문에
그대 무슨 영웅인가? 그녀들이 샅샅이 알아낸다.

하여 그녀들은 바로 그대의 상처傷處를 본다
스스로에게 명예로운 기념비를 적어주고 있는 상처
희망과 높은 지위 ─ 모두가 사라졌다

---

5 쿠란 17장 1절과 연결된다. 무함마드가 메카에 있는 카바 예루살렘에 있는 알 아크사 모세
로 갈 때, 7개의 하늘 정류장을 거치는 여행을 했다고 한다.
6 낙원의 사과.

믿음에 남은 건 상처뿐.

정원 집이며 정자로 그대를 안내한다
오색빛 돌기둥 많은 그곳
맑게 즙 낸 포도의 귀한 음료로
그녀들, 홀짝이며 다정히 초대한다.

젊은이! 젊은이 이상으로 그대 환영받는다!
모두모두가 환하고 맑다
그대가 한 명을 가슴에 안으면
그녀는 네 무리의 여주인, 애인.

하지만 가장 빼어난 여인은 그런 찬란함에
결코 족해하지 않는다,
명랑하게, 시샘 없이, 정직하게 그대를 즐겁게 해준다,
다채로운 다른 빼어난 것들로.

하나는 그대를 다른 화려한 식탁으로 인도한다,
누구든 더는 생각해 낼 수 없이 빼어난 식탁.
집안에 여자가 많아도 네 집은 평화롭다
저 높은 곳 낙원은 얻을 가치가 있다.

하니 그대, 이런 평화 가운데로 가라
다시는 그 무엇과도 바꾸고 싶지 않을 테니.
그런 아가씨들은 지치게 하지 않는다

그런 술들은 취하게 하지 않는다.

———

하여 이렇듯 얼마 안 되는 말 해두노라,
천국에 간 이슬람교도가 얼마나 뻐기는지.
믿음의 영웅들, 남자들의 낙원은
이렇게 모자람 없이 갖추어져 있다.

선택받은 여성들

여성들도 제쳐놓아서는 안 되지
정절 곧은 이들이야 바라는 게 마땅하지
하지만 이미 여기 와 있는 여성은
넷뿐.

첫째는 줄라이카, 지상의 태양,
유숩에게 온전히 갈망이었지,
이제는, 낙원의 기쁨
그녀 빛난다, 체념의 꽃.

그다음은 성모 마리아
이교도들에게 구원을 낳아준 이,
낙심하여, 쓰디쓴 괴로움 가운데
아들이 십자가에서 숨 거두는 걸 보신 분.

무함마드의 아내도! 그녀 그를 위해
유복함과 영광을 지었지
또 생시에 추천했지,
한 분의 신神과 한 명의 애인.[7]

그다음에는 파티마[8]가 온다, 우아한 여인
딸, 완전무결한 아내
천사같이 너무나도 맑은 영혼
벌꿀 황금의 몸으로.

이 여인들을 우리 거기서 찾았네
그리고 여성을 찬양하는 자
그는 영원한 곳들에서
이들과 더불어 거닐며 즐길 자격이 있네.

---

7   그녀가 살아 있는 한 무함마드는 후실을 두지 않았다.
8   무함마드의 딸, 알리의 아내.

*입장入場

후리
오늘은 내가
낙원의 문을 지켜요
어떻게 하나 하던 참인데
당신 참 수상하네요!

당신 우리 이슬람교도에게
제대로 친척이기도 한가요?
당신이 벌인 전투들, 세운 공훈이
당신을 낙원으로 보냈나요?

자신을 저 영웅들의 하나로 꼽나요?
상처를 보여주세요
그게 내게 기릴 만한 것을 알려주겠지요
그러면 내가 당신을 이끌어 가겠어요.

시인
그렇게 꼬치꼬치 따지지 마시오!
들여보내만 주시오.
나 인간이었으니까,

그건 전사戰士라는 뜻이오.

당신의 힘 있는 눈길을 날카롭게 하시오!
여기! ― 이 가슴을 꿰뚫어보시오
보아요, 삶의 상처, 간계를
보아요, 사랑의 상처, 욕망을.

그래도 나, 신심 깊게 노래했다오
내 연인이 변함없다는 것
세상은, 어찌 돌든,
사랑스럽고 감사하다는 것.

가장 훌륭한 사람들과 함께
활동했지요, 마침내 이루었지요
내 이름이 사랑의 불꽃에 에워싸여
가장 아름다운 마음으로 빛나는 것.

아니오! 당신은 미미한 사람을 택한 게 아니오
손을 주오! 날이면 날마다
당신 고운 손가락으로 꼽아가며
영원 또 영원을 헤아려보고 싶소.

*비슷한 울림

　　　후리

저 바깥
처음 당신에게 말했던 곳에서
나는 자주 낙원의 문 보초를 섰어요,
계율에 따라.
거기서 들렸어요, 기이한 나직한 살랑임 소리,
음音, 음절의 뒤섞임
그런 게 들어오려고 했어요.
하지만 사람은 보이지 않고
그 소린 나직이 너무도 나직이 잦아들며 울렸어요.
한데 그 울림은 꼭 당신 노랫소리 같았어요,
그 기억이 다시 나네요.

　　　시인

영원한 사랑이여! 얼마나 연연히
당신은 당신의 연인을 기억하는지!
지상의 공기 속에서 또 지상의 식으로,
무슨 음音이 울리든,
그것들은 모두 올라오려 하오
많은 것이 저기 아래에서 무더기로 소리 잦아들고 마는데

다른 것들은 정신을 타고 비상하고 또 달리고,
예언자의 날개 달린 말처럼
솟아올라 낭랑하게 울리지
저 바깥 문께에서.

당신의 놀이친구들에게 그런 무엇이 오면
그들은 다정하게 그걸 알아차리오
메아리가 사랑스레 키워서
그것이 아래로 울려 가도록
하여 주의하도록,
어떤 경우에든
그가 오면 하늘이 내린 그의 재능이
누구에게든 득이 되도록
그게 두 세계에 다 좋소.
그들이 그에게 다정하게 보답해 줄 거요,
사랑스럽게 나긋나긋.
그로 하여금 그들과 함께 살게 해주오.
모든 선한 사람들이 만족할 거요.

하지만 그대는 나를 위해 정해진 이
그대를 영원한 평화에서 내보내지 않겠소
보초일랑 서지 마오
아직 혼자인 자매 하나를 보내시오.

———

*

시인

당신의 사랑, 당신의 입맞춤이 황홀하오!
비밀을 캐묻고 싶진 않소
하지만 말해주오, 그대 언제 지상의 나날에
참여한 적 있었는지?
나는 자주 이런 것만 같소
마음속에 불러오고 싶소, 증명하고 싶소
언젠가 당신 이름은 줄라이카였어.

후리

우리는 원소들로 만들어졌답니다
물, 불, 흙, 공기에서
곧바로요. 하여 현세의 향기는
우리 본질에 아주 거슬린답니다.
우리는 결코 당신네들에게로 내려가지 않아요
하지만 당신네들이 우리에게 쉬러 오면
그러면 우린 할 일이 너무나 많지요.

보시다시피 믿음 있는 사람들이 왔으니까요
예언자의 좋은 추천을 받아,
낙원을 소유한 이들
여기서 우린, 그분의 명에 따라,
이렇게 사랑스럽고, 이렇게 매력적이죠
천사들도 우리의 그런 모습은 모를 만치요.

하지만 첫 번째, 두 번째, 세 번째,
그이들은 전에 애인이 하나씩 있었습니다
우리에 비하면야 미운 것들이죠
그런데도 그이들은 우리를 보잘것없다고 여겼고요
우리는 매력적이고 재치 있고 쾌활했는데
그 이슬람교도들은 다시 내려가려 했어요.

천상에서 고귀하게 태어난 우리에게
그런 태도는 아주 거슬렸답니다
우리는 모여 남모르게 모의하며
이리저리 궁리해 봤지요
예언자가 층층 하늘을 다 뚫고 날아가실 때,
거기 우리는 그분의 자취를 좇았지요
돌아오는 길에 그분은 넘겨보시지 않았어요.
날개 달린 천마天馬는 멈추어야 했지요.

그때 우린 한가운데 계신 그분을 에워쌌답니다! ─
예언자의 풍습에 따라 다정하면서도 진지하게,
곧 그분은 결정을 내려주셨죠
우리야 불만이었죠.
그분이 뜻을 이루자면
우리가 모든 걸 읽어야 하니까요.
그대들이 생각하시겠듯, 우린 생각을 해야 한답니다.
그대들의 연인과 닮아야 합니다.

우리의 자기 사랑은 없어져버렸어요
아가씨들은 귀를 긁으며 아양을 떨었지요
하지만, 우리는 생각했지요, 영원한 삶 가운데서는
만물에 곧바로 스며들어야 한다고요.

그래서 누구든, 보았던 걸 본답니다
있었던 일이 일어나고요.
이젠 우리가 금발 아가씨들, 갈색 머리 아가씨들이죠.
우린 망상도 있고 변덕도 있답니다
그래요, 이따금 멍청한 생각도 하고요
누구나 생각하지요, 편안히 집에 있다고
그리고 다들, 그런 것 같다고 생각하는 게
우리로서는 신선하고 즐거워요.

하지만 당신은 마냥 유머가 있는 분이죠
제가 당신에게는 낙원처럼 여겨진다니
그대 눈길에, 입맞춤에 명예를 주시네요
설령 나, 줄라이카가 아니라 해도.
그녀 참 너무나도 사랑스러웠지요
그렇게 그녀, 나와 같답니다, 머리카락 한 올까지도.

시인
당신은 나를 하늘의 맑음으로 눈부시게 하오
이것이 착각이든 진실이든
요컨대, 나는 누구보다도 당신을 경탄하오.

의무를 소홀히 하지 않으려고
한 독일인의 마음에 들려고
후리 하나가 크니텔 운韻⁹으로 말하고 있다니.

　　　후리

네, 당신도 운을 맞추네요, 오직 거침없이
마치 영혼에서 솟아 나오는 듯!
우리 낙원에서 함께하는 사람들은
순수한 뜻의 말과 행동으로 마음 기울어 있죠.
아시지요, 짐승들도 제외되지 않았어요
오로지 순종하고 충직한 짐승들요.
억센 말이 후리를 언짢게 할 수 없어요
우리는 느낀답니다, 마음에서 우러나오는 말
또 신선한 샘에서 솟구쳐 나오는 것
그건 낙원 안을 흘러도 좋지요.

　　　후리

또 내 손가락 하나를 꼽으시네요!
알기나 하세요, 얼마나 많은 영겁永劫을
이미 우리가 다정하게 함께 지냈는지?

---

9 Knittelvers: 독일 운율임이 두드러지는 운율. 강음이 셋 혹은 넷이고 각운이 맞는 운율로 괴
테가 『파우스트』에서도 자주 사용한다. 『파우스트』에서도 고대 그리스 운율로 말하던 헬레
나가 파우스트를 만나서 독일 운율에 동화하는 것이 그려진다. 이 부분에서 후리가 하는 말
의 원문은, 완벽하지 않고 가끔씩 어긋나기도 하는 크니텔 시형이어서 묘미가 있다.

시인

아니 모르오! — 알고 싶지도 않소. 아니!
다양한 신선한 즐김
영원히 신부 같은 순결한 입맞춤! —
순간순간이 나를 속속들이 전율케 하는데
무엇 하러 묻겠소, 얼마나 오래되었는지!

　　　후리

또 정신이 딴 데 가 있으시군요.
자(尺)와 숫자가 없어도 난 잘 알아봐요.
우주 안에서도 기가 꺾이지 않고 그대
신의 깊이로 과감히 나아갔지요
이제 사랑하던 여인도 기억해 보아요!
그 노래를 벌써 마무리하지 않았나요?
저 바깥 낙원 문가에서는 어떻게 울렸지요?
지금은 어떻게 울려요? — 더 파고들진 않겠어요,
줄라이카에게 보내던 그 노래들, 제게도 불러주세요
낙원에서도 더 잘 부를 수는 없을 테니까요.

은총 입은 짐승들

동물 넷도 언약이 되어 있었다
낙원으로 들어오기로
그곳에서 그들은 영원한 세월을 산다,
성자들과 경건한 이들과 더불어.

여기 당나귀가 맨 먼저 온다
쾌활한 발걸음으로 온다.
예수가 예언자들 도시로
그를 타고 들어갔으니까.

절반쯤 수줍어하며 다음으로 늑대가 온다
그에게 무함마드가 명령했지.
가난한 사람의 이 양은 그냥 두라고
부자에게서는 가져가도 된다고.

이제 노상 꼬리 치며, 즐겁게, 얌전하게,
착실한 사람, 주인과 함께
강아지가 온다, 그리고 충직하게
일곱 잠자는 이들과 함께 잠잤지.

아부헤리라[10]의 고양이도 여기
주인 주변에서 갸르릉거리며 환심을 사고 있다.
언제든, 예언자가 쓰다듬는
성스러운 짐승이니까.

---

10 무함마드의 친구.

더 높은 것 그리고 가장 높은 것

이런 걸 가르친다고
우리를 벌하지는 말기를.
그 모든 것을 설명하자면
너희의 가장 깊은 곳에 물어야 한다.

그리하면 너희 알게 되리
인간이, 자기 자신에 만족하면,
저 높은 곳에서든 이 낮은 곳에서든
자아가 구원되었음을 기껍게 보리라는 것.

또 사랑하는 나의 자아도
이런저런 편안함이 필요하리,
여기서 맛본 기쁨
영원의 시간을 위해서도 나는 원했네.

아름다운 정원들이 참 마음에 들지
꽃과 열매와 예쁜 아가씨들.
우리 모두, 젊어진 정신도 못지않게,
여기서 마음에 들었던 것이지.

그렇게 모든 친구들,
젊었든 늙었든, 하나로 모였으면 좋겠다
너무나도 즐겁게 독일어로
낙원의 말을 웅얼거렸으면 좋겠다.

하지만 이제는 방언에도 귀 기울인다,
문법에, 숨겨진 문법에 따라
양귀비와 장미를 명사 변화 시키며
인간과 천사가 애무하는 모습.

더욱 멀리서 눈길도
수사적으로 주고받아지기를
소리도 음音도 없이
천상의 황홀함에 오르기를.

하지만 음과 소리는
말〔言〕에서 몸을 뺀다, 자명하다는 듯,
하여 거룩해진 이는 더욱 단호하게
스스로 영원함을 느낀다.

낙원에서는 그렇게 오감五感을 위한 것이
갖추어져 있는데
확실히 내게 지금 생겨나고 있다
다른 오감 모두를 대신하는 하나의 감각이.

하여 이제 나는 모든 곳에서
보다 가볍게 꿰뚫고 간다, 영원한 원들을.
말씀이 스며 있는 원들,
신의 말씀이 순수하게 살아 있게 스민.

뜨거운 충동의 얽매임이 없는
거기, 끝 간 곳이 보이지 않네.
영원한 사랑을 바라보면서
마침내 우리가 두둥실 떠가네, 우리가 사라지네.

잠자는 일곱 사람들[11]

여섯 궁정 신하들이
황제의 노여움을 피해 달아났다
황제는 신으로 존경받고자 했지만
스스로를 신으로 유지하지는 못했던 사람
그 까닭은 마침 좋은 음식을 기쁘게 베어 무는 참에
파리 한 마리가 방해했기 때문.
신하들이 휘저으며, 쫓았으나
그 파리를 아주 쫓아버리지는 못했네.
파리는 잉잉거리며 황제를 맴돌았고, 찌르고 헤매며
온 연회석을 어지럽히고
다시 돌아오네, 음험한
파리 신의 사신인 양.

자아! 소년들이 말하네
작은 파리 한 마리가 신을 어지럽힌단 말인가?
신 같은 이도 먹고 마신단 말인가
우리처럼. 아니다, 신은 한 분뿐,

---

11 『오리엔트의 보물 광맥』(*Fundgruben des Orient*)에 들어 있는 "아크바르(Akhbar) 동굴" 이
야기, 그리고 쿠란의 18번째 "수라(Sure) 동굴"에서 온 소재이다.

태양을 지으신 분, 달도 지으신 분
또한 별의 광휘를 우리 머리 위에 둥그렇게 둘러주신 이
그분뿐이다, 우리 달아나자! 그 여린 이들
신발 가볍게 신고, 치장한 소년들
그들을 한 목자가 받아들여 숨겨준다
자신과 더불어 바위 동굴 속에다.
양치기의 개 한 마리, 물러나려 하지 않는다
쫓아내도, 발이 돌 맞아 으스러졌는데도,
그는 자기 주인에게 달라붙었고
숨겨진 사람들과 어울렸다
잠의 총아들과.

그리고 그들이 피해 달아난 제후는
벌할 궁리를 한다,
검劍으로도 불로도 벌하지 않고
벽돌 쌓고 석회 발라
동굴을 봉하게 한다.

그들은 여전히 잠자고 있는데
그들의 수호자, 천사가
신의 왕좌 앞에 나서서 보고한다
"그렇게 우편으로, 그렇게 좌편으로
제가 항시 저이들을 돌려눕혔습니다
아름다운, 젊은 팔다리가
곰팡이의 습기로 상하지 않게요.

바위를 쪼개 틈을 냈습니다
태양이 뜨며, 또 지며
젊은 뺨을 신선하게 새롭게 해주도록요.
하여 그렇게 그들은 축복받아 누워 있습니다. ─
신성한 앞발로 몸 괸 채
강아지도 단잠 자고 있습니다."

여러 해가 살같이 가고, 또 오고
마침내 젊은 시종들이 눈을 뜬다
봉했던 벽, 그 삭은 벽,
너무 오래되어 무너져버렸다.
하여 그 아름다운 이, 얌블리카가,
잠자는 이가 두려워하며 망설일 때
모든 이 중 교육받은 그가 말한다.
달려가겠어요! 여러분들 음식을 가져올게요,
한번 살아볼게요, 금화도 써보겠어요!
에페소스는, 벌써 여러 해
예언자의 가르침을 기려요
예수의 가르침요. (그 선한 분께 평화 있으라.)

하여 그는 달려갔다, 거기, 성문들의
문지기와 탑과 다른 모든 게 있었네.
하지만 그는 제일 가까운 빵가게로
빵을 구하러 서둘러 간다. ─
이 악당아!라고 빵 굽는 사람이 외친다, 이

젊은 놈아, 너 보물을 찾은 거지!
내놔라, 금붙이가 다 폭로한다
잘 봐줄 테니 절반을 다오!

하여 그들은 다툰다. ── 왕 앞으로까지
가게 된다 시비로 인하여. 왕도
빵 굽는 사람처럼 나눠 가지려고만 한다.

이제 기적이 일어난다
하나하나씩, 수백 가지 표시에서.
저절로 지어진 궁정에서
그는 자신의 권리를 확보해 낸다
기초기둥 하나를 파고들어 가면
이름도 선명한 보물들에 이른다.
그 혈연을 증명하겠다며
금방 사람들이 모여든다.
또 선조의 선조로서 자랑스레
충만한 젊음, 얌블리카가 서 있다.
선조들 이야기인 듯 그는
여기 그 아들과 손자들에 관해 하는 말을 듣는다.
손자들의 무리가 그를 에워싸고 있다,
용사의 일족이
가장 젊은 그를 존경하며.
이런저런 특징들이 연이어
나타난다, 증명을 완성하며.

자신과 동반자들에게 그의
인물은 증명되었다.

이제, 동굴로 그가 다시 돌아간다
백성과 왕이 그를 인도했다. ─
왕에게로가 아니다, 백성에게로가 아니다,
그 선택받은 이가 돌아가고 있는 곳은.
그 일곱이, 오래전부터
개까지 여덟이었던 그들이,
모든 세상과 떨어져 있는 곳.
천사 가브리엘의 비밀의 능력이
신의 뜻에 맞게, 그들을 낙원에 알맞게 해주었다
하여 동굴이 봉해져 보였다.

잘 자거라!

사랑스러운 노래들아 이젠 눕거라
내 민족의 가슴에
사향 구름에 감싸서
천사 가브리엘이 지친 자의
몸을 기분 좋게 지켜주리
신선하게 소중히 간직되어
언제나처럼 즐겁게 기꺼이 어울리며,
바위 벼랑들도 쪼개거라.
드넓은 낙원을
만고의 영웅들과 더불어
즐기며 성큼성큼 지나도록.
아름다움이, 항시 새로움이,
무수한 사람들이 즐기도록,
항시 온 사방으로 커가는 그곳.
그렇다, 강아지도, 그 충직한 것,
주인 따라 함께 가도 좋다.

*유고遺稿에서[1]
AUS DEM NACHLASS

---

1   괴테 자신은 『서·동 시집』에 수록하지 않았던, 남은 시편들이다. 하지만 뛰어난 시들이라
    후일의 발행인들이 너도나도 나름으로 선별해서 추가하곤 했다. 옮긴이도 그중에서 또 선
    별하였다.

자기 자신과 남들을 환히 아는 사람
여기서도 알게 되리
오리엔트와 옥시덴트가
이제는 갈라질 수 없음을.

두 세계 사이에서 생각하며
스스로의 무게를 재어보아야 하리
그러니까 동東과 서西 사이에서
움직이는 것이 최상!

————

하피스여, 그대와 같아지려는 것
　　무슨 광기인가!
바다의 물결 위에서 쏴아
　　재빨리 배 솟구친다
그 돛이 부풂을 느끼며
　　대담하고 자랑에 찬다
대양이 으스러뜨린다
　　둥둥 떠돈다, 삭은 나뭇조각.

그대의 노래들 속에선, 가벼운, 빠른,
　선한 파도 부풀고
끓어올라 불파도가 된다
　열화가 나를 삼킨다.
하지만 망상 하나 내게서 부풀어
　대담함을 주네.
나 또한 햇살 환한
　땅에서 살았노라, 사랑했노라!

————

나를 따라 모습 빚고, 바꾸어 모습 빚고, 또 잘못 빚으며
사람들은 꽉 찬 오십 년을 두고 시험하고 있다
생각했지, 조국의 전장에서
그대 어땠는지 겪었으리라고,
너 평생 미친 듯 거친
마성적 천재적인 젊은 무리와 몸 굴렸지
그다음에는 살며시 다가섰다오, 한 해 한 해
현자들, 신적으로 온화한 이들 곁으로.

———

비유 하나가 필요하지 않을까,
내 마음에 드는 대로.
신께서 삶의 비유를 우리에게
한 마리 모기 안에서 주시니까.

비유 하나가 필요하지 않을까,

내 마음에 드는 대로.

신께서는 사랑하는 이의 눈 속에서 내게

비유로 감싼 자신을 주시니까.

————

나를 울게 두어라! 밤에 에워싸여

끝없는 사막에서.

낙타들이 쉬고, 몰이꾼도 쉬는데,

돈 헤아리며 고요히 아르메니아인 깨어 있다

그러나 나, 그 곁에서, 먼먼 길을 헤아리네

나를 줄라이카로부터 갈라놓는 길, 되풀이하네

길을 늘이는 미운 굽이굽이들.

나를 울게 두어라! 우는 건 수치가 아니다.

우는 남자들은 선한 사람.

아킬레우스도 그의 브리세이스 때문에 울었다!

크세르크세스 대왕은 무적의 대군을 두고도 울었고[2]

자신이 죽인 사랑하는 젊은이를 두고

알렉산드로스 대왕이 울었다.[3]

나를 울게 두어라! 눈물은 먼지에 생명을 준다.

벌써 푸르러지누나.

————

2 크세르크세스 대왕은 휘하의 무적의 대군을 바라보면서도, 그들 또한 언젠가는 싸움터에서
   사라지리라는 무상감에 눈물 지었다고 한다.
3 산문편의 일화 참조(이 책 362~64쪽).

———————

한데 왜 기마대장님은
그 사신을
날이면 날마다
보내지 않는 걸까?
말(馬)이 있고
글도 아는데.

그이는 탈릭⁴을 쓰고
네스키⁵도 아는데
비단 종이에다
사랑스레 쓸 줄 아는데.
내가 그이라면
내게 글 와 있겠네.

아픈 여인이
나을 생각이 없네.
감미로운 고통에서.
그녀, 가장 사랑하는
이로부터 오는 소식에서
회복되며, 아프네.

———————

4 Talik: 사적인 글에 사용되는 감성적이고 우아한 글씨체, 즉 아름다운 글.
5 Nessky: 공문서에 사용되어 신뢰감을 높이는 아라비아 글씨체, 즉 진실한 글.

더 이상 비단 종이 위에다

쓰지 않겠어요, 대칭 운韻을.

더 이상 감싸지 않겠어요,

황금 넝쿨 테두리로.

먼지에다, 그 움직이는 것에다, 적어 넣어

그것 바람에 불려 가네, 하지만 힘이 그대로 있네

지구 중심까지

땅바닥에 붙박여.

하여 나그네가 오겠지,

사랑하는 이가. 그가 이 자리

밟으면, 움찔하겠지,

그의 온몸이.

"여기다! 나에 앞서 연인이 사랑했구나.

메쥐눈이었겠지, 그 연연한 이?

페라드였나, 그 힘찬 이? 제밀이었나, 그 꾸준한 이?

아니면 저 수천의

행복하고도 불행한 사람 중 하나였나?

그가 사랑했다! 그처럼 내가 사랑한다,

그가 느껴진다!"

줄라이카, 하지만 그대는 쉬고 있다

고운 쿠션 베고

내가 그대 위해 마련하고 장식한 것.

그대도 깨어나며 온몸으로 전율하는구나.

"그이야, 나를 부르는 건, 하템.

나도 그대를 불러요, 오 하템! 하템!"

보다 나은 이해를 위하여[1]

시詩를 이해하려는 사람은
시의 나라로 가야 하고
시인詩人을 이해하려는 사람은
시인의 나라들로 가야 한다.

---

1 시 해설이 아니라 역사, 문화, 문학을 아우르는 방대한 오리엔트론(論)이다. 초판본(1819)
과 증보판(1827)에서는 이 제목으로 본문 시와 합본되어 있었으며, 훗날의 첫 전집(1828~
33)에서는 '보다 나은 이해를 위한 주석과 논고'라는 제목으로 별도로 출간되기도 했다.

서언

만사 때가 있는 법! — 제법 살다 보면 그 의미를 점점 더 인정하게 되는 말이다. 이 말에 따르면 침묵할 시간이 있고, 말할 시간이 있는데, 이번에는 시인〔괴테 자신의 지칭임〕이 말하기로 결심한다. 그도 그럴 것이 젊은 시절에 행동과 활동이 합당하다면, 나이 들어서는 성찰과 전달이 온당하기 때문이다.

초년의 글들을 나는 머리말 없이, 무슨 뜻으로 썼는지 최소한의 암시도 없이, 세상으로 내보냈다. 그렇게 했던 이유는 민족에 대한 믿음에서였다. 그들이야말로 내가 내놓은 것을 조만간에 사용하게 될 터였다. 나의 이런저런 글은 당장 효과를 내기도 했고, 또 다른 글은 가닥이 잡히지 않고 절실하게 가 닿지 않아 인정을 받는 데 여러 해 걸리기도 했다. 그사이 그런 세월도 지나갔고, 예전 나의 동시대인들로부터 입었던 갖가지 아름답지 못한 모습의 해書를 제2의, 제3의 후속 세대가 내게 두 배, 세 배로 보상해 주기도 했다.

그러나 이제 나는, 지금의 이 작은 책의 좋은 첫인상을 그 무엇도 흐려 놓지 않기를 바란다. 그래서 설명하고, 밝히고, 증명하기로 했다. 그렇게 해서 동쪽을 별로 알지 못하거나 전혀 알지 못하는 독자들의 직접적인 이해가 깊어졌으면 하는 뜻일 뿐이다. 반면 이토록 지극히 주목할 만한 한 세계지역의 역사와 문학을 이미 가까이 접한 바 있는 사람에게는 이 추가 글이 불필요하겠다. 그런 사람은 오히려, 적셔주며 원기를 주는 그 물을 내가 나의 꽃밭에다 댄 원천의 샘이며 물줄기들의 위치를 쉽게 표시해 줄 것이다.

앞서 나온 시들의 저자〔자신의 지칭임〕는 사람들이 자신을 여행객으로 보아주기를 가장 바란다. 그가 낯선 땅의 풍습을 호감을 가지고 나누고, 그 언어 사용을 제 것으로 수용하려 노력했으며, 생각을 함께 나누고, 좋은 풍습을 받아들일 줄 안다면, 그것이 여행객에게는 충분한 칭찬이 될 것이다. 그가 어느 정도만이라도 그걸 이루었다면, 그가 하는 말의 억양이나 몸에 배어 굳어버린 자기 지방의 태도로 인해서 누가 봐도 여태도 이방인임을 아는 상태라도, 그를 너그럽게 볼 것이다. 이런 의미에서 이제 이 작은 책이 용서받았기를! 전문가는 통찰로써 용서하고, 애호가는 그런 결함들의 구애를 덜 받고, 주어지는 것을 스스럼없이 받을 것이다.

그러나 그럼으로써, 여행객은 가지고 돌아오는 모든 것을, 주변 사람들이 빨리 좋게 보도록, 상인의 역할을 맡는다. 상품을 고객들 마음에 들게 펴놓고, 이런저런 식으로 마음을 끌려 하는 상인 말이다. 알리고, 묘사하고, 심지어 자찬하는 말을 늘어놓는다고 그를 나쁘게 생각하지 않으리라.

그러니까 우리 시인〔자신의 지칭임〕은 우선 드러내서 말해도 좋으리라. 풍습적인 것이나 미학적인 것에 있어서 이해하기 쉽게 하려는 것을 으뜸 의무로 삼았고, 그래서 지극히 소박한 언어를, 그 사투리의, 가장 쉽고, 가장 쉽사리 포착되는 운율 가운데서, 익히려 노력했으며, 어떤 부분에서 오리엔트적인 것이 예술성과 장식예술을 통해서 호감을 불러일으키는지를 그저 거리를 두고 암시하려 했다.

그렇지만 이런저런 불가피한 외국어들이 이해에 장애가 된다. 특정한 대상들, 믿음, 의견, 유래, 우화, 풍습과 연관되어 있어서 이해가 잘 안 되는 말들 말이다. 이런 말들을 설명하는 것을 다음 의무로 여기고 그러면서 독일 청자와 독자들의 질문과 이의에서 비롯된 욕구를 고려하였다. 뒤에 첨부된 색인은 쪽수를 표시하고 있는데, 모호한 구절이 나오는 부분 또 설명을 넣은 면을 표시한다.[2] 이런 설명은 얼마만큼의 연관 속에서 이루어진다. 독립된 텍스트이면서도 흩어진 낱장 메모가 아니라, 비록 스치듯 간략히 취급되고 연결이 느슨하더라도 독자에게 전체 조감과 설명을 줄 수 있도록 말이다.

　모쪼록 나의 이번의 소명이 지향하는 바가 유쾌하기를! 그러리라 희망해도 좋으리라. 오리엔트로부터 참으로 많은 것이 우리 언어로 충실하게 수용되는 시기에는 이것이 쓰임새 있게 보일 것이기 때문이다. 우리 편에서도 주의를 기울여 저곳으로 이끌어 가려고 노력하면 말이다. 그곳은 이런저런 위대한 것, 아름다운 것, 좋은 것이 수천 년 전부터 우리에게로 온 곳이고, 날마다 더 오기를 바랄 수 있는 곳인 것이다.

2　이 책 495~99쪽의 색인. 색인은 표제어만 나열하고 쪽수를 따로 표시하지는 않았다. 당시 독일 독자에게 낯설게 느껴진다고 생각한 어휘들을 표시하는 데 그쳤다.

히브리인들

어느 민족에게서나 그 최초의 문학은 소박하다. 소박한 문학이 뒤이은 모든 문학의 초석이 된다. 신선하게 나타나면 나타날수록, 자연에 부합하게 나타나면 나타날수록, 그만큼 더 행복하게 다음 세기들이 발전된다.

오리엔트의 시문詩文 이야기를 하고 있기에 꼭 할 수밖에 없는 일은, 가장 오래된 총서로서의 성서를 생각하는 일이다. 구약의 대부분이 드높여진 신념으로써 격정적으로 쓰인지라 시예술 분야에 속한다.

이제 *헤르더*[3]와 *아이히호른*[4]이 이에 대해 우리에게 개인적으로 밝혀주었던 저때를 생생하게 기억하면, 순수한 오리엔트적 일출日出에 비교할 수 있는 드높은 향유를 생각하게 된다. 그 같은 사람들이 우리에게 부여하고 남겨준 것은 암시만이라도 된다면 좋겠고, 그러면 이 보물들을 지나쳐 가는 우리의 조급함도 용서받을 것이다.

하지만 예컨대 「룻기」를 생각해 보자. 한 이스라엘 왕에게 품위 있고 흥미로운 선조를 마련해 주려는 드높은 목적이 있으면서, 동시에 우리에게 서사적으로 목가적으로 전승된, 지극히 사랑스러운 작은 완결된 글로 살펴질 수 있는 글이다.

---

3 Johann Gottfried von Herder(1744~1803): 괴테는 헤르더를 슈트라스부르크 대학 시절에 처음 만났는데, 그때 헤르더는 구약의 문학적인 부분에 대해 이야기했다. 후에 헤르더 자신이 괴테가 여기서 펼치는 생각을 논문 「관념」(Idee)에서 전개하기도 한다.

4 Johann Gottfried Eichhorn(1752~1827): 예나 대학과 괴팅겐 대학에서 교수를 지낸 오리엔트 학자.

그다음에는 잠시 솔로몬의 「아가서」에 머물겠다. 「아가서」는 열정적이고 우아한 사랑의 표현을 증언하는 가장 사랑스럽고 가장 모방할 수 없는 것이다. 물론 우리는 이 시들이, 단편적으로 뒤섞여 버리고, 위로 층층이 더해져서, 완전하고 순수하게 즐기지 못하게 한다고 한탄한다. 하지만 시 쓰는 이가 살았던 저 상황들을 들여다보면서 감을 잡아보는 것만으로도 우리는 황홀하다. 지극히 사랑스러운 지역, 가나안의 온화한 공기 한 가닥이 바람처럼 불어와 속속들이 스며든다. 그 지역에서 친숙한 풍경, 포도 경작, 정원 가꾸기, 향신료용 식물 가꾸기, 약간의 도시적인 경계와 뒤뜰이 호화로운 왕궁. 하지만 「아가서」의 주요 주제는 언제까지고 젊은 마음들의 불타는 애착이다. 갖가지 지극히 단순한 상태에서, 서로를 찾고 찾아내고, 밀어내고, 끌어당기는 마음들 말이다.

여러 차례 우리는 이런 사랑스러운 혼란에서 몇 가지를 부각하고, 나란히 늘어놓을 생각을 했다. 그러나 바로 이 풀리지 않는 수수께끼 같은 것이 이 얼마 안 되는 종이들[5]에다 우아함과 고유함을 준다. 호의는 없이 질서만 사랑하는 정신들이 얼마나 자주, 그 어떤 이해되는 연관을 찾아내거나 집어넣을 유혹을 받았던가. 그리고 다음 사람도 늘 같은 작업을 한다.

「룻기」 역시 이들이 늠름한 사람들에게 맞서낼 수 없는 매력을 발산해 온 터라, 간명하게 그려져 평가가 어려운 사건이, 상세히 풀이되며 다루어짐으로써, 또 어느 정도 얻는 바가 있으리라는 착각에 사로잡히곤 한다.

그래서 분명 이 책 중의 책(성서)은 해설서도 책에 책을 더했을 것이다. 그래서 우리도 또 하나의 세계를 대한 듯 그런 것을 시도해 보고, 그러면서 길 잃고 헤매고, 계몽되고, 교육되기도 하는 것 같다.

---

5   구약성서의 「아가서」를 가리킨다.

아라비아인들

어떤 동쪽 민족 하나, 아라비아인들의 *모알라카트*[6]에서 우리는 찬란한 보물을 본다. 모알라카트는 찬가들인데, 시 경연에서 승리를 거둔 작품들이다. 무함마드 시대에 나온 시들로, 금 활자로 적혀 메카의 신전神殿 문에 걸려 있다. 이 시편들은 가축 떼를 많이 거느린 전투적인 유랑민족을 보여주는데, 그들은 여러 부족이 서로 다투고 있어 내적으로 불안정했다. 그려진 것은 모두 지극히 굳건한 종족에의 소속감, 명예욕, 용감함, 화해란 없지만 사랑의 슬픔으로 하여 완화된 복수욕, 자선, 희생, 그 무엇이든 한량이 없다. 이 시들은 우리에게, 무함마드 자신도 그 출신인 쿠라이시 부족의 높은 교양에 대하여 충분히 알려준다. 하지만 이들에게 음산한 종교의 막 하나가 덧씌워져서, 보다 순수한 진보에의 전망을 죄다 덮어버리고 말았다.

일곱 편이 전해지는, 이 탁월한 시편들의 가치는, 거기에 지극히 큰 다양함이 있어서 더욱 높아진다. 이에 관해, 통찰력 있는 존스[7]가 이 시들의 특성을 표현한 바를 이 글 시작에다 놓아보면, 한결 짧고 격조 있는 설명이 되겠다. "암랄카이*Amralkai*의 시는 부드럽고, 즐겁고, 빛나고, 사랑스럽고, 다양하며 우아하다. *타라파Tarafa*의 시는 대담하고 격앙되어 있고 튀지만 거기에는 항시 얼마만큼의 즐거움이 감돌고 있다. 초헤이르*Zoheir*의 시는

---

6 Moallakat: 메카의 신전에 내걸린 시작품들.

7 Sir William Johns(1746~49): 이란 연구가로 시작하여, 다음에는 캘커타에 살다가 산스크리트어 연구자가 된 사람이다.

매섭고 진지하고 순결하며 도덕적 계명들과 진지한 잠언들로 가득하다. *레비드Lebid* 의 시는 가볍고 사랑에 빠져 있고 애무적이며 연연해서 베르길리우스의 두 번째 목가를 연상시킨다. 연인의 자긍심과 오만을 한탄하며 그래서 자기의 미덕을 꼽아보고, 자기 부족의 명예를 하늘로 올리는 계기를 갖는다. *안타라Antara* 의 노래는 자랑스럽고 위협적이고 표현이 적확하며 호사스러워 보이지만 묘사와 이미지들의 아름다움이 없지 않다. 암루*Amru*는 격하고 숭엄하고 명예로운 음조이며, 그다음 *하레츠Harez*는 지혜, 날카로운 감각 그리고 품격이 가득하다. 뒤의 두 시인은 또한 시적, 정치적 쟁론도 벌이는데, 이는 어떤 총회합을 앞두고 아라비아인들이 두 부족의 파괴적인 증오를 진정시키기 위하여 벌였던 쟁론이다."

이제 이 얼마 안 되는 것들을 통하여 독자들로 하여금, 저 시들을 읽도록 혹은 다시 읽도록 고무하고 있는 터라, 다른 시 한 편을 덧붙인다. 무함마드 시대에 나온 것인데 저이들의 정신을 온전히 담고 있다. 그 성격을 침침하다, 실로 캄캄하다라고 말할 수도 있으리라, 이글거리고 복수욕에 차고 복수를 흡족해하는 것이다.

   1.   길가 바위 아래
       살해당한 그가 누워 있다
       그가 흘린 피에는
       이슬 한 방울 떨어지지 않는다.

   2.   큰 짐을 내게 지우고
       그가 운명했다
       내 기어이 이 짐을
       지고 가겠노라.

3. "나를 위해 복수해 줄 사람은
   내 누이의 아들이다,
   선뜻 나서 싸우는,
   타협 모르는 인물.

4. 말 잃은 그에게선 독毒이 땀으로 흐른다,
   독사가 침묵하듯
   뱀이 독을 내뿜듯.
   어떤 마법도 그 독엔 맞설 수 없다."

5. 이 막중한 소식이 우리에게로 왔다
   그 위대한 사람이 큰 화를 입었다고.
   그 소식은 가장 힘 있는 이조차
   압도했다.

6. 내게서 운명이 약탈해 갔다,
   상처 입혀서 이 다정한 사람을.
   운명의 객客이자 벗,
   상처 입을 줄 모르던 사람.

7. 차가운 날 그는
   태양의 열기였고
   시리우스 성星이 불탈 때는
   그늘이고 서늘함이었다.

8. 둔부는 말랐으나,
   보잘것없지 않았고,
   손은 젖었으나
   대담하고 억세었다.

9. 굳건한 뜻으로
   자신의 목표를 좇았다,
   안식을 맞을 때까지.
   그런 굳은 뜻도 이젠 여기 잠들었구나.

10. 선물을 나누면서는
    그는 구름비였고
    덤벼들 때면
    노한 사자.

11. 백성들 앞에 서면 당당하고
    검은 머리에 긴 옷,
    적을 향해 돌진할 때는
    한 마리 굶주린 늑대.

12. 두 가지 맛을 그는 나누었다
    단꿀과 독주 베르무트
    그런 맛난 음식을
    누구나 맛보았다.

13. 그가 홀로 무섭게 말 달리고 있다
    동행은 아무도 없다.
    날끝 매섭게 갈라진
    예멘의 검劍 말고는.

14. 한낮에는 우리 젊은이들이
    적에 맞서 진군을 시작했다
    밤은, 뚫고 나아갔다,
    떠가는 구름처럼 쉼 없이.

15. 누구든 한 자루 칼이었다
    칼, 허리에 차고
    칼집에서 휘익 뽑힌다
    일 획, 번쩍이는 번개.

16. 저들은 잠의 혼령을 마셨다
    저들의 고개가 꺾일 때
    우리가 베었다
    하여 저들은 사라졌다.

17. 우리의 복수는 완벽했다
    두 부족에서 살아남은 사람은
    아주 적었다,
    극소수.

18. 그가 창 하나로
    후다일 부족 여럿을 무찔렀기에
    후다일족 하나가
    그를 죽이려, 창을 부러뜨렸지.

19. 거친 영면의 터에
    그들은 그를 눕혀놓았다
    깎아지른 바위에다, 낙타도
    앞발을 부러뜨리는 곳에다.

20. 아침이 그를 거기서,
    음산한 곳에서, 그 살해당한 자를 맞았을 때
    그는 강탈당해 있었고
    약탈물은 사라졌다.

21. 그러나 이젠 나에게 살해당했다
    후다일족은 깊은 상처 입었다.
    불행도 나를 삭이지는 못한다
    불행 자체가 삭는다.

22. 창끝의 갈증을 껐다
    첫 마심으로.
    창은 거리낌 없었다
    되풀이되는 마심도.

23. 이제 우리는 금지되었던
    술을 마셔도 된다
    많은 공을 들여 내가
    허락을 얻어냈으니.

24. 검을 걸고 창을 걸고
    또 말(馬)을 걸고 나
    은혜를 베푸노니
    이제 모두 마음껏 마시라.

25. 잔을 내밀어라,
    오! 사와드 벤 암레여
    내 육신은 외숙부를 위한
    하나의 큰 상처일 뿐.

26. 하여 이 죽음의 잔을
    후다일족에게 건네니,
    이 잔은 비통과
    맹목과 굴욕을 낳는다.

27. 후다일족이 죽어갈 때
    저기 하이에나들이 웃었다
    또 그대는 보았으리, 늑대들
    낯이 번들거리는 것을.

28. 가장 고귀한 매가 날아와
    시체에서 시체로 옮겨 앉았다
    넉넉한 식사를 워낙 포식하여
    날아오를 수조차 없었다.

　이 시를 이해하기 위해서 필요한 것은 별로 없다. 성격의 위대함, 진지함, 행동의 합법적인 잔인함이 여기서는 사실 시의 골자이다. 첫 두 연은 명확한 발단을 주고, 3, 4연에서는 죽은 자가 말하며 자기 친척에게 복수의 부담을 지운다. 5, 6연은 그 뜻에 따라 첫 연들에 연결되며, 서정적으로 정돈되어 있다. 7연에서 13연까지는 그 상실의 크기가 느껴지라고 타살당한 사람을 부각한다. 14연에서 17연은 적에 맞서는 원정대를 그리고 있다. 18연은 돌아가서 첫 두 연에 이어진다. 19연과 20연은 그 첫 두 연에 바로 이어질 수도 있다. 21연과 22연은 17연 다음에 자리 잡을 수도 있었으리라. 그다음에는 승리욕이 따르고 향연에서의 즐김이 따른다. 그러나 끔찍한 기쁨, 패한 적들이 하이에나와 독수리의 밥이 되어 자기 앞에 누워 있는 것을 보는 기쁨으로 끝을 맺고 있다.
　이 시에서 지극히 기이하게 보이는 점은, 순수한 산문인 줄거리가 개별 사건들의 전조轉調, Transposition를 통해 시詩가 되고 있다는 점이다. 그것을 통해, 그리고 시가 거의 어떤 외적 장식도 지니고 있지 않다는 사실을 통해, 시의 진지함이 고조된다. 하여 제대로 읽어 들어가는 사람은, 벌어진 일이 처음부터 끝까지 차츰차츰 상상력 앞에서 구축되는 모습을 틀림없이 볼 것이다.

넘어가는 말

이제 이어서 평화롭고 정숙한 민족인 페르시아인들을 다루고자 한다. 원래 이 시집을 쓰게 된 동기가 페르시아인들의 문학이었던 만큼, 그들의 과거 역사를 훑어보지 않을 수 없다. 그래야만 그들의 최근의 역사도 이해할 수 있을 것이다. 역사연구가에게 항상 특이하게 생각되는 것은 어떤 한 나라가 자주 적들의 공격을 받고 굴욕을 겪거나 혹은 멸망하기까지 할망정, 그 민족성의 어떤 핵심은 간직되어 남아 있어, 오래전부터 알려져 있는 그 민족의 특성이 불쑥 확연히 다시 나타나곤 한다는 점이다.

이런 의미에서 최초의 페르시아인들에 대해 듣고 또 그때부터 오늘날까지의 페르시아 역사를 그만큼 더 확실하고 자유로운 걸음으로 빠르게 거쳐 봄은 즐거운 일이 될 것이다.

고대 페르시아인들

고대 배화교도들[8]의 경신敬神은 자연을 바라보는 것에 바탕을 두었다. 배화교도들은, 창조주에게 기도할 때 누가 봐도 지극히 장엄한 현상인 떠오르는 태양을 향했다. 떠오르는 태양에서 그들은 천사들의 광채로 에워싸인 신의 왕좌를 보았다고 믿었다. 이 마음을 흔드는 예배의 영광은 누구라도, 가장 미천한 자라도 매일 눈앞에 떠올려 볼 수 있는 것이었다. 가난한 자는 오두막 밖으로 나서고, 전사戰士는 막사 밖으로 나선다. 그러기만하면 모든 기능 중에서 가장 종교적인 기능이 완수되는 것이었다. 새로 태어난 아이에게는 그런 햇살 속에서 빛의〔불의〕 세례를 주었으며, 배화교도는 하루 종일 내내, 한평생 내내 자신의 모든 행위에 이 태고의 성좌인 태양이 함께해 주고 있다고 믿었다. 달과 별들 역시, 태양처럼 닿을 수 없게, 무변의 것에 소속되면서, 어둠을 밝혀주었다. 반면 불은, 그 능력에 따라 밝혀주기도 하고 덥혀주기도 하면서, 그들 곁에 있었다. 이런 대리자가 있는 데서 기도를 올리는 것, 무한하다고 느껴진 것 앞에서 절하는 것은 유쾌하고 경건한 의무가 되었다. 쾌청한 일출日出보다 더 티 없이 맑은 건 아무것도 없으니, 그들이 성스럽고, 태양과 비슷하게 되고자 마음먹었고, 또

---

8 배화교도(Parsen): 페르시아어 pars(Persien)와 거기서 파생된 형용사 parsa(fromm, gottesfürchtig, brav, rein)에서 비롯했다. 페르시아가 이슬람화하면서 인도로 간 조로아스터교도의 후예들에 대한 표기. 특히 'alte Parsen'은 조로아스터교도 전반과 연관된다고 하여 배화교도로 번역하였다. 이하 각주는 주로 비루스(Hendrik Birus)가 프랑크푸르트 판 『서·동 시집』에 단 주석을 선별한 것이다(FA, *West-östlicher Divan II*, 1425ff.).

변함없이 그러하겠다면, 불 역시 그렇게 티 없이 정淨하게 점화하고 간직해야 했다.

조로아스터가 고귀하고 순수한 자연 종교를 처음으로 복잡한 의식으로 바꾸어놓은 것으로 보인다. 정신적 기도는, 모든 종교를 포함하고 또 배제하며 신의 은총을 입은 얼마 안 되는 인간들에게는 전체 인생유전을 관통하는 것이라, 대부분의 사람들에게는 오로지 희열을 주는, 불꽃 이는 순간의 감정으로서만 계발된다. 그런 감정이 사라지고 나면 즉시 자기 자신으로 되돌아오게 되는 충족되지 못한, 한가한 인간은 무한한 권태 속으로 되던져지게 마련이다.

축성과 속죄가 따르는 의식儀式들, 오고 가기, 절하고 굽히기로써 장황하게 권태를 메워나가는 것이 사제들의 의무이자 장점인데, 이들은 여러 세기를 지나면서 자기들의 생업을 한없이 사소한 것들로 분산시켜 놓는다. 떠오르는 태양의 어린애처럼 즐거운 첫 예로부터 오늘날까지도 벌어지고 있는 것 같은 귀브인[9]들의 미친 짓거리에 이르기까지, 얼핏 조감해 본 사람이라면, 전자에서는 잠에서 깨어 첫 날빛을 마주 향하여 일어나는 생기 있는 민족을 보겠지만, 후자에서는 천한 권태를 경건한 권태로써 죽여보려 하는 음침한 민족을 볼지도 모른다.

그렇지만 지적해 둘 중요한 점은, 옛 배화교도들이 오로지 불만을 숭배한 건 아니라는 점이다. 그들의 종교는 모든 자연의 요소들이 지닌 위엄에 철두철미하게 그 바탕을 두고 있다. 신의 현존과 힘을 전한다는 점에서 그렇다. 그래서 물, 공기, 흙을 더럽히는 일은 신성하게 기피한다. 자연적인 것을 에워싼 모든 것에 대한 경외심은 사람들에게서 온갖 시민적인 미덕으로 이어진다. 주의력, 깨끗함, 근면이 고무되고 격려되는 것이다. 이 점

---

9 귀브인(Gueber): 페르시아어 가브르(gabr, Zarathustrier)를 가리키는 프랑스 표기를 따른 것.

에 이 지역의 문화가 바탕을 두고 있다. 왜냐하면 그들이 어떤 강물도 부정不淨하게 만들지 않듯이, 그들은 세심하게 물을 아껴 수로들을 파고 깨끗하게 유지하였는데, 그 순환에서 땅의 생산성이 비롯되어, 당시 제국은 열 배 이상 더 경작되었기 때문이다. 태양이 미소를 보내는 모든 것이 최고의 근면으로 영위되었지만, 무엇보다 태양의 가장 정통한 적자適子인 포도가 가꾸어졌다.

죽은 사람들을 매장하는 기이한 방식〔조장鳥葬〕[10] 역시 순수한 자연 요소들을 더럽히지 않는다는 원칙이 과격하게 실행된 데서 비롯한다. 거리의 청결은 종교적 안건이었다. 귀브인들이 추방당하고 배척당하여 경멸받으며 어떤 경우에든 소도시의 평판 나쁜 구역에서밖에 그들의 거처를 찾을 수 없는 지금도, 이런 신앙을 신봉하는 사람은 임종하면서 수도의 이런저런 길이 완전히 청소되도록 얼마만큼의 금액을 유증遺贈한다. 그처럼 생생하게 살아 있고 실천적인 신의 숭배를 통하여 역사가 증언하는 저 믿기지 않는 민족이 있을 수 있게 된 것이다.

감각 세계에서 보이는 그 위업들 가운데, 어디에나 신이 존재하고 있다는 생각에 기반을 둔 그런 부드러운 종교는 분명 풍속에도 고유한 영향력을 행사할 것이다. 주요 계명과 금지를 살펴보자. 거짓말하지 말라, 빚지지 말라, 배은망덕하지 말라! 이 가르침들의 풍부한 효력은 어떤 윤리주의자나 금욕주의자도 쉽게 키워갈 것이다. 왜냐하면 사실 첫 번째 금지가 다른 두 가지, 그리고 사실 다만 거짓과 불충에서 비롯하는 것일 뿐인 모든 나머지 금지를 포함하고 있기 때문이다. 그러니 아마 동방에서 악마란 그저 영원한 거짓말쟁이와 관련시켜 암시되는지도 모른다.[11]

---

10 시체를, 독수리의 밥이 되도록 '침묵의 탑'에 던져 넣는 방식. 불순한 것을 신성한 불에 던져 넣지 않으려는 뜻에서 비롯되었다고 한다.
11 괴테 자신의 『파우스트』에 등장하는 악마 메피스토펠레스도 히브리어 '파괴자'와 '거짓말

그렇지만 이 종교는 정관靜觀에 이르기 때문에 쉽사리 유약함으로 오도될 수 있다. 길고 헐렁한 옷이 약간의 여성적인 것을 암시하는 것 같기도 하다. 하지만 풍속과 기질이 그런데도 저항은 거셌다. 평화 시절과 사교생활에서도 그들은 무기를 들었고, 온갖 방식으로 무기를 사용하면서 자신을 단련했다. 아주 노련하고 격렬한 기마騎馬는 그들에게 전통적인 것이었고, 경주로에서 공과 막대기로 하는 그들의 놀이들도 그들을 강건하고, 힘차고, 기민하게 유지해 주었으며, 인정사정없는 징집은, 왕의 첫 신호만 있으면 그들 전체를 영웅으로 만들었다.

그들의 신의 의미를 돌아보자. 처음에는 공개적인 예배가 얼마 안 되는 불에 제한되어 있어서 그만큼 더 신성했으며, 그다음에는 고위 성직자 층이 차츰 늘어나면서 불도 늘어났다. 아주 내밀하게 결속된 이 성직자 세력이, 영원히 조화로울 수는 없는 세상사의 이치대로, 이따금씩 세속 권력에 반기를 든다. 왕국을 장악한 바 있는 가짜 스메르디스[12]는 주술사[13]였는데, 자신의 동지들에 의하여 옹립되어 한동안 그 자리를 지켰다. 그 밖에 주술사들이 몇 차례 통치자를 위협했다.

알렉산드로스 대왕의 침공[14]으로 뿔뿔이 흩어졌다가, 그의 파르트인 후계자들 치하에서 은총을 입어, 사산 왕조에 의하여 다시 부각되고 규합된

쟁이'의 합성어이다.

12 퀴로스(Kyros)의 아들 캄뷔제(Kambyse)는 동생 스메르디스(Smerdis)가 왕위를 찬탈할까 두려워 죽이게 했는데, 그의 지배를 문제 삼기 위하여 마법사들이 백성에게 자기들 중의 하나를 가짜 스메르디스로 내세웠으나 몇 달 뒤(BC 521) 다리우스(Dareios) 왕의 칼에 찔려 죽었다고 한다.

13 주술사(페르시아어 magus, 그리스어로 magos)는 헤로도토스에 의하면 페르시아인들에게서 사제를 세우는 가장 귀한 가계였다고 한다.

14 가우가멜라 전투(BC 331)와 다리우스 3세의 패퇴 이후, 알렉산드로스 대왕은 아시아를 침공, BC 330년에 페르세폴리스를 불 지르고 동페르시아를 점령했다.

그들은 자신들이 늘 굳건히 자신들의 원칙의 기반 위에 있음을 증명하였으며 이 원칙에 맞서 행동하는 통치자에게는 거역했다. 그들이 호스로[15] 왕과 기독교도인 아름다운 쉬린의 결합을 온갖 방법으로 양쪽에서 어쩔 도리 없도록 가로막은 바와 같다.

마침내 아라비아인들에 의해 영원히 밀려나, 인도로 쫓겨 갔던 그들이나 그들과 정신적으로 가까운 사람들 얼마는 페르시아에 그대로 남았지만 오늘날에 이르기까지 경멸받고 욕설을 들으며, 견디는가 하면 지배자의 횡포에 시달려왔다. 그러면서도 이 종교는 아직도 여기저기, 궁벽한 구석까지도 최초의 깨끗함을 간직한 채 이어지고 있다. 내가 시 「옛 배화교도의 유언」[16]을 통하여 표현하려 했던 바와 같다.

그래서 여러 시대를 거치면서 이 종교의 기여가 아주 많았다는 것, 동쪽 세계의 서쪽 편에 널리 퍼진 고도로 발전된 문화의 가능성이 이 종교 안에 들어 있었다는 것은 아마 의심할 수 없을 것이다. 그 문화는 서쪽으로 널리 퍼지고 있다. 어떻게 어디서 이 문화가 퍼져 나오기 시작했는지 정의 내리기가 지극히 어렵긴 하다. 많은 도시들이 생활의 중심점으로 많은 지역에 흩어져 있었으나, 내가 보기에 가장 감탄할 만한 사실은, 인도의 우상 숭배와 숙명적일 만큼 가까이 있는데도 우상 숭배가 이 종교에 영향을 끼칠 수 없었다는 점이다. 발흐[17]와 바미안[18]이라는 두 도시가 그렇게 인접해 있기

---

15 Choru Parvis/Khosrow Parviz(통치 590~628): 사산 왕조의 호스로 2세. 기독교도인 아르메니아 여인 쉬린에 대한 사랑으로 유명하다. 나중에 아들이 그를 죽이고 왕위를 찬탈하였다. 그러면서 아들은 쉬린도 자신의 하렘으로 끌어들였는데 쉬린이 자살하였다.

16 이 책 239~43쪽 「유언: 고대 페르시아 신앙의」 참조.

17 Balch 혹은 Balck: 오늘날 아프가니스탄 북부.

18 Bamijan 역시 오늘날 아프가니스탄 북부로 4~5세기경에 세운 수많은 암벽동굴로 중앙아시아 불교 예술의 주요 중심지이며 특히 두 개의 거대한 불상(53미터, 35미터)으로 유명한데, 근년에 이슬람근본주의 정권에 의해 파괴되었다가 복원되었다.

때문에, 늘 이목을 끄는 점은 바미안에는 터무니없는 우상들이 거대한 크기로 제작되고 경배되는 것이 보이는 반면 발흐에서는 깨끗한 불의 사원들이 유지되고, 이 종파의 커다란 수도원들이 생겨났으며 무수한 배화교 사제들이 모여들었다는 점이다. 그러나 그런 기관들의 시설이 얼마나 찬란했을 것인가를 증명하는 것은, 그곳에서 배출된 비범한 인물들이다. 그랬기에 분명 오랫동안 영향력이 큰 국가의 봉사자로 빛을 냈던 바르메크 일족이 그곳에서 유래했다. 그러다가 그들도 우리 시대의 대략 비슷한 가문[19]처럼 마침내 멸족당하고 추방당했다.

---

19 몇 가지 추정이 있으나 어느 가문인지 오늘날까지 확실히 밝혀지지 않았다.

통치

철학자가 원칙들로부터 하나의 자연법, 국제법과 국법을 세운다면, 역사 애호가가 탐구하는 것은 그런 인간적 관계며 결합이 일찍이 어떠했는가 하는 점이다. 그럴 때 우리가 태고의 동방에서 찾아내는 것은, 모든 통치가 전쟁을 선포하는 권리로부터 나온다는 점이다. 이 권리는 다른 나머지 권리들과 마찬가지로 처음에는 백성의 의지와 열정에 들어 있다. 일족의 일원이 상처 입는다면 요청이 없어도 즉시 전체가, 모욕을 가한 자에게 복수를 하겠다고 일어난다. 그러나 무리는 행동을 하고 영향을 미치기는 하지만, 스스로를 인도하지는 못하는 것 같기 때문에, 선발, 풍속, 관습을 통하여 단 한 사람에게 싸움의 수행을 떠맡긴다. 한 차례 출정에서도 그렇고, 여러 차례 출정에서도 그렇다. 무리는 그 유능한 남자에게 평생직인 위험한 직책을 부여하고, 마침내 그 직책은 그 후손들에게로 이어진다. 그리하여 전쟁을 수행하는 능력을 통하여 특정 개인이 전쟁을 선포하는 권리까지 갖게 된다.

그런데 여기에서부터 나아가, 그렇지 않아도 전쟁 좋아하고 싸움에 능하다고 해도 좋을 모든 국민을, 전장으로 소환하고, 요구하고, 강요하는 권한이 나온다. 징병이란 일찍부터, 그것이 정당하고 효과적으로 보이고자 한다면, 인정사정없어야만 했다. 다리우스 1세[20]는 의심이 가는 이웃 나라에 맞서 무장을 했는데, 무수한 백성이 징집 명령에 복종했다. 백발노

---

20 다리우스(Darius) 1세(통치 BC 521~485).

인 하나가 아들 셋을 내주며, 막내만은 출정을 면하게 해달라고 청하니까, 왕은 그 소년을 토막 내어 돌려보냈다.[21] 여기서는 그러니까 생사여탈권이 이미 명확했다. 전투란 그 어떤 질문도 용납되지 않는 것. 그럴 것이, 자주 자의적으로, 서툴게 군대 일부를 송두리째 헛되이 희생시켜도 지휘자에게 해명을 요구하는 사람은 아무도 없지 않은가?

그런데 호전적인 민족들에게서는 간간이 짧은 평화기가 섞이면서 계속 전시 상태가 이어진다. 왕 주변이 노상 전쟁이니 궁정에서는 그 누구의 생명도 보장되어 있지 않았다. 전쟁으로 인하여 필요해진 각종 세금도 따라 올라간다. 그렇기 때문에 다리우스 코도마누스[22]도 자발적인 헌상물 대신 규칙적인 조세租稅를 정립했다. 이 원칙에 따라, 또 이 헌법에 따라 페르시아 군주국은 부상하여 최고의 권력과 행복에 이르렀다. 그런 것이 인접해 있는 조각조각난 작은 민족[23]의 드높은 기백에 부딪쳐 마침내 좌초하고 말았지만 말이다.

---

21 이 일화는 디테일에 있어서 헤로도토스의 전언과 다소 차이가 있으나 논지에는 변화를 주지 않는다.

22 Darius Codomannus(통치 BC 336~330): 마지막 왕으로 알렉산드로스에게 정복당했다.

23 그리스인들.

역사

비범한 군주들이 그들의 전투력을 하나로 집결하여 무리의 탄력을 최고도로 상승시킨 이후에, 페르시아인들은 멀리 있는 민족들에게조차도 무섭게 보였고, 인접 민족들에게는 더했다.

거의 모든 민족들이 정복되었는데, 그리스인들만은 내부적으로는 통일이 되지 않았으면서도, 여러 차례 쳐들어온 수많은 적에 맞서 서로 연합하였고, 그러면서 나머지 다른 것들도 다 포함하고 있는 첫 번째 미덕이자 마지막 미덕이 된, 모범적인 희생심을 계발했다. 그럼으로써 시간을 번 셈이어서, 페르시아 세력이 내부에서 와해되는 동안 마케도니아의 필리포스 왕[24]은 그리스 통일의 기초를 놓을 수 있었다. 나머지 그리스인들을 주위에 모아 그들에게 그리스 안에서의 자유를 상실하는 대가로, 바깥에서 쳐들어오는 외적外敵에 대한 승리를 준비시켰다. 그리하여 그의 아들 알렉산드로스 대왕이 페르시아인들을 이기고 제국을 얻게 되었다.

페르시아인들은, 국가와 종교를 동시에 공략함으로써 그들 자신에 대한 공포뿐만 아니라 증오까지 유발한 바 있었다. 하늘의 별들, 불, 자연의 원소들이 신과 비슷한 본질로서 트인 세계에서 기려지는, 그런 하나의 종교에 헌신해 온 그들의 눈에는 신들을 집 안에 가두어두고 지붕 밑에서 신들에게 기도하는 것은 극도로 비난할 만한 일로 비췄던 것이다. 그래서 사

---

24 Phillip/Philippos(BC 382경~336): 마케도니아 통일(BC 358), 테살리아 정복(BC 352), 트라키아 정복(BC 342)에 이어 그리스에 승리(BC 338)하여 스파르타를 제외한 모든 그리스 도시들로 코린토스 동맹(BC 337)을 맺어 대(對)페르시아전의 전제를 만들었다.

원들을 불태우고 파괴하였는데 그럼으로써 영원한 증오를 불러일으키는 기념비를 스스로에게 세워준 셈이다. 그리스인들의 지혜가 이 폐허를 결코 다시 그 파편에서 들어 올려 복구하지 않고 장차 복수할 마음이 일도록 그냥 놓아두기로 결정함으로써 말이다. 모욕당한 예배를 복수하겠다는 그들의 이런 신념을 그리스인들은 페르시아 땅으로 함께 가져왔다. 거기에서 그리스인들의 많은 잔인함이 해명되며, 페르세폴리스[25]를 불태운 것 역시 그것으로 변명되기도 한다.

물론 그들이 처음의 단순함에서 멀어지면서, 벌써 사원과 수도원 건물을 필요로 했던 주술사의 예배 역시 중단시켰고 주술사들은 쫓겨나 흩어졌다. 그래도 그들의 큰 무리가 숨어서 모이며 보다 나은 시절을 기약하면서 신념과 예배를 지켜가고 있었다. 그들의 인내는 물론 큰 시험에 부딪혔다. 알렉산드로스 대왕의 죽음으로 짧은 독재 정치가 끝나고 제국이 붕괴되었을 때 우리가 지금 특히 열중하고 있는 지역을 파르트인들[26]이 장악했다. 그리스인들의 언어, 풍속, 종교가 그들의 것이 되어갔다. 그리고 그렇게 500년이라는 세월이 옛 사원들과 제단들의 잿더미 위로 지나갔는데, 그 아래에서는 신성한 불이 여전히 꺼지지 않고 타며 간직되어, 사산 왕조 사람들[27]이 우리의 시간 계산으로 하면 3세기 초, 옛 종교를 다시 믿으며 이전의 예배를 이루어냈을 때, 그들은 곧바로, 인도 국경 근처나 그 너머에서 자신과 자신들의 신념을 남몰래 간직하고 있던 몇몇 주술사와

---

25 페르시아인들이 아테네의 아크로폴리스를 파괴(BC 480)한 데 대한 복수로 330년경 알렉산드로스 대왕에 의해 파괴된 도시. 페르세폴리스는 현재 이란의 쉬라즈 북동쪽 80킬로미터에 있는 도시. 다리우스 1세가 건설했으며 기원전 유적지가 1930년부터 발굴되었는데 그 유적지는 페르시아 예술의 정점을 보여준다.

26 파르트인(Parther): 고대유목민 스키타이족이 파르티아(이란 북부)로 들어와 세운 제국(BC 247~AD 227)의 민족.

27 사산 왕조(Sassanide): 3~7세기 고대 페르시아를 통치했다.

사제[28]들을 찾아냈다. 고대 페르시아어가 전면으로 부상했고 그리스어는 위축되었으며 고유한 민족성이 깃들 터가 다시 놓였다. 여기서 우리는 이제 400년의 시간 안에서 페르시아적 사건들의 신화적인 전사前史가 시적, 산문적 여운을 통해 어느 정도 간직되어 있음을 발견한다. 그 영광에 찬 여명이 우리를 늘 기쁘게 하고, 인물들과 사건들의 다양함이 큰 관심을 불러일으킨다.

그러나 우리가 이 시기의 미술과 건축에 관해서 알게 되는 것은 무엇이든지, 그저 호사스러움, 장엄함, 위대함, 광대함 그리고 형태를 갖추지 않은 모습들로 치닫는다. 어떻게 그렇지 않을 수 있겠는가? 그들은 예술을 서구로부터 받아들였는데, 그 예술이 서구에서조차 이미 그토록 심하게 품위를 잃어버린 것이었으니. 나 자신도 사포르 1세의 인장반지 하나[29]를, 분명 당시의 서쪽 예술가, 어쩌면 포로가 깎았을 오닉스 하나를 소유하고 있다. 그런데 정복한 사산 왕조인의 인장 파는 사람이 정복당한 발렌티니안[30]의 도장 파는 사람보다 더 노련했겠는가? 그 당시의 동전들이 어떤 꼴인지는, 유감스럽게도 우리가 너무도 잘 알고 있다. 저 남아 있는 기념물의 시적이고 동화적인 요소 역시 차츰차츰, 전문가들의 노력을 통하여, 역사적인 산문으로 격조가 떨어져 조율되어 버렸다. 그런데 이런 예에서 어떤 민족은 도덕적, 종교적으로 높은 단계에 있고, 호화로운 호사스러움에 에워싸여 있는데도 예술에 관하여서는 여전히 야만인들로 치부할 수밖에 없다는 점 또한 분명하게 이해된다.

---

28 Mobede: 배화교 사제.

29 Sapor I: 사산 왕조 제2대 왕으로 241~72년 통치. 일명 샤푸르 1세. 그의 반지는 지금도 괴테의 수집품에 보관되어 있다.

30 발렌티니안(Valentinian)은 로마의 군인황제 발레리안(Valerian)의 오독이라고 한다. 발레리안 황제는 260년 사포르 1세에게 붙들려 구금당해 있던 중 사망했다.

꼭 마찬가지로 우리가 그다음 시기의 오리엔트 시예술 그리고 특히 페르시아 시예술을 정직하게 평가하고 장차 자신이 역겹고 부끄러워질 만큼 그런 것을 과대평가하지 않으려면, 대체 어디에서 저 시대의 가치 있는 진정한 시예술을 찾을 수 있겠는지를 잘 생각해야만 한다.

서방은 근동 쪽으로는 별로 관심이 많아 보이지 않는다. 우선적으로 염두에 둔 것은 인도였다. 그런데 불과 자연원소를 존중한 사람들에게는 저 미친 괴물 같은 종교가, 또 실생활에만 관심 있는 사람에게는 혼란한 철학이 결코 받아들여질 수 없었기 때문에, 그곳으로부터 받아들여진 것은 만인에게 언제든 똑같이 환영받는 것, 즉 세상의 지혜와 관계되는 문자였다. 비드파이의 우화[31]들에 최고의 가치를 두었고 그럼으로써 벌써 미래의 시는 그 가장 깊은 바탕에서부터 파괴되었다. 동시에 같은 곳에서 장기將棋도 받아들였는데, 그것은 저 세상지혜와 관련하여 모든 시인의 뜻에다 최후의 일격을 가하는 데 완벽하게 맞아떨어지는 것이었다. 이걸 전제로 하면, 우리는 후일 페르시아 시인들이 적절한 계기에 불려 나오게 될 경우 곧바로 그들의 타고난 천성을 높이 기리게 되고, 어떻게 그들이 그 많은 적의를 퇴치하고, 거기서 비켜나거나 어쩌면 극복까지 할 수 있었는지를 감탄할 것이다.

비잔티움에 위치가 가까운 데다 서쪽 황제들과 전쟁을 치르면서 상호교류를 통해 마침내 섞이게 되고, 배화교 사제들과 그곳의 종교 고수자들의 저항이 없지 않았건만, 기독교가 고대 페르시아 사람들의 종교 사이로 스며들어 간다. 탁월한 군주 호스로 파르비스[32]를 엄습한 갖가지 불쾌한 일, 실로 큰 불행 자체도, 사랑스럽고 매력적인 쉬린이 기독교 신앙을 고

---

31 Bidpai의 우화: 인도 우화 문학의 최고봉. 틀 이야기에 등장하는 인물 "현인 비드파이"의 이름을 따라 '비드파이의 우화'로 불린다.

32 이 책 303쪽 각주 15 참조.

수한 데 기원을 두고 있는 바와 같다.

이 모든 것이 겉만 살펴보아도, 우리로 하여금 사산 왕조인들의 원칙과 방식이 온갖 칭송을 받을 만하다고 인정하게 한다. 다만 그들은 격동기에 적들에게 사방으로 에워싸인 상황에서 자신을 유지할 만큼 충분한 힘이 없었다. 굳세게 저항했지만 결국 무함마드가 통일을 이루어 가장 무서운 세력으로 드높여 놓은 아라비아인들에게 예속당하고 말았다.

무함마드

우리의 고찰은 시문의 관점에서 출발하거나 아니면 그 관점으로 되돌아오기 때문에, 거명된 이 비범한 남자에 대한 이야기부터 하는 것이 우리 목적에 맞아 보인다. 그 자신이 격렬하게 주장하고 단언하는 대로 그는 예언자이지 시인은 아니다.[33] 그렇기 때문에 그의 쿠란도 신의 율법으로 보아야지 인간의 수업용이나 오락용 책으로 보아서는 안 된다는 것이다. 이제 시인과 예언자의 차이를 좀 더 자세히 풀어보면, 이렇게 말할 수 있다. 둘은 똑같은 유일신에 붙잡혀 불붙여진 사람들이다. 그렇지만 시인은 자기에게 부여된 재능을 향유 가운데서 낭비한다. 향유를 불러오고, 불려온 것을 통하여 명예에, 결국은 편안한 삶에 이르고자 함이다. 시인은 나머지 모든 목적을 소홀히 하고, 다양해지고자 한다. 생각에서나 기술記述에서나 무한정 자신을 내보이고자 한다. 반면 예언자는 단 하나의 특정한 목적을 염두에 두고 있고, 그 목적에 도달하기 위하여 지극히 단순한 방법을 사용한다. 그는 어떤 가르침을 전하려 하며 그 가르침을 통하여 자기들 주위에, 깃발 주위에 모으듯, 여러 민족들을 모으려 한다. 여기에 필요한 것은 오직, 세상더러 믿으라는 것. 그러니까 단조로워져야 하고 계속 단조로워야 한다. 다양함은 사람들이 믿지 않는다. 다양함이란 인식하는 것이다.

짧게 많은 것을 설명하자면 쿠란의 전체 내용은 제2장Sura 시작에 있는데 이렇다. "이 책 안에는 의심이 없다. 이는 경건한 이들의 가르침이다.

---

33 쿠란 69장 40절 이하, 36장 69절 이하 참조.

경건한 이들은 *믿음*의 비밀들을 진실로 여기며, 정해진 *기도* 시간을 준수하고 우리가 준 것을 덜어서 동냥으로 나누어주는 사람들이며, 너보다는 *예언자*들에게 내려보내진 계시를 믿으며 내세의 삶이 확실하게 보증된 사람들이다. 즉 예언자들은 그들의 주의 인도를 받으며 마땅히 행복하고 지극히 복된 사람들인 것이다. 불신자들로 말하자면, 네가 그들에게 경고를 하든 하지 않든 그들에게는 마찬가지일 것이다. 경고해도 그들은 믿지 않을 것이다. 신이 그들의 가슴과 귀를 봉해버린 것이다. 하나의 어둠이 그들의 얼굴을 채우고, 그리하여 그들은 무거운 벌을 겪을 것이다."

그렇게 쿠란은 장장이 되풀이된다. 신자와 불신자는 위와 아래로 나뉘고, 천국과 지옥은 신봉자와 거부자들을 생각하여 나누어놓은 것이다. 계명과 금지된 것의 더 상세한 규정, 유대교와 기독교의 동화적 역사들, 온갖 종류의 부연, 한정 없는 동어 반복과 되풀이가 이 성스러운 책의 몸체를 이루고 있다. 우리로 하여금, 다가갈 때마다, 늘 새롭게 혐오감을 느끼게 하고, 그러나 그다음에는 끌어당기고, 놀라움에 빠뜨리며 끝에 가서는 존경하지 않을 수 없게 만든다.

그래서 분명 어느 역사연구가에게나 변함없이 중요한 것을 우리 한 탁월한 인물의 말을 빌려 말해보자. "쿠란의 핵심 의도는, 민족 많은 아라비아에서 당시에 지배하고 있던 세 개의 상이한 종교들의 신봉자들로 하여금, 그 전능을 통하여 만물을 창조한 보이지 않는 영원한 유일신을 인식하고 존경하는 가운데 그들 모두가 하나가 되고 예언자이자 신의 사신인 무함마드에 순종하게끔 하는 것이다. 그들은 대부분 서로 섞이어 그날그날 살아가며 목자도 이정표도 없이 떠돌았고, 그러면서 대부분이 우상숭배자들이었고 나머지는 지극히 틀리고 이단적인 믿음의 유대인들 아니면 기독교도였던 것이다. 무함마드는 전 시대들의 되풀이되는 상기, 언약과 위협 이후에 마침내 무기의 힘을 통하여 신의 진정한 종교를 지상에 전파

하고 보증하여, 성무聖務에 있어서의 고위성직자, 주교 혹은 교황이자 속무俗務에서의 최고의 왕자인 것으로도 인식된다."

이런 견해를 단단히 염두에 두고 있으면, 이슬람교도가 무함마드 이전 시대를 무지의 시대[34]로 명명하면서 깨달음과 지혜가 이슬람과 더불어 비로소 시작된다고 전적으로 확신하고 있다 하여 나무랄 수 없다. 쿠란의 문체는 그 내용과 목적에 맞게 엄하고, 거창하고, 무서우며, 군데군데 진정으로 고아하다. 그렇게 쐐기에 쐐기를 박고 있으니, 책의 큰 효과에 대해 누구도 이상해할 일이 아니다. 도대체 왜 진정한 숭배자들도 그 책은 만들어진 것이 아니고 신과 똑같이 영원한 것이라고 선언했는지 말이다. 그러나 그럼에도 불구하고 그 앞 시대의 시류Dichtart와 서체가 더 나았다고 인정하면서 이런 주장을 하는 똑똑한 사람들도 있었다. 만약 무함마드를 통하여 갑자기 자신의 뜻과 결정적인 율법 형성을 계시하는 것이 신의 마음에 들지 않았다면, 아라비아인들은 차츰차츰 저절로 하나의 그런 단계와 더 높은 또 하나의 단계를 올라 한 순수한 언어 가운데서 보다 순수한 개념들을 개발했으리라는 것이다.

좀 더 대담한 다른 사람들은, 무함마드가 그들의 언어와 문학을 결코 다시는 회복되지 못할 정도로 망쳐놓았다고 주장한다. 그렇지만 가장 대담한 사람은 한 명민한 시인으로, 이렇게 확언할 정도로 대담했다. 즉 무함마드가 말한 모든 것을, 자기도 말했으며 보다 잘 말했다고 주장했으며, 심지어 약간의 종파신도를 주변에 모으기까지 했다. 그렇기 때문에 사람들은 그를, 비웃는 이름인 *모타나비*로 불렀는데, 그 이름에서 우리는 사람을 알아볼 수 있다. 예언자 노릇을 하고 싶어 하는 사람, 대략 그런 뜻인 것이다.

---

34 아라비아에 이슬람이 포교되기 이전 시대를 가리키는 이슬람의 용어이다.

비록 전에 같은 곳에서 인용했던 구절들을 이제는 거기서 찾아볼 수 없는가 하면, 상충하면서 서로를 상쇄해 버리는 다른 구절들, 그리고 그 비슷한 것들이 문자로 전승되면서도 없어지지 않는 결함들이다 보니 쿠란에 대한 이슬람교도의 비판 자체도 얼마간 생각해 볼 만은 하지만, 이 책은 영원히 변함없이 최고로 효과를 낼 것이다. 그것이 전적으로 실용적으로, 즉 그 명성이 옛 전승들에 기반하며 전승된 미풍양속을 고수하는 한 민족의 필요에 맞추어 쓰였기 때문이다.

무함마드는 시를 혐오하다 보니, 동화까지도 모조리 금지함으로써 극도로 수미일관한 모습을 보인다. 현실적인 것에서부터 있을 수 없는 것까지 이리저리 떠돌며 말도 안 되는 것을 진짜이며 의심할 바 없는 것이라고 내세우는, 동화라는 이 가벼운 상상력의 유희들은 오리엔트의 관능과 부드러운 안정과 느긋한 여유에 더할 나위 없이 어울리는 것이었다. 이상한 땅 위를 떠도는 이런 신기루 같은 형상의 동화가 사산 왕조 시대에는 무한히 증가했다. 느슨한 끈에 꿰인 『천일야화』가 그러한 예이다. 동화의 특성은 도덕적인 목적이 없다는 점, 그러므로 사람을 자기 자신에게로 돌아가게 하는 것이 아니라 자신을 벗어나 무조건의, 절대의 트인 곳으로 이끌어가며 실어 간다는 점이다. 무함마드가 영향력을 미치고자 했던 것은 바로 그 반대 방향이었다. 구약의 전승들이며 구약의 가부장적 가문들 — 물론 신에 대한 절대적 믿음, 변함없는 순종에 근거하고 있으며, 그러니까 또한 이슬람에 근거하고[35] 있는 사람들이다 — 에서 일어난 사건들을 무함마드가 어떻게 전설로 변모시킬 줄 알았는지를 보기 바란다. 신에 대한 믿음, 신뢰와 순종을 점점 더 많이 발언하며 엄하게 가르칠 줄 아는 영리

---

35 이슬람(Islam)은 '신에의 귀의'를 뜻한다. 구약도 공유하는, 이 절대적 '순종'(Gehorsam)
    은 바로 이슬람의 핵심적 계율이다.

한 상세함을 갖추고서 말이다. 그럼에 있어서 얼마만큼의 동화적인 것도 허락하곤 했다. 비록 언제나 그의 목적에 쓰이기는 하지만. 이런 의미에서 노아, 아브라함, 요셉의 사건들을 바라보고 판단해 보면, 무함마드는 감탄할 만한 인물이다.

칼리프[36]들

　본론으로 되돌아오기 위해 되풀이하자면, 사산 왕조는 400년을 다스렸
는데, 말기에는 초기의 힘과 영광을 유지하지 못했던 것 같다. 그렇지만
만약 아라비아인들의 세력이 어떤 오래된 제국도 맞설 수 없을 만큼 커지
지 않았더라면, 아마도 한동안 더 유지되었을지 모른다. 무함마드의 뒤를
바로 이은 오마르[37]의 휘하에서 이미, 고대 페르시아의 종교를 품었던, 보
기 드문 고도의 문화를 유포했던 사산 왕조는 기울어갔다.

　아라비아인들은 즉시 모든 서적에다 공세를 가했다.[38] 그들의 견해에
의하면 글쓰기 짓거리는 불필요하거나 해로울 뿐이었던 것이다. 아라비
아인들은 지극히 미미한 부분조차 우리에게 와 닿을 게 남지 않을 정도
로 문학의 모든 기념비를 파괴했다. 그 후 즉시 도입된 아라비아어[39]가, 민
족적이라고 할 만한 것의 재생은 모조리 막았다. 그렇지만 여기서도 피정
복자의 교양이 점점 더 정복자의 야만을 압도해 갔고, 이슬람 승리자들도
사치며 유쾌한 풍습과 시적인 잔재를 편안하게 느꼈다. 그래서 이 바르메
크 왕조가 바그다드에 영향력을 지니고 있던 시절은 아직까지도 가장 찬

36　칼리프는 아라비아어(halifa)로 '대리인', '후계자'라는 뜻이다.

37　제2의 칼리프 오마르(Omar/Umar, 통치 634~44). 637년에 사산 왕조를 무너뜨렸다.

38　오마르의 명령으로 책은 모조리 강물에 던져지거나 불태워졌다고 한다.

39　칼리프들이 페르시아어를 금지함으로써 헤지라 이후 300여 년간 페르시아에서는 페르시
　　아어가 공공의 언어로 쓰이지 못하다가, 이 책 다음 장에 나오는 가즈니의 마흐무드 왕이
　　비로소 다시 복권시켰다.

란했던 시대로 변함없이 유명하다. 발흐에서 기원했으며, 스스로 승려들이었을 뿐만 아니라 큰 수도원들과 교육기관의 후원자였던 이들이 시예술과 웅변술의 신성한 불을 그들 가운데서 간직했고 그들의 세상에 대한 지혜와 위대한 인물들을 통하여 정치적 영역에서도 높은 지위를 획득했다. 그래서 바르메크 왕조 시대는 지역적이면서 생동하던 왕조의 활동 시대라고들 말한다. 그것이 지나가고 나면, 오랜 세월 이후에야 비로소 낯선 곳들에서, 혹은 비슷한 상황들에서 어쩌면 다시 분출하기를 희망할 수 있는 그런 시대 말이다.

그러나 칼리프제는 오래 지속되지 않았다. 거대 제국은 400년도 채 유지되지 않았다. 좀 더 멀리 있는 총독들[40]이 차츰차츰 더 독립적이게 되었고, 칼리프들을 칭호와 성직록을 시여하는 정신적 세력으로만 인정했다.

---

40 코르도바의 오마야(755~1031), 이란의 사만(864~1005), 부지(932~1051), 이집트의 파티(969~1171), 아루비(1175~1250) 등.

계속 이끌어가는 말

인간의 모습과 신체적 특성의 형성에 미치는 물리적, 풍토적 영향을 부인하는 사람은 아무도 없을 것이다. 그러나 통치 형태 역시, 사람들로 하여금 다양한 방식으로 교육받게 하는 도덕적 환경을 조성한다는 생각은 보통 하지 않는다. 군중에 대한 이야기를 하는 것은 아니고, 탁월한 주요 인물들의 이야기를 하는 바이다.

공화정 안에서는 위대하고, 행복하고, 침착하고, 순수하게 활동적인 인물들이 형성된다. 공화정이 귀족주의로 상승되면, 수미일관하며 유능하고 명령과 복종에 있어서 감탄할 만한 기품 있는 인물들이 나온다. 한 국가가 무정부 상태에 빠지면, 즉시 대담하고, 미풍양속을 무시하는 뻔뻔한 사람들이 나온다. 순간적으로 폭력적인 영향을 미치며, 경악할 정도까지, 모든 절도節度를 몰아내면서 말이다. 반면 전제정치는 큰 인물들을 만든다. 똑똑하고 침착한 전망, 엄격한 활동, 굳건함, 단호함 같은 전제군주를 섬기는 데 필요한 모든 특성들이 유능한 정신적 인물들 가운데서 발전되며 그들에게 국가의 제일 서열들을 마련해 준다. 거기서 그들은 지배자로 교육된다. 그런 유능한 인물들이 알렉산드로스 대왕 휘하에서 성장했다. 알렉산드로스 대왕의 요절 이후 즉시 그의 장군들이 왕으로 섰다. 칼리프들 위에 거대 제국이 형성되었다. 이는 총독들을 통하여 다스리게 할 수밖에 없었는데, 최고 지배자의 힘이 쇠퇴하면서 총독들의 세력과 독립성이 커갔다. 자기 자신의 나라를 세울 수 있었고 또 그럴 만했던 그런 탁월한 한 인물이, 이제 근대 페르시아 시문학의 토대와 그 중요한 태동을 알기 위하여 우리가 이제 이야기해야 할 사람이다.

가즈니의 마흐무드[41]

유프라테스 평원에서 칼리프들의 세력이 유명무실해지는 동안 그 아버지가 인도에 접한 산악지대에 강한 나라를 세웠던 마흐무드는 부왕의 활동을 이어가면서 자신을 알렉산드로스 대왕이나 프리드리히 대제처럼 유명하게 만들었다. 그는 칼리프를 일종의 정신적 권력으로 인정받게 했고, 그런 권력을 사람들은 나름으로 자신에게 유리하도록 인정했을 것이다. 그렇지만 그는 우선 자신의 제국을 사방으로 확장하고, 다음으로는 인도로 밀고 들어간다. 큰 힘에다 특별한 행운이 따랐다. 더할 나위 없이 열렬한 이슬람교도로서 자신의 신앙의 확장과 우상 숭배의 파괴 가운데서 지침 없고도 엄격하게 자신을 증명한다. 유일신에 대한 믿음은, 인간으로 하여금 자신의 고유한 내면의 통일로 되돌아가게 함으로써, 늘 정신을 고양시키는 작용을 한다. 더 가까운 것은 오로지 추종과 격식만 요구하며 하나의 종교를 확장하기를 명령하는 민족예언자[42]였다. 이 종교는 어느 종교나 그렇듯 무한한 해석과 오해를 낳게끔 종파적, 파당적 정신에 자리를 내주며 그럼에도 불구하고 언제나 변함이 없는 종교이다.

그런 단순한 예배는 인도의 (다신교적) 우상 숭배와는 극심한 모순을 이루고, 반작용과 투쟁, 실로 유혈의 절멸 전쟁을 불러올 수밖에 없었다. 그

---

41 Mahmud von Gasna/Mahmud of Ghazni(통치 999~1030): 아프가니스탄 가즈니를 거점으로 인도에서 중동에 걸쳐 정통 수니파 제국을 건설했다. 많은 시인들을 후원한 것으로 알려져 있다.

42 무함마드를 뜻한다. 마흐무드는 이란인이어서 같은 민족은 아니다.

러면서 파괴하고 개종시키려는 열성이 무한한 보물의 획득을 통하여 더 더욱 고무받았다. 이슬람교도들은 기괴한 거상巨像들을, 그 빈 몸체가 황금과 보석으로 채워졌다는 상상을 하게 되어, 조각조각으로 두드려 부수었으며 그 돌을 네모나게 만들어, 무함마드 성소의 많은 문턱에다 포석으로 깔았다. 지금도 순수한 감정을 가진 사람은 다들 인도의 괴상들을 싫어한다. 우상이 없는 무함마드 교도들이야 그런 걸 얼마나 끔찍하게 바라보았겠는가.

여기서 이런 말을 해도 아주 틀린 자리는 아닌 것 같다. 어느 종교나 그 원래의 가치는 여러 세기가 흐른 뒤에야 그 결과를 보고 판단할 수 있다. 유대교는 늘 특정하게 굳어진 고집을, 그러면서도 또한 자유로운 영리함과 생생한 활동을 유포하는 것 같다. 이슬람교는 그 신봉자들을 둔감한 단순성에서 벗어나지 못하게 한다. 어려운 의무를 요구하지 않으면서 그들에게 그 한 가지 안에서 모든 소망할 만한 것을 부여하고 또 동시에 내세의 전망을 통하여 용감함과 종교적 애국주의를 고취하고 유지함으로써 말이다.

인도의 교리는 본디부터 아무 데도 쓸모가 없다. 목하 그 수천 가지 신神들, 그것도 종속적 관계를 이룬 것이 아니라 모두가 똑같이 절대적으로 위력 있는 신들이, 삶의 우발성을 더더욱 증폭하고, 모든 열정의 무의미를 촉진하며 불경스러운 미친 짓을 성스러움과 지복의 최고의 단계라고 장려하기 때문이다.[43]

그리스나 로마의 보다 순수한 다신교조차도 결국은 그릇된 길에서 그 신봉자들을 잃고 스스로 상실될 수밖에 없었다. 반면 기독교에는 최고의

---

43 괴테는 여기서 인도의 종교에 대해서는 격심한 논박을 한다. 그러나 그것이 인도의 문학에 대해서 최고의 찬사를 보내는 데 걸림돌이 되지는 않고 있다.(「인도의 문학」 참조.)

찬사가 돌아가야 할 것이다. 그 순수하고 고귀한 기원이 계속 작동하고 있다. 몽매한 인간[44]이 끌려 들어가 아주 큰 방황을 하지만 그다음에는 머지 않아 이 종교가 거듭거듭 그 처음의 사랑스러운 특성들 가운데서, 도덕적인 인간의 욕구를 채워주면서 혹은 포교로 혹은 가족공동체로, 형제애로 나타나는 것을 통해서 말이다.

그런데 우상파괴자의 열성을 마흐무드에게 승인해 주면, 우리는 동시에 얻어진 무한한 보물들을 그에게 허여하고 또 특히 그 가운데서 페르시아 시예술과 보다 높은 문화의 설립자를 존경하는 것이 된다. 페르시아계인 그는 말하자면 아라비아인들의 단순성에 빠져들지 않았다. 종교를 위한 가장 아름다운 토대와 바탕이 민족성에서 발견될 수 있다는 것까지 그는 잘 느끼고 있었다. 민족성은 시詩에 바탕을 두고 있다. 우리에게 가장 오래된 역사를 우화적인 심상들 가운데서 전하다가, 그다음에는 차츰차츰 뚜렷하게 나서며, 비약 없이 과거를 현재에 접근시켜 주는 시 말이다.

이런 성찰을 하는 가운데 그러니까 우리는 우리의 시간계산으로 10세기에 이른다. 오리엔트에, 배타적인 종교에도 불구하고 줄곧 솟구쳐 나온, 보다 높은 교양에 한번 주목해 보기 바란다. 여기에서 거친 지배자들, 약한 지배자들의 뜻에 반하여 그리스적이고 로마적인 공로들의 잔재, 그리고 그들의 독자성이, 교회 또한 이슬람처럼 일신교를 지향하여 작업해 나가야 했기 때문에, 교회에서 배척당한 그 많은 똑똑한 기독교도들의 잔재가 집결되었다.

그렇지만 지知와 행行이라는 인간 본연의 커다란 두 가지 갈래는 자유로운 활동이라는 하나에 이른다!

의학은 인간이라는 소우주의 허약함을 치유하고 천문학은 그것을 가지

---

44 파우스트 같은 "어두운 충동"에 사로잡힌 인간.

고 하늘이, 우리의 환심을 사고 싶어 하거나 위협하려는 것을, 미래를 위하여 인간의 언어로 전달한다. 전자는 자연에, 후자는 수학에 경의를 표한다. 그리고 그렇게 해서 둘은 아마도 장려되고 보호되었다.

전제정專制政의 통치자 휘하의 총리는 아주 세심한 주의력과 정밀함이 있더라도 늘 변함없이 위험천만이었다. 또 총리의 친인척이 안락한 소파에서 뒹굴자면, 영웅이 싸움터로 가는 만큼이나 용기가 필요했다. 다시 집으로 돌아가는 일이 어느 쪽도 확실치 않았다.

카라반들이 늘 보물과 지식을 새롭게 늘려왔다. 유프라테스 강에서 인더스 강에 이르는 땅은 일종의 독특한 대상들의 세계였다. 서로 다투는 한 무리의 민족들, 추방당하고 추방하는 지배자들이, 승패에 따라 승리에서 굴욕으로의, 높은 권력에서 예속으로의 놀라운 변화를 너무나도 자주 눈앞에 보여주었고, 총명한 사람들로 하여금 현세의 사물들의 꿈같은 허무에 대해 더없이 서글픈 성찰을 하게 했다.

이 모든 것 그리고 또 더 많은 것을, 더할 나위 없이 큰 규모로 일어나는 그 무한한 분산과 순간적인 재생들을 눈앞에 그려보아야만 다음 시인들, 특히 페르시아 시인들을 합당하게 살필 수 있다. 여기서 기술된 상태들이 결코, 그 가운데서 시인이 자양을 취하고, 성장하고 번성하는 하나뿐인 요소로 인정될 수 없음을 드러낼 것이기 때문이다. 그렇기 때문에 우리 한 번, 첫 시대의 페르시아 시인들의 고귀한 공로는 문제적이라고 말을 시작해 보자. 이들 또한 최고 시인을 기준으로 재어서는 안 된다. 읽으면서 그들의 이런저런 것을 용인해야 할 것이고 읽고 나서는 이런저런 것을 용서해야 한다.

시인왕詩人王들

　많은 시인들이 마흐무드의 궁정에 모여들었다. 거기서 기량을 발휘한 사람이 400명이란 말도 있다. 그런데 모든 것이 오리엔트에서는 위계질서 하에 놓이며, 보다 높은 계명에 순응해야 하기에 군주도 그들을 시험하고, 평가하고, 그들에게 각자 재능에 맞게 일을 하도록 고무해 줄 시인왕을 주문했다. 이 자리는 궁정에서 가장 선호되는 직책의 하나로 보아야 한다. 즉 시인왕은 모든 학문, 역사시歷史詩 업무를 관장하는 고관이었다. 시인왕을 통하여 군주의 총애가 신하들에게로 전해졌고, 그가 궁정으로 행차할 때면 다수의 수행원이 따랐고, 그가 고관임을 잘 볼 수 있을 만치 당당한 행렬을 이루었다.

전해지는 것들

만약 사람이 우선 자신에게 닥친 일들에 관하여 미래의 사람들에게 소식을 남길 생각을 한다면, 현재에 대한 얼마만큼의 편안함이, 현재의 높은 가치에 대한 일말의 감정이 필요할 것이다. 그러니까 우선 자기가 선조들로부터 들은 것을 기억 속에 고정하고 그것에 우화적인 옷을 입혀서 전한다. 구전이란 늘 동화처럼 늘어나게 마련이다. 그러나 문자가 창안되고 나면, 어떤 민족이 다른 민족보다 글쓰기를 좋아하고 그에 사로잡히면, 그다음에는 연대기가 나온다. 이 연대기들은, 상상력과 감정의 시詩가 사라지고 난 아주 한참 뒤에도 시적인 리듬을 간직하고 있다. 그다음 가장 나중의 시대는 갖가지 인물들 가운데서 상세한 회고록, 자서전들을 마련해 우리에게 전해준다.

천지창조의 아주 오래된 자료들이 오리엔트에서도 발견된다. 우리의 성서가 나중에야 문자로 작성되었다면, 그 계기는 전승인데 아주 오래된 것이니 아무리 감사하고 존중해도 충분치 않을 것이다. 얼마나 많은 것이, 우리가 페르시아와 그 주변이라고 불러도 좋을 중부 오리엔트에서도 순간순간 생겨나고, 모든 황폐화와 분산에도 불구하고, 간직되었는지 모른다. 그도 그럴 것이 그런 것들이 한 높은 사람에게만 종속되어 있는 것이 아니라 여러 사람들에게 나누어지고, 큰 강역을 더욱 확장하는 데 쓰인다면, 그런 나누어져 있는 상태는 자료의 유지에도 유용할 것이다. 한 곳에서 멸망한 것이 다른 곳에서는 계속 존속될 수 있고, 이 모퉁이에서 쫓겨난 것이 저 모퉁이로 피신할 수 있기 때문이다.

분명 그런 식으로, 모든 파괴와 황폐화에도 불구하고, 시대에서 시대로
어떤 부분은 베껴 쓰고 어떤 부분은 새롭게 쓴 초기 시대의 많은 필사본들
이 간직되었을 것이다. 그렇게 해서 마지막 사산 왕조인인 야즈데게르드[45]
치하에서, 아마도 오래된 연대기를 취합한 하나의 제국사帝國史가 작성되
었을 것이다. 그 비슷한 것을 이미 [성서의] 「에스더서」에서 아하수에로[46]
가 잠 안 오는 밤에 낭독시켰음을 볼 수 있다. 『바스탄 나메』[47]라는 제목이
달린 그 저작의 복사본이 보존되어 있다. 400년 뒤에 사만 왕조 출신인 만
수르 1세[48] 치하에서 그 개정이 이루어졌기 때문이다. 그러나 미완성으로
남아 있는 참에 왕조 자체가 가즈니 왕조에 먹혀버린다. 그렇지만 그 가계
의 두 번째 지배자인 마흐무드는 같은 동기에서 생기를 얻어 『바스탄 나
메』의 일곱 장을 일곱 궁정시인들에게 나누어준다. 안자리[49]가 자신의 군
주를 가장 흡족케 하여 시인왕에 임명되었으며, 그에게 전체의 개정 작업
이 맡겨졌다. 그러나 그는, 충분히 편안하고 영리한 사람이라 그 일을 늦
출 줄 알았거나 아니면 그 일을 떠맡길 사람을 남모르게 물색했던 것으로
보인다.

45　Jesdedschird/Yazdegerd(?~651): 사산 왕조의 마지막 왕 야즈데게르드 3세.

46　Ahasveros/Ahasuerus(BC 486~64): 페르시아 왕 크세르크세스 1세를 가리킨다. 「에스더서」
　　6장 1절 참조. "그날 밤 왕은 잠들지 못했다. 연대기와 사서를 가져오게 했다."

47　Bastan nameh: 페르시아어로 '고대의 책'이란 뜻.

48　만수르(Mansur) 1세(통치 961~976).

49　Ansari/Unsur(950경~1039/40): "샤 나메"(Schah-nameh, 왕의 서)를 손질했다.

피르다우시[50]
1030년 사망

우리가 이제 도달한 페르시아 시문학의 중요한 시기가 우리에게 성찰의 계기를 준다. 어떤 성향들, 개념들, 원칙들이 여기저기서 연결 없이 하나씩 씨 뿌려져, 싹이 트고, 가만히 계속 자라나 마침내 조만간에 하나의 전면적인 공동작용을 불러일으키게 되면, 그제야 어떻게 위대한 세계사적 사건들이 펼쳐지게 되는지 말이다. 어떤 힘 있는 군주가 국민 문학과 씨족 문학의 재활을 생각할 때 같은 시기에 투스[51]의 정원사 아들 하나가 『바스탄 나메』 사본 한 권을 갖게 되었으며 타고난 아름다운 재능을 그 연구에 열성적으로 바쳤던 일은 이런 뜻에서 충분히 주목할 만하다.

그 어떤 답답한 일 때문에 그곳 행정관에 대해 하소연하려고 궁정으로 갔던 그는 안자리에게 연이 닿아 그 사람의 비호를 받아 자신의 목적을 이루어보려고 오래도록 노력했지만 허사였다. 그러다가 운 좋게 이루어진, 내용이 풍부한 운 맞춘 시 한 편을 지어 즉석에서 읊게 되고, 그걸 시인왕도 알게 되어 시인왕이 그 사람의 재능에 신뢰를 갖게 되어 그를 천거하게 되고 그가 큰 작품의 제작을 맡도록 해준다. 좋은 조건 하에서 피르다우시가 『샤 나메』[52]를 시작한 것이다. 처음에는 부분적으로 충분히 보답을 받았지만, 30년 일을 한 뒤에는 왕의 선물이 전혀 그의 기대에 미치지 못했

---

50 이 책 98쪽의 각주 10 참조.

51 Tus: 이란 북동부 호라산(Chorasan/Khorasan) 지역에 있는 도시.

52 Schah-nameh: '왕의 서'. 창조신화로부터 7세기까지를 5만여 행의 가젤(Ghasel) 형식에 담은 영웅서사시.

다. 화가 나서 그는 궁정을 떠났고, 왕이 다시 그를 호의적으로 생각하는 바로 그때 죽게 되었다. 마흐무드는 그보다 미처 한 해도 더 살지 못하는데, 그 한 해 안에 피르다우시의 스승인 늙은 에세디가 『샤 나메』를 마무리한다.[53]

이 작품은 중요하고, 진지하며, 신화적·역사적인 민족의 기초인데, 그 가운데서는 옛 영웅들의 유래, 현존, 활동이 간직되어 있다. 그것은 먼 과거 또 가까운 과거와 연결되는데, 그래서 진정 역사적인 것은 오히려 마지막에야 나온다. 하지만 이런저런 태곳적 전통의 진실을 감싸서 전승하고 있는 것은 더 이른 시기의 우화들이다.

피르다우시는 열정적으로 옛것, 진정 민족적인 것을 고수하고 또한 언어에 대한 의도에 있어서도 초기의 정결함과 능력에 도달하려 함으로써, 아라비아어를 추방하고 옛 팔레비어語[54]를 존중하려 애씀으로써 스스로 그런 작품 하나를 쓸 자격을 탁월하게 갖춘 것으로 보인다.

---

53 Essedi Asadī(1010경~72)는 『샤 나메』를 끝까지 쓴 게 아니고 서사시로 그 빈 곳을 메우려 했다.
54 Pehlewi/Pahlevi: 중세(BC 5~7세기) 페르시아 방언들을 총칭하는 개념.

안와리
1152년 사망

안와리[55]는 투스에서 공부한다. 투스는 저명한 교육기관들로 유명하고, 실로 심지어 교육이 지나치다는 의혹까지 받는 도시이다. 하여 그가, 학교 문 앞에 앉아 있다가, 수행원을 거느리고 호사스러운 차림을 한 큰 인물 하나가 말을 타고 지나가는 것을 보았는데, 매우 기이하게도, 그가 궁정시인이라는 말을 들었을 때, 그는 자기도 그 비슷한 높이의 행복에 도달하겠다는 결심을 한다. 밤을 다투어 쓴 시 한 편으로 그가 군주의 총애를 얻어냈는데, 그 시가 아직도 남아 있다.

이 시에서 그리고 우리에게 전해진 많은 시들에서는, 무한히 사려 깊고 날카롭고 정확하게 꿰뚫어보는 재능이 있는 명랑한 정신이 엿보인다. 그는 조감할 수 없는 큰 소재 하나를 능수능란하게 구사한다. 그는 당면한 현실에 잘 대처하는 사람이었다. 학생에서 바로 궁정인사가 되자마자 그는 자유로운 찬미가 시인Enkomaist이 되고, 함께 사는 사람들을 찬양으로 즐겁게 하는 것보다 더 나은 수공手工은 없다고 느낀다. 군주, 베지르, 아름다운 귀부인, 시인, 음악가 들을 그는 자신의 찬양으로 치장해 주고, 세상에 있는 온갖 자료에서 무언가 사랑스러운 것을 꺼내어, 그들 하나하나에게 적용할 줄 안다.

그런 만큼 그가 살면서 그의 재능을 이용했던 상황을, 수백 년이 흐르고

---

55 Enweri/Auhadu '-din Muhammade Anwari. 괴테가 여기에 적은 사망 연도는 폰 하머의 『페르시아의 아름다운 화술의 역사』(*Geschichte der schönen Redekünste*)에 따른 것이다.

나서 범죄로 만드는 것은 합당한 일로 느껴지지 않는다. 만약, 그들의 장점에서 자신의 기반을 쌓을 수 있는 높고 힘 있고, 영리하고, 활동적이고, 아름답고 노련한 사람들이 없다면, 시인이 무엇이겠는가. 포도넝쿨이 느릅나무를, 담쟁이가 담벼락을 의지하듯 시인은 그런 사람들을 의지하고 기어올라 가, 눈과 감각에 원기를 준다. 어떤 보석 세공사가, 두 인디아[56]의 보석을 탁월한 사람들을 치장하는 데 쓰느라 자신의 일생을 보냈다고 비난받아야 한단 말인가? 보석상에게, 물론 매우 유용한 일이긴 하지만 도로 포장 인부 노릇을 하라고 요구해야 한단 말인가?

그러나 우리의 시인은 땅과는 이렇게 잘 지내고 있었건만, 하늘은 그에게 호의적이지 않았다. 어느 특정한 날 무시무시한 폭풍이 나라를 황폐케 하리라는, 온 국민을 흥분시킨 중요한 예언 하나가 어긋나 버렸던 것이다. 샤 자신도 총애하는 신하라 해서, 궁정과 도시의 민심에 맞서서 그를 구할 수는 없었다. 안와리는 도망쳤다. 먼 지방에서도 그를 보호해 주는 건 오직 어느 친절한 행정관의 결단력 있는 성품뿐이었다.

그렇지만 천문학의 명예는 구원될 수 있겠다. 그 많은 유성들이 모여 하나의 징표를 만든 것이 칭기즈 칸이 오는 미래를 암시했다고 가정하면 말이다. 칭기즈 칸은 그 어떤 폭풍의 위력보다도 더 크게 페르시아를 황폐케 만들었으니.

---

56 연구자 바이츠(Hans-J. Weitz)에 의하면 아시아의 인도와 아메리카 중부의 '서인도'를 뜻한다. (서쪽에서 볼 때) 현재 인도의 앞부분과 뒷부분을 뜻한다고 볼 수도 있다.

니자미

1180년 사망

피르다우시가 전체 영웅의 전승을 지어냈다면, 이제 고도의 재능을 지닌, 섬세한 정신을 가진 니자미[57]는 가장 열렬한 사랑의 상호작용을 그의 시들의 소재로 택하였다. 그는 사랑의 쌍들을, 메쥐눈과 라일라, 호스로와 쉬린을 소개한다. 예감, 노련함, 자연, 습관, 애착, 서로에 대한 열정으로, 서로에게 단호하게 마음 기울어, 그다음에는 망상, 고집, 우연, 필연 그리고 강압으로 헤어져, 또 그처럼 기이하게 다시 만나지고, 그렇지만 결국에 가서는 다시 이러저러하게 갈리는 연인들 말이다.

이런 소재들에서 또 그런 걸 다루면서는 생각 속 그리움의 흥분이 커지기만 한다. 그 어디에서도 충족은 찾을 수 없다. 이 시들의 우아함은 크고, 다양함은 무한하다.

직접 도덕적 목적에 바쳐진, 그의 다른 시들 가운데서도 같은 사랑스러움과 명확함이 숨 쉬고 있다. 때로 양의적인 것이 불쑥 나타나더라도, 언제든 그는 다시금 실제적인 것에 다가가고 어떤 도덕적 행동 가운데서 모든 수수께끼에 대한 최상의 해답을 찾아낸다.

그 밖에도 그는 자신의 조용한 작업에 어울리게 셀주크 왕조[58] 사람들 가운데서 조용한 생애를 보내고 고향도시 겐제[59]에 묻혔다.

---

57 Nisami/Ilyās b. Yūsuf Nizāmī(1180년 사망). 사망 연도는 괴테가 폰 하머의 『페르시아의 아름다운 화술의 역사』에 의거하여 쓴 것이다. 다른 인물의 경우도 그러하다. 사망 연도에 대해서는 다른 설도 있다.

58 11~12세기 페르시아, 메소포타미아, 소아시아, 시리아를 통치한 왕조.

59 이란 북서부의 도시. 오늘날의 아제르바이잔.

잘랄 알딘 루미
1262년 사망

잘랄 알딘 루미는, 술탄과의 불화로 발흐를 떠나게 된 아버지를 따라 긴 여행의 여정을 함께한다. 메카로 가는 도중에 그들은 *아타르*[60]를 만나는데, 그가 신의 비밀이 적힌 책[61] 한 권을 젊은이, 잘랄 알딘 루미에게 증정하고, 신성한 연구에 쏟도록 그 마음에다 불을 붙인다.

여기에서는 이만큼을 특기할 수 있겠다. 즉 타고난 시인은 세상의 영화를 자기 자신에게 받아들이도록 소명받았고 그래서 늘 비난하기보다는 찬양하는 성향이 될 것이라고. 따라서 시인은, 가장 기품 있는 대상을 찾아내려 하고, 모든 것을 체험하고 나면, 마침내 자신의 재능을 신을 찬양하고 기리는 데 아낌없이 쓴다. 이런 욕구는 특히 오리엔트 사람들에게 가장 가까운 것인데, 늘 넘침을 지향하며, 신성을 바라볼 때 그런 넘침을 아주 많이 인지한다고 믿기 때문이다. 그에게서나 어떤 수행에 있어서도 과장됨을 허물로 보아서는 안 되겠다.

그것을 통해서 알라라는 이름이 아흔아홉 가지 특징으로서 기려지는, 소위 무함마드의 묵주가 벌써 그런 찬양 및 찬송의 연도連禱이다. 긍정하는 또는 부정하는 특성들이 그 지극히 불가해한 본질을 표시한다. 기도자는 놀라고, 귀의하고, 진정된다. 세속의 시인이 그의 눈앞에 어른거리는 완벽함들을 탁월한 인물들을 꾸미는 데 사용한다면, 신에 헌신하는 사람

---

60 (이슬람 교파의 하나인) 신비교를 믿은 시인. 이 책 383쪽 각주 99 참조.
61 아타르 자신의 저서 『비밀의 책』.

은 영원에서부터 모든 것에 스며 있는, 인간을 넘어선 존재 속으로 도망치는 것이다.

그렇게 아타르는 종교적 관망에 이르려 궁정에서 도망쳤고, 방금 군주와 수도를 떠나온 순수한 젊은이, 잘랄 알딘은 그만큼 빨리 보다 깊은 연구에 불이 붙었다.

이제 그는 아버지와 함께 순례를 마치고 소아시아를 거쳐 간다. 그들은 이코니움Iconium에 머문다. 그곳에서 그들은 가르쳤고, 박해받고, 추방당하고, 다시 투입되고 그리고 바로 그곳에 그들의 가장 충실한 동료 교사 하나와 함께 묻혀 누워 있다. 그사이에 칭기즈 칸이 페르시아를 정복했다. 그들이 머문 조용한 곳은 건드리지 않은 채로.

위의 기술을 읽고 나면, 그가 혼란스러운 것을 향하더라도 이 위대한 정신을 나쁘게 생각하지 않으리라. 그의 작품은 꽤 다채롭게 보인다. 짧은 이야기, 동화, 비유, 성담, 일화, 사례, 문제 들을 그는 다루었다. 그 자신도 분명히 설명할 수 없는 비밀에 찬 가르침을 받아들이기 쉽게 만들기 위해서였다. 가르침과 고양高揚이 그의 목표이다. 전체적으로는 통합론을 통하여 그는, 모든 그리움을, 다 충족하지는 못하더라도 해소하려 했고, 신적 본질 가운데서 궁극적으로 만인이 가라앉아 거룩해진다는 암시를 하려 했다.

사디
102세인 1291년에 사망

사디[62]는 쉬라즈 출생으로 바그다드에서 공부하고, 젊은이였을 때 실연을 겪고 나서는 불안정한 떠돌이 악승樂僧[63]이 되어버렸다. 열다섯 차례 메카로 순례하였으며, 인도와 소아시아로의 방랑 도상에서, 십자군의 포로가 되어 서구에 이른다. 놀라운 모험들을 겪었지만 여러 나라와 인간에 대한 아름다운 지식을 얻는다. 30년 뒤 그는 은퇴하여, 자신의 작품들을 다듬어 널리 알린다. 큰 체험의 폭 가운데 살고 활동하여 일화가 많다. 그 일화들을 그가 잠언이며 시구로 치장하고 있다. 독자와 청자를 가르치는 것이 그의 확고한 목적이다.

쉬라즈에 은거하며 102세까지 살다가 같은 곳에 묻힌다. 칭기즈 칸의 후예들은 이란을 조용히 살 수 있는 자기들의 제국으로 만들어놓았다.

---

62 Saadi Shirazi(1210~91): 페르시아의 시인이자 산문 작가.
63 Derwisch: 금욕주의적인 떠돌이 악승. 아라비아어에서는 '승려', '성직자 일반'을 가리킨다.

하피스

1389년 사망

지난 반세기만 해도 아직, 독일 프로테스탄트들 가운데는 성직자뿐만 아니라 속인들조차, 성서를 얼마나 훤히 꿰는지 살아 있는 어휘사전이 되어서 잠언이, 어디에서 어떤 연관에서 발견되는지 설명하는 훈련이 되고, 주요 구절들은 외우며 그걸 어디든 적용할 준비가 되어 있는 사람들이 있었다. 이를 기억한다면, 그런 사람들이 성서를 외움으로써 분명 큰 교양이 쌓였음을 인정할 것이다. 그런 사람들은 기억이 늘 품위 있는 대상들에 몰두해 있는 터라, 감정, 판단을 위해 즐기고 다룰 순수한 소재를 간직했기 때문이다. 그런 사람들은 성서에 통달한 사람이라 불렸는데, 그런 별명은 탁월한 품격을 나타내고 확실한 추천이 되었다.

그런데 우리 기독교도에게서 자연적 성향과 좋은 뜻에서 우러나온 그런 것이 이슬람교도에게는 의무였다. 쿠란 자체의 필사를 여러 부 만들거나, 여러 부 만들게 하는 것이 이슬람교도에게는 큰 공훈이 되었으므로, 모든 계기에 합당한 구절을 끌어와 교화를 촉진하고, 분쟁을 타결할 수 있기 위하여, 쿠란을 외우는 것이 결코 미미한 일이 아니었다. 그런 인물들을 *하피스*[64]라는 명예로운 호칭으로 불렀는데, 지금 다루려는 시인에게는 하피스라는 호칭이 그를 표시하는 본명이 되어버렸다.

그런데 출현 이후 쿠란은 곧 더없이 무한한 해석의 대상이 되었고, 극도의 궤변의 기회도 주었다. 그리고 한 사람 한 사람의 사고방식에 자극을

---

64 Hafis/hāfiz: '간직하는 자'라는 뜻으로 쿠란을 훤히 외우고 있는 사람을 뜻한다.

줌으로써, 무한히 다양한 이견들과 해괴한 조합들이 나왔고, 실로 더없이 무분별하게 온갖 데다 끌어다 쓰려다 보니, 사실 똑똑하고 이해력 있는 사람은 다만 다시 순수한 좋은 텍스트의 바탕으로 되돌아가려 열성적으로 노력하지 않을 수 없었다. 그래서 이슬람의 역사에서 해석과 적용과 사용은 자주 감탄할 만하게 느껴진다.

그런 노련함에 이르게끔, 가장 아름다운 시적 재능이 길러지고 교육되었다. 전체 쿠란이 그(하피스)의 것이었다. 그러니 무슨 종교 건물을 그 위에다 세우는지는 그에게 수수께끼가 아니었다. 그 자신이 말한다.

> 쿠란을 통해서 나는 모든 것을,
> 일찍이 내가 이룬 모든 것을 이루었다.

떠돌이 악승, 수피,[65] 샤이히[66]로서 그는 자신의 출생지인 쉬라즈에서 가르쳤는데, 출생지를 벗어나지 않았고, 모자퍼Mosaffer 가문 및 그 가문과의 엮임 때문에 괴로움도 당하고 평가도 받았다. 그는 신학적이고 문법적인 일에 종사했는데 많은 수의 학생들을 주위에 모았다.

그의 시는 그런 진지한 연구, 현실적인 교사직과는 완전히 모순을 이루는데, 이 모순은 아마도 이렇게 말해봄으로써 해소할 수 있을 것이다. 시인이야말로 자신이 말하는 대로 모든 것을 꼭 그대로 생각하고 살아야만 하는 것은 아니라고, 늘 수사학적 왜곡에 접근하다가, 자기 동시대인들이 듣기 좋아하는 것을 낭독하는 복잡한 상태로 빠져든 사람은 더더욱 그렇지 않다고. 이것이 전적으로 하피스의 경우인 것으로 보인다. 왜냐하면 동

---

65 Sufi/ṣūf: 이슬람 신비주의 수피즘의 추종자. '털/양모'란 뜻으로 거친 양털옷을 입은 모습을 가리키는 별명이다.

66 Scheich, šheih: '연장자'라는 뜻으로 설교자, 이슬람 성직 교수를 가리킨다.

화이야기 화자처럼, 자기가 그럴직하게 내보이고 있는 마법을 믿지 않고, 다만 자기 이야기를 듣는 사람들이 거기서 즐거움을 느끼도록 최상으로 활기를 주고 준비시킬 생각을 하기 때문이다. 마찬가지로 바로 서정시인도, 그걸로 그가 신분 고하를 막론하고 독자와 가인들을 두루 즐겁게 하고 그들의 환심을 사려는 그 모든 것을 자기 자신이 직접 다 행할 필요는 없다. 우리의 시인 또한 그리 쉽사리 흘러가 버리는 자신의 노래들에 큰 가치를 두지 않았던 것 같다. 그가 죽은 후에야 그 제자들이 비로소 그 노래들을 모았기 때문이다.

이 문학에 관해서는 할 말이 조금밖에 없다. 이런 건 즐기는 것이고 그것과 더불어는 조화를 느껴보아야 하는 것이기 때문이다. 이런 시에서는 그침 없이 솟는, 균일한 생동감이 흘러나온다. 옹색한 것 가운데서도 자족하게 즐거우며 현명하고, 세상의 충만함으로부터는 자신의 몫을 취하면서, 신성의 비밀은 멀리서 들여다보고, 그러면서도 훈련 같은 종교 활동이나 관능의 쾌락은 다 거부하면서 말이다. 이런 종류의 문학이란, 설령 무얼 촉진하고 가르치는 듯 보이더라도, 철두철미하게 회의적인 유동성을 지닐 수밖에 없다.

자미

82세로 1494년 사망

자미[67]는 지금까지의 노력의 전체 수확을 집성하고, 종교적, 철학적, 학문적, 산문적-시적 문화의 총계를 낸다. 그의 큰 장점은, 그가 하피스가 죽은 지 23년이 지나 태어났으며, 청년으로서 아무런 막힘이 없는 벌판이 앞에 펼쳐져 있었다는 것이다. 지극히 큰 명확함과 사려 깊음이 그의 재산이다. 그는 모든 것을 해보고 이루는데, 감각적이면서 동시에 초감각적인 모습이다. 현실 세계와 시인 세계의 찬란함이 둘 다 앞에 놓여 있고, 그는 그 둘 사이에서 움직이고 있다. 신비주의는 그에게 별 인상을 주지 못한다. 그러나 신비주의 없이는 민족적 관심을 다 담아낼 수 없는 터라, 그는 그 모든 어리석음을 역사적으로 설명한다. 그것을 통해 단계적으로, 자신의 현세적 본질에 사로잡혀 있는 인간이 신성에 직접 접근하고 마지막에는 신성과 하나가 되려고 생각하는 어리석음들 말이다. 이러다 보면 마지막에는 자연을 거스르고 정신을 거스르는 끔찍한 형상들이 나타나게 된다. 그럴 것이 문제들을 슬며시 지나쳐버리거나 한껏 멀리 밀어두는 것밖에는 신비주의자들이 달리 무얼 하겠는가?

---

67 Dschami/Maulāna Nūuru'-dīn 'Abdur'-Rahmān Jāmī(1412~94): 페르시아의 "마지막 위대한 시인"으로 지칭된다.

조감

　로마의 첫 일곱 황제의 매우 노련하게 맞춘 듯한 순열을 보고 있노라면, 로마사史는 의도적으로 영리하게 지어낸 것이라는 추론을 하고 싶어진다. 그러나 우리가 내세우려는 것은, 반면에 페르시아인들이 최고로 여기던, 500년 동안 차례차례 나타난 일곱 시인들이 서로 가진 윤리적·시적 관련성 또한, 그들이 남긴 작품들이 그들이 정말 존재했다는 증거를 주지 않는다면, 정말이지 지어낸 듯 보일 수 있다는 것이다.

　그러나 이 일곱 성좌를, 먼 곳에서부터 우리에게로 주어진 이런 성좌를 좀 더 자세히 살펴보다 보면 느껴지는 것은, 그들 모두가 늘 스스로를 갱신하는 생산적인 재능을 소유하고 있었으며 그것을 통해서 다수의 매우 탁월한 사람들을 넘어서, 헤아릴 수 없는 중간 정도의 일상적 재능을 가진 사람들을 넘어서, 우뚝 솟아 있다는 점이다. 그러나 그러다가 특별한 시기에, 어떤 상황에 이르러, 운 좋게 큰 수확을 거두면서, 똑같이 재능이 충만한 후대의 작용을 심지어 한동안 위축시키다가, 마침내는 자연이 시인에게 새로운 보물들을 또다시 열어줄 수 있었던 시공간 자체가 사라져버린다.

　이런 의미에서 우리는 앞에서 그린 인물들을 하나하나 다시 한 번 점검해 보며 이렇게 말하고자 한다.

　*피르다우시*는 지나간 국사와 제국사적 사건들 전체를 우화처럼 혹은 역사적 서술로 간직하고, 선취하였다. 그리하여 후계자에게 남은 것은 다

만 연관과 주석이지 새로운 취급과 서술이 아니었다.

*안와리*는 현재를 고수하였다. 그가 그린 자연은, 그가 본 그대로 빛나고 호화롭다. 자기 왕의 궁정도 그는 기쁨에 차서 또 재능에 가득 차서 바라보았다. 두 세계와 그 장점들을 지극히 사랑스러운 말로 연결짓는 것이 의무이자 즐거움이었다. 아무도 이 점에서 그와 같이 해내지 못했다.

*니자미*는 다정한 힘으로, 그의 지역에 있는 사랑의 설화와 반쯤 기적적인 설화를 모아 적었다. 태곳적부터 전해 오는 간단한 전승들을 자기 자신의 목적에 맞추어 상세히 다루고 일정한 넓이의 범위 가운데서 즐길 수 있게 만드는 건 이미 쿠란에 암시가 있다.

*잘랄 알딘 루미*는 현실이라는 문제적인 바탕 위에서 편안치 않았고 내적·외적 현상들의 수수께끼를 정신적이며 정신이 충만한 방식으로 풀려고 했다. 그래서 그의 작품들은 새로운 수수께끼이고, 새로운 풀이와 주석들을 필요로 한다. 드디어 그는 만유통합론으로 도피하는 것이 절박하다고 느꼈는데, 그것을 통해서 퍽 많은 것이 유실되기도 하고 획득되기도 해서 마지막에는 위로적이기도 하고 위로의 여지가 없기도 한 제로 상태로 남는다. 그러니까 이제 어찌 그 어떤 말의 전달이 시적이거나 산문적으로 계속 성공하겠는가? 다행히도

사디, 이 탁월한 이는 넓은 세계로 내몰렸던 터라, 제국의 한없는 세세한 것들을 파묻힐 만큼 겪었고, 그 모두에서 무언가를 얻어낼 줄 알았다. 그는 정신을 집중할 필요를 느끼고, 가르칠 의무를 확신했다. 그렇게 그는 우리 서쪽 나라 사람들에게도 생산적이고 축복 많이 주는 사람이 되었다.

하피스, 위대하고 명랑한 재능. 사람들이 다들 연연해하는 모든 것을 물리치는 것으로 만족하면서도 늘 그들의 즐거운 친구로서 그들과 같은 모습으로 나타난다. 그는 자신의 민족과 시대 안에서 정당하게 인정받는다. 사람들이 그를 이해하면 그때부터 곧바로 그는, 사랑스러운 삶의 동반자

로 머문다. 아직도, 의식적으로보다는 무의식적으로, 낙타 몰이꾼과 노새 몰이꾼들이 계속 그의 노래를 부르고 있듯이 말이다. 그 자신이 내키는 대로 토막 낸 뜻 때문이 결코 아니고 그가 영원히 순수하게 즐겁게 퍼뜨리는 분위기 때문이다. 다른 모든 것을 이 앞선 이가 이미 취해버렸는데 그 누가 이제 그이를 따를 수 있었겠는가.

*자미*밖에 없었다. 그는 자기 앞서 일어난 일이나 자기 곁에서 일어나고 있는 모든 일을 능히 감당할 수 있는 사람이었다. 이제 그가 그 모든 것을 한데 모아 단으로 묶어 만들고, 새롭게 만들고, 넓히고, 앞서간 사람들의 미덕과 오류를 더없이 분명하게 자기 자신 안에서 합쳐놓았다. 따라서 후세에는 더 나빠지지 않는 한, 그 사람만큼 되는 일밖에는 달리 남은 일이 없었다. 그리고 그렇게 300년 동안이나 계속되었다. 여기서 우리가 덧붙일 말은, 만약 그 시대를 전후하여 드라마가 출현해서 이런 부류의 시인 하나가 나올 수 있었더라면, 문학의 전체 흐름이 다른 방향을 취했으리라는 것이다.

이제 이 얼마 안 되는 것으로, 페르시아 시예술과 웅변술의 500년을 감히 그려내려 했다면, 그것은, 우리의 옛 대가 쿠인틸리아누스[68]를 인용하자면, 올림과 내림으로 뭉뚱그린 수를 수용하듯이, 이런 시도가 우리의 친구들에게 받아들여지기를 바라서였다. 정확히 정의 내리기 위해서가 아니라 무언가 보편적인 것을, 편안하게 대강 말하기 위해서였다.

---

68 Quintilianus(35~96): 로마 수사학의 스승.

보편적인 것

페르시아 시인들의 생산성과 다양성은 조감 불가능한 외부 세계의 폭에서, 또 그 무한한 풍요로움에서 나온다. 그 가운데서는 모든 대상들이 같은 가치를 가지는 늘 동적인 공공의 생활이 우리의 상상력 앞에서 너울거리고 있기 때문에 그 비교는 심하게 우리 눈길을 끌고 호감을 주지 않는다. 그들은 주저 없이 가장 고귀한 것과 가장 저열한 이미지들을 연결하는데, 그 방식은 우리가 쉽게 익숙해지지 않는 것이다.

솔직하게 말하자면, 자유롭고 실질적으로 호흡하는 진정한 생활인[69]에게는 미적 감정과 취향이 없다. 그럴 경우 그에게는, 행동에서든 즐김에서든 성찰에서든 또한 시작詩作에서든 리얼리티면 충분하다. 그런데 오리엔트 사람이, 이상한 효과를 내기 위하여, 가지런하지 않은 것을 한데 엮어 운韻을 맞추기도 하는데 독일 사람은, 그런 비슷한 것을 만나더라도, 눈 흘기지 않길 바란다.

그런 작품이 상상력에 불러일으키는 혼란은, 우리가 오리엔트의 시장을 지나거나 유럽 박람회장을 지나갈 때의 혼란에 비교될 수 있겠다. 가장 귀한 상품들과 가장 저열한 상품들이 한 공간에 널려 있고, 늘 분류가 되어 있지는 않다. 그런 것들이 우리 눈 속에서 섞인다. 하여 자주 우리는 그것들이 담겨서 수송되는 술통들, 상자, 자루들도 함께 본다. 과일가게와 채소가게에서처럼 갖가지 약초, 풀뿌리, 열매만이 아니라 여기저기에서

---

69 Lebemann: 괴테의 조어. 이전에는 안 쓰이던 단어이다.

갖가지 종류의 내버린 것, 껍데기, 줄기도 보인다.

　나아가 오리엔트 시인들은, 우리를 지상으로부터 하늘까지 들어 올렸다가, 아무렇지도 않게 다시 내동댕이치든지, 거꾸로, 내동댕이쳤다가 다시 들어 올리기도 한다. 썩어가는 개의 시체에서도 니자미는 도덕적 성찰을 끌어낼 줄 안다. 우리를 놀라게 하고 또 즐겁게 하는 성찰이다.

　　예수님이, 세상을 두루 다니시는 분이,
　　한번은 시장 부근을 지나가셨다
　　죽은 개가 길에 누워 있었다
　　집 대문 앞으로 끌어내 놓은 것.
　　사체 주위에는 한 무리 사람들이 모여 있었다,
　　매가 사체 주위로 모여들듯.
　　그 하나가 말했다. "악취가
　　골이 빠개지게 진동하는구나."
　　다른 하나가 말했다. "이런 걸 어디다 쓰겠는가
　　무덤 쓰레기야 화를 부를 뿐이지."
　　그렇게 각자 자기 가락을 노래하며
　　죽은 개의 육신을 모욕했다.
　　이제 예수님 차례가 되자
　　폄하 없이, 좋은 뜻으로 말씀하셨다,
　　넉넉하신 천품대로 말씀하셨다.
　　"이가 진주처럼 희구나."
　　이 말이 둘러서 있던 이들을
　　얼굴 달아오르게 했다, 불에 달구어진 조개처럼, 뜨겁게.

이렇게 사랑스럽고 재치 있는 예언자가 자기 방식으로 아낌과 배려를 요구하면 누구든 당혹했다. 얼마나 힘 있게 그는 불안한 무리로 하여금 자기 자신을 돌아보고, 했던 욕을 부끄러워하고, 유의하지 않은 장점을 인정으로써, 실로 어쩌면 시샘으로써 바라보게끔 할 줄 아는가! 둘러선 사람은 누구든 이제 자기 자신의 이(齒)를 생각한다. 아름다운 이는 어디에서나, 특히 아침의 나라, 동방에서는, 신의 선물이라고 높이 호감을 산다. 썩은 짐승이, 그에게서 남은, 완전함을 통하여 감탄의 대상이자 지극히 경건한 숙고의 대상이 된다.

이 비유화Parabel[70]를 마무리하는 비유Gleichnis("불에 달구어진 조개")는 우리에게는 꼭 그렇게 명확하고 절실하게 와 닿는 비유는 아니다. 그래서 그걸 좀 확연하게 만들어야겠다.

석회석이 부족한 지역에서는 꼭 필요한 건축자재를 준비하는 데 조개껍데기가 쓰인다. 조개를 메마른 섶나무 사이로 켜켜이 놓아, 센 불로 이글이글 속속들이 태운다. 바라보는 사람은 이 존재들이, 살아서 바다에서 영양을 취하며 자라며, 조금 전만 해도 산 것이 누리는 쾌락을 그들 방식으로 두루 즐겼건만 지금은, 그냥 불태워지는 정도가 아니라 이글이글 속속들이 태워지는 통에, 그 모습은 완전한데도 생명은 모조리 빠져나가 버렸다는 느낌을 지울 수 없다. 이제, 밤이 오고 이 유기체의 잔재가 바라보는 사람의 눈앞에 정말로 이글거리며 나타난다고 가정하면, 남모르는 깊은 영혼의 고통이 이보다 더 찬란한 모습으로 눈앞에 그려질 수 있으랴. 누군가 여기에서부터 완전한 관조를 얻겠다면, 그는 화학자를 찾아, 굴 껍질이 인광을 발하는 상태로 옮겨주기를 부탁하라. 거기서 그는 우리와 더

---

70   비유화(Parabel)는 단순한 단어의 비유가 아니라 스토리가 있는 비유, 혹은 비유를 담은 스토리이다.

불어 고백할 것이다. 조금도 의심 없는 자신감이라는 미몽에 사로잡혀 있는데 느닷없이 올바른 비난 하나가 닥칠 때, 사람을 관통하는 뜨거운 느낌 하나가 이보다 더 강렬하게 발언될 수는 없으리라고.

이런 비유는 자연물이나 현실의 것을 곧바로 직접 바라보는 것을 전제하면서도 동시에 다시금, 순수하게 형성된 감정의 바닥으로부터 솟는 높은 도덕적 개념 하나를 일깨운다. 이런 비유들은 수백 가지 찾아질지도 모른다.

가장 높이 평가할 만한 것은 이런 한계 없는 폭에서 개별적인 것에 대한 그 주의력이며, 뜻있는 하나의 대상에서 자신의 가장 고유한 것을 얻어내려 하는, 날카로우면서 사랑에 찬 시선이다. 그들은, 최상의 네덜란드 화가에 필적할 시적인 정물靜物들을 가지고 있었으며 실로 도덕적인 것에 있어서는 그보다도 더 높았다고 해도 좋았다. 바로 이런 성향과 능력에서 그 비유들은 어떤 좋아하는 대상들을 떨치지 못하니, 어느 페르시아 문인도 램프는 눈부시게 하는 것으로, 촛불은 빛나는 것으로 소개하는 데 지치지 않는다. 그들이 비난받는 단조로움도 바로 거기에서 발생한다. 그러나 자세히 살펴보면 자연 대상들은 그들에게서 신화의 대용물이다. 장미와 나이팅게일은 아폴로와 다프네의 자리를 차지한다. 그들에게서 없어져간 것, 그들에게는 연극도 조각도 없지만 시적 재능은 그 이전의 그 어떤 재능보다 못하지 않다는 사실을 곱씹어 생각해 보면, 그들의 가장 고유한 세계에 친숙해질수록 그들에게 점점 더 경탄하지 않을 수 없다.

가장 보편적인 것

오리엔트 시예술의 최고의 특징은, 우리 독일인들이 *정신Geist* 이라고 부르는 것, 즉 이끌어가는 높은 힘의 주재主宰이다. 여기서는, 그 어떤 것도 그 고유한 권리를 주장하면서 나오는 일이 없이 모든 특성들이 하나가 되어 있다. 정신은 특히 노인, 혹은 쇠퇴해 가는 세계시대의 것이다. 세계 본질의 조망, 아이러니, 재능의 자유로운 사용을 우리는 모든 오리엔트 시인들에게서 찾아본다. 결과와 전제가 우리에게 동시에 제공된다. 그렇기 때문에 우리는 또한, 즉석에서 나온 말 한마디에 얼마나 큰 가치가 담기는지도 본다. 저 시인들은 온갖 대상들을 눈앞에 보면서 가장 멀리 있는 것들을 쉽게 갖다 붙인다. 그래서 그들은 우리가 위트라고 부르는 것에도 가까워진다. 하지만 위트는 그리 높은 위치에 있지 않다. 그럴 것이 위트는 자기중독적, 자애적이다. 정신은 그런 것으로부터 언제나 완전히 자유롭다. 그래서 정신은 또한 어디서나 천재적이라 불릴 수 있고 불려야 한다.

그러나 시인 혼자만 그런 공훈들을 기뻐하는 게 아니다. 헤아릴 수 없는 일화들에서 드러나듯, 민족 전체가 명민하다. 명민한[71] 말 한마디로 군주의 노여움이 치솟고, 다른 한마디로 다시 진정된다. 애착과 열정이 똑같은 한 요소 안에서 섞이며 살아 작용한다. 그렇게 해서 바흐람 구르와 딜라람[72]은 운율을 만들어내고, 제밀과 보타이나[73]는 고령에 이르도록 열정적

---

71 geistreich: 직역은 '정신이 풍부한'. 첫 문장의 '정신'(Geist)과 연결된다.
72 이 책 179쪽 각주 38 참조.

으로 결합하여 있었다. 페르시아 시예술의 전체 역사에는 그런 경우들이 잔뜩 있다.

무함마드 시대 무렵, 마지막 사산 왕조의 한 사람인 누쉬르반이 엄청난 비용을 들여 『비드파이의 우화』와 체스게임을 인도에서 들여오게 했던 일을 생각하면, 그런 시대의 상황이 완전하게 보인다. 저들은, 우리에게 전승된 것에 따라 판단하자면, 생활의 지혜와 현세적 사물들에 대한 한결 자유로운 견해에서 서로가 서로를 능가한다. 그래서 4세기 뒤 페르시아 시예술의 첫 전성기에도 완전하게 순수한 소박함은 나타날 수 없었다. 시인에게 요청된 폭넓은 사려, 고양된 지식, 궁정 및 전쟁 상황, 모든 것이 대단히 신중할 것을 요구했던 것이다.

---

73 Dschemil, Botaina: 변함없는 사랑으로 오리엔트 시문학에 자주 등장하는 한 쌍. 「사랑의 서」의 시 「본보기들」에도 등장한다.

보다 새로운 것과 가장 새로운 것

자미와 그의 시대의 창작 방식을 따른 후대 시인들은 시와 산문을 점점 더 뒤섞었고, 그리하여 모든 글쓰기 종류에 단 한 가지 문체가 쓰이게 되었다. 역사, 시, 철학, 공문서 그리고 서간의 문체, 이 모든 것이 똑같은 방식으로 낭독되었다. 그리고 그렇게 이제 벌써 3세기가 간다. 다행히도 가장 최근의 것의 본보기 하나를 내놓을 수 있다.

페르시아 대사, *미르차 아불 하산 칸*[74]이 페테르부르크에 있었을 때 사람들이 그에게 글 몇 줄을 청했다. 그가 친절하게 종이 한 장에다 썼는데 그 번역을 여기에 삽입한다.

———

"나는 온 세계를 두루 여행했고 오래 많은 사람들과 교류했는데, 어느 모퉁이든 나에게 몇 가지 유익한 점을 주었고, 어느 줄기든 곡식을 주었다. 그런데도 나는 이 도시와 비교될 곳은 본 적이 없다. 이곳의 아름다운 처녀들도 다른 곳에서는 본 적 없다. 신의 축복이 늘 여기에 내리기를!

———

활로 자기를 겨누고 있는 강도들 한가운데로 뛰어든 저 상인은 또 얼마나 말을 잘했는지! 상거래를 억압한 어느 왕이, 자기 군사들의 면전에서 성소聖所의 문들을 잠근다. 어느 머리가 있는 사람이 그런 부당한 처사에 대한 평판을 듣고 나서 그의 나라를 찾아오고 싶겠는가? 명망을 얻고자

---

74 Mirza Aboul Hassan Khan: 1776년 쉬라즈 출생.

한다면, 상인과 사신들을 존중하여 다루라. 큰 사람들은 여행객을 잘 다룬다. 좋은 평판을 얻기 위해서이다. 낯선 사람들을 보호하지 않는 나라는 곧 멸망한다. 낯선 사람들과 여행객의 친구가 되라. 그럴 것이 여행객들은 좋은 평판의 도구로 볼 수 있다. 손님에게 넉넉하고, 지나가는 사람들을 소중히 여기라. 그들에게 부당하지 않도록 조심하라. 사신의 이 충고를 따르는 사람은 분명 거기서 유익을 구할 수 있을 것이다.

———

오마르 에븐 아브드 엘 아시스[75]는 세력 있는 왕이었는데 밤에 그의 방에서 겸양과 복종의 마음으로 충만하여, 얼굴을 창조주의 왕좌로 향하며 말했다. '오 주여! 당신은 큰 것을 약한 종의 손에 맡기셨습니다. 당신의 제국의 순수하고 성스러운 이들의 영광을 위하여 저에게 정의와 합당함을 부여하고 저를 인간의 악의로부터 지켜주소서. 죄 없는 어떤 이의 마음이 저로 하여 흐려진 일이나 없었는지 억압당한 자의 저주가 제 목덜미를 따라오는 게 아닌지 두렵습니다. 왕이란 모름지기 늘 지배와 최고의 존재의 현존을 생각해야 합니다. 현세적 사물들의 지속적인 가변성을 생각하지요. 국왕은 모름지기, 왕관이 자격 있는 자의 머리로부터 자격 없는 자의 머리 위로 넘어가지나 않을지 또 스스로 자랑에 오도당하지 않는지 경계합니다. 오만해진 왕은 친구와 이웃을 경멸하게 되고, 그러면 자기의 왕좌에서 오랫동안 번영을 누릴 수는 없기 때문입니다. 결코 몇 날 명성을 누린다고 으쓱해하면 안 되지요. 세상은 길가에 지펴놓은 불과도 같습니다. 갈 길을 밝히는 데 필요한 만큼만 가져가는 사람은 화를 당하지 않는 법이나 더 많이 가져가는 사람은 불에 데지요.'

플라톤에게, 이 세상에서 어떻게 살았느냐고 사람들이 묻자 그는 대답

---

75 Omar ebn abd el asis: 통치 기간 717~720.

했다. '고통과 더불어 나는 들어왔다. 내 삶은 지속되는 놀라움이었다. 하여 이제 떠나고 싶지 않다. 그리고 내가 배운 것이라고는, 내가 아무것도 모른다는 것밖에 없다.' 무언가 기획을 함에 있어서는 아는 게 없는 사람으로부터는 멀리 거리를 두거라. 배운 게 없는 신앙인으로부터도 멀리 머물라. 그 둘은, 자기가 그걸 왜 돌리는지 모르면서 연자 맷돌을 돌리고 있는 나귀에 비교할 수 있다. 검劍은 바라보기 좋지만 그 효과는 유쾌하지 않다. 사려 깊은 사람은 낯선 사람들과 인연을 맺지만, 악의 있는 사람은 자기 이웃에게서도 소외된다. 어느 왕이 베흐룰이라는 사람에게 말했다. '충고를 다오.' 그 사람이 말했다. '인색한 사람, 정의롭지 않은 판사, 살림을 할 줄 모르는 부자, 자기 돈을 쓸데없이 낭비하는 자선가, 그리고 판단이 틀린 학자를 부러워하지 마십시오. 사람들은 세상에서 좋은 이름 아니면 나쁜 이름을 얻습니다. 두 가지 가운데서 택할 수 있지요. 그런데 선인이든 악인이든, 누구든 다 죽어야 하니까, 미덕 있는 자라는 명성을 거둔 사람이 행복하지요.'"

이 글은, 한 친구의 요청에 응하여 헤지라력 1231년, 데마출 사니의 날[76]에, 기독교식 시간 계산으로 하면 1816년 5월 … 일에, 쉬라즈의 미르차 에불[77] 하산 칸이 페르시아 페취 알리 샤 카챠르[78] 폐하의 특별 사신으로 수도 성 페테르부르크에 머물 때 썼다.[79] 그는 몇 마디 말을 감히 쓴 무지한 자를 너그럽게 용서해 주실 것을 희망했다.

---

76 Tag des Demazsul Sani: 데마출(이슬람의 이중의 달)의 두 번쩻날(기독교력으로 4월 29일). 괴테가 왜 5월이라고 썼는지는 밝혀지지 않았다.

77 Eboul: 괴테의 오기(誤記)로 추정된다. 원래는 Aboul.

78 Fethali Schah Catschar: 통치 기간 1797~1834.

79 괴테가 이 글을 썼던 시기와 거의 동시였다고 추정된다. 즉 가장 최근의 자료인 것이다.

그런데 앞의 글에서, 3세기 전부터 늘 얼마만큼의 산문-시가 유지되었으며 공문서에서도 서간문에서도, 공적 거래에서도 사적 거래에서도 늘 같은 문체를 썼다는 것이 명확하기에, 우리가 알게 되는 것은, 최근까지도 페르시아 궁정에서는 나날의 연대기를, 그러니까 황제가 거행하는 모든 것, 일어난 모든 것을 운 맞추어 작성하고 장식적 필체로 기록하여, 이 일을 하도록 특별히 지정된 문서수발인에게 넘기는 시인들이 있었다는 것이다. 거기서 밝혀지는 것은, 변함없는 오리엔트에서는, 그런 연대기를 잠이 안 오는 밤에 낭독시켰던 아하수에로의 시대 때부터 아무런 변경이 없었다는 사실이다.

여기서 특기할 것은 그런 낭독은 강조하기 위해 음을 높이거나 낮추어 구연되는 일정한 낭송법으로써 행해졌는데, 이는 프랑스 비극이 낭송되는 방식과 많이 유사하다는 것이다. 이는 페르시아의 2행시 가젤Ghasel이, 알렉산드리너 시행[80]의 전후반부가 이루는 대조와 유사한 대조를 이루기에 그만큼 더 생각해 볼 수 있는 바이다.

그리하여 이러한 지속성이야말로, 페르시아인들이 그들의 시를 800년간 여전히 사랑하고 평가하고 존중하는 계기였으리라. 나 스스로가 증인인 적이 있다. 한 오리엔트인이 탁월하게 제본되고 보존된 메스네비의 원고[81]를 마치 그게 쿠란이기라도 한 양 꼭 그만큼의 경외심으로 바라보고 다루는 걸 본 적이 있다.

---

80 Alexandriner: 바로크 시대에 많이 쓰인 12음절의 약강격 시행으로 한가운데 강한 휴지가 있다.

81 Mesnewi: 같은 각운으로 운을 맞춘 긴 2행시 모음인데 여기서는 잘랄 알딘 루미의 Masnavi-ye ma'navi(만물의 내적 의미에 대한 마스나비)를 뜻한다.

의혹

 그러나 페르시아 문학이나 그 비슷한 것이 서구인들에게 아주 순수하게, 한껏 편안하게 받아들여진 적은 아직 없다. 그것을 즐기는 일에 부지불식간에 장애가 있지 않게 하자면 이 점을 명확히 해놓아야 한다.

 우리를 페르시아 시예술로부터 멀어지게 하는 것이 종교는 아니다. 유일신, 그 뜻에의 귀의, 예언자에 의한 전달, 그 모든 것이 다소간 차이는 있어도 우리의 종교나 우리의 상상 방식과 일치한다. 우리의 성서가 그곳에서도 역시, 비록 성담聖譚의 방식이지만, 바탕에 놓여 있다.

 우리 또한 저 지역의 동화, 우화, 비유화, 일화, 재담과 농담 들을 벌써 오래전부터 잘 알고 있다. 그들의 신비주의 역시 우리에게 다가올 것이다. 깊고 철저한 진지함으로 하여, 우리의 신비주의와 적어도 비교될 만할 것이다. 우리의 신비주의는 최근에는, 정확히 보자면, 실은 특성 없고 재능 없는 동경을 표현하고 있는 형편이다. 그것이 스스로를 벌써 어떻게 풍자하고 있는지를 다음 시구가 증언한다.

> 내겐 오로지 영원한 갈증이 있어야겠네
> 갈증에의 갈증이.

전제정專制政

 그러나 서구인들의 감각에 도저히 와닿을 수 없었던 것은, 자신의 군주와 상관들에게 정신적으로나 신체적으로 몸을 던지는, 굴종이다. 그것은 태곳적부터 있던 일인데, 왕王이 신神의 자리에 들어섬으로써 비롯된 것이었다.

 구약성서에서 남녀가 사제들과 영웅들 앞에서 몸을 던져 기도하는 것을 우리는 별로 낯설어하지 않으면서 읽는다. 그럴 것이 똑같은 것을 그들은 창조주 앞에서 습관적으로 해왔기 때문이다. 처음에는 자연스러운 경건한 감정에서 일어난 것이 나중에는 번거로운 궁정예절로 변한 것이다. 3회의 오체투지[82]를 세 차례 반복하는 쿠-투 *Ku-tou*는 거기서 비롯되었다. 얼마나 많은 서구 사신단들이 동쪽의 궁정들에서 이 의식에 실패했던가. 그런데 이 점을 아주 분명하게 해놓지 않으면 우리가 페르시아 시詩를 전체적으로 잘 받아들일 수가 없다.

 어떤 서구인들이, 오리엔트인이 자기 머리를 혼자만 아홉 번 땅에다 박는 것이 아니라 머리를 심지어 그 어딘가 목표와 목적을 향해 확 꺾기도 하는 것을 참을 만하다고 느끼겠는가.

 공과 타격봉이 큰 역할을 하는 기마 볼 게임이 자주, 지배자와 백성들이 보고 있는 가운데, 실로 군주와 백성, 양측이 직접 참여하면서, 새롭게 벌어진다. 그러나 시인이 자신의 머리를, 자기를 보아달라고 그리고 타격봉

---

82 Niederwerfen: 온몸을 바닥에 던짐.

으로 쳐서 게임을 유리하게 이끌어가라고 샤[83]의 궤도에 놓는다고 하면, 그쯤 되면, 우리는 물론 상상력으로도 느낌으로도 따를 수가 없고 따라가고 싶지도 않다. 그도 그럴 것이 시는 이렇게 되어 있다.

> 얼마나 오래, 손발 없이
> 너, 운명의 공이려는가!
> 하여 너 백 개의 궤도에서 튀는가
> 타격봉을 피할 수 없다.
> 샤의 궤도에다 머리를 놓아라,
> 어쩌면 그분이 너를 한번 보실 테니.

나아가

> 오직 저 얼굴만이
> 행복이 비치는 거울 벽,
> 말발굽에 인
> 먼지에 부벼진 얼굴.

술탄 앞에서만이 아니라 연인 앞에서도 똑같이, 또 더욱 자주 깊이 자신을 낮춘다.

> 내 얼굴이 길에 놓여 있는데
> 어떤 발걸음도 지나쳐 가지 않았네.

---

83 Schah: 페르시아의 왕.

당신이 가는 길에서 이는 먼지는
내 희망의 천막!
당신의 발에서 이는 먼지
물보다 더 좋아라.

내 정수리를 먼지처럼
두 발로 짓밟는 사람을
황제로 만들어주겠네
그이 내게로 돌아오기만 하면.

여기에서 분명히 보이는 것은, 한 편 한 편이 서로 다른데, 처음에는 적합한 기회에 사용되다가 나중에는 점점 더 그저 자주 사용되고 오용된다는 점이다. 그래서 하피스의 말은 정말로 해학적이다.

내 머리 술집 주인이 다니는
길 먼지 속에 놓여 있네.

이런 추측을 뒷받침하자면 좀 더 깊은 연구가 필요할 테지만, 예전의 시인들은 그런 표현들을 한결 겸손하게 다루는데, 후의 시인들은 무대만 같으면 같은 언어를 쓰고 그렇게 오용하여, 마침내 전혀 진지하지 않게 쓰다가, 즐겨 풍자적인 데로 나아가고, 마침내 비유적 표현Tropen들은 이제, 그어떤 관계도 생각되거나 느껴질 수 없을 정도로 대상을 떠나서, 상실된다.
우리도, 안와리의 사랑스러운 행들로써 마감하자. 참으로 우아하고 노련하게 당대의 귀한 시인 하나를 기리는 시이다.

분별 있는 사람에게는 셰자이의 시詩가 미끼

수백 마리 새들이 나처럼 탐욕스럽게 그 위로 날아 앉는다

가거라, 나의 시여, 가서 그분 앞 땅에다 입맞춤하며 아뢰어라

그대, 시대의 미덕이시여, 미덕의 시대가 그대이십니다.[84]

---

84 안와리의 '시인 셰자이(Schedschaai)' 찬양가의 시작 부분이다.

이의

이제 전제군주와 그 신하의 관계에 대하여, 그게 얼마큼 아직 인간적이었는지 어느 정도 밝히기 위하여, 또한 시인들의 노예적 방식에 대하여 어쩌면 우리 마음을 진정시키기 위하여, 역사며 세계를 훤히 아는 사람들이 여기에 대해서 어떻게 판단 내렸는지 증거가 되는 이런저런 구절을 집어넣었으면 한다. 신중한 어느 영국인[85]은 다음처럼 표현한다.

"유럽에서는 교양 있는 시대의 관습과 사려를 거치면서 부드럽게 다스려서 절도를 갖추게 된 통치로 되었지만, 그 무제한의 폭력이 아시아 민족들에게서는 늘 한 가지 성격을 지니고 있고 거의 똑같은 흐름으로 움직인다. 왜냐하면 인간의 국가적 가치와 품위를 표시하는 미미한 차이들은 그저 전제군주의 개인적 심성이 어떠한가에 그리고 그 권력에 달려 있기 때문이다. 사실 종종 전자보다는 후자 쪽에 더욱 기댄다. 지속적으로 전쟁에 처한 나라가 번영하여 행복해질 수는 없다. 동쪽의 보다 약한 왕국들 모두의 운명이 아주 이른 초기부터 그랬었다. 그 결과, 무제한의 지배 하에서 군중이 누릴 수 있는 가장 큰 열락은 그들이 섬기는 전제군주의 힘과 명성에서 비롯된다. 그 가운데서 그의 신하들이 어느 정도 기뻐하는 편안함 또한, 본질적으로 그런 군주가 그들을 들어 올려주는 자부심에 터 잡고 있었다."

"그렇기 때문에 군주의 환심을 사려는 그들의 행동들이 우리 보기에 유

---

85 Sir John Malcolm(1769~1833?): 정치가, 외교가.

난스럽다고 하여 그것을 저열하고 쉽사리 이리저리 쏠리는, 매수되는 신념이라고 생각해서는 안 된다. 자유의 가치에 대해서는 느낌이 없고, 모든 여타의 통치 형식은 알지 못하다 보니 그들은, 그 가운데서 얼마만큼 안전이나 편안함도 없지 않은 자기 자신들의 상태를 기리게 된다. 그 힘의 위대함 가운데서 피난처를 찾아내고, 억압하는 더 큰 화禍에 맞설 수 있는 비호를 찾아내면, 드높여진 사람 앞에서 선선히 스스로를 낮출 용의가 있을 뿐만 아니라 그러는 것이 자랑스럽기까지 하다."

어느 독일 평론가[86] 역시 재치와 지식이 풍부하게 이렇게 말한다.

"저자著者, 아무려나 이 시기의 군주 찬양가들의 높은 감흥을 찬미하는 저자는 찬양의 지나침으로 탕진된 고귀한 심정의 힘과, 보통 그 결과가 야기하는, 품격의 높임과 낮춤을 동시에 비난하고 있는데 그것도 옳다. 그렇지만 동시에 말해두어야 할 것은, 진정 시적인 한 민족의, 풍부한 완성의 겹겹 장식으로 마감된 정교한 건물 가운데서는 군주 찬양의 문학 또한 풍자문학과 마찬가지로 본질적이라는 점이다. 풍자문학은 그 대립축을 이룰 뿐인데 그 해체는, 인간적 장점과 약점의 침착한 심판자이자 내적 안도감이라는 목표로의 인도자인 도덕적인 문학에서, 아니면 서사시에서 찾아볼 수 있다. 서사시란 편파적이지 않은 대담함으로써 인간적 탁월함의 가장 고귀한 것을 더 이상 비난받지 않고 전체로서 작용하는 삶의 평상성 곁에다 세워 두 대립을 해소하고 현존의 순수한 형상으로 결합한다. 인간이 행위의 고귀함과 보다 높은 완전함 하나하나를 감격으로써 포착하고 그것을 성찰함으로써 이를테면 내적 삶을 새롭게 하는 것이 인간적 본연에 맞고 또한 인간의 더 높은 혈통의 한 표시라면, 그렇다면 찬양 또한, 군

---

86 Mattäus von Collin(1799~1824): 크라카우 대학, 빈 대학의 교수로 나폴레옹 1세와 마리 루이즈의 아들을 가르쳤다. 친구인 폰 하머의 『페르시아의 아름다운 화술의 역사』에 대한 서평을 빈의 『문학연감』에 실었다.

주들에게서 계시되는 것과 같은 권력과 힘이 있다. 시의 영역 안에서의 찬란한 현상이다. 그런데 우리네에게서, 군주 찬양 문학이 경멸의 대상으로 전락한 데는 충분한 이유가 있다. 오로지, 거기에 헌신한 이들이 대개, 시인이 아니고 그저 값싼 아첨꾼들이었기 때문이다. 그러나 칼데론이 그의 국왕을 찬양하는 것을 듣는 사람 누가, 여기, 더없이 대담하게 도약하는 환상이 그를 힘차게 계속 이끌어가는 곳에서, 찬양의 매수성을 생각하랴? 혹은 누가 그의 마음이 아직 핀다르의 승리의 찬가에 맞서기를 바랄 것인가? 페르시아 군주의 전제적 성격은, 고귀한 심정들 가운데 싹트게 한, 거룩해진 힘이라는 이념을 통하여 — 저 시기에 군주 찬양을 노래한 대부분의 사람들의 일반적인 권력 경배와는 대립이 되는 모습으로 — 후세의 찬탄을 살 만한 이런저런 시詩를 낳았다. 그리고 이런 경탄의 시인들이 오늘날도 가치가 있으며, 인간의 품위를 진정으로 인정하고 그 자신을 기리는 예술에 대한 감격이 있음을 알아본 그런 군주들 역시 그렇다. *안와리*, *차카니Chacani*, *자히르Sahir*, *파르야비Farjabi* 그리고 *아체스테기Achestegi* 가 군주 찬양 분야에서 이 시공간의 시인들이다. 그들의 작품을 오리엔트는 오늘날도 황홀해하며 읽고 있으며 그들의 고귀한 이름은 어떤 비방으로부터도 안전하다. 이런 군주 찬양 시인의 한 명인 *자나이Sanaji*가 갑작스레 종교 문학으로 전향한 것은 군주 찬양 시인의 노력이, 인간에게 요구될 수 있는 지고의 요청에 얼마나 극한까지 가까이 가 있는가 하는 하나의 증거이다. 자신의 군주를 칭송하는 찬양가를 쓰던 시인이, 신神과 그 영원한 완전함에 감격하는 가인歌人이 되었을 뿐인 것이다. 예전에는 그가 삶에서 찾는 것으로 만족했던 숭엄함의 이념을 이제는 현세 너머의 피안에서 찾기를 배운 다음부터 그렇게 된 것."

덧붙임

진지하고 생각 깊은 두 사람의 성찰을 이렇게 살펴보는 것은 페르시아 문학과 찬양시인들Enkomiast에 대한 판단을 온화하게 하도록 마음을 움직일 것이다. 동시에 앞서 한 말들이 이를 통해 증명되기도 함으로써 말이다. 즉 위험한 시기에는 통치에서 모든 것이, 군주가 그의 신하들을 보호하기만 하는 것이 아니라 인간적으로도 적에 맞서 인도할 수 있다는 사실에 귀착된다. 최근까지도 증명되는 이 사실과 관련된 매우 오래된 예들이 있다. 인용하려는 것은, 신이 이스라엘 민족에게 그들의 보편적 동의로써, 그들이 섬길 왕을 영원히 원했던 순간에 베푼 제국기본법이다.

"하여 사무엘은 백성들에게, 그들이 군주로서 요구하는 왕의 권리를 낱낱이 알려주었다. 이는 장차 너희를 다스리는 왕의 권리일 것이다. 그가 너희의 아들들을 자기의 수레를 끄는, 또 수레 앞에 앞장서 가는 기수들에게 주리라. 그리고 천인대와 오십인대 대장들에게 주고, 그의 밭을 경작하는 농부들에게, 그리고 그가 수확할 때 거두는 사람들에게 주어서 너희의 아들들은 그의 갑옷과 그의 수레에 속하는 것을 만들 것이다. 그리고 너희의 딸들은 약사가 되고, 요리사, 제빵사가 되게끔 그가 취할 것이다. 너희의 최상의 경작지와 포도원과 과수원은 그가 취하여 자기 종들에게 줄 것이다. 게다가 너희의 종자와 포도원으로부터 그는 십일조를 거두어 그의 시종들과 그의 종들에게 줄 것이다. 그리고 너희의 남녀 종들 그리고 너희의 가장 사랑스러운 젊은이들과 너희의 나귀는 그가 취하여 그들을 부려 자기 일을 처리할 것이다. 너희의 가축 떼로부터도 그는 십일조를 거둘 것이다. 하여 너희는 그의 종이 될 것이다."

　이제 사무엘이 그런 합의의 부당함을 백성들의 마음에 가닿도록 설명하고 그들에게 그것을 피하기를 권하려 하자 백성은 한목소리로 외친다. "아니다. 우리도 왕이 있어야겠다. 우리도 다른 이교도들과 같도록. 전쟁을 할 때면 왕이 앞에 서서 우리에게 지시하게끔 말이다."

　이런 의미에서 페르시아인들은 말한다.

　　　조언과 검劍으로 그분은 나라를 감싸고 지키신다

　　　감싸주시는 이들 그리고 덮어주시는 이들, 신神의 손안에 있느니.

　다양한 통치 형식을 찬탄함에 있어서는, 그 명칭이 무엇이든 간에, 자유와 노예 상태가 동시에 양극極으로 존재한다는 사실을 충분히 주의하지 않곤 한다. 하나에게 힘이 있으면, 무리는 종속되어 있는 것이고, 무리에게 힘이 있으면, 개개인은 불이익을 받고 있는 것이다. 이 점이 모든 단계를 거치는데 그러다가 그 어딘가에서 한 번 균형이 이루어지기도 하지만 다만 잠깐일 뿐이다. 이는 역사연구가에게 비밀이 아니다. 하지만 격앙된 인생의 순간에는 그런 게 명확해질 수 없다. 마치 한 당파가 다른 당파를 그 아래 종속시키면 그때부터는 힘, 영향, 능력이 하나의 손에서 다른 손으로 넘어가는 것밖에, 달리는 아무것도 보이지 않는 것처럼, 결코 더 이상 자유 이야기는 들리지 않는 것처럼. 자유란 은밀한 모반자의 낮은 구호일 뿐, 실로 폭정 자체의 구호는 공공연한 전복자의 전장의 높은 함성이다. 폭정이 사슬에 매인 군중을 적에 맞세우려 하고 그들에게 외압으로부터의 구원을 영원히 약속하는 때 쓰는 구호 말이다.

반작용

그렇지만 그렇게 덫이 있는 일반적 관찰에 전적으로 몰두하려는 건 아니고, 오히려 오리엔트로 되돌아가서 살펴보고자 한다. 어떻게, 제압되지 않는 인간 본연이 늘 극단적인 외압에 맞서는지, 그리하여 우리는 사방에서, 개개인의 자유로운 뜻이자 고집이 한 인물의 전권에 맞서 스스로 균형을 이루는가를 말이다. 그들은 노예이지만 예속되지 않는다. 그들은 스스로에게 비할 바 없는 대담함을 허락한다. 보다 오래된 시대에서 예를 하나 가져오기 위해, 알렉산드로스 대왕의 막사 안에 차려진 저녁 만찬장으로 가보면, 거기서 우리는 대왕이 신하들과 생생하고 격한, 실로 거친 말들을 주고받는 모습에 맞닥뜨린다.

알렉산드로스 대왕과 유모의 젖을 나누어 먹고 자란, 놀이 친구이자 전쟁의 동반자인 클리투스는 두 형제를 전장에서 잃고, 왕의 목숨을 구하며 저명한 장군이자 중요한 지방의 충직한 행정관으로 나타난다. 그는 군주의 부당한 신성화를 승인할 수 없다. 그는 왕이 다가오는 것을 보고, 자신의 봉사와 도움을 필요로 한다는 것을 알았다. 내적인 과민반응의 격심한 거부감 하나를 그는 키웠을지도 모른다. 자기의 공훈들을 어쩌면 너무 높이 추켜올렸는지도 모른다.

알렉산드로스 대왕의 연회석 식탁 대화들은 언제나 중요했을 것이다. 모든 손님들이 유능하고 교양 있는 사람들이었고, 모두가 그리스에서 웅변이 최고로 빛을 발하던 시대에 태어났다. 보통은 분별 있게 중요한 문제들을 과제로 내놓거나, 택하거나, 우연히 잡아서, 상당한 의식意識을 가지고 소피스트적 웅변을 펴며 서로 맞서고 자기주장을 했을 것이다. 그렇지만 각자 자기 편인 당파를 옹호하게 되고, 술과 열정이 상승작용을 일으키면, 그러면 마지막에는 분명 폭력적인 장면으로 치달았을 것이다. 이런 과정에서 우리는, 페르세폴리스의 방화[87]가, 그저 거칠고 어처구니없는 폭음 상태에 그 불씨가 있는 게 아니고, 그보다는 그런 식탁 대화에서 불붙었으리라는 이런 추측도 하게 된다. 거기서 한 편은, 페르시아인들을 이제 한 번 제압했으니 이제는 아껴야만 한다고 주장하고, 다른 한 편은, 아시아인들이 그리스 신전을 파괴할 때 얼마나 가차 없었는지를 모인 사람들에게 다시 상기시키면서, 광기를 취기 어린 분노로 끌어올려, 오래된, 대단한 기념비적 유적들을 잿더미로 변하게 해버렸을 것이다. 여자들까지 가세했다는 게, 여자들은 가장 격하고 가장 화해 불능인 적의 적인지라, 우리의 추측을 더욱 그럼직하게 한다.

하지만 이에 대해 어느 정도 의심을 해보자면, 처음 언급했던 연회에서 무엇이 치명적인 분열을 야기했는지 그만큼 더 확실해진다. 그 이야기가 우리를 위해 보존되어 있다. 즉 그것은 나이 든 사람들과 젊은이들 사이에서 늘 되풀이되는 언쟁이었다. 클리투스의 편에서 논구를 편 늙은 사람들은 그들이 왕에, 조국에, 한번 세운 목표에 충실하게 그침 없이 힘과 지혜로써 이룬 위업들을 차례차례 조리 있게 끌어올 수 있었다. 반면 젊은이들은, 그 모든 것이 일어난 것, 많은 것이 행해진 것 그리고 정말로 인도 국경에 가 있다는 것을 기정사실로 가정하기는 했지만, 그러면서도 아직 남은 할 일을 의심해 생각해 보고, 같은 것을 해내자고 제의했으며, 그리고 빛나는 미래를 약속함으로써 이미 해낸 영웅적 행위들의 찬란함을 어둡게 했다. 왕이 이 편을 들었다는 것은 당연하다. 그에게는 일어난 일에 대해

87　이 책 308쪽 각주 25 참조.

서는 더 이상 이야기가 있을 수 없었기 때문이다. 반면 클리투스는, 자신의 내심의 마땅찮음을 내보였고 왕 앞에서 마음에 안 들 말을 계속 늘어놓았다. 이는, 그의 등 뒤에서 전해져서, 벌써 군주의 귀에 들어갔던 것이다. 알렉산드로스는 경탄할 만하게도 참고 있었다. 그러나 유감스럽게도 너무 오래 그랬다. 클리투스는 거슬리는 소리를 한없이 내쳐 했고, 마침내는 왕이 벌떡 자리를 박차고 일어섰다. 가까이 있던 사람들이 우선 왕을 붙들었고 클리투스를 옆으로 데려갔다. 그러나 클리투스는 날뛰며 새로운 비방을 하며 돌아왔고, 하여 알렉산드로스가 그를, 보초로부터 창을 받아 잡으며, 찔러 쓰러뜨렸다.

그다음에 이어진 일은, 여기서 더 논할 것이 아니고 이렇게 적어두기만 하기로 한다. 절망한 왕의 가장 비통한 탄식은 성찰을 포함하고 있다는 것이다. 자기는 장차 숲속의 짐승 한 마리처럼 외롭게 살 것이라고 했다는 것이다. 아무도 자기 면전에서 자유로운 말을 감히 하지 못할 테니까. 이 말이, 왕이 했든 역사기록자가 쓴 것이든, 우리가 앞에서 추측한 바를 뒷받침한다.

전 세기에만 해도 페르시아 황제에게 연회에서 대담무쌍하게 말대꾸를 할 수 있었다. 물론 지나치게 대담했던 자는 결국 질질 끌려 나갔다. 군주가 행여 그에게 특사를 내릴까 하고 군주 곁을 가까이 지나서 말이다. 특사가 내려지지 않으면, 밖으로 끌려 나가 때려눕혀졌다.

은총 입은 신하들이 얼마나 한량없이 집요하고 반항적으로 황제에 맞서 행동했던가 하는 것이 믿을 만한 역사기록자에 의해 우리에게 일화 형식으로 전승되고 있다. 군주는 운명처럼, 가차 없다. 그러나 사람들은 그에 맞선다. 격한 본성들은 그러다 일종의 광기에 빠진다. 그런 별별 기이한 예들이 제시될 수도 있다.

절도 있고, 굳건하고, 논리 정연한 본성의 인물들이, 자신의 방식대로 활동하며 살아가기 위하여, 자선과 고통 등 모든 것이 흘러나오는 최고의 힘에 몸을 던진다. 그러나 시인은 무엇보다 먼저, 자기 자신의 재능을 평가하는 지고의 인물에게 헌신할 이유가 있다. 궁정에서, 위대한 사람들과의 교류 가운데서 그에게는 일종의 세계의 조망이 열려온다. 그것은 그가, 모든 소재의 풍부함에 이르려면 필요로 하는 것이다. 이 점에서 아첨이 용서될 뿐 아니라 정당화된다. 어찌하여 군주 찬양시인들이, 소재의 풍부함으로써 스스로 풍요로워지면, 군주들과 장군들, 아가씨들과 청년들, 예언가들과 성자들, 실로 마지막으로 신성 자체를 인간적 방식으로 넘치게 장식하기 위하여 자신의 수공을 최상으로 실행하는지 말이다.

자기 애인의 모습을 빛내려고 치장과 화려함의 한 세계를 한데 쌓아 올리는 서쪽 시인도 우리 기리자.

끼워 넣는 글

사실 시인의 사려思慮는 형식形式과 연관되어 있다. 소재는 세상이 너무나도 많이 그냥 준다. 내용은 물론 시인의 내면의 충만함에서 솟아 나온다. 의식意識 없이 두 가지가 서로 만나면, 마침내 풍요로움이 원래 어느쪽의 것이었는지 모르게 된다.

그러나 형식은, 이미 탁월하게 천재Genie 가운데 들어 있다 하더라도 인식되고 숙고되려 한다. 그리고 여기에, 형식, 소재, 내용이 서로 어울리고, 서로 순응하고 서로 스미도록 사려가 요청된다.

———

시인이란 당파를 만들기에는 너무 높이 서 있다. 명랑함과 의식이, 그가 창조주에게 감사할 아름다운 선물이다. 그가 무서운 것 앞에서도 놀라지 않는 의식, 모든 것을 즐겁게 기술할 줄 아는 명랑함 말이다.

오리엔트 시의
원原 요소들

아라비아어에서는, 직접 혹은 미미한 덧붙임이나 변화를 주어 낙타, 말 그리고 양과 연결되지 않는 어간 및 어근이 되는 말Stamm- und Wurzelwort을 찾아보기 어려울 정도이다.[88] 이런 최초의 자연 표현, 삶의 표현을 우리는 결코 비유적이라고 불러서는 안 된다. 인간이 자연스럽게 자유롭게 발언하는 모든 것이 삶과 연관되어 있다. 그런데 아라비아인은 낙타며 말과 그렇게, 육신이 영혼과 그렇듯, 내밀하게 친화 관계에 있다. 이 짐승들을 포착하면서 동시에, 짐승들의 본질과 활동을 자기 자신의 것과 생생하게 연결짓지 않는 건, 아무것도 아라비아인에게 와닿지 않는다. 위에서 일컬은 또 다른 가축 그리고, 자주 충분히 자유롭게 떠도는 베두인 사람[89]의 눈앞으로 오는 들짐승을 더해서 생각하면, 이들 역시 모든 삶과 관계를 이루고 있는 것을 보게 된다. 이제 여기에서 더 나아가 모든 여타의 보이는 것, 산이며 사막, 바위며 평원, 나무, 약초, 꽃, 강과 바다 그리고 별 많은 창공을 유의해 보면, 그러면 발견하게 된다. 오리엔트인은 그 모든 것에서 온갖 생각이 떠올라, 가장 먼 것을 건너뛰어 이리저리 서로 연결하는 데 익숙하고, 활자와 음절을 아주 미미하게 변화시킴으로써 서로 어긋나는 것을 아무렇지도 않게 서로에게서 끌어낸다. 여기서, 언어가 이미 그 자체로서 생산적이라는 것이 보인다. 그것도, 생각에 부응하는 한에서, 웅변적이고,

---

88 물론 언어학적으로는 정확하지 않은, 강조를 위한 어법이다.
89 사막을 유랑하는 아라비아 사람.

상상력을 보장하는 한에서, 시적이다.

그러니까 이제, 최초의 필연적인 근원 비유에서 출발하여, 더 자유롭고 더 대담한 것들을 표시하고 마침내는 가장 과감한 것, 가장 자의적인 것, 실로 마지막에는 졸렬하고 인습적이고 입맛 떨어지는 것에 도달하는 사람, 그는 오리엔트 시예술의 주요인자들에 관해서 탁 트인 조망을 가진 셈이다. 그러나 그러면서 그는 쉽게 확인하게 되리라. 우리가 취미라고 부르는 것에 관해서, 즉 노련한 것과 노련치 못한 것을 나눔에 관해서, 저 문학 안에서는 전혀 이야기가 있을 수 없다는 점을 말이다. 미덕이 오류와 구분이 안 된다. 둘은 서로 연관되어 있고, 서로에게서 비롯된다. 하여 그 둘을 흥보거나 값 따지지 않고 그대로 통용되게 두어야 한다. *라이스케*[90]와 *미하엘리스*[91]는 저 시인들을 금방 하늘로 띄우는가 하면 금방 다시 좀 모자라는 부랑아 취급을 하는데, 이보다 더 견딜 수 없는 일도 없다.

그렇지만 특기할 것은, 자연의 원천에서 살며 거기서 그들의 언어를 빚었던 가장 오래된 시인들은 매우 큰 장점들을 가질 수밖에 없었으리라는 것이다. 이미 속속들이 작업된 시대, 얽혀진 관계들 속으로 오게 된 사람들은 늘 같은 지향을 보인다 하더라도, 서서히 옳은 것이며 찬양할 만한 것의 자취를 잃는다. 그도 그럴 것이 그들이 먼, 점점 더 동떨어진 비유를 화급히 찾다 보면, 순전한 무의미가 되기 때문이다. 종국에는 기껏해야 일반적 개념, 그걸로 대상들을 언제든 요약할 일반적 개념밖에는 더 남는 게 없다. 모든 관조를, 그럼으로써 시 자체를 지양해 버리는 개념 말이다.

---

90 Johann Jakob Reiske(1716~74): 라이프치히의 오리엔트학자이자 고전문헌학자.

91 Johann David Michaelis(1717~91): 괴팅겐의 신학자이자 오리엔트학자로 라이스케의 적수.

비유에서
은유로 넘어감

그런데 지금껏 말한 것은 가까운 친족인 은유에 대하여서도 유효하기 때문에, 몇 가지 예를 통하여 우리의 이 주장을 뒷받침하려 한다.

트인 벌판에서 자라난 사냥꾼을 보자. 그는 솟는 해를 한 마리 *매*에 은유한다.

> 생동과 생명력이 내 가슴을 뚫고 들어온다
> 다시 두 발을 딛고, 내가 굳건히 서 있다
> 황금의 매가, 날개 넓게 펴고,
> 푸른 하늘 둥지 위를 감돌고 있구나.

혹은 더욱 호화롭게 한 마리 *사자*에다 은유한다.

> 여명이 몸 돌렸다 밝음 안으로
> 마음과 정신이 단번에 즐거워졌다
> 밤이, 수줍은 영양이,
> 아침 사자의 포효에 놀라 도망칠 때.

이 모든 것, 그리고 그 이상을 본 *마르코 폴로*Marco Polo가 이런 은유들에 어찌 찬탄하지 않을 수 있었겠는가.

그침 없이 우리는, 곱슬머리를 가지고 노는 시인들을 본다.

쉰 개도 넘는 낚싯바늘이
숨겨져 있네, 그대 머리카락 올마다.

이 시구는 곱슬이 많은 아주 아름다운 머리를 사랑스럽게 묘사하고 있
다. 상상력은, 머릿올 끝을 갈고리처럼 생각하는 데 대해 아무런 거슬림이
없다. 그러나 시인이, 자기가 머리카락에 매달려 있노라고 하면, 우리 마음
에는 썩 들지 않는다. 그러나 심지어 술탄에 대하여 이렇게 말하면 어떨까?

그대 머리카락의 끈에 묶여 있네
적의 목이, 꼼짝없이.

이렇게까지 가면 상상력에 거슬리는 이미지가 떠오르거나 아니면 전혀
아무것도 떠오르지 않는다.

우리가 속눈썹에 의해 뇌쇄당한다는 것, 거기까지는 잘 다가온다. 그러
나 속눈썹 창에 몸이 꿰뚫렸다고 말한다면, 우린 편안할 수 없다. 나아가
속눈썹이, 심지어 빗자루와 비교되면, 그 빗자루가 하늘로부터 별들을 쓸
어내린다면, 그런다면 우리 눈에는 그 현란함이 좀 지나치다. 미인의 *이마*
는 심장의 연마석으로 그리고, 사랑하는 여인의 *심장*은, 눈물 줄기에 밀려
계속 굴러가고 둥글어지는 것으로 그린다. 이처럼 감정에 충만한 것보다
는 위트 있는 대담한 것들이 우리에게서 다정한 미소를 자아낸다.

그러나 시인은 샤의 적들을 *천막부속품*으로 취급할 줄도 아는데, 그걸
가장 위트 있는 것이라고 부를 수 있겠다.

적들이 항시 덮개 판자들처럼 쪼개져 있기를, 헝겊조각들처럼 짓찢겨
있기를!

못처럼 두들겨 맞아! 기둥들처럼 두들겨 박혀!

여기서는 진영陣營의 본부막사에 있는 시인의 모습이 보인다. 진영의 막사를 되풀이해서 쳤다가 걷었다가 하는 모습이 그의 눈앞에 어른거린다.

이 얼마 안 되는 예들에서, 그러나 무한히 늘릴 수도 있는 예들에서 밝혀지는 점은, 우리가 의미상 찬양할 만한 것과 비난할 만한 것으로 부를 수 있는 것 사이에 어떤 경계도 그어질 수 없다는 것이다. 그들의 도덕은, 완전히 고유하게, 그들의 오류의 개화開花이기 때문이다. 우리가 이런 가장 찬란한 정신의 산출에 참여하려 한다면, 우리는 스스로를 오리엔트화化해야 한다. 오리엔트가 우리에게로 건너오지는 않을 것이다. 그리고 번역이, 우리 마음을 끌고 이끌어줄 만큼 지극히 찬양할 만함에도 불구하고, 모든 앞서의 것에서 미루어 보아 이 문학에서는 말로서의 언어가 으뜸 역할을 한다는 것을 알 수 있다. 누가 원천에 있는 이런 보물들을 알고 싶어 하지 않으랴!

시를 짓는 기술이 어느 장르에나 필연적으로 영향을 준다고 생각해 보면, 우리는 여기서도 두 행씩 운이 맞는 오리엔트인들의 시구가, 대구법對句法, Parallelismus을 요구한다는 것을 볼 수 있다. 그러나 이는 정신을 집중시키는 대신 산만하게 만든다. 운韻이 아주 낯선 대상들을 가리킴으로써이다. 그것을 통해서 그들의 시는 일종의 쿼틀리벳,[92] 또는 미리 정해져 있는 각운이라는 광내기 덧칠만 얻는 것이다. 물론 그런 식으로 어떻게든 무슨 탁월한 것을 이루어내자면 최상의 재능이 요구된다. 이제 여기에 대해 이 민족이 얼마나 엄격하게 판단했는지는, 그들이 500년 동안 일곱 시인만을 자신들의 최고의 시인으로 인정했다는 사실에서 알 수 있다.

---

92 Quodlibet: '마음대로'라는 뜻으로, 원래는 서로 아무런 관련이 없는 멜로디를 조합하는 음악작품을 가리킨다.

경고

지금껏 말한 모든 것은, 오리엔트 시예술에 대한 최상의 의지의 증거로 불러올 수 있는 것이다. 그러니까 이제는 과감히 그에 맞서보아도 좋을 것이다. 이 지역들에 대해서 보다 상세하고 직접적인 지식이 처음부터 주어진 사람들에게 일종의 경고로서 말이다. 이 경고는 그런 좋은 일에도 더해질 수 있는 손실을 피하게 할 목적임을 부인하지 않는 바이다.

누구든 비교를 통해서 판단을 쉽게 할 수도 있지만 어렵고 힘들게도 한다. 은유가, 너무 나가서, 절뚝거리게 되면, 비교에 의한 판단은, 보다 자세히 살펴보면 볼수록 그만큼 더 맞지 않는 것이 된다. 너무 나가지는 않을 생각이고, 현재의 경우에서는 이만큼만 말하려 한다. 탁월한 존스[93]가 오리엔트 시인들을 라틴 시인들, 그리스 시인들과 비교하는 것은 나름의 이유가 있다. 옛 비평가들에 대한 관계가 그로 하여금 그렇게 하게 하는 것이다. 그 자신은 엄격한 고전어 학교에서 교육받은 터라, 배타적인 선입견을 잘 이해하고 있었는데 그 선입견은, 로마와 아테네로부터 우리에게 유산으로 전해진 것 외에는 아무것도 인정하려 하지 않았다. 그런데 그는 자신의 오리엔트와 거기서 나온 작품들을 잘 알았고 평가했으며 사랑하여, 그것들을 유서 깊은 영국으로 소개하기를 원했다. 그리스, 로마라는 도장이 찍힌 것 이외에는 다른 어떤 것도 죄다 도외시하는 사태를 바꾸어보기를 소망했다. 이런 모든 것이 현재는 완전히 불필요한 일이고, 실로 유해

---

93 이 책 290쪽 각주 7 및 「스승들: 서거한 이들, 함께 사는 이들」(464쪽) 참조.

하다. 우리는 오리엔트인들의 시류詩類를 평가할 줄 안다. 우리는 그 가장 큰 장점들을 인정해 준다. 그러나 그것을 자기 자신과 비교해 보고 그들 자신의 범위 안에서 존중하기를. 그러면서 그리스인들과 로마인들이 있었다는 건 잊어주기를.

하피스를 읽다 보면 호라티우스[94]가 생각나는 사람이 있더라도 그를 노여워하지 않도록. 여기에 대해서 어떤 전문가가 경탄할 만하게 설명한 것이 있다. 그리하여 이 관계가 이제는 발언되고 영원히 처리되어 있다. 즉 그는 이렇게 말한다.

"인생관에 있어서의 하피스와 호라티우스의 유사함이 이목을 끄는데 이는 오로지, 두 시인이 살았던 시대의 성격이 비슷했던 것에서 설명될 수 있을 것 같다. 시민으로서 현존의 모든 안정감이 파괴되면서 도망치는 듯한 삶을, 이를테면 스쳐 가는 중에 붙든 삶을, 잠시 누리는 것에 한정된 시대였다."

그러나 간곡하게 부탁하는 바는, 피르다우시를 호메로스와 비교하지 말라는 것이다. 모든 의미에서, 소재를 보든 형식을 보든 취급 방식을 보든 호메로스가 질 것이 분명하기 때문이다. 여기에 대해서 확신하려는 사람은 이스펜디아르[95]의 일곱 모험의 끔찍한 단조로움을 『일리아드』의 23번째 노래와 비교해 보라. 파트로클로스의 장례를 위해 온갖 종류의 영웅들의 지극히 다채로운 찬사가 지극히 다양한 식으로 이루어지는 부분 말이다. 우리 독일 사람들이 우리의 찬란한 『니벨룽겐』에다 그런 비교를 하면, 큰 손상을 입히는 건가? 그들의 테두리에 제대로 자리 잡아서, 모든

---

94 Quintus Horatius Flaccus(BC 65~8): 베르길리우스, 프로페르티우스, 티불루스, 오비디우스와 더불어 로마의 가장 저명한 시인. 그의 철학적 견해와 『시학』(*Dicta*)이 근대까지 큰 영향을 주었다.

95 Isfendiar: 색인어는 Iscendiar로 표기된다. 『샤 나메』에 나오는 네 번째 군주의 이야기.

것을 친숙하게, 고맙게 받아들이고, 아무리 이상해 보여도, 한번도 그들 가운데서 대보지 않았던 자를 갖다 대어 재어보는 건, 참으로 최고의 즐거움이다.

다양하게 오랫동안 많은 글을 써온 어떤 작가 한 사람의 작품에도 같은 말이 해당한다. 어쩔 수 없는 일반 대중이야 비교하면서 찬양하고, 선택하고, 내던져 버리게 두라. 하지만 민족의 스승들이라면 자신의 입장에, 보편적으로 분명하게 조감해서 순수하고 흠 없는 판단에 이르는 입장에 서야 한다.

비교

작가들에 대한 판단에 있어서 어떠한 비교도 하지 말자는 이야기를 방금 했기 때문에, 그다음에 곧바로 비교해도 된다고 보는 경우에 대한 이야기가 나오니 이상하게 생각될지 모른다. 그렇지만 희망하는 바는, 이 예외가 이런 이유로, 즉 이 생각이 우리(필자의) 생각이 아니고, 오히려 어떤 제3자의 생각이라는 이유로, 우리에게 허락되었으면 하는 것이다.

오리엔트의 폭, 높이 그리고 깊이를 파고들어 가 본 사람은, 동쪽 시인들과 그 밖의 저자들에게 어떤 독일 작가도 *장 파울 리히터*[96]이상으로 접근한 사람이 없음을 알게 된다. 이런 말은 너무나 의미심장해 보였기에 우리는 그에 굳이 적절히 주목하지 않아도 되었다. 그런데 이 지적은, 위에서 폭넓게 논의한 바에 연관시키면, 그만큼 더 쉽게 전달할 수 있다.

아무튼, 인격물로부터 시작하자면, 방금 언급한 친구의 작품들은 이해력 있고, 조감하고, 통찰하고, 가르치고, 학식 있고, 호의적인 경건한 의미를 드러내 보인다. 그렇게 재능 있는 정신이, 가장 고유하게 오리엔트적인 방식으로, 즐겁고도 대담하게 그의 세계 안에서 이리저리 둘러보며, 지극히 기이한 연관을 만들어내고, 서로 어울릴 수 없는 것들을 연결한다. 그렇지만, 은밀한 윤리적 끈 하나가 한데 꼬여 들어간다. 그것을 통해서 전체가 어떤 통일체로 이르는 식으로 말이다.

조금 앞에서는, 보다 옛날의 극히 탁월한 오리엔트 시인들이 그들의 작

---

96 Jean Paul Richter(1763~1825): 장 파울(Jean Paul)이라는 필명으로 널리 알려진 당대 작가.

품을 만들어낸 자연 요소를 암시하고 그려 보였는데, 이제는 분명하게 설명해 보련다. 이렇게 말함으로써 말이다. 저 오리엔트 시인들이 활기 있고 소박한 지역에서 활동했던 반면, 이 친구는 학식 있고, 지나치게 교양 있고, 굳어진 세계에서 살고 활동하고 바로 그래서 분명, 지극히 기이한 요소들을 자유자재로 다룰 준비가 되었다. 이제 한 베두인족의 환경과 우리의 저자의 환경이 얼마나 다른지 불과 몇 가지를 들어 눈에 보이게 하기 위해서, 지면紙面 몇 장에서 매우 중요한 표현들을 꺼내본다.

바리케이드 조약, 호외, 추기경, 부차적 화해, 당구, 맥주잔, 제국은행, 공판석, 요인要人 위원회, 열광, 황홀, 당구 큐, 흉상, 다람쥐 사육 농부, 주식중개인, 치한, 익명으로, 콜로키움, 표준 당구대, 석고 모형, 아방스망, 오두막 소년, 귀화歸化 서류, 성신강림절 프로그램, 미장 방식으로, 손가락 팬터마임, 절단한, 최대수最大數, 보석가게, 안식일의 허용 등등.

그런데 이 모든 표현들을, 바로 오리엔트 사람이 외부세계를 카라반이나 성지 순례단을 통해서 알게 되었듯, 교양 있는 어떤 독일 독자가 알고 있거나 아니면 대화 사전을 통해서 알아볼 수 있다면, 그러면 우리는 대담하게, 어떤 비슷한 정신이 똑같은 방식을, 완전히 다른 토대 위에서 한껏 적용할 자격이 있다고 여겨도 좋으리라.

그러니까 그렇게 존경받고 또한 생산적인 우리의 작가에게 다음 사실을 인정하면, 즉 그가, 후에 살면서, 자기 자신의 시대 안에서 총명하고자 예술, 학문, 기술, 정치, 전쟁 및 평화 교류 그리고 부패를 통해 그렇게 무한히 단서를 붙이게 되고, 산산조각 난 상태를 지극히 다양하게 암시하고 있음에 틀림없다고 인정하면, 그에게 주어진 오리엔트적 특성이 충분히 확인되었다고 믿는다.

그렇지만 차이 하나, 시적 그리고 산문적 방식의 차이 하나를 부각하겠다. 박자, 대구對句 구성, 음절의 강약, 각운이 길을 가로막는 가장 큰 장애로 보이는 시인에게는 모든 것이 가장 결정적인 장점이 될 수 있다. 자기에게 주어져 있거나 스스로에게 주는 수수께끼 매듭을 성공적으로 풀기만 하면, 그 예기치 않은 각운 하나 때문에 생겨난 더없이 대담한 은유도 우리가 용서하게 되고, 그렇게 그가 어쩔 수 없는 자리에서 주장하는, 시인의 깊은 사려를 즐거워하는 것이다.

반면 산문가는 운신이 아주 자유로우며, 그가 해보는 온갖 대담함에 대하여 책임이 있다. 취미를 손상할 수도 있는 모든 것이 그의 책임으로 돌아간다. 그러나 이제, 우리가 장황하게 증명한 대로, 그런 시 및 글쓰기 종류 가운데서는 노련한 것을 노련치 않은 것과 구분하는 것이 불가능하기에, 여기서는 모든 것이, 그런 과감한 것을 거창하게 행하는 개인에게로 돌아간다. 어떤 사람이, 장 파울처럼, 값진 재능이자 품위 있는 인간이면, 마음이 끌린 독자는 금방 친해진다. 모든 것이 허용되고 환영받는다. 사려 깊은 사람 가까이 있으면 편안하다. 그의 감정이 우리에게 전달되기 때문이다. 그는 우리의 상상력을 자극하고, 우리의 약점에 기분 좋게 맞추어주며 우리의 강점을 굳혀준다.

사람들은 부과된 수수께끼를 기이하게 풀려고 하면서 그 자신의 위트를 익힌다. 그리고 다채롭게 엇갈린 세계 속에서 혹은 그 세계 뒤에서, 마치 다른 단어 맞추기 게임 후처럼 오락, 흥분, 감동, 그리고 실로, 교화를 찾아내는 것을 즐거워한다.

이만큼이, 저 비교를 정당화하기 위하여 대략 할 수 있었던 말이다. 일치와 차이는 될 수 있는 대로 짧게 표현하려 한다. 그런 텍스트는 한계 없는 해석을 하게끔 유혹할 수도 있으니까.

저항

누군가가 말과 표현을 신성한 증거로 여겨서, 그것을 동전이나 지폐처럼 그저 빠른 순간적 교류에 쓰지 않고, 정신적인 상거래에서 진정한 등가물로서 쓰이기를 바란다면, 그걸 나쁘게 생각할 수 없다. 아무도 언짢게 볼 게 없는 종래의 표현들이 어떻게 해로운 영향을 끼치는지, 시야를 어둡게 하고, 개념을 왜곡하고 모든 분야들에 그릇된 방향을 주는지를 그가 주목시킨다 하더라도 말이다.

그런 방식을 도입으로 사용해 보고자 한다. *아름다운 화술*schöne Redekunst[97]이라는 제목을 큰 제목으로 다루어,[98] 그 제하에 시와 산문을 이해하고 둘을 나란히, 그 다양한 부분들에 따라 세워보고자 한다.

시Poesie는, 순수하게 또 진정하게 바라보면, 웅변Rede도 아니고 *기술*Kunst도 아니다. 웅변이 아닌 것은, 그것을 완성하자면 박자, 노래, 동작 그리고 표정술Mimik이 필요하기 때문이다. 기술이 아닌 것은, 모든 것이 천성Naturell에 바탕을 두고 있어, 그것은 조절할 수는 있어도 기술적으로 위축시켜서는 안 되는 것이기 때문이다. 또한 언제나, 고조되고 고양된 정신의 진정한 표현에 머물러야 하고, 목적도 목표도 없어야 한다.

그러나 화술Redekunst은 고유한 의미에서, 하나의 웅변이고 하나의 기술이다. 적절히 열정적이고 분명한 웅변에 근거하고 있으며 모든 의미에서

---

97 Redekunst: 수사학(Rhetorik)을 의미한다.
98 전체 글의 중요한 참고 문헌인 하머의 『페르시아의 아름다운 화술의 역사』를 가리킨다.

기술이다. 그것은 자체의 목적을 추구하고, 처음부터 끝까지 위장이다. 우리가 비판하는 저 표제로 하여 이제 시詩의 품위는 떨어져버렸다. 그것을, 비록 그 아래는 아니더라도, 화술 곁에다 놓고 이름과 명예를 거기서부터 유도함으로써 말이다.

이런 명명과 안내는 물론 갈채와 지위를 얻어낸다. 최고로 평가할 만한 책들이 그런 명칭을 표나게 달고 있기 때문이다. 그리고 그런 습관을 그리 빨리 벗어나기도 쉽지 않을 것이다. 그런 방식은, 여러 예술을 분류할 때 예술가에게 자문을 구하지 않은 데서 비롯된 것이다. 문학가에게는 시작품들이 우선 활자로서 수중에 들어오고, 책으로 그 앞에 놓여 있다. 그것을 가지런히 세우고 정돈하는 것이 그의 소명이다.

문학의 종류

알레고리Allegorie, 발라데Ballade, 칸타테Cantate, 드라마Drama, 비가Elegie, 격언적 단시Epigramm, 서간Epistel, 서사시Epopee, 이야기Erzählung, 우화Fabel, 영웅가Heroide, 목가Idylle, 교훈시Lehrgedichte, 송시Ode, 패러디Parodie, 장편소설Roman, 로만체Romanze, 풍자Satyre.

이렇게 앞세운, 알파벳 순으로 수합한 장르들을 그리고 또 여러 가지 비슷한 것들을 방법론적으로 정돈하려 한다면, 쉽게 제거되지 않는 큰 어려움에 봉착한다. 위의 제목들을 좀더 자세히 살펴보면, 그것들이 금방 다른 외적 표시에 따라서인가 하면 또 금방 내용에 따라, 또는 어떤 것은 본질적인 형식에 따라 명명되었음을 알 수 있다. 몇몇 가지는 나란히 세워지고, 다른 것들은 다른 것에 종속되는 것도 금방 알아차릴 수 있다. 즐거움과 향유를 위해 그 자체로서 존속되고 작용할 수도 있겠지만, 교육적 혹은 역사적 목적으로 어떤 보다 합리적인 배열을 필요로 한다면, 그런 것을 찾아 둘러보는 수고도 아마 할 만할 것이다. 그래서 다음의 것을 검토하게끔 내놓는 바이다.

문학의 자연형식들

다만 세 가지 시Poesie의 진정한 자연형식이 있다. 명료하게 서술하는 것, 격정적으로 흥분된 것, 그리고 인물이 되어 행동하는 것, 즉 *서사시, 서정시* 그리고 *드라마*가 있다. 이 세 가지 방식은 합쳐져서 혹은 분리되어서 작용할 수 있다. 자주, 아주 작은 시 한 편 가운데서 함께 있는가 하면, 결합됨으로써 아주 좁은 글 공간 안에서 더할 나위 없이 찬란한 상을 내보내기도 한다. 지극히 평가할 만한, 모든 민족들의 발라데에서 똑똑하게 볼 수 있는 것처럼 말이다. 고대 그리스 비극에서 역시 세 장르가 모두 결합되어 있는데, 얼마큼 시간이 흐른 후대에서야 서로 갈라진다. 합창대가 주요 인물 역할을 하는 한, 서정시가 위에 있으나, 합창대가 좀 더 관객이 되면서 다른 것들이 앞서 나오다가 마침내, 극적 진행이 개인적으로, 집 안으로 좁혀지면, 합창대는 불편하거나 부담스럽게 느껴진다. 프랑스 비극에서는 발단이 서사적이고, 중간이 극적이며, 열정적, 격정적으로 치닫는 제5막은 서정적이라 부를 수 있다.

호메로스의 영웅시는 순수하게 서사적이다. 항시 음유시인Rhapsode이 주도하며, 일어나는 사건들을 이야기해 준다. 시인이 미리 말을 부여해 주고, 그 웅변과 대답을 그가 알려준 인물이 아니면 아무도 입을 열지 못한다. 드라마의 꽃인 끊어진 대화가 여기서는 허용되지 않는다.

그런데 역사적 대상을 다루는, 공공의 시장에 나앉은 현대 즉흥시인들의 시를 들어보면, 그는 분명하게 하기 위해서 우선 이야기를 들려주고, 그다음에는, 흥미를 일으키기 위하여 행동하는 인물이 되어 말하고, 마지막으로는 열광적으로 불타올라 듣는 사람의 마음을 사로잡을 것이다. 이러한 요소들을 한데 엮는 일은 참으로 놀랍고, 문학의 종류들을 무한으로 이르기까지 다채롭게 한다. 그렇기 때문에, 그에 따라 그것들을 나란히 혹은 앞뒤로 세울 수 있는 하나의 질서를 찾아내기 또한 어렵다. 그러나 세 가지 주요 요소들을 하나의 테두리 안에서 다른 것에 맞세우고, 각각의 요소가 단독적으로 두드러지는 본보기가 된 글을 찾음으로써 어느 정도는 도움이 된다. 그다음에는, 하나의 측면을 따라서 혹은 다른 측면을 따라서 어느 편인가로 쏠리게 되는 예들을 모으라. 마침내 모든 세 가지의 결합이 나타나고 그럼으로써 전체 원이 마무리될 때까지.

이런 과정에서, 문학의 종류 그리고 여러 민족과 그들의 시대별 취향의 특성에 대한 아름다운 견해에 도달한다. 그리고 이런 취급 방식이 다른 사람들을 가르치기보다는 자기 자신의 배움, 즐거움 그리고 규정에 적합할 것이더라도 외적인 우연한 형식들과 이 내면의 필연적인 시원始原을 포착할 수 있는 체계로 제시하는 하나의 도식을 만들어볼 수도 있으리라. 그렇지만 시도는 늘 어렵다. 자연학에서 광물과 식물의 외적 특성들의 그 내적 구성성분에 대한 연관을 찾아내어 정신에게 자연에 맞는 질서를 묘사해 주려는 노력처럼 어렵다.

덧붙임

가장 이상한 점은, 페르시아 문학에 드라마가 없다는 점이다. 드라마 작가가 나타날 수 있었더라면, 페르시아 전체 문학은 다른 외양을 갖게 되었을지도 모른다. 이 민족은 안정에의 성향이 있고, 누가 들려주는 이야기 듣기를 좋아한다. 그래서 헤아릴 수 없는 동화와 한량없는 시詩가 있다. 오리엔트의 생활 자체가 말이 많질 않다. 전제정이 대화를 촉진하지 않기도 한다. 군주의 의지나 명령에 맞서는 이의는 그 무엇이든 언제나 오직 쿠란이나 유명한 시인의 구절을 인용하는 가운데서만 나타난다. 그러나 이는 동시에 명민한 상태, 교양의 폭, 깊이와 철저함을 전제로 한다. 그렇지만 오리엔트인이 대화 형식을 다른 민족들보다 덜 필요로 하지는 않는 것 같다. 비드파이의 우화와 그것의 반복, 모방, 계승을 높이 평가하는 데서 그런 점을 볼 수 있다. 파리드 알딘 아타르[99]의 『새들의 대화들』은 이점에 있어서도 가장 아름다운 예를 보여준다.

---

99 Ferideddin Attar/Farid al-Din Attar(1119~1220으로 추정): 페르시아의 저명한 수피즘 시인. 『새들의 대화들』은 후투티의 안내로 불사조에게 이르는 길로 표현된 자아 포기, 자아 완성의 도정을 그린 작품이다.

책점冊占

나날에 침울하게 사로잡힌 채, 밝혀진 미래를 찾아 두리번거리는 사람은 우연들을 탐욕스럽게 붙든다. 그 어떤 예언적 암시라도 거머쥐려고 말이다. 우유부단한 사람은 자신의 구원을 다만, 운명의 발언에 자신을 던지겠다는 결심 가운데서 찾아낸다. 어디에서나 전해지는, 그 어떤 의미 있는 책에서 찾는 신탁의 물음은 그런 종류의 것이다. 그 종잇장들 사이에다 바늘을 꽂아보고 그것으로 표시된 자리의 책장을 펴면서 믿음에 차 눈여겨보는 것 말이다. 우리도 예전에는 이런 방식으로 성서나 『가정 보석함』*Schatzkaestlein* 또 그 비슷한 교화용 책들을 신뢰하여 거기에서 방책을 얻고, 여러 차례 큰 어려움들 속에서 위로를, 실로 온 생애를 위한 심신의 강화를 얻는 그런 사람들과 아주 잘 연결되어 있었다.

오리엔트에서도 이런 관습이 똑같이 실행됨을 본다. 그것은 '팔'Fal이라 불렸으며, 그런 명예를 하피스는 그가 죽은 직후 누리게 되었다. 그를 독실한 믿음의 인물로 장중하게 장례 치르려 했을 때, 어떻게 할지를 그의 시詩에 물어보게 되었다. 그런데 펼쳐진 책장의 시구에, 장래에 나그네들이 기리게 될 무덤이 언급되어 있자 그 시구에서 사람들은, 하피스가 영예롭게 묻혀야만 한다는 추론을 끌어내었다. 서쪽 시인〔자신의 지칭임〕 역시 똑같이 이런 습관을 암시하면서, 자신의 작은 책에 같은 영예가 오기를 소망한다.

꽃과 기호의 교환

소위 꽃점의 좋은 점을 너무 많이 생각하거나 거기서 무슨 다정다감한 느낌을 기대하지 않기 위해서, 우선 전문가를 통해 가르침을 받아야 한다. 꽃다발 속에 남모르는 암호 같은 글을 넣어 건네는 데 있어서, 꽃 하나하나가 무슨 의미를 주거나 하는 건 아니다. 그리고 그런 말 없는 재미에서 낱말과 철자를 구성하는 것은 꽃만이 아니고 모든 보이는 것, 전의轉義시킬 수 있는 것이 같은 권리로서 응용된다.

하지만, 하나의 전달, 하나의 감정의 교환, 생각의 교화를 가져오기 위해, 그것이 어떻게 일어나든, 우리는 오리엔트 시의 주 특성을 눈앞에 그려봄으로써 다만 상상할 수 있다. 세상 만물을 멀리까지 포괄하는 시선, 쉽사리 운韻을 맞추는 능력, 그다음에는 수수께끼를 좋아하는 이 민족의 욕구와 성향 말이다. 그것을 통해 수수께끼를 푸는 능력이 동시에 교육되는데, 수수께끼는 그 재능이, 철자 맞추기 게임, 글자 수수께끼 그리고 그 비슷한 것을 다루는 쪽으로 마음이 기우는 사람들이 풀어낸다.

여기에서 특기할 것은, 사랑하는 사람이 연인에게 그 무언가 물건을 보낼 때면 받는 사람이 그 말을 입 밖으로 소리내 보고, 무엇이 거기에 운이 맞겠는지 찾고, 그다음에는 많은 가능한 운들 가운데서 현재의 상태에 알맞은 운을 알아낸다는 점이다. 여기에는 정열적인 예감이 주재해야 한다는 것을 금방 알 수 있다. 예 하나가 이 일을 명료하게 할 수 있다. 그런 서신 교환을 통하여 다음의 소설 같은 작은 연애 이야기는 이루어졌을 것이다.

파수꾼들은 감미로운 사랑의 행동에

길들여져 있지요.

그래도 우리가 어떻게 서로 뜻을 전하는지

그걸 누설해 볼래요.

왜냐하면, 사랑이여, 우리에게 행복을 가져오는 것

그건 다른 사람에게도 유용해야 하니까요.

그렇게 우리는 사랑의 밤을 위해

그을음 낀 램프를 닦아요.

그다음에 우리와 함께,

귀를 잘 닦아낼 수 있는 사람,

우리처럼 사랑한다면, 그런 사람은 쉬울 거예요,

바른 뜻에 운 맞추기.

나 그대에게 보냈고, 그대 내게로 보냈는데

곧바로 이해되었지요.

Amaranthe[100] (아마란테)	Ich sah und brannte. (난 보았고 불탔어요.)
Raute (마름모꼴)	Wer schaute? (누가 봤어요?)
Haar vom Tiger (호랑이 털)	Ein kühner Krieger. (대담한 전사)
Hamal der Gazelle (영양 털)	An welcher Stelle? (어느 자리에서?)
Büschul von Haaren (머릿단)	Du sollst's erfahren. (그걸 알려드릴게요.)
Kreide (백묵)	Meide. (피하라.)
Stroh (밀짚)	Ich brenne lichterloh. (난 활활 불타올라요.)
Trauben (포도)	Will's erlauben. (허락하겠어요.)
Corallen (산호)	Kannst mir gefallen. (제 마음에 드시겠는데요.)
Mandelkern (아몬드 씨)	Sehr gern. (썩 좋죠.)
Rüben (무)	Willst mich betrüben. (내 마음을 흐리시네요.)

---

100 굵은 글자는 옮긴이가 표시한 것. 의미 연관보다는 소리의 유사성을 따른 암호이므로 그
   것을 표시했다.

Carotten (당근)	Willst meiner spotten. (날 놀리려는 건가요.)
Zwiebeln (양파)	Was willst du grübeln. (무얼 골똘히 생각해요.)
Trauben, die weißen (청포도)	Was soll das heißen? (그건 무슨 뜻이죠?)
Trauben, die blauen (적포도)	Soll ich vertrauen? (믿어도 될까요?)
Quecken (수은)	Du willst mich necken. (날 놀리시려는 거죠.)
Nelken (패랭이꽃)	Soll ich verwelken! (내가 시들어야 하나요!)
Narzissen (수선화)	Du mußt es wissen. (당신이 아셔야죠.)
Veilchen (제비꽃)	Wart' ein Weilchen. (조금만 기다려요.)
Kirschen (버찌)	Willst mich zerknirschen. (나를 으스러뜨리려네요.)
Feder vom Raben (까마귀 깃털)	Ich muß dich haben. (당신을 가져야겠어요.)
Vom Papageyen (앵무새에 대해)	Mußt mich befreyen. (나를 풀어줘야 해요.)
Marronen (밤)	Wo wollen wir wohnen? (우리 어디서 살까요?)
Bley (납)	Ich bin dabey. (내가 함께할게요.)
Rosenfarb (장밋빛)	Die Freude starb. (기쁨이 망쳐지네요.)
Seide (비단)	Ich leide. (나 괴로워요.)
Bohnen (콩)	Will dich schonen. (당신을 아껴주겠어요.)
Majoran (마요란)	Geht mich nichts an. (난 괜찮아요.)
Blau (푸름)	Nimm's nicht genau. (너무 따지지 말아요.)
Traube (포도)	Ich glaube. (난 믿어요.)
Behren (베렌 시)	Will's verwehren. (저항하겠어요.)
Feigen (무화과)	Kannst du schweigen? (침묵할 수 있어요?)
Gold (금)	Ich bin dir hold. (당신한테는 내가 고와요.)
Leder (가죽)	Gebrauch die Feder. (펜을 사용하세요.)
Papier (종이)	So bin ich dir. (당신한테는 내가 그래요.)
Maslieben (마가렛 꽃)	Schreib nach Belieben. (마음대로 쓰세요.)
Nacht-Violen (밤 비올롱)	Ich laß es holen. (그걸 가져오게 할게요.)
Ein Faden (실 한 올)	Bist eingeladen. (당신 초대받았어요.)
Ein Zweig (가지 하나)	Mach keinen Streich. (장난치지 말아요.)
Straus (꽃다발)	Ich bin zu Haus. (나 집에 있어요.)
Winden (굽다)	Wirst mich finden. (당신 날 찾아내요.)
Myrthen (도금양/치자꽃)	Will dich bewirthen. (당신을 대접하겠어요.)
Jasmin (재스민)	Nimm mich hin. (나를 그냥 받아주세요.)
Melissen (멜리사)	*** auf einem Kissen. (쿠션 위의 ***)
Cypressen (사이프러스)	Will's vergessen. (그건 잊겠어요.)
Bohnenblüthe (콩꽃)	Du falsch Gemüthe. (당신 언짢죠.)
Kalk (석회)	Bist ein Schalk. (당신 악당이어요.)
Kohlen (석탄)	Mag der *** dich holen. (***가 당신 데려갔으면.)

보타이나와 그렇게
제밀이 통하지 않았더라면
어찌 이렇게 생생하고 즐겁게
그 이름이 아직 남아 있겠어요?

앞의 기이한 전달 방식은, 서로 마음이 기운, 총명한 사람들 사이에서 매우 **빠르게** 쓰였을 것이다. 그런 방향을 취하면 정신은 기적을 행한다. 많은 이야기들 가운데서 하나만 증거로 들자.

사랑하는 두 사람이 몇 마일 마차 나들이를 하고, 즐거운 하루를 함께 보낸다. 돌아오면서 그들은 철자 맞추기 놀이를 하며 환담을 주고받는다. 철자 맞추기 하나가 입에서 나오기만 하면 곧바로 맞출 뿐만 아니라, 마지막에는 심지어 상대방이 생각하고 바로 단어 수수께끼로 만들려고 하는 말까지도 직감으로 알게 되어, 말해버린다.

그런 비슷한 것을 우리 시대에 이야기하여 우스꽝스러운 꼴이 되지 않나 두려워할 건 없다. 그런 심리적 현상들은, 유기체 자력학Magnetismus이 밝혀낸 것에도 훨씬 못 미치니까.

암호

그러나 서로 의사소통을 하는 또 다른 한 가지는 총명하게 또 충심으로 이루어지는 것이다! 앞의 것에서 귀와 위트가 작용한다면 여기에는 섬세한 미적 감각이 있다. 지고의 문학에 필적하는 것이다.

오리엔트에서는 쿠란을 외운다. 그리하여 장Sure이며 절이 최소한의 암시로도, 숙달된 사람들 사이에서 쉬운 이해를 준다. 같은 것을 독일에서도 경험했는데 50년 전의 교육은, 자라나는 모든 사람들을 성서에 달통하게 만드는 방향을 취했던 것이다. 중요한 경구만 외운 것이 아니라 동시에 나머지 것에 관해서도 충분한 지식에 도달했다. 그리하여 큰 숙달에 이른 사람들은 분명, 매사에다 성경 구절을 응용하고, 성서를 대화에서 사용했을 것이다. 부정할 수 없는 것은 여기에서 지극히 재치 있고 우아한 응수가 나왔다는 점이다. 오늘날도 얼마만큼은 영원히 응용될 수 있는 주요 구절들이 대화 여기저기에서 나오듯이 말이다.

같은 방식으로 고전어들이 쓰이고, 그것을 통해 우리는 감정과 사건을 마치 영원히 되풀이되는 듯이 표시하고 발언한다.

나도 50년 전 젊은이였을 때, 향토 시인들을 존경하면서, 그들의 글을 통해 기억을 새롭게 했고 그들에게 더없이 아름다운 갈채를 보냈다. 우리의 생각을 그들의 선택된, 교양 있는 말들을 통해 표현하고 또한 그럼으로써, 그들이 우리의 가장 고유한 내면을 우리보다 낫게 펼칠 줄 안다는 것을 인정했다.

그러나 우리의 본디 목적에 도달하기 위하여, 잘 아는 것이지만, 그래도 늘 비밀에 찬 방식을, 암호로 자신을 전달하는 방식을 기억하자. 즉 책 한 권을 약속한 두 사람이, 면수와 행수만을 편지에다 적어넣음으로써, 수신자가 작은 노력으로도 의미를 찾아 모을 것임을 확신한다.

우리가 암호라는 제목으로 표시하고 있는 노래는 그런 약속을 암시한다. 하피스의 시구를 그들의 감정 교환의 도구로 삼으면서 사랑하는 사람들은 하나가 된다. 그들은, 자기들의 현재 상태를 표현하는 면수와 행수를 표시하고, 그렇게 하여 함께 쓰인, 지극히 아름다운 표현의 노래가 태어난다.[101] 평가하기 어려운 시인의 찬란한, 흩어진 구절들이 열정과 감정을 통하여 합쳐진다. 애착과 선택이 전체에다 내적인 생명을 준다. 하여 멀리 떨어져 있는 연인들은, 느끼는 슬픔을 자기들의 말의 진주로 치장함으로써 위로가 되는 결과 하나를 찾아낸다.

그대에게 내 마음
열기를 갈망해요
당신 마음의 소리
듣기를 갈망해요.
어찌 그리 슬프게
세상이 나를 보는지.

내 뜻 가운데는
내 친구만 살 뿐,
달리 그 누구도 없어요
적의 자취도 없어요.

---

101 바로 괴테 자신과 마리아네 빌레머가 감정을 교류했던 방식이다.

뜨는 해처럼 내게
원칙 하나가 이루어졌답니다!

내 삶을 나는
오로지 그의 사랑에 관한
일들로만
오늘부터 만들래요.
그를 생각해요
내 마음이 피 흘리지요.

힘이 하나도 안 남았어요,
그를 사랑할 힘밖에는.
그래야 되는데 정말 남몰래
어쩌면 좋을까요!
그이를 안고 싶은데
그럴 수가 없어요.[102]

---

102 이 시는 마리아네 빌레머가 괴테에게 보낸 1815년 10월 18일자 암호 편지를 괴테가 풀어
서 조금 다듬은 것이다. 이 책 540쪽 사진 참조.

앞으로 출간될 『서·동 시집』[103]

독일에서는 어떤 시기에 이런저런 인쇄물들이 *친구들을 위한 원고로* 나누어졌었다. 이것이 낯설게 느껴질 수도 있는 사람은, 모든 책이 결국 오직, 저자에게 관심 있는 사람들, 친구들, 애호가들을 위해서 쓰였다는 것을 생각해 보시기를. 특히 나의 『서·동 시집』에 대해, 그 현재의 판[104]은 다만 불완전하게 여겨질 수 있다는 것을 밝혀두고 싶다. 젊은 시절이었더라면 이걸 좀 더 오래 묵혀두었으리라. 그러나 이제는, 수합해 펴내는 일을 하피스처럼 후대에 남기기보다는, 내가 직접 하는 편이 나을 것 같다. 이 작은 책이 내가 지금 전달할 수 있는 모습으로 쓰여 있다는 바로 그 사실이, 그것에 합당한 완전함을 차츰차츰 갖추어주겠다는 소망을 불러일으킨다. 그것으로부터 무엇을 어떤 경우든 희망할 수 있을 것인지, 시편 묶음 하나하나 순서에 따라 암시해 보겠다.

시인의 서.[105] 이 가운데, 제시되어 있듯이, 감각과 심정에 찍힌 이런저런 대상들과 현상들의 생생한 인상이 열광적으로 표현된다. 그리고 시인의 오리엔트에 대한 보다 상세한 연관성이 암시된다. 그가 이런 식으로 계속 가면, 상쾌한 정원은 지극히 우아하게 장식될 수 있다. 그리고 시인이

---

103 앞으로 출간될 책에 대한 안내를 이미 책 안에서 하고 있다.

104 1819년판. 1827년에 증보판이 나온다. 시편은 추가되었으나, 본 산문편은 수정하지 않았다.

105 Buch des Dichters. 책이 출간될 때는 「가인의 서」(Buch des Sängers)로 바꾸었다.

자기 자신에 관해서만, 그리고 자기 혼자서만 행동하려 하지 않고, 오히려 그의 감사를 후원자들과 친구들을 기리며 발언한다면, 그리하여 살아 있는 사람들을 다정한 말로 포착하고, 서거한 사람들은 명예롭게 되불러 온다면 이 녹지는 가장 즐겁게 확대될 것이다.

그렇지만 여기에서 생각할 점은, 오리엔트의 비상과 비약, 저 많은 과도하게 찬양하는 시종류들이, 서쪽 나라 사람들의 감정에는 맞지 않을지도 모른다는 것을 생각해야 한다는 것이다. 높고도 자유롭게 가보련다. 과장에서 피난처를 찾지 않고 말이다. 그도 그럴 것이 정말 순수하고 편안히 느껴진 한 편의 시는 어떤 경우에든 탁월한 사람들의 가장 고유한 장점들을 나타낼 수 있다. 그런 이들의 완전함은, 그들이 죽고 난 후, 즉 그들의 성격이 우리에게 더 이상 거슬리지 않고 사람들을 사로잡는 그들의 영향력이 여전히 시시각각 눈앞에 나오는 일도 없으면, 그때야 비로소 제대로 느껴진다. 이런 책무의 일부를 시인〔나〕은 얼마 전, 어느 화려한 잔치에서 가장 높으신 분이 임석하신 가운데, 그의 방식에 따라 편안하게 이행하는 행운을 누리기도 했다.

하피스 서. 아라비아어 및 친족 언어를 사용하는 모든 사람들은 이미 시인으로 태어나고 교육받는데, 그런 민족 가운데서 탁월한 정신들이 무수히 나올 것을 생각해 볼 수 있다. 그런데 그런 민족이 500년 안에 단 일곱 명의 시인만을 일류로 인정한다면, 그렇다면 그런 단언은 경외심을 갖고 받아들여야만 한다. 그러나 동시에 우리로서는 대체 어디에 그런 장점이 터 잡고 있겠는가를 연구해 볼 계기가 주어지는 것이기도 하다.

그것이 가능한 한, 이 과제를 푸는 것이 미래의 『서·동 시집』에도 남은 과제일지 모른다. 하피스 이야기만 하자면, 그를 더 많이 알게 되면 될수록 그에 대한 경탄과 호감이 커가기 때문이다. 지극히 복된 천성, 높은 교양, 자유롭고 가벼운 운신 그리고 사람들이 즐겨, 쉽게, 편안하게 듣는 것을 앞에서 노래해 줄 때만 그들을 즐겁게 한다는 순수한 확신, 그러면서도 무언가 무거운 것, 어려운 것, 환영받지 않은 것도 이따금씩 슬쩍슬쩍 집어넣어 깔아주어도 된다는 확신이 그에게는 있다. 시를 아는 사람들이 뒤에 나오는 노래들 가운데서 하피스의 모습을 어느 정도 알아보고자 한다면, 서구인들에게 이런 시도는 아주 특별한 즐거움이 되리라.

하피스에게

모두가 원하는 게 무언지, 그대 이미 알고
또 잘 이해하고 있었다.
그리움이, 티끌 먼지에서 왕좌까지,
우리 모두를 질긴 끈으로 묶고 있으니.

참으로 괴롭고, 나중에는 참으로 좋다
누가 거기에 맞서랴?
어떤 이는 목을 부러뜨리고
다른 이는 마냥 대담무쌍하다.

용서하시라, 명인이시여, 그대 아시듯
그녀가, 저 걸어가는 실삼나무가
눈길 잡아채 가면
나 자주 불손해지는 것을.

실뿌리처럼 가만가만 그녀의 발

흙과 사랑을 나눈다
가벼운 구름덩이처럼 그녀의 인사는 녹아든다
동방의 애무가 그녀의 숨결을 녹이듯.

그 모든 것이 우리에게로 예감 차게 밀려오고 있다
고수머리에 고수머리가 닿아 곱슬거리고
다갈색 풍성함 가운데 고불고불 말리며 부풀어 올라
그렇게 바람 속에서 살랑이는 곳.

이제 이마가 환히 드러나는구나
그대 마음을 매끄럽게 펴주려고
그런 즐겁고도 진실한 노래 그대가 듣고 있구나
그 안에다 정신을 누이려.

그러다 입술들이
아주 사랑스레 움직이면
그것들은 그대를 단번에 자유롭게 해준다
멍에다 그대를 묶으며.

숨결은 더는 돌아오려 하지 않는다
영혼이 영혼에게로 도망치며
온갖 향기, 행복 사이로 굽이친다
보이지 않게 구름처럼 흘러가며.

하지만 너무나도 세차게 불타면

그럴 때면 그대는 술잔을 잡는다
술 시중드는 소년이 달려온다, 온다
다시 또 다시.

소년의 눈이 빛나고 가슴이 떨린다,
그대의 가르침을 희망하고 있다,
그대 말씀을, 술이 정신을 고양시킬 때,
최고의 뜻으로 듣기를.

그에게는 온 세계 공간이 열린다,
내면에는 구원과 질서.
가슴이 부풀어 오르고 솜털이 거뭇거뭇해진다.
소년이 청년이 되었다.

사람의 마음과 세상은 무얼 지녔는지,
아무런 비밀도 남지 않게 되면 그대
생각 깊은 사람에게 신실하고 다정하게 신호를 준다
이제 뜻을 활짝 펼치라고.

제후의 보물이 왕좌로부터도
우리를 위해 분실되지 않도록
그대, 샤에게 좋은 말씀 한마디를 준다
그 말씀을 베지르에게도 준다.

그 모든 것을 훤히 아시는 그대, 오늘 노래한다

내일 또한 똑같이 노래하리.
그렇게 그대, 우리를 다정하게 이끌고 다닌다
거칠고도 온화한 인생길로.[106]

*사랑의 서*는 만약 여섯 사랑의 쌍이 그들의 기쁨과 괴로움 가운데서 좀 더 확실하게 등장한다면, 또 그들과 나란히 다른 쌍들도 어두운 과거로부터 다소간에 명확하게 나온다면 아마도 차고 넘치리라. 예를 들면, 그들에 관해서 이름 이외에는 아무런 소식도 더 발견되지 않는 바믹과 아스라는 다음처럼 소개될 수도 있으리라.

또 하나의 쌍

그렇다, 사랑하는 것은 큰 획득!
누가 더 아름다운 소득을 찾아내랴? —
힘 없어도, 부자 아니어도
그대 가장 위대한 영웅들과 같다.
사람들이, 예언자 이야기라도 하듯
바믹과 아스라 이야기를 하리. —
이야기하지 않으리, 이름만 부르리
그 이름들 모두 잘 알고 있으니.
무얼 그들이 했는지, 무얼 하고 또 했는지,
그건 아무도 모른다! 그들이 사랑했다는 것,
우리가 아는 건 그뿐. 바믹과 아스라에 대해 묻는다면.

---

106   이 책 59쪽 각주 17 참조.

그걸로 이미 충분히 말한 것.

이 시편은, 오리엔트의 분야들에서는 억제하기 어려운 상징적인 장광설에도 적지않게 적합하다. 총명한 사람은, 읽고 들은 것에 만족하지 못하여, 감각에 주어지는 모든 것을 복면으로 여긴다. 그 뒤에는 우리의 마음을 끌기 위하여 그리고 더 고귀한 지대로 끌어올리기 위하여, 보다 더 높은 정신적 삶이 악동기질로 고집스럽게 숨겨져 있다고 생각하는 것이다. 그럼에 있어 시인이 의식과 절도로써 행하는 것이라면, 그냥 그렇게 하도록 두고, 거기서 즐기고, 보다 단호한 비상을 위한 날개를 달아볼 수 있다.

*성찰의 서*는 오리엔트에 집을 둔 사람에게는 날마다 늘어난다. 감각적인 것과 초감각적인 것 사이를 어느 한쪽으로 결단하지 않고 오락가락하는 모든 것이 오리엔트에서는 성찰이니까. 성찰에로 권유되는 이런 숙고는 아주 독자적인 성격의 것이다. 그것은 현명함에만 — 그게 가장 큰 요구를 하기는 하지만 — 바쳐지지 않는다. 동시에 지상의 삶의 가장 기이한 문제들이 곧장 가차 없이 우리 눈앞에 버티어 서서, 우리로 하여금 우연에, 섭리에 또 그 구명해 낼 수 없는 결정에 무릎을 꿇고 또 무조건의 복종을, 최고의 정치-도덕-종교적 법칙이라고 선언하게끔 우리를 강박하는 저 지점들로까지 이끈다.

불만의 서. 다른 시편들이 불어난다면, 이 시편에도 같은 권리가 있다. 불만의 폭발이 참을 만한 것이 되자면 우선 우아하고, 사랑스럽고, 분별 있는 작은 장식이 수합되어야만 한다. 일반적으로 인간적인 호의, 사려 깊고 도움 많은 감정은, 하늘을 땅과 연결하고 인간에게 누릴 낙원을 마련해 준다. 반면 불만은 언제나 이기적이다. 그걸 들어주는 일이 외부에만 있게

마련인, 요구를 한다. 방자하고, 혐오스럽고, 아무도 기쁘게 하지 않는다. 심지어 같은 느낌에 사로잡혀 있는 사람들도 거의 기쁘게 하지 않는다. 그러나 그럼에도 불구하고 인간은 그런 폭발들을 언제까지나 억눌러 둘 수만은 없다. 실로 자신의 언짢음, 특히 가로막히거나 방해받은 활동에 대한 언짢음에 이런 식으로 분출구를 주면, 후련해진다. 이 책은 지금 벌써 훨씬 더 강해지고 풍부해져 있어야 할 테지만 우리는 이런저런 것을, 모든 언짢은 기분을 막기 위하여, 곁으로 밀어놓았다. 여기서 말해둘 바는, 지금 이 순간에는 의심쩍어 보이는 그런 발언들이 후에는 무해한 것으로 유쾌하게 호의로써 받아들여지기에 장래를 위하여 *보유편*이라는 제목으로 아껴두었다는 것이다.

반면 불손함에 대해서는 이 기회에 이야기하고자 한다. 먼저, 그것이 오리엔트에서 어떻게 나타나는지 이야기하겠다. 지배자 자신이 가장 불손한 인물이다. 자기 아닌 나머지 사람들은 모두 배제하는 듯이 보인다. 그의 생각으로는 모든 사람이 자기를 섬기고 있다. 그가 그 자신의 명령자이다. 아무도 그에게 명령하지 않는다. 그리고 그 자신의 뜻이 나머지 세계를 만든다. 그리하여 그는 태양과, 실로 우주와 비교될 수 있다. 그렇지만 눈에 뜨이는 것은, 바로 그럼으로써 그는, 이 무한한 영역에서 그를 도울, 사실은 그가 온 세계의 왕좌 위에 계속 있도록 할, 공동 통치자 하나를 선택하지 않을 수 없다는 점이다. 그 공동 통치자가 시인이다. 그와 더불어 그의 곁에서 작용하고 그를 모든 필멸의 인간들 위로 드높여 주는 사람이다. 그런데 그의 궁정에 그 비슷한 재능이 있는 많은 인사들이 모이는데, 통치자는 그들 중 한 명에게 시인왕 직을 주고, 그럼으로써 자신이 최고의 재능을 가진 자를 자기와 동등한 사람으로 인정한다는 것을 과시한다. 그러나 이를 통해서 시인은 권유받고 실로, 오도당한다. 자기 자신을 군주와 똑같이 높이 생각하게끔, 하여 자기가 가장 큰 장점들과 열락들을 공동으로 소유하고 있다고 느끼게끔 말이다. 이 점에서 그는, 그가 받는 한량없는 선물들을 통하여, 그가 축적하는 부를 통하여, 그가 행사하는 영향력을 통하여 강화된다. 또한 이런 사고방식에 어쩌나 고착되는지, 그의 희망이 어긋나버리기라도 하면 그것이 그를 광기로까지 몰아갈 수 있다. 피르다우시는 그의 『샤 나메』를 쓴 보수로 예전에 황제가 한 말이 있는 만큼 6만 개의 금덩이를 기대한다. 그러나 반대로 6만 개의 은덩이를 받자, 마침 목욕 중이었던 터라, 그는 총액을 3등분하여, 하나는 심부름 온 사람에게, 다른 하나는 목욕 도와주는 사람에게, 세 번째는 소르베 술을 따라주는 시동에게 주어버린다. 그러고는 즉시 몇 줄 안 되는 비방시를 써서 그가 그 많은 세월 왕에게 바쳤던 모든 찬양을 다 없애버린다. 그는 도망치고, 숨고, 주장을 철회하지 않고, 자기의 미움을 가족에게로 전염시켜, 그의 누이 역시, 부유한 술탄이 보낸 상당한 선물을 — 그러나 유감스럽게도 오라버니가 죽은 다음에 도착하는데 — 똑같이 멸시하며 물리친다.

이제 이런 모든 것을 좀 더 개진하자면, 이렇게 말하게 되리라. 왕좌에서부터, 모든 계단을 내려가, 길가의 방랑 악승에 이르기까지 모두가 불손함에 가득 차 있다고 말이다. 세속적이고 종교적인 오만에 가득 차 있는데, 이 오만은 극히 미미한 계기만 있어도 즉시 폭발한다.

이런 윤리적인 취약점은, 그렇게 보자면, 서구에서는 아주 이상해 보인다. 겸손은 사실 하나의 사교적 미덕이고, 높은 교양을 가리킨다. 겸양이란 외부를 향한 일종의 자기 부인인데, 큰 내적 가치에 바탕을 두고 있으면서 인간의 가장 높은 특성으로 여겨진다. 그리하여 우리가 경험하는 것은, 대중이 탁월한 인간들에게서 늘 그 겸양을 맨 먼저 찬양한다는 것이다. 여타의 특질은 별로 언급되지 않는다. 그러나 겸양은 늘 위장과 연결되어 있고 일종의 아첨이다. 치근거리지 않고도 다른 사람들에게 기분 좋은 만큼, 그만큼 더 효과가 큰 아첨이다. 자신의 쾌적한 자존심에 취해 있는 타인을 혼란케 하지 않음으로써이다. 그러나 좋은 사회라고 불리는 모든 사회는 늘 커가는 자기 부정에 그 본질이 있어, 사회성은 마지막으로 궁극적으로 제로가 된다. 우리의 허영심을 충족하면서도 타인의 허영심에 아첨할 줄 알도록 재능 있는 인물을 교육해야만 하는 것 같다.

그러나 나는 우리의 서쪽 시인[107]의 불손함과는 우리 동향인들을 화해시키고 싶다. 오리엔트의 성격이 어느 정도 표현되자면 얼마만큼의 과장도 『서·동 시집』에 없지 않을 테니 말이다.

이 시인은, 보다 높은 신분들에 대한 즐겁지 않은 불손함에 빠질 수 없었다. 그의 행복한 처지가 그를 전제정과의 어떤 투쟁도 하지 않게 했다. 그가 자신의 군주적 명령자에게 하는 찬양에 세상이 한목소리로 동의한다. 그 밖에 관계를 맺어온 높은 인물들도 그는 노상 찬양하고 또 찬양한다. 오히려 그의 『서·동 시집』의 찬양연설적인 부분들이 충분히 풍부하지 않다고 시인을 비난할 수 있다.

그러나 「불만의 서」에 관한 한 아마 거기서 몇 가지 나무랄 점을 찾을 수도 있으리라. 불만 있는 사람은 누구나 너무도 분명하게 표현한다. 자기의 개인적 기대가 이루어지지 않았다고, 또 자기의 공로가 인정받지 못한다고. 우리의 시인 또한 그렇듯! 위에서부터는 옥죄이지 않는다. 그러나 아래서부터, 곁에서부터 시달린다. 추근추근한, 자주 밋밋한, 자주 음험한 무리들이 그들의 나팔수를 앞세워 대동하여 그의 활동을 마비시킨다. 우선 그는 자랑과 혐오로 무장을 한다. 그러다가 너무 예리하게 자극되고 압박받게 되면 그는 그들을 쳐부술 강함을 충분히 느낀다.

그러나 그다음에는 우리가 그를 인정하게 된다. 그가 이런저런 불손함을, 감정에 차고 예술적으로 풍부하게, 마지막으로는 연인에게 연관시키

---

107 괴테 자신의 지칭이다.

며, 자신을 그녀 앞에서 낮추고, 그야말로 없앰으로써 완화할 줄 안다고 말이다. 독자의 마음과 정신은 그의 이런 점을 나쁘게 보지 않을 것이다.

*지혜의 서*는 다른 어떤 시편보다도 분량이 많이 늘어나게 될 것이다. 「성찰의 서」, 「불만의 서」와 더불어 아주 가깝다. 그렇지만 오리엔트의 〔지혜가 담긴〕 잠언들은 전체 시예술의 고유한 성격을 지니고 있다. 매우 자주 감각적인, 눈에 보이는 대상과 연관된다는 점이 그것이다. 그리고 그 가운데는 짤막한 비유담Parabel이라고 부를 수도 있는 것들이 있다. 이런 종류는, 우리의 환경이 너무나 건조하고, 규제되고 산문적으로 보이기 때문에, 서쪽 사람들에게는 언제까지고 가장 어려운 것이다. 그렇지만, 의미가 비유로 변하는 오래된 독일 속담들이, 여기에서도 우리의 본보기가 될 수 있을 것이다.

티무르의 서. 실은 겨우 기초가 놓였고, 〔완성되자면〕 몇 해가 더 가야 하리라. 너무 가까운 의미심장한 세계사를 좀 더 높은 곳에서 조감하게 되면 우리는 그만 위축되는데, 그러기를 그만하면, 이 비극은 명랑해질 수도 있다. 무서운, 세계를 황폐화시킨 장본인의 제멋대로인 행군 동반자이자 막사 동거인인 나스레딘 호자[108]를 이따금씩 등장시킬 결심을 하면 말이다. 좋은 시간들, 자유로운 뜻이 여기에는 최상의 힘이 될 것이다. 우리에게로 건너온 작은 이야기들 중 본보기 하나를 덧붙인다.

———

티무르는 못생긴 사람이었다. 애꾸였고 한쪽 발은 마비됐다. 그런데 어

---

108 Nussreddin Chodscha/Nasr al-Din Hoja(1208~84): 신비주의 현자. 여러 민담과 일화의 주인공으로 잘 알려져 있다.

느 날 호자가 그 주변에 있을 때 티무르가 머리를 긁었다. 머리를 손질해야 할 시간이 왔던 것이다. 그래서 이발사를 불러오게 했다. 머리를 밀고 난 다음에, 이발사는, 평소대로, 티무르의 손에 거울을 쥐여주었다. 티무르가 거울 속의 자기 모습을 보니, 자기의 모습이 참 너무도 추했다. 그래서 티무르가 울음을 터뜨렸다. 호자도 울음을 터뜨렸다. 그렇게 둘은 몇 시간 울었다. 그 후 몇몇 말동무들이 티무르를 위로했고 그가 모든 것을 잊도록 특별한 이야기들을 들려주어 그를 즐겁게 해주었다. 티무르는 울음을 그쳤다. 그러나 호자는 그치지 않고, 이제 제대로 울음소리를 높이는 것이었다.

마침내 티무르가 호자에게 말했다. "들어라! 나는 거울을 보았고 내가 몹시 추한 것을 보고 그로 해서 울적해졌다. 내가 황제일 뿐만 아니라 많은 재산과 여자 노예가 있는데도 이렇게 못생겼기 때문에 울었다. 그런데 너는 왜 아직도 울음을 그치지 않는 거냐?" 호자가 대답했다. "폐하께서야 단 한 번 거울로 폐하 얼굴을 보시면서도 스스로를 바라보는 것을 견뎌낼 수 없어 그렇게 우셨는데, 밤낮으로 폐하 얼굴을 보아야 하는 저희는 어찌해야 합니까? 저희가 울지 않으면, 대체 누가 울어야 한단 말입니까! 그래서 제가 울었습니다." ── 티무르는 정신이 나가도록 웃었다.

줄라이카 서. 그렇지 않아도 전체 모음 중에서 가장 강한 시 묶음인 이 서書는 아마도 완결된 것으로 보아야 할 것 같다. 전체를 감도는, 정열의 입김과 정신은 쉽사리 다시 돌아오는 게 아니다. 다시 돌아와 주기는, 좋은 포도주를 거둘 해만큼이나 희망과 겸양으로 기대할 수 있겠다.

서쪽 시인들의 처신에 대해서는 그러나 이 시 묶음에서 우리가 몇 가지 성찰을 내세워도 좋다. 이런저런 동쪽 선임자들의 예 다음에 그는 술탄으로부터 멀리 거리를 두고 있었다. 자족하는 방랑 가승歌僧인 그는 자신을 심지어 군주에 비교해도 좋다. 철두철미한 거지는 일종의 국왕이라니까. 가난은 대담함을 준다. 현세적인 재산들과 그 가치를 인정하지 않는 것, 아무것도 요구하지 않는 것, 혹은 아주 적게 요구하겠다는 것이 그의 결심이고, 그런 결심은 가장 근심 없는 편안함을 낳는다. 두려움에 찬 소유를 찾는 대신 그는, 생각 속에서 온갖 나라며 보물을 다 남에게 주어버리면서, 그런 것들을 정말로 소유했던 이들이며 상실했던 이들을 조롱한다. 그러나 실은 우리의 시인은, 그만큼 더 자랑스럽게 등장하려고, 자발적인 가난을 신조로 삼는다고 고백했다. 그 때문에 앞에 있는 아리따운 아가씨가 있는 거라고.

그러나 큰 결핍 한 가지를 더 그가 자랑한다. 젊음이 자기에게서 물러났다면서 그의 노령, 그의 희어진 머리를 그는 줄라이카의 사랑으로써 장식한다. 치근대면서가 아니다. 아니다! 그녀의 사랑의 응수를 확신하고 있다. 영리한 그녀는, 정신을 평가할 줄 안다. 정신이란 젊은 사람은 일찍 철들게 하고 늙은 사람은 젊어지게 하는 것.

주막 시동의 서. 절반쯤 금지된 술에 대한 부적절한 애착도, 자라나는 소년의 아름다움에 대한 연연한 감정도 『서·동 시집』에서는 빠질 수 없다. 그렇지만 후자는 우리 미풍양속에 맞게 지극히 순수하게 다루고자 하였다.

초년의 사람과 노년의 사람의 상호애착은 사실은 진정 교육적인 관계를 가리킨다. 노인에 대한 아이의 열정적인 애착은 결코 드물거나 드물게 이용되는 현상이 아니다. 여기서 손자의 할아버지에 대한, 늦둥이 상속자의 놀랍도록 다정한 아버지에 대한 관계를 보라. 이런 관계에서는 사실 아이들의 똑똑함이 커 나온다. 아이들은 나이 든 사람들의 품위, 경험, 힘에 주목한다. 순수하게 태어난 영혼들은 거기서 경외심에 찬 애착의 필요를 느낀다. 노령은 여기에 사로잡히고 붙들려 있다. 젊은이들이, 어린애다운 목적에 이르려고, 유치한 욕구를 만족시키려고 그들의 과도한 무게를 느끼고 이용한다면, 우리를 초년의 악동기질과 화해시키는 건 우아함이다. 그러나 언제까지고 가장 감동적인 것은, 노령의 높은 정신에 고무되어, 마음속에서 경탄을 느끼는 소년의, 다가가려 애쓰는 감정이다. 그 경탄은 그에게 그런 비슷한 것이 자기 안에서도 계발될 수 있다고 예언해 주는 것이니 말이다. 그런 아름다운 관계를 「주막 시동의 서」에서 암시하려 했고 지금 좀 더 분석해 보고자 한다. 그렇지만 사디는 우리를 위해 몇 가지 예를 간직해 두었다. 그 부드러움이, 분명 누구든 인정하고 완벽하게 이해하게끔 한다.

즉 다음 이야기를 그는 그의 장미원[109]에서 들려준다. "호라즘[110]의 왕 마흐무드[111]가 차타이[112]의 왕과 평화조약을 맺었을 때 나는 카체커(우즈베키스탄 혹은 타타르인들의 한 도시)에서 교회에 들어갔다. 교회는 아시다시피 학교도 열리는 곳이다. 거기에서 자태와 얼굴이 놀랍도록 아름다한 소년을 보았다. 이 소년은 손에 문법책을 들고 있었다. 언어를 정결하고도 철저히 배우려는 것이었다. 그는 큰 소리로, 어떤 규칙의 한 실례를 읽었다. *사라바 세이돈 암란.* 세이돈이 암란을 쳤다 또는 이겼다. 암란은 목적격이다.(이 두 이름은 여기서 적수를, 독일인들이 힌츠(갑을) 혹은 쿤츠(병정) 할 때처럼 일반적으로 암시한다.) 그런데 그가 이 말을 한 번 반복하고 났을 때, 기억에 새겨 넣기 위해서, 내가 말했다. '호라즘과 차타이는 드디어

109 Rasengarten: 사디의 시집 『장미의 골짜기』(Gulistan)를 가리킨다.

110 Chuaresm/Khorazm: 아랄 호수 동남쪽을 따라 흐르는 스텝 지역의 명칭.

111 Mahmud: 괴테가 알라딘 모하마드(Alāod-din Mohammad, 재위 1200~20) 황제의 이름을 혼동한 것이다.

112 Chattaj/Ḥatāy: 몽골리스탄(중국 서북부)의 동부 지역.

평화 조약을 맺었는데 세이돈과 암란은 늘 서로 전쟁만 해야 한단 말이냐?' 소년은 더할 나위 없이 사랑스럽게 웃으며 물었다. 내가 어디 사람이냐고. 하여 내가 '쉬라즈에서 왔다'고 대답하자 그 애가, 페르시아어가 참 마음에 든다면서 [거기서 오셨으면] 사디의 글을 좀 외워주실 수 있겠느냐고 물었다.

내가 대답했다. '순수한 언어에 대한 사랑에서 너의 심정이 문법에 헌신하는 것과 똑같이, 나의 마음도 너에 대한 사랑에 완전히 쏠렸다. 하여 네 본연의 모습Bildnis der Natur이 내 오성의 모습Bildnis des Verstandes을 앗아가 버렸다.' 그 애는 나를 주의 깊게 바라보았다. 마치 내가 하고 있는 말이 그 시인의 말인지 아니면 나 자신의 감정인지를 탐구하는 듯했다. 나는 계속했다. '너는 세이돈처럼 사랑하는 한 사람의 마음을 그물 안에 사로잡았다. 우리는 너와 교류하고 싶다. 그러나 너는 나의 반대로구나. 세이돈이 암론에게 그랬듯이, 혐오가 있고 적대적이다.' 그러나 그는 얼마간 겸손하게 당황하며 나 자신의 시에서 나온 시구들로 대답을 했다. 바로 같은 방식으로 그에게 가장 아름다운 말을 할 수 있는 장점이 내게는 있었다. 그렇게 우리는 며칠 우아한 환담을 나누며 지냈다. 그러다 군신들이 다시 여행을 떠나고 우리도 아침 일찍 불쑥 떠나기로 했을 때, 우리 일행 중의 한 사람이 그 애에게 말했다. '저분이 바로 네가 물었던 사디 그분이시다.'

소년은 서둘러 달려왔다. 한껏 경의를 표하며 아주 다정하게 나를 좀 더 일찍 알았으면 좋았을 거라고 말했다. '왜 그동안, 내가 사디야, 라고 밝히면서 말씀하지 않으셨어요. 그랬으면 제가 선생님께 합당한 경의를 제 능력껏 표하고 저를 선생님 발치로 낮추어 모셨을 텐데요.'

그러나 나는 대답했다. '너를 보면서는 그 말, *그게 나다* 하는 말을 입밖으로 낼 수 없었다. 나의 마음이, 꽃피기 시작하는 한 송이 장미로, 너를 향해 활짝 열렸었다.' 그 애가 더 말했다. 나한테서 예술과 학문에 대해 배울 수 있도록 며칠만 더 거기 머물러줄 수 없겠느냐고. 그러나 나는 대답했다. '그럴 수는 있다. 여기 깊은 산속에서 탁월한 사람들이 자리 잡고 있는 걸 보니 말이다. 그러나 내 마음에 드는 일은, 세상 안에서 동굴 하나만 가지고 거기 머무는 데 자족하는 것이다.' 그러자 그 애가 그 후 조금 울적해진 것으로 느껴져, 내가 말했다. 왜 도시로 가보지 않느냐고, 도시에서는 그의 마음이 슬픔의 끈에서 벗어나 더 즐겁게 살 수도 있을 텐데. 그가 대답했다. '아름답고 우아한 모습들이 많이 있기야 하겠지만 또한 도시는 더럽고 미끄럽기도 해서, 아마 코끼리도 미끄러지고 쓰러질 수 있을 거예요. 그러니 저도 나쁜 예들을 바라보면서 단단히 발 디디고 서 있지 못할 거예요.' 우리는 그렇게 말하고, 머리와 얼굴에 입맞춤하고는 작별했다. 그 순간 시인이 한 말이 후에 사실이 되었다. '사랑하는 사람들은 헤어질 때 아름다운 사과와 같다. 뺨에 눌려 대인 한 뺨은 홍과 생기로 붉다. 반면 다른 쪽은 근심과 병으로 창백하다.'

다른 곳에서 같은 시인이 이야기를 들려준다.

"젊은 시절에 나는 또래의 한 청년과 솔직하고, 항구적인 우정을 맺었다. 그의 얼굴은 내 눈에는 하늘이었다. 내가 기도하면서 자석磁石처럼 향하게 되는 곳. 그와 같이 있는 것은 내 생애에서 거둔 최상의 소득이었다. 나는, 사람들 가운데는 (천사들 가운데는 아마 있겠지만) 외모, 솔직함과 명예에 있어서 그와 비교할 수 있는 사람이 아무도 없다고 생각했다. 그런 우정을 즐긴 다음부터 나는 그런 걸 다시 하지 않겠다고 맹세했으며 그가 죽은 후에도 나의 사랑을 다른 사람을 향하게 하는 건 합당한 일로 생각되지 않았다. 그의 발이 그 비운의 올가미에 걸린 듯, 그는 너무나 이른 나이에 무덤으로 가야 했다. 나는 그의 무덤 위에서 상당 기간 무덤지기로 앉아 있고 누워 있었으며 그의 죽음과 우리의 헤어짐에 대하여 많은 조가弔歌

를 불렀는데, 그게 나와 다른 사람들에게 아직도 감동적으로 남아 있다."

———

비유의 서. 서구인들은 오리엔트의 풍요로움으로부터 이미 많은 것을 취하기는 했지만, 또 수확할 이런저런 것이 여기서 발견될 것이다. 그것을 상세히 표시하려고 우리는 다음과 같은 말을 털어놓는다.

비유담이나 도덕성과 연관시키는 다른 오리엔트 시 종류들은 세 가지 제목으로 나누어볼 수 있다. 윤리적인 것, 도덕적인 것 그리고 금욕적인 것으로 말이다. 첫 번째 것은 인간의 전반적인 면과 그의 상태들에 연관된 사건과 암시를 담고 있다. 거기서 그것이 선한가 혹은 악한가는 발언되지 은 채. 그러나 선한가 악한가는 두 번째 것을 통하여 탁월하게 두드러지고 듣는 사람에게 분별 있는 선택을 준비해 준다. 반면 세 번째 것은 결정적인 구속을 덧붙인다. 즉 윤리적 자극이 계명과 율법이 되는 것이다. 이것에는 네 번째 것이 덧붙여지는데, 규명할 수 없고 불가해한 신의 결정들로부터 나오는, 놀라운 신의 인도와 섭리를 그린다. 고유한 이슬람, 신의 의지에의 무조건적 헌신을 말이다. 그 누구도 한번 결정된 자신의 운명에서 벗어날 수 없다는 확신을 가르치고 보증한다. 다섯 번째를 더하겠다면, 그것은 신비적인 것이라고 불려야 하리라. 그것은 사람을, 아직도 불안하고 억압받고 있는, 앞서가는 상태에서 끌어내, 이미 이 현세의 삶에서 신과의 합일에 이르게 하고, 그 모든 경우의 상실이 우리를 괴롭힐 수 있는 재산들을 잠정적으로 체념하는 데 이르게 한다. 오리엔트의 모든 비유적 기술에 있어서 다양한 목적들을 가려내어 구분만 해도, 이미 많은 것을 얻은 것이다. 여느 때는 비유들이 뒤섞여 거슬린다고 느끼고, 그게 있지도 않은 데서, 유익한 응용을 찾는가 하면, 더 깊은 의미는 간과함으로써 말이다. 문학의 전체 종류 중에서 눈에 뜨이는 예들을 제시하는 것은, 분명 「비유의 서」를 흥미롭고 가르침 많게 만들리라. 이번에 내가 한 말이 어디에 속하겠는지는, 통찰력 있는 독자에게 맡긴다.

배화교도의 서. 다만 여러 곁가지들이 시인으로 하여금, 추상적으로 보면서도 실제적 영향력을 행사하는 태양 숭배 및 불 숭배의 전모를 시적으로 기술하는 것을 방해해 왔다. 그러기 위한 더할 나위 없이 훌륭한 소재가 여기 제공되어 있다. 이 소홀히 되었던 것이 성공적으로 만회될 수 있기를.

낙원의 서. 이 이슬람 신앙의 지역에도 아직 놀랍게 아름다운 장소가 많다. 낙원 속의 낙원들, 거기서 즐겨 지내고, 즐겨 정착하고 싶도록. 농담과 진지함이 여기서는 사랑스럽게 뒤섞이고 거룩해진 일상적인 것이, 더 높은 곳 그리고 가장 높은 곳에 이르도록, 우리에게 날개를 달아준다. 무함마드의 기적의 말을 타고 온 하늘을 날아다니는 것을 무엇이 시인에게 가로막으랴. 높은 곳으로부터 쿠란이 완벽한 형태로 예언자에게 내려졌던 저 신성한 어둠을 왜 그가 경외심에 차서, 기리지 않으랴? 여기에는 얻을 것이 참으로 많다.

구약성서적 요소

『서·동 시집』을 위해서, 또 이어 덧붙여진 설명들에다 이리저리 힘을 더해볼 수 있겠다는 감미로운 희망으로 나 스스로의 환심을 산 후, 나는 이제, 어디다 쓰지 못하고 그대로 놔둔 수많은 종잇장들로 내 앞에 놓여 있는 사전事前 작업들을 훑어본다. 그러다 보니 거기서 25년 전에 쓴 논문 하나가 그보다도 더 오래된 종잇장들과 연구에 연관되어 있는 것이 보인다.

나 자신의 삶에 대해 써본 글들에서 친구들은, 내가 모세 1경에 많은 시간을 들이고 주의를 기울였으며, 많은 젊은 날을 오리엔트의 낙원들에서 지냈음을 아마 기억할 것이다.[113] 모세 5경 중 나머지 4경은 정밀한 노력을 요구한다. 그런데 아래 논문에 그런 노력의 주목할 만한 결과가 담겨 있다. 이제 여기에 그 글의 자리를 하나 내주고자 한다. 그도 그럴 것이 오리엔트에서의 우리의 모든 방랑은 성서가 그 계기였기에 우리는 언제나 같은 곳으로〔성서로〕 되돌아오게 되기 때문이다. 군데군데에서 흐려진다 하더라도, 땅속으로 숨었다가는 맑고 신선하게 다시 솟구쳐 오르는 원천의 물로서 말이다.

---

113 자서전『시와 진실』제1부 4장과 제3부 12장 참조.

사막의 이스라엘

"그때 이집트에 새 왕이 나왔다. 새 왕은 요셉에 대해서는 아무것도 몰랐다." 지배자에게서나, 백성들에게서나 그들에게 자선을 베풀었던 사람에 대한 추모의 기억이 사라졌고, 이스라엘 사람들에게서조차도 그들의 선조들의 이름이 이제는 그저 옛날부터 전해져 오는 울림처럼 아득히 울렸을 것이다. 400년이 흐르면서 그 작은 〔요셉의〕 가족은 믿을 수 없을 만치 늘어났다. 그 많은 그럼직하지 않은 것들 가운데서, 신이 그들의 선조에게 한 약속은 이루어졌다. 그렇지만 그게 그들에게 도움이 되질 않았다! 다름이 아니라 수가 크게 늘어난 탓에 〔애굽〕 땅의 주主 거주인들은 그들을 수상쩍게 생각했다. 괴롭히고, 겁주고, 귀찮게 하고, 없애려 했다. 그들의 끈질긴 본성이 제아무리 맞서도, 그들은 자신들의 전멸을 예견했을 것이다. 지금껏 자유로운 유목민족이던 그들이, 경계 안에서 또는 경계 가까이에서 자신의 두 손으로 굳건한 도시들을 지어야 하게 되었을 때 말이다. 도시란 그들에게는 분명 강압의 장소이자 가둠의 장소였다.

여기서 우리는 더 나아가기 전에 그리고 기이하게도, 실로 불행하게 수정이 가해진 경經들[114]을 힘들여 살펴보기 전에, 이런저런 것은 기억하고, 이런저런 것은 거기서 빼는 것이 필요하다고 느끼는데, 그럼 대체 무엇이 우리에게 기반으로, 모세 나머지 4경經의 원原소재로, 남겠는가를 묻게 된다.

---

114 모세 5경 중 「창세기」를 뺀 나머지 4경을 뜻한다.

나머지 모든 것이 그 아래 속하는, 세계사 및 인간사 고유의 유일하며 극히 심오한 주제는, 믿는 사람들과 믿지 않는 사람들 간의 갈등이다. 어떤 모습으로든 믿는 사람들이 지배하는 모든 시대는 찬란하며 마음을 고양시키고 동시대나 후대를 위해 생산적이다. 반면 어떤 형태로든 믿지 않는 사람들이 근근한 승리를 주장하는 시기에는, 비록 한 순간을 일종의 가상假像의 광채로써 뻐기더라도, 후세 앞에서는 사라진다. 아무도 결실 없는 것을 인식하느라 자신을 괴롭히고 싶지 않기 때문이다.

　모세 제1경이 믿음의 승리를 그리고 있다면, 나머지 4경은, 불신不信을 주제로 삼고 있다. 불신은 지극히 미세한 방식으로, 물론 그 많은 전체가 다 보이지는 않는 믿음을 논박하고 퇴치하지는 않더라도 한 걸음 한 걸음 믿음의 길로 밀고 들어가며 자주 자선을 통해, 더욱 자주 끔찍한 벌을 통해서도 치유되지도 근절되지도 않고, 다만 순간적으로 견제될 뿐이며 그렇기 때문에 살금살금 가는 걸음을 늘 계속하게 마련이다. 믿을 만한 민족 유일신의 크고 고귀하고, 극히 찬란한 예언, 그 언약을 기대하면서 도모된 일이 그 시초부터 금방 좌초될 위험이 있는가 하면, 또한 그 전체는 결코 다 완성될 수 없는 식으로 말이다.

　심정에서 우러나오지는 않은, 적어도 일별해서는 혼란스러운 전체를 관통하는 이 내용의 기본 줄기가 우리를 언짢게 하는 데다가, 지극히 애석하고, 이해할 수 없는 편집 때문에 이 경經들은 전혀 즐길 수 없는 책이 되어버린다. 끼워 넣은 수많은 율법들 때문에 이야기의 흐름은 도처에서 가로막히는데, 그런 율법들은 대부분이 그 본디 원인과 의도를 통찰할 수 없는, 적어도 왜 그 순간에 거기 있어야 되는지, 혹은, 그것들이 나중에 나온 것이면, 왜 그것들을 여기로 끌어다 끼워 넣게 되었는지를 통찰할 수 없는 것들이다. 도무지 알 수 없는 건, 왜 이 엄청난 행군, 아무려나 그토록 많이 지체되는 행군에서, 정말 의도적으로 시시콜콜 종교적 의식의 짐더미를 겹겹으로 늘리려 노력하는가 하는 점이다. 그럼으로써 앞으로의 모든 진행이 무한히 어려워질 게 틀림없는데 말이다. 아직 온통 불확실한데, 방책도 실행도 없는 때에 매일매일 매시간 왜, 유동적인 미래를 위한 율법만 나오는 건지, 또 두 발로 땅을 굳게 디디고 서 있어야 할 군대 지도자가 왜, 걸핏하면 몸을 던져 얼굴을 땅에 박고 높은 곳으로부터의 은총과 처벌을 간구하는 것인지, 그리고 은총도 구원도 다만 서로를 상쇄해 버리며 건네질 뿐이어서, 헤매고 있는 민족과 더불어 그 본디 목적도 완전히 눈 밖으로 사라져버리는 것인지 이해할 수가 없다. 이제 이 미로에서 자신을 찾기 위하여 나는, 원래 이야기를 세심하게 분류하려고 노력했다. 그건 이제 역사로, 우화로 혹은 두 가지를 합쳐서, 시詩로, 인정될 수 있을 것이다. 나는 이것들을, 가르쳐지고 명해지는 것으로부터 구분해 내었다. 가르쳐지는 것이라 함은, 모든 나라들에, 모든 도덕적인 사람들에게 해당될 수 있을 것이며, 명해지는 것이라 함은 특별히 이스라엘 백성과 관계되고 그들을 결속하는 것이다. 그게 얼마만큼이나 이루어졌는지를 나 자신이 감히 판단하기는 어렵다. 내가 지금 저 연구들을 다시 해볼 처지에 있지 못하며, 내가 여기서 내세우려고 생각하는 것을, 처음의 또 나중의 원고들에서, 지금 되는 만큼, 모아가고 있기 때문이다. 그래서 내가 독자들이 주목해 주기를 바라는 것은 두 가지 일이다. 첫째는, 처음에는 그다지 유리한 조명을 받고 나타나지는 못하는 야전사령관의 성격에서 비롯된 이 기이한 행렬의 전체 사건 전개이고, 둘째는 이 행군이 40년이 걸린 것이 아니라 2년도 채 걸리지 않았다는 추측이다. 이를 통해서 다름이 아니라, 그 처신을 우리가 처음에는 나무라지 않을 수 없는 야전사령관이 다시 정당화되고 명예가 회복된다. 그리고 동시에 그 가혹함의 위해危害가 한 민족의 높은 도도함보다도 더 불쾌한 민족신神의 명예도 회복되고 거의 그 초기의 정결함 가운데서 다시 세워진다. 우선 이집트에 있는 이스라엘 백성을 생각해 보자. 그 압박당하는 상황에는 가장 뒤늦은 후대도 관심을 갖도록 촉구된다. 이 민족 가운데서, 힘 있는 부족인 레위족에서 한 힘 있는 인물이 나온다. 정당함과 부당함에 대한 생생한 감정이 그의 특징이다. 그의 외모도 노여움에 찬 선조들에 걸맞다. 그런 선조들에 관해서 그 시조始祖[115]는 이렇게 외친다. "시메온Simeon과 레위Lewi! 너희의 칼은 살인 무기이다. 내 영혼은 너희의 총회에는 들지 않겠다. 나의 명예는 너희의 총회 안에 있지 않다! 너희는 홧김에 사람을 목 조르고 방자하게 황소를 도살한다! 너희의 노여움에 화 있으라, 그리 격하니. 그리고 너희의 분노 그리 요지부동이니! 내가 그들을 야곱의 자손 가운데서 흩겠고 이스라엘 백성 가운데서 흩겠노라."[116]

그런데 완전히 이런 의미에서 모세의 출현은 예고된다. 이스라엘인을 학대한 이집트인 하나를 모세가 아무도 모르게 때려죽인다. 그러나 저지른 애국적인 암살이 발각되어 그는 도망치지 않을 수 없게 된다. 그런 행위를 저지르면서, 자기 자신을 그저 자연인으로 기술하는 사람이 있다면 그 사람의 교육에 대해서는 원인을 묻지 않아야 한다. 그는 소년이었을 적 어느 왕비의 호의를 입어, 궁정에서 키워졌다고 한다. 아무것도 그에게 영향을 미치지 않았다. 그는 탁월하고 강한 남자가 되었다. 그러나 모든 관계에 있어서 여전히 거칠었다. 추방되어서도 그는 그런 힘 있는 사람, 땅딸막한 사람, 꽉 막힌 사람, 의사전달 능력이 없는 사람의 모습을 보인다. 주먹이 셌던 까닭에 그는 어느 미디안족[117] 사제의 호감을 얻게 되고, 곧 그 사제의 가족이 된다. 그는 이제 사막을 알게 되는데, 장차 자기가 군사

---

115 야곱.

116 「창세기」 49장 5〜7절. 독일어 성서를 직역하였다.

117 구약 시대의 미디안은 요르단 강 동편에서 아라비아 반도에 걸친 지역이며 이스마엘 후손들이 거주했고 그들은 대체로 낙타를 이용하여 이동하는 상인들이었다.

인도자의 막중한 직책을 지고 등장하게 될 곳이다.

그런데 이제 모든 것에 앞서서, 그 가운데로 모세가 들어가 있는 미디안 족에 한번 눈길을 던지자. 그들이 큰 민족임을 인정해야 한다. 모든 상인 유목민족들처럼, 그들은 활동이 다채롭고, 유동적으로 퍼져나가서 실제 보다도 더 커 보인다. 미디안족은, 만灣의 서쪽에 있는 호렙 산에서 모습이 보이는가 하면, 그다음에는 모압과 아르논 부근까지 가 있는 것이 보인다. 이미 일찍부터 우리는 그들을, 카라반을 이루어 가나안을 뚫고 이집트로 가고 있는 상인들의 모습으로도 본다.

그런 교양 있는 민족 가운데 이제 모세가 살고 있다. 그러나 또한 외떨어져 있고 꽉 막힌 양치기로서이다. 생각하도록, 숙고하도록 태어나지 않았으며, 그저 행동만 지향할 뿐인 한 탁월한 인물이 이제 지극히 처량한 상태에 처해, 외롭게 사막에 있는 모습이 보인다. 자기 민족의 운명을 골똘히 생각하면서, 늘 자기 선조들의 신을 향하며, 선조들의 땅이 아니건만 이제는 자기 민족의 조국이 된 한 나라로부터 불안하게 추방을 예감하며. 그의 주먹으로 이 큰 관심사에 있어서 힘을 쓰기에는 너무나 약하고, 계획 하나를 기획할 능력은 없고, 또 설령 기획한다 해도 담화에는, 인격을 좋아 보이게 하고, 맥락을 잇는 구두 강연에는 전혀, 능숙하지 않은 채로 말이다. 그런 상태에 있다 보면 그런 타고난 강한 본성도 저절로 소진되어 가게 마련이고 그건 놀라울 일도 아니다.

이런 상황에서 오가는 카라반들을 통해서 그의 가족과 그를 이어주는 연결이 그에게 조금 위안이 되었다. 어느 정도의 절망과 망설임 뒤에 그는, 돌아가서 민족의 구원자가 되기로 결심한다. 그의 형제 아론이 응한다. 그리고 이제 그는, 백성들 가운데서 불만이 최고도로 끓어오르고 있는 것을 알게 된다. 지금 두 형제는 스스로 대표자가 되어 감히 왕 앞으로 나아간다. 그렇지만 왕은, 수백 년 전부터 자기 나라에서 양치기 민족에서부터 농경과 수공업과 기술로 다듬어진 많은 사람들을, 이제 이렇게 쉽사리 자신의 수중을 벗어나 그들의 옛 자립 상태로 되돌아가게 놔둘 마음이라고는 전혀 보이지 않는다. 자기 신하들과 뒤섞여 있는 데다가, 또한 적어도 엄청난 기념비를 세울 때, 새로운 도시며 성채를 세울 때, 사역을 하며 잘 쓰일 수 있는 그 세련되지 않은 무리의 사람들 말이다.

그러므로 청원은 거부당한다. 재해가 점점 절박하게 되풀이되며 닥치다 보니 점점 집요하게 좌절된다. 그러나 흥분한 히브리 민족은, 오래디오랜 전승[118]이 그들에게 언약한 상속지를 얻으리라 전망하는 가운데서, 독립과 자주의 희망 가운데서, 다른 의무들은 인식하지 않는다. 모두가 모이는 큰 잔치를 베푸는 척하면서 속여 이웃에서 금 식기, 은 식기를 받아 온다. 그리고 이집트인들이 이스라엘인들이 무해한 잔치를 한다고 믿는 순간에 하나의 역逆 시칠리아 학살[119]을 도모한다. 이방인이 토착민을, 손님이 주인을 죽인다. 그것도 잔인한 정책에 이끌려, 장자만을 죽인다. 장자가 참 많은 권리를 누리고 있는 한 나라에서 후에 태어난 자들의 유익을 도모하고 즉각적 복수는 급히 도피하여 모면할 수 있기 위해서 말이다. 책략은 성공한다. 살인자들은 처벌받는 대신 추방당한다. 왕은 군사를 모으지만 뒤늦었다. 여느 때는 보병들에게 그렇게 무섭던 기마병과 반달마차들이 가볍게 무장한 빠른 후위부대와 진창바닥에서 벌이는 싸움에서는 상대가 안 된다. 필경 단호하게 결심했을, 대담한 무리, 즉 앞서 대학살을 감행했을 때 이미 연습이 된 그 무리와 말이다. 앞으로 그 무리의 무서운 행위들을 다시 인식하게 되고 표시하는 것을 우리는 놓치지 않을 것이다.

---

118 성서.

119 Sizilianische Vesper: 1282년 3월 30일 부활절 팔레르모에서 시작하여 시칠리아 섬 전체로 확산된, 토착민들에 의한 정복자(프랑스인들)의 학살과 추방.

공격과 방어를 위해 이토록 잘 무장된 군사의 행렬이자 민족의 행렬은, 언약의 땅으로 감에 있어서, 갈 길을 택할 수 있었다. 첫 번째 길인 지중해변을 따라, 가자Gaza를 넘어 가는 길은 카라반이 아닌, 잘 무장한, 호전적 주민들 때문에 위험해질 수도 있는 길이었다. 두 번째 길은 더 멀기는 하지만, 더 안전하고 유리한 길이었다. 그 길은 홍해 가로부터 시나이Sinai까지 이르는 길이었는데, 시나이에서부터 다시 두 가지 방향을 취할 수 있었다. 먼저 목적지에 이르게 되는 첫 번째 방향은 작은 만Meerbusen을 따라 미디안족과 모압족의 나라를 지나 요르단으로 이르는 방향이다. 사막을 가로지르는 두 번째 방향은, 카데스[120]를 가리킨다. 전자의 경우에는 에돔이 왼쪽에 있고, 후자의 경우에는 오른편에 있다. 필경 모세는 저 첫 번째 길을 생각했을 것이다. 반면 두 번째 길로 접어드는 것은, 영리한 미디안족의 유인 때문이었을 것으로 보인다. 앞서 이 행렬을 동반한 외적 상황들의 기술이 우리를 그 안으로 옮겨놓는, 한결 음침한 분위기에 관하여 이야기했기에 우선은 (이런 추정이) 그럼직하게 생각된다.

아브라함에게 그의 신이 가리켰던, 한량없는 별들로 빛나는 쾌청한 밤하늘은 더 이상 그 금빛 천막을 우리 머리 위로 펼치지 않는다. 저 쾌청한 하늘의 별들과 비슷해지는 대신, 그 수를 헤아릴 수 없는 한 민족이 서글픈 사막에서 우중충하게 움직이고 있다. 모든 즐거운 현상들은 사라지고, 다만 불꽃만 모든 귀퉁이 끝에서 나타난다. 불타는 덤불에서부터 모세를 불렀던 주님은 이제 무리 앞에서 흐릿한 불꽃 연기에 감싸여 가시고 있다. 낮에는 구름기둥으로, 밤에는 불꽃 유성으로 나타나는 그것에게는 말을 걸 수도 있다. 구름 감싸인 시나이 정상에서 천둥번개가 놀라게 한다. 그리고 대수롭지 않아 보이는 잘못에도 바닥에서 불꽃이 터져 나와 진지 끝

---

120 Kades: 통상적으로, 시나이 반도 동북쪽에 있는 오아시스 지역의 성읍으로 알려져 있다.

들을 삼킨다. 음식과 음료는 다시 또다시 부족하다. 그리고 마음 내켜하지 않는 민족의 되돌아가겠다는 소망은, 그들의 지도자가 철저한 대책이 없으면 없는 그만큼, 더욱 불안에 찬다.

이미 때맞게, 군사 행렬이 시나이에 이르기도 전에, 이드로가 그의 사위 모세에게로 온다.[121] 어려운 시기에 아버지 천막에서 보호받고 있던 딸과 손자들을 사위에게 데려다주며 스스로를 현명한 사람으로 증명한다. 자유롭게 자기들의 결단을 따라가고 자신의 힘을 쓸 기회를 찾아낼 줄 아는 미디안족 같은 백성은, 남의 나라에서 노예 상태로 있으면서 자기 자신이며 주변과 영원히 다투며 사는 그런 백성[122]보다는 교양이 있었음에 틀림없다. 저 백성의 지도자는 분명 훨씬 더 높은 조감을 가졌을 것이다. 침울하고 자기 자신에게 갇혀 있는 늠름한 사람, 행동하고 지배하도록 태어났다고 스스로는 느끼지만, 그런 위험한 수공에 쓰라고 자연이 연장을 주지는 않은 사람보다 말이다.

지도자는 어디에나 다 직접 가서 모든 것을 직접 다 해야 하는 건 아니라는 것, 개인적으로 힘을 쓰게 되면 오히려 직책의 수행을 최악으로 망치고 어렵게 할 수도 있다는 것. ― 그러나 그런 개념에까지 가닿도록 모세의 생각이 커 있지는 못했다. 장인 이드로가 모세에게 처음으로 그런 것을 깨우쳐주고 백성을 조직하고 중간 보스를 만드는 일을 돕는다. 모세 스스로 그걸 생각했어야 했는데 말이다.

이드로는 그의 사위 모세와 이스라엘인들의 최선만을 생각한 것이 아니라 그 자신의 안녕과 미디안족의 안녕 역시 고려했을 것이다. 그가 예전에 피난 온 사람으로 받아들였던 모세, 얼마 전까지만 해도 그의 종들 가

---

121 이드로는 모세의 장인이며 미디안족의 사제이다.
122 당시의 이스라엘 민족.

운데 하나로 헤아려지던 그 모세가 이제, 그들의 옛 자리를 떠나 새로운 땅을 찾으며, 가게 되는 곳 어디서나 전율과 공포를 퍼뜨리는 큰 백성의 무리의 선두에서 그를 마주해 온다.

이 통찰력 있는 남자 이드로에게는 이제, 이스라엘의 자녀들의 다음 길이 미디안족의 소유지를 통과하게 되리라는 것이 불보듯 뻔했다. 이 행렬이 어디에서 자기 민족의 무리를 맞닥뜨리게 되고, 자기 민족의 정착지를 건드리게 되며, 이미 잘 정비된 그들의 도시들을 맞닥뜨리게 될지가 말이다. 그런 식으로 떠도는 민족의 원칙들은 비밀이 아니다. 그것은 정복의 권리에 바탕을 두고 있다. 저항이 없지 않겠고, 저항이 있으면 무엇이든 이런 백성은 부당한 것으로 본다. 자기 자신의 것을 방어하는 사람이, 가차 없이 절멸시킬 수 있는 적敵인 것이다.

그 위로 그런 메뚜기 떼가 휩쓸고 갈 이 민족이 내맡겨질 운명을 조감하는 데는 비범한 시선이 필요 없다. 여기에서부터 이제 우선, 이드로가 그의 사위가 바른, 최상의 길을 가게끔 기껍게 놔두지 않았고, 반대로 황야를 가로지르는 길을 가게끔 설득했다는 추측이 나온다. 그런 견해를 강화하는 것은, 이드로[123]는 사위가 권고받은 길로 접어드는 것을 보기 전까지는 그 곁으로부터 물러나지 않았으며, 심지어 전체 행렬을 미디안족의 거주지로부터 더욱 확실하게 벗어나게 하기 위하여 그를 더 멀리 동행하기까지 했다는 사실이다.

이집트로부터의 나옴에서부터 계산해서 열네 번째 달에야 비로소 우리가 이야기하는 대이동이 이루어진다. 도중에 백성은, 탐욕 때문에 큰 고통을 겪은 한 곳을, 온갖 *탐욕의 무덤*[124]이라는 이름으로 표기하고, 그다음

---

123 Hobab: 민수기 10장 29~32절 참조. 모세의 동서라는 설도 있다.
124 키브롯하따와.

에는 *하세롯*Hazeroth을 향해 가고 나아가 *바란*Paran 사막에서 진을 친다. 그들이 간 길은, 의심의 여지 없이 이 길이다. 그들은 이제 벌써 그들 여행의 목적지에 가까이 와 있다. 다만 그들에게는 산맥이 마주해 있는데, 그 산맥은 가나안 땅을 사막과 가르는 것이다. 그들은 정탐꾼을 보내기로 결정한다. 그리고 그사이 *카데스*까지 나아간다. 여기에서 파견되었던 사람들이 돌아온다. 그 땅이 훌륭하다는 소식을 가져온다. 주민들이 무섭다는 소식도 전한다. 여기서 이제 또다시 슬픈 분열이 생긴다. 믿는 사람들과 믿지 않는 사람들의 우열다툼이 새롭게 불거져 나왔던 것이다.

불행하게도 모세에게는 통치자의 재능이 없었을뿐더러 야전사령관의 재능은 더더욱 없었다. 아말렉인들과 전투 중인데도 모세는 기도를 하겠다고 산으로 올라간다. 그사이 군대의 선두에 선 여호수아는 오랫동안 엎치락뒤치락하던 적에게서 마침내 승리를 거둔다. 이제 카데스에서는 다시 불투명한 상황에 처했다. 열두 지파 사신 중에서 가장 충심인 여호수아와 칼렙은 공격하기를 권하고, 주장하면서 나서서 그 땅을 얻자고 한다. 그사이에 그들은, 무장한 거인 족속들의 과장된 묘사를 통하여 도처에서 공포와 충격을 불러일으켰다. 겁을 먹은 군대는 진군을 거부한다. 모세는 다시 어찌할 바를 모른다. 모세는 우선 그들에게 진군을 권하나, 그다음에는 이쪽으로부터의 공격이 그 자신의 눈에도 위험해 보인다. 그는 동쪽으로 가자고 제안한다. 여기서 이제 군대의 지휘관들 일부에게는, 그런 심각한, 힘들게 수행해 온 계획을 이 고대하던 지점에서 포기하는 것이 너무나도 적절치 않아 보인다. 그들은 한데 몰려서 정말로 산으로 오른다. 그러나 모세는 머물러 있다. 성소聖所가 움직이지를 않는다. 그래서 여호수아도 칼렙도, 더 대담한 사람들의 선두에 서는 것이 합당칠 않다. 요컨대! 지지받지 못한, 독자적인 전위부대는 격파당하고 초조감이 커진다. 그렇게 이미 자주 터져 나온 바 있는 백성들의 불만, 심지어 아론과 미리암도 가

담한, 여러 차례의 모반들이 새롭게 그만큼 더 세차게 터져 온다. 또다시 모세가 얼마나 자신의 큰 소명에 미치지 못하는 인물인가 하는 증거를 준다. 가나안으로 뚫고 들어가고, 헤브론, 맘레 임원林苑을 차지하는 것, 아브라함의 성묘聖墓를 정복하는 것 그리고 그것을 통해 하나의 목표점, 지지점, 중심점을 전체 과업을 위해 마련하는 것이 이 지점에서 가능했다는 것, 실로 불가결했다는 것, 그건 그 자체로서 의문스럽지 않다. 칼렙의 증거를 통하여 취소할 수 없게끔 확인되기도 한다. 반면 지금까지 추종해 온 계획을, 이드로에 의해서 비록 완전히 사심 없는 것은 아니었으나 그래도 완전히 배반적으로 제안된 것도 아닌 계획을 단번에 그렇게 함부로 포기하기로 결정했을 때, 불행한 백성에게는 얼마나 큰 손해였겠는가!

이집트를 나온 때부터 헤아려 두 번째 해가 아직 지나가지 않았을 때였다. 그해가 끝나기 전에, 이미 충분히 늦긴 했지만, 소망하던 땅의 가장 아름다운 지역을 눈으로 보았어야 할 터이다. 그러나 주의 깊은 주민들은 빗장을 걸어 잠갔다. 그러니 이제 어디로 향해야 한단 말인가? 북쪽으로는 충분히 나아갔다. 그러니 처음에 접어들었어야 할 저 길로 마침내 접어들려면 이제 다시 동쪽으로 가야 할 것이다. 그러나 바로 여기 동쪽에는 산맥으로 둘러싸인 땅 에돔Edom이 앞에 놓여 있었다. 행렬의 통과를 청하려 했지만, 보다 똑똑한 에돔인들은 통과를 일언지하에 거절했다. 싸우며 통과하는 것은 권할 만하지 않았다. 그러니까 우회해야만 했다. 에돔의 산맥을 왼쪽에 두고 나아가는 우회로를 택해야 했는데, 여기서는 여행이 전체적으로 어려움 없이 이루어졌다. 체류지가 많이는 필요치 않았기 때문이다. 오봇Oboth과 이임Jiim, 그 물을 사해로 흘려보내는 첫 번째 개울인 *사레드*Sared 천 그리고 나아가 *아르논*Arnon 계곡에 이르기 위해서는 말이다. 그 사이 미리암이 죽고, 아론은 사라졌다. 그들이 모세에 거역하여 반란을 일으킨 직후였다.

아르논 계곡에서부터는 모든 상황이 지금까지보다는 나아졌다. 민족은 자기들이 소망의 목적지에 두 번째로 가까이 와 있음을 보았다. 가로막는 장애가 별로 없는 지대에서였다. 여기서 무서운 기세로 진군해 들어가면서 행렬의 통과를 거부했던 여러 민족들을 정복했고, 멸했고, 몰아냈을 것이다. 계속 나아갔다. 그렇게 하여 미디안족, 모압족, 아모리족이 그들의 가장 아름다운 소유지에서 공격받았다. 실로 심지어 미디안족까지 절멸당했다. 이드로가 조심스럽게 그 일만은 피하게 하려고 했건만 말이다. 요르단 강 서안을 차지했고, 몇몇 참을성 없는 지파들에게는 정주定住가 허락되었다. 그러는 가운데 또다시 전해져온 방식대로 율법들을 주고, 조례들을 만들었으며 요르단 강을 건너가는 일은 지체되었다. 이러는 과정에서 모세 자신이 사라져버렸다. 아론이 사라졌듯이 말이다. 만약, 여호수아와 칼렙이, 일에다 종지부를 찍고 또 진지하게 전체 요르단 우안과 그 안에 놓인 땅의 소유로 들어가자면, 몇 년 전부터 견뎌오던, 능력이 부족한 사람의 통치를 끝장내고 그를, 그가 앞서 보냈던 그 많은 불행한 사람들을 뒤따라 보내는 것이 좋겠다는 생각을 하지 않았다면, 분명 나의 추정이 매우 틀린 것이리라.[125]

지금까지의 서술이, 중요한 기획 하나의 진전을 우리에게 참으로 재빠르고도 수미일관하게 보여주려 하는 것임을 아마도 기꺼이 인정해 주시리라. 그러나 이런 서술에 즉시 신뢰나 갈채를 보내지는 않을 것이다. 그것이 저 행군을, 성서의 자자구구가 매우 여러 해로 늘려놓고 있는 저 행군을, 매우 짧은 시간에 완성되게 하기 때문이다. 그렇게 함으로써 우리는 이런 큰, 정설로부터의 이탈이 정당하다고 믿는 우리의 근거들을 재어봐

---

125 여기서는 조심스럽게 낮은 목소리로, 그러나 매우 대담한 가설, 즉 모세 암살설이 제시되고 있다.

야만 한다. 그런데 이는, 저 민족의 무리가 거쳐 가야 했던 지표에 대하여, 어느 대열이든 그런 행군을 하자면 필요로 할 시간에 대하여 성찰을 하면서 동시에, 이 특정한 경우에 있어서 우리에게 전승되어 있는 것을 서로 대조해 가며 성찰할 때, 가장 잘 이루어질 것이다.

우리는 홍해에서 시나이까지의 행렬은 건너뛴다. 나아가, 산악지역에서 일어난 모든 것은 놔두고 다만, 큰 백성의 무리가 이집트를 떠나온 지 두 번째 해 두 번째 달 스무 번째 날에, 시나이 산자락을 출발했다는 것만 말하겠다. 거기서부터 바란 사막까지는 40마일이 안 된다. 짐을 실은 카라반이 닷새 안에 넉넉히 갈 수 있는 거리이다. 전체 무리에게 그때그때 목적지에 접근할 시간을 주자. 충분한 안식일을 주자. 다른 체류를 상정하자. 그래도 그들은 어떤 경우에든 그들에게 정해진 땅에 12일 내에는 충분히 도착한다. 이는 성서나 일반적인 의견과도 일치하는 것이다. 여기서 대사들이 파견되었고, 전체 무리는 카데스까지 다만 조금 더 앞으로 나아간다. 그곳으로 보내진 사람들은 40일 이후에 되돌아왔다. 그 후 나쁜 결과가 나온 전쟁 시도 이후 즉시 에돔 사람들과의 교섭이 도모된다. 이런 협상에도 충분히 시간을 주자. 그렇다 하여도 30일을 넘게 늘릴 수는 없을 것이다. 에돔 사람들은 자기네 땅을 통과하게 해달라는 청을 일언지하에 물리친다. 그런 매우 위험한 상황에서 오래 머무는 것은 이스라엘 민족에게 결코 권할 바가 아니었다. 가나안인들이 에돔인들과 뜻이 맞으면, 가나안인들은 북쪽에서부터, 에돔인들은 동쪽에서부터, 그들의 산맥에서 불쑥 나오기라도 한다면 이스라엘은 곤경에 처할 테니까.

또한 역사 이야기는 여기서 멈추지를 않고, 결심은 즉시 이루어진다. 에돔 산맥을 에둘러 가기로 말이다. 이제 에돔 산을 둘러서, 처음에는 남쪽으로 그다음에는 북쪽을 향해, 아르논 계곡까지 이르도록 간 길은 또다시 40마일도 안 된다. 이는 그러니까 닷새 안에 갈 수 있었을 것이다. 이제 아론의 상喪을 치른 저 40일을 더하더라도, 온갖 종류의 지체와 머뭇거림에, 그리고 이스라엘 자녀들이 성공적으로 요르단 강가까지 가는 데는 두 번째 해의 6개월이 남는다. 나머지 서른여덟 해는 도대체 어디로 가버린 것일까?

이 점 때문에 성서 해석자들이 많은 수고를 해야 했다. 41개의 체류지, 그중 열다섯이 역사에 나오지 않는 곳이다. 그러나 목록 중간에 끼워 넣어져, 지리학자들에게 많은 괴로움을 불러일으켰던 곳이기도 하다. 이제 끼워 넣어진 체류지들과, 두드러져 보이는 남은 해들은 다행히도 동화 같은 관계에 있다. 그도 그럴 것이 아무도 모르는 열여섯 곳, 그리고 거기에 대해 아무것도 듣지 못한 38년이, 이스라엘의 자녀들과 더불어 사막을 헤맬 최상의 기회를 주고 있다.

일어난 일들을 통해 주목하게 된 역사 서술의 체류지들과 목록의 체류지들을 대조해 보자. 그러면 이름뿐인 장소가, 역사적 내용에는 들어 있는 장소들과 잘 구별될 것이다.

이스라엘 자녀들의 체류지들

모세 2, 3, 4, 5경을 따른 역사 서술	모세 4경 33장을 따른 체류지 목록[126]
	라므세스
	수꽃
	에담

---

126 지명 표기는 주로 공동번역 성서를 따랐다.

하히롯	하히롯
	미그돌
	홍해를 건너
마라, 수르 광야	마라, 에담 광야[127]
엘림	엘림, 열두 샘
	홍해 바닷가에
신 광야	신 광야
	다프카
	알루스
라피딤	라피딤
시나이 광야	시나이 광야
탐욕의 무덤	탐욕의 무덤(키브롯하따와)
하세롯	하세롯
	리드마
바란 광야의 카데스	람몬베레스
	리브나
	리싸
	크헬라다
	세벨 산
	하라다
	막헬롯
	다핫

---

127 공동번역의 '광야'는 원문에서 '사막'(Wüste)이다 이 대조표에서는 분명한 대조를 위해
서 우리말 성서 표기를 따라 '광야'로, 뒤에 이어지는 본문에서는 문맥을 고려하여 그대
로 '사막'으로 두어 원의에 충실히 따랐다

	데라
	미드카
	하스모나
	모세롯
	브네야아칸
	호르낏가드
	욧바다
	아브로냐
	에시온게벨
카데스, 씬 광야	카데스, 씬 광야
호르 산, 에돔 접경	호르 산, 에돔 접경
	살모나
	부논
오봇	오봇
	이임
	디본가드
	알몬 디블라다임
아바림 산악 지대	아바림 산악지대, 느보
사레드 개울	
아르논 차안	
마타나	
나할리엘	
바못	
피스가 산	
아흐차	

헤스본

시혼

바잔

요르단 강가의 모압 평지   요르단 강가의 모압 평지

   그러나 이제 우리가 모든 것에 앞서서 알아보아야 하는 것은, 역사가 우리를 바로 *하세롯*Hazerot으로부터 카데스로 이끌어가는 데 비해 목록에서는 하세롯 뒤에 카데스가 빠지고 끼워 넣은 일런이 이름들이 있고 나서 에시온게벨Ezeon-Gaber 뒤에 나오는데 그렇게 해서 씬Zin 사막이 작은 아라비아 해협의 작은 지류와 닿는다. 여기에서 해석자는 극도로 혼란을 일으켜 몇몇은 카데스가 둘이라고, 다른 사람들은, 대부분은, 하나뿐이라고 가정하는데, 뒷쪽 의견이 의심의 여지가 없다.

   우리가 조심스럽게 끼워 넣은 모든 것들과 분리한 역사 이야기에는 바란 사막 가운데 있는 하나의 카데스 이야기가 나오고 그 뒤 바로 씬 사막에 있는 카데스 이야기가 나온다. 처음 장소에서는 대사가 보내졌고 두 번째 곳에서는, 에돔인들이 그들 나라의 통과를 거부하고 나서, 전체 무리가 떠났다. 여기서부터 저절로 유추되는 것이, 그것은 바로 하나의 장소라는 점이다. 에돔을 통과하는 예정된 행군은, 이쪽에서부터 가나안 땅으로 들어가려는 잘못된 시도의 결과였기 때문이다. 그리고 다른 구절들을 보아도, 종종 일컬어지는 두 사막이 서로 인접해 있는데, 씬은 보다 북쪽에, 바란은 보다 남쪽에 있다는 것, 그리고 카데스는 두 사막 사이의 쉼터로서 오아시스에 있었다는 것이 분명하다.

   당황한 탓에 이스라엘의 자녀들로 하여금 충분히 오래 사막을 헤매도록 한 일이 없었더라면, 결코 두 개의 카데스를 상상해 보는 생각까지는 가지 않았으리라. 그렇지만 카데스가 하나뿐이라고 가정하고 그러면서

40년간의 행군과 집어넣은 체류지들을 설명하려 하는 사람들은 더욱 황당하다. 그들도 알 것이다. 행군을 지도에 그리려 하면, 그 양태가 충분히 기이해질 수 있고, 불가능하다는 게 눈에 보인다. 앞뒤가 맞지 않는 것에 대해서는 내면의 감각보다는 눈이 나은 판단자이기 때문이다. *상송*[128]은 시나이와 카데스 사이에다 40개의 맞지 않는 체류지들을 끼워 넣는다. 여기서 그는 지도에서 충분히 지그재그를 그릴 수 있다. 하지만 각 체류지 사이가 2마일밖에 안 된다. 그런 엄청난 대군의 행렬이 한 번 꿈틀하기에도 충분치 못한 거리이다.

만약 2마일마다 도시와 마을 아니면, 이름 붙여 표시된 쉼터가 있다면 이 사막은 얼마나 인구가 많고 경작이 잘된 사막인가! 사막 안에 이런 풍요로움이 있다면 군대 지도자와 그 백성에게 얼마나 좋으랴! 하지만 지리학자에게는 신빙성 없는 이야기이다. 카데스로부터 에시온게벨까지의 체류지는 다섯밖에 안 된다. 그리고 카데스로 돌아오는 길에는, 갔으니 오기도 할 텐데, 불행하게도 전혀 체류지가 없다. 그래서 몇몇 이상한, 그리고 저 리스트에도 이름이 없는 도시들을 유랑 중인 백성들의 길에다 넣는다. 옛날 지도에서 빈 자리는 코끼리를 그려 넣어 채웠듯이 말이다. *칼멧*[129]은 궁여지책으로 기이한 지그재그 행렬들로 자구를 찾고자 하며, 넘치는 곳들을 지중해 쪽으로 몰고 하세롯과 모저롯을 한 고장으로 만들어 사람들로 하여금 마침내 아르논 계곡을 향하여 더없이 이상한 헛뜀질을 풀쩍풀쩍 하게 한다. 두 개의 카데스를 상정하는 *웰*[130]은 지도를 도가 넘도록 일

128 Nicolas Sanson(1600~67): 저명한 프랑스 지리학자. *Geographia sacra*(1652)의 저자.
129 Augustin Kalmet(1672~1757): 프랑크푸르트 괴테 생가의 서재에 이 사람의 역사 사전이 있었고 이를 괴테는 바이마르까지 들고 갔다.
130 Edward Well(Wells)(1662~1727): 영어에서 번역된 웰의 저서 『구약과 신약의 역사적 지리』(*Dictionary of National Biography*)를 괴테는 『사막의 이스라엘』을 집필하던 1797년

그러뜨린다. 놀린[131]에게서는 카라반이 폴로네즈를 춘다. 그렇게 폴로네즈를 추면서 그들은 다시 홍해에 이르고 시나이를 등 뒤 북쪽에 둔다. 이런 경건한 선의의 인물들보다, 상상력, 관조, 정확성 그리고 판단이 더 부족하기는 불가능하다.

그러나 일을 아주 정확하게 관찰하면, 지극히 그럼직한 것은, 불필요한 체류지 목록이 문제적인 40년을 구하기 위하여 집어넣어진 것이라는 점이다. 그럴 것이, 우리의 이야기가 정확하게 따라가고 있는 텍스트 가운데는 이렇게 적혀 있기 때문이다. 가나안 사람들로부터 격파당하고도 에돔 땅으로의 통과가 이루어지지 않은 백성은 홍해까지 가는 길에 에시온게벨을 향해 에돔인들의 땅을 에돌아갔다고 말이다. 거기서 그들이 정말로 홍해를 향해, 그땐 아직 있지도 않았던, 에시온게벨로 갔다는 오류가 나왔다. 텍스트에는 일컬어진 길로 해서 세벨 산을 돌아가는 우회를 한다고 돼 있는데도 말이다. 이것은 어떤 마부가 라이프치히로 가는 길을 달린다고 해서 꼭 라이프치히로 가야만 하는 건 아니라는 것과 같다. 이제 우리가 불필요한 체류지들을 제쳐놓으면, 나머지 세월의 처리도 잘된다. 구약의 연대기가 작위적이라는 것을, 전체 시간 계산이 49년이라는 정해놓은 테두리에서 비롯된다는 것을, 그러니까 이 신비적인 시기들을 이끌어내기 위해서, 이런저런 역사적 숫자들이 변경되었음에 틀림없다는 것을 우리는 안다. 아우름에서 빠지는 6에서 36년까지를, 매우 어둠에 묻혀 있는 저 시기, 황량한, 알려지지 않은 지점에서 보낸 시기보다 더 편안히 끼워넣을 곳이 어디 있으랴.

그래서 모든 연구 중에서도 가장 어려운 연대기를, 다만 어떻게든 건드

4월 도서관에서 대출했다.

131 Jean Paptiste Nolin(1686~1762): 프랑스의 지도 제작자.

리지 않은 채로 우리는 이것의 시적인 부분을 우리의 가설을 위하여 여기서 간략히 살펴보려 한다.

　여러 가지 둥글려 마물려서, 성스럽게, 상징적으로, 시적으로 일컬을 수 있는 숫자들이, 다른 고대 문서들에서와 마찬가지로 성서에서도 나온다. 숫자 7은 창조, 활동과 행동을, 반면 40은 관망, 기대, 특히 분리를 나타내는 것처럼 보인다. 노아와 그에 속하는 무리를 모든 나머지 세계로부터 갈라놓았던 홍수는 40일간 불어난다. 물이 충분히 찬 다음에는, 다시 40일 동안 빠진다. 그리고 그만큼 오랫동안 노아는 방주의 문을 잠가둔다. 모세가 모든 백성을 떠나 두 차례 시나이 산에 머무는 것도 40일이다. 정탐자들 또한 꼭 그 시간만큼 가나안에 머문다. 하여 그 많은 힘든 시간을, 이스라엘 민족 전체가, 모든 다른 백성들로부터 분리된 채, 증명하고 치유했다는 것이다. 실로 신약에서 이 40이란 수數의 의미는 그 완전한 값을 가지고 들어간다. 그리스도는, 악마를 기다려 떨쳐내기 위하여, 황야에서 40일을 머문다.

　만약 우리가 이스라엘 자녀들의 시나이 산으로부터 요르단 강까지의 방랑을 보다 짧은 시기에 완수시킬 수 있다면, 여기서 이미 많이 너무도 확실치 않은, 그럼직하지도 않은 지체를 고려해야 함에도, 만약 우리가 그 많은 비생산적인 세월을, 그 많은 비생산적인 체류지들을 처리해 버린다면, 그러면 즉시 군대의 큰 지도자의 가치도, 우리가 그에게서 기억하고 있던 것에 맞서 온전히 다시 회복될 것이다. 이 경經들[모세5경]에서 하느님이 나타나는 방식 또한, 전적으로 잔인하고 무섭게 보이는데, 우리에게 지금까지처럼 억압적으로 보이지 않을 것이다. 모세의 하느님은 한동안 공포와 혐오로 차 있어 보이지만, 「여호수아서」와 「판관기」에서 이미, 그리고 그 이후에 계속해서 보다 순수한 가부장적 존재로 다시 나오고, 아브라함의 신은 이제나저제나 다름없이 그 족속에게 다정한 모습으로 나온다. 이 점을 명확히 하려고 말해본다. 그의 하느님도 사람과 같다. 그래서 모세의 성격으로부터 또 몇 가지 핵심어가 나올 수 있다.

 "너희는 말이야" 하고 사람들이 우리에게 외칠 수도 있으리라. "지금까지 너무나도 대담하게 한 비범한 인물의 저, 지금껏 공손하게 그에게서 감탄했던 특성들, 통치자와 군사 지도자의 특성을 박탈하는구나. 그러면 대체 그의 뛰어난 점은 무엇인가? 무얼 통해서 그가 그 중요한 소명을 받은 것이 정당화되는가? 만약 그에게, 저 주요 요청, 저 불가결한 재능이 없다면, 무엇이 그에게, 내적 외적 불행에도 불구하고 그런 일을 하게끔 나아가게 하는 대담함을 주는가? 그걸 너희가 듣도 보도 못한 뻔뻔함으로 그에게서 박탈하는데 말이야." 여기서 대답해 보련다. "행동인을 만드는 것은 이런저런 것에 대한 재능이 아니고, 능숙함도 아니다. 그것은 인성이다. 그런 경우들에 만사가 인성에 달려 있다. 성격은 재능에 기반하는 것이 아니라 인성에 기반하는 것이다. 재능은 성격을 따라올 수 있으나 성격은 재능을 따라오지 않는다. 성격은, 그 자체를 제외하고는 모든 것이 없어도 되기 때문이다. 그래서 이렇게 고백하고 싶다. 첫 모반살해에서부터 모든 잔인함을 거쳐 사라지기까지, 모세의 인성이 우리에게, 자신의 본연을 통해서 가장 큰 것을 이루도록 내몰려진 한 남자의 지극히 중요하고 품위 있는 형상을 준다고. 그러나 만약 우리가 힘차고, 땅딸막하고, 잽싼 행동인 한 명이 40년간 아무런 뜻도 없이, 딱히 필요치도 않은데, 엄청난 백성의 무리를 끌고 그렇게 작은 공간에서 그의 큰 목표를 목전에 두고 이리저리 비틀거리고만 있는 것을 본다면, 물론 그런 모습은 완전히 일그러진다. 그저 길과, 그 위에서 그가 보낸 시간을 줄이는 것을 통해 우리가 그에 관해 감히 말할 수 있었던 모든 나쁜 것을 다시 상쇄했으며 그를 그의 바른 자리로 들어 올렸다." 그리고 그렇게 하여 우리는, 그것으로써 우리의 성찰을 시작했던 저 말을 되풀이할 수밖에 없다. 성서에 해가 된 건 없다. 전승된 다른 것과 마찬가지로 성서도 우리가 그것을 비판적인 의미로 취급하면, 어디서 그게 상충되는지, 얼마나 자주 근원적인 것, 보다 나은 것이 훗날의 더하기, 끼워 넣기, 수정들로 가려졌는지, 실로 일그러졌는지를 발견해 낸다고 하여 해될 것이 없는 것이다. 원래의 내면적 근원 가치며 기본 가치는 그만큼 더 생생하고도 순수하게 드러난다. 그런데 이는 또한, 그것에 누구든 의식적으로 혹은 무의식적으로 눈길을 던지고, 잡고, 거기서 즐거워하는 것이기도 하다. 다른 것들이야 굳이 내던져 버리지는 않더라도 떨어지게 두거나, 혹은 그냥 내버려 두는데 말이다.

총계를 내보며 되풀이하자면
행군의 두 번째 해

시나이에서 머물다	한 달 20일
카데스까지 가기	5일
쉰 날	5일
미리암의 병으로 인한 지체	7일
정탐인들이 돌아오지 않음	40일
에돔인과의 교섭	30일
아르논 계곡까지 가기	5일
쉰 날	5일
아론 애도기	40일
	157일

그러니까 합쳐서 여섯 달이다. 여기서 명백히 밝혀지는 것은, 지체되고

막히고, 저항에 부딪치고 했던 것을 한껏 다 헤아려 계산에 넣더라도 행렬은 두 번째 해 말 이전에는 충분히 요르단 강가에 이를 수 있었다는 것이다.

보다 상세한 보조자료

성서가 우리에게, 한 중요한 민족의 태초의 상태와 점차적인 발전을 재현해 준다면, *미하엘리스, 아이히호른, 파울루스,*[132] *헤렌*[133] 같은 사람들은 저 전해지는 것들 가운데 있는 자연과의 직접성을 우리가 스스로 발견할 수 있었던 이상으로 지적해 내고 있다. 그래서 우리는 근세와 최근세에 관련해서는, 동방으로 멀리 밀고 나갔던 많은 서구인들의 여행기며 다른 비슷한 자료들에서 아주 큰 유익함을 이끌어낸다. 그런 이들이 노고를 겪으며, 향유와 위험이 없지 않게, 집으로 가지고 돌아와 훌륭한 가르침이 되게끔 전해주었던 글들 말이다. 여기서 우리는 몇몇 사람들만 스치듯 언급하려 한다. 그들의 눈을 통해 우리(나)는 여러 해 전부터 저 멀리 떨어진, 지극히 낯선 대상들을 관찰하는 데 골몰해 왔다.

---

132 Heinrich Eberhard Gottlob Paulus(1761~1851): 하이델베르크 대학의 신학, 동방학 교수. 동방 여행기를 썼다.

133 Arnold Hermann Ludwig Heeren(1760~1842): 괴팅겐 대학의 역사학 교수. 고대 민족의 정치적 교류와 교역에 대한 책을 썼다.

성지 순례와 십자군 원정

이에 대한 무수한 기록들은 나름으로 가르침을 주기는 하지만, 오리엔트의 가장 고유한 본모습에 대해서 오히려 우리를 혼란시켜 상상력을 펴는 데 도움이 되질 않는다. 기독교적이라 이슬람 적대적인 견해의 일면성이 그 제한으로 인하여 우리를 아직도 제약하고 있다. 그런 제한은 근세에 이르러서, 저 십자군 전쟁에서 일어난 일들을 오리엔트 문인들을 통해 차츰차츰 알게 되면서 조금이나마 넓혀졌다. 한편 우리는 격정적이었던 순례며 십자군 원정에 참여했던 모든 이들에게 감사해야 할 게 있다. 그들의 종교적 열광과 동쪽으로부터의 침입에 대한 그들의 지칠 줄 모르는 힘찬 저항 덕분에 교양 있는 서구의 상태가 보호되고 유지되었기 때문이다.

마르코 폴로

이 탁월한 사람이 어쨌든 맨 처음에 적혀 있다. 그의 여행은 13세기 후반에 이루어졌는데, 그는 극동까지 갔다. 지극히 낯선 상황으로 우리를 인도하는데, 그곳은 거의 동화적으로 보여서, 우리는 의아해하고 놀라게 된다. 그가 언급하는 개별적인 것이 금방 분명해지지는 않더라도, 멀리도 간 이 방랑자의 압축적인 강연문은 무한한 것, 엄청난 것에 대한 느낌을 우리 마음속에서 불러일으킨다. 우리는 칭기즈 칸의 후계자로서 한정 없이 광활한 영토를 다스렸던 쿠빌라이 칸의 궁정에 있다. 그도 그럴 것이 한 제국과 그 외연에 대해 (갖가지 이야기가 있지만 그중에서도) "페르시아는 아홉 개의 왕국으로 이루어진 큰 지방이다"라는 서술이 있다면, 이를 우리는 어떻게 생각해야 할까. 그리고 그런 척도에 따라 나머지 모든 것이 재어졌다. 중국 북쪽에 있는 궁정도 그렇듯 조감이 불가능하다. 쿠빌라이 칸의 성은 도시 안의 도시이다. 거기에는 보물과 무기가 산적해 있고, 관리, 군인, 궁정인 들은 헤아릴 수가 없다. 되풀이되는 잔치에는 누구든 자기 아내와 함께 초청을 받았다. 지방에서의 체류도 똑같았다. 온갖 오락을 위한 시설들, 특히 사냥꾼의 무리와 사냥의 즐거움이 가장 널리 퍼져 있었다. 길들인 표범, 길들인 매, 지극히 유능한 사냥 보조자들, 헤아릴 수 없는 포획물이 산적해 있다. 게다가 한 해 내내 선물이 들고 난다. 금은, 보석, 진주, 모든 종류의 보물들이 군주와 그 은덕을 입은 사람들의 소유였다. 한편 나머지 수백만의 신하들은 서로 간에 모의 동전으로 결제하였다.

주도主都를 떠나 여행을 나서면, 온통 위성도시들이라, 어디에서 도시가 끝나는지 알 수가 없다. 즉시 집에 집들이, 마을에 마을들이 연이어 있고 멋진 강물들을 따라 유원지도 늘어선 것을 보게 된다. 그 모든 것이 하룻길의 여행 단위로 계산되어 있는데 며칠 거리가 안 되는 길이 없다.

이제, 황제의 위임을 받아, 여행자는 다른 지역으로 간다. 그는, 우리는 조감할 수 없는 사막들을 거쳐, 그다음에는 가축 떼 많은 지방들이며, 연이어진 산들로, 놀라운 모습과 풍습을 지닌 사람들에게로 인도하고 마침내는 얼음과 눈을 넘어 북극의 영원한 밤을 바라보게끔 한다. 그다음에는 갑자기, 마법의 외투라도 태운 듯 우리로 하여금 인도를 내려다보게 한다. 실론, 마다가스카르, 자바가 우리 발아래 있는 것이 보인다. 기이한 이름의 섬들 위에서 우리는 시선을 어디에 두어야 할지 모른다. 하지만 어디서든 우리로 하여금 인간의 모습과 풍습, 풍경, 나무들, 식물들, 동물들에 관해서 그 많은 특별한 점을 알 수 있게 한다. 이는 많은 것이 동화처럼 보이더라도, 그의 관찰이 옳다는 것을 뒷받침한다. 학식 있는 지리학자만이 이 모든 것을 정돈하고 간직할 수 있으리라. 우리는 일반적인 인상으로 만족해야만 했다. 우리의 첫 연구에는 주석도 논평도 도움이 되질 않았기 때문이다.

요하네스 폰 몬테빌라[134]

이 사람의 여행은 1320년에 시작되었으며, 그의 여행기는 우리가 봐서는 마르코 폴로가 기술한 것들과 같은 기술인데 민중본 형식이다. 그러나 유감스럽게도 매우 변형된 모습이다. 저자에게 인정할 점은, 그가 대단한 여행들을 했으며 많은 것을 보았고 또 잘 관찰했으며 또한 바르게 기술하였다는 것이다. 그런데 그는 아전인수식 해석만 좋아한 것이 아니라, 옛 이야기며 새로 지어낸 이야기를 집어넣기를 좋아하였다. 그럼으로써 사실 자체는 그 신빙성을 잃는다. 라틴어 원어로부터 처음에는 저지低地 독일어로 그다음에는 고지高地 독일어[135]로 옮겨 가는 통에 이름들이 틀려져 책에 혼란이 일어나 있다. 번역자마저 빼기와 집어넣기를 마음대로 한다. 이 유명한 책을 즐기고 이용하는 일이 어떻게 위축되어 버렸는지를 우리의 괴레스Görres[136]가 독일 민중본들에 대한 그의 훌륭한 저술에서 보인 바와 같이 말이다.

---

134 Johannes von Montevilla/Sir John Mondeville: 14세기에 나온 여행기 『낯선 바다여행』 (*Voyage d'autre mer*)의 저자. 이 여행기가 여러 언어로 번역되어 읽혔다.

135 표준 독일어.

136 괴테는 1808년부터 J. J. Görres의 『독일 민중본들』(*Die teutschen Volksbücher*, 1807)을 소장하고 있었다.

피에트로 델라 발레

　공화정 시절의 귀족 가문으로 그 가계도가 소급되는 아주 오래된 로마의 문중에서 피에트로 델라 발레[137]는 1586년에 태어났는데, 전체 유럽 제국들이 높은 정신적 교양을 누리던 시절이었다. 이탈리아에는 타소[138]가 아직 살아 있었다. 비록 처량한 상태에 있기는 했으나 그의 시들은 모든 탁월한 정신의 소유자들에게 영향을 미쳤다. 시예술이 널리 유포되어 이미 즉흥시인들이 배출되었고 보다 재능 있고 자유로운 신념을 지닌 젊은이라면 운을 맞추어 자신을 표현하는 데 아쉬움이 없었다. 언어 연구, 문법, 웅변술 및 문체술이 철저하게 다루어졌고, 그렇게 이 모든 장점들 가운데서 우리의 젊은이는 세심하게 교양을 갖추며 자라났다.

　보병술 및 기마 무술들, 고귀한 검술과 승마술이 그가 체력 그리고 그와 밀접하게 결부된 강한 성격을 날마다 계발하는 데 일조했다. 초기 십자군 원정의 거친 행동이 이제 전술과 기사도로 육성되고, 여성에 대한 예절도 더해졌다. 우리가 보는 바로 이 젊은이는 여러 미인들에게, 특히 시를 통하여 봉사했으나 결국은 극도로 불행해진다. 자기 사람으로 만들 생각을

137　Pietro della Valle(1586~1652): 괴테는 1815년 3월 26일 네 권으로 이루어진 발레의 여행기 『여행기: 터키, 이집트, 팔레스타인, 페르시아』(*Reisebeschreibung: Türkey, Egypten, Palestina, Persien*)를 대출하여 1819년 4월 5일에 반납하였다.

138　Torquato Tasso(1544~95): 이탈리아 시인. 『예루살렘의 해방』이라는 작품을 썼고 신분 차이가 있는 공주를 향한 비극적 사랑으로 유명하다. 괴테는 이 인물의 이름을 제목으로 단 드라마 한 편을 썼다.

했으며 진지하게 결합되어 있다고 생각했던 한 여인이 그를 거들떠보지도 않고 품위 없는 사람에게 몸을 맡겨버렸던 것이다. 그의 고통은 한량이 없어, 숨통을 트기 위하여 그는 순례자의 옷을 입고 성지로 순례를 떠나기로 결정한다.

1614년에 그는 콘스탄티노플에 도착했는데, 그의 인물이 귀족적이고 호감을 주어, 거기서 최상의 환영을 받는다. 자신의 이전 연구들에 뒤이어 그는 곧바로 오리엔트 언어에 매진하여 먼저 터키의 문학, 풍속 및 풍습에 대한 조감을 하고 그다음에는, 새로 생긴 친구들이 아쉬워하는 가운데 이집트로 떠난다. 그곳의 체류 기간을 이용하여 그는 고대 세계와 그 자취를 새로운 세계에서 더없이 진지하게 찾고 추적한다. 카이로에서부터 그는 시나이 산으로 가서 성 카타리나의 묘지를 경배하고는 잠깐 바람이라도 쐬고 온 양 이집트의 수도로 되돌아온다. 카이로로부터 두 번째로 여행을 떠나 16일 만에 예루살렘에 이르는데 이를 통해 두 도시 간 거리의 진정한 척도가 우리의 상상력 앞에 밀려온다. 예루살렘에서는 성묘聖墓를 경배하며 구세주에게, 전에 이미 성 카타리나에게 그랬듯, 자신의 열정으로부터 자기를 풀려나게 해줄 것을 간원한다. 그리하여 눈에서 뭐가 한 꺼풀 떨어져 나가기라도 한 듯, 자기가 바보였으며 지금껏 경배했던 여인이 세상에 하나뿐인 여성인 줄 알았는데 그 여인은 그런 경의를 받을 만한 사람이 아니었다는 것을 깨닫는다. 그러자 다른 여성에 대한 그의 혐오도 사라져 그는 신붓감을 찾아 두리번거리게 된다. 그가 곧 돌아오기를 바라고 있는 친구들에게, 그는 자신에게 어울리는 여성을 물색해 달라고 편지를 쓴다.

이제 콘스탄티노플에 있는 친구들이 그에게 추천한 대로, 또 주로, 최상의 봉사를 하는 하인 카피기를 동반하여 모든 성지에 다 발을 디디고 경배하고 난 다음, 그는 이 상황에 대한 완벽한 개념을 가지고 여행을 계속하여 다마스쿠스에, 다음에는 알레포에 이른다. 거기서 그는 몸은 시리아의 옷으로 감싸고 수염은 자라게 두었다. 이제 여기서 어느 중요한, 운명을 결정하는 모험가 하나를 만나게 된다. 여행객 하나가 그와 어울렸는데, 그 사람이, 곧 가족들과 함께 바그다드에 머물고 있는 어떤 젊은 그루지야 출신 기독교도 여인의 아름다움과 사랑스러움에 대해 이야기를 했는데, 그 이야기를 그칠 줄 모르고 하는 것이었다. 하여 발레는, 진정 오리엔트식으로, 말로만 들은 모습에 사랑에 빠지게 되어, 그 모습을 찾아 갈망하며 가게 된다. 그녀의 모습을 직접 보게 되자 사랑과 갈망은 더욱 커졌다. 그는 처녀의 어머니의 마음을 사고, 아버지를 설득하려 애쓴다. 하지만 그녀의 부모는 그의 폭풍 같은 열정에 응하기는 하면서도 선뜻 딸을 내주지는 못한다. 사랑하는 아름다운 딸을 자기들로부터 떠나보내는 것이 너무나도 큰 희생으로 보였던 것이다. 그래도 마침내 그녀는 그의 아내가 되고 그럼으로써 그는 인생과 여행에 있어서 가장 큰 보물을 얻는다. 그도 그럴 것이 귀족적 지식과 학식으로써 무장을 하고 순례의 길에 들어선 그는, 인간에게 직접 연관되는 것을 참으로 주의 깊고도 성공적으로 관찰하고, 누구를 대하는 처신에서든 모든 경우에 모범적이기는 했지만 자연지식만은 없었다. 자연의 학문은 당시만 해도 다만 진지하고 사려 깊은 연구자들의 좁은 범위에서나 다루어지고 있었던 것이다. 그래서 그는, 식물들이며 목재들, 향료며 약재들에 대한 소식을 요청하는 자기 친구들의 부탁을 충분히는 충족할 수 없었다. 그런데 사랑스러운 가정의家庭醫였던 아름다운 마아니가 풀뿌리며, 온갖 약초들과 꽃들에 관해 알고 있었다. 그것들이 어떻게 자라는지를 알고 있었으며 송진이며, 향유, 오일들, 씨앗이며 목재들에 관해, 그것들이 어떻게 거래되는지, 충분히 설명할 줄 알았고, 남편의 관찰을, 그곳 방식에 맞게, 풍요롭게 할 줄 알았다.

그러나 이 결합은 삶과 여행활동을 위해 더욱 중요한 것이었다. 완벽하게 여성적이기는 했지만 마아니는 무슨 일이 있어도 놀라지 않고 처리해

낼 수 있는 단호한 성격이었다. 그녀는 위험을 두려워하지 않았고, 오히려 위험을 찾았으며 어디서든 고귀하고 침착하게 처신했다. 그녀는 남자들이 하는 식으로 말에 올랐고, 말을 길들이고, 말을 몰 줄 알았다. 하여 그녀는 언제까지고 쾌활하고 활기를 북돋우는 아내였다. 똑같이 중요한 것은, 그녀가 도중에 별별 여자들을 접촉하게 되었는데, 그녀가 결혼한 부인들과는 여자들이 하는 식으로 교류할 줄 알았기 때문에, 그녀의 남편이 사람들에게 환영을 받고 잘 대접받았으며 후원을 받게 되었다는 점이다.

그리하여 이 젊은 부부는 이제 먼저 터키 제국 안에서, 지금까지의 방랑에서는 알지 못했던 행복을 비로소 누린다. 그들은 표트르 대제나 프리드리히 대제처럼 대왕의 칭호가 걸맞은 아바스Abbas 2세[139] 재위 30년째 해에 페르시아로 들어간다. 아바스 2세는 위험에 찬, 두려운 젊은 시절이 지나자마자 즉시 통치를 하게 되었는데, 자신의 제국을 보호하자면 국경을 확장해야만 한다는 것, 또 내치도 공고히 하자면 어떤 수단이 있겠는지를 분명하게 숙지하고 있었다. 동시에 그는 백성이 없어진 제국을 이방인을 통해 다시 세우고, 공공도로와 숙박소들을 만들어 휘하 신하들의 교류를 활성화하고 용이하게 만드는 데 확실한 뜻과 성찰을 보였다. 큰 수입과 하사금을 그는 한량없는 건축 공사에 썼다. 이스파한을 수도로 승격시켰는데, 성들이며 정원들, 천막들이며 집들이 왕의 빈객들을 위해 즐비하였다. 아르메니아인들을 위한 외곽도시도 지어졌다. 아르메니아인들은 감사를 표하며 그침 없이 기회를 찾는다. 그들은 자신들을 위한 또 왕을 위한 계산에 따라 행동하며 이윤과 조공을 [자신들뿐만 아니라] 군주에게 동시에 가져올 줄 알 만큼 충분히 영리하였다. 그루지야인들을 위한 외곽도시 하나, 배화교도들의 후예들을 위해서 또 하나를 만들었으며, 이스파한을 거

---

139 아바스 1세 때의 일인데 여기서는 괴테가 착각하고 있다.

듭거듭 확장하여, 이 도시는 마침내 제국의 새로운 중심지의 하나로 경계도 없이 뻗어나갔다. 로마 가톨릭 승려들, 특히 카르멜 교단[140] 사람들이 좋은 대접과 보호를 받았다. 그리스 정교는 그만큼 대접을 못 받았다. 터키의 보호 하에 있으면서 유럽과 아시아의 공동의 적에 속한 듯이 보였던 것이다.

1년 넘도록 델라 발레는 이스파한에 머물렀고 그의 시간을 그침 없이 활동적으로 이용하여, 모든 정황들이며 형편에 대하여 소상한 소식을 모았다. 그의 서술은 얼마나 생생한지! 그가 전하는 소식들은 얼마나 정확한지! 마침내, 그 모든 것을 다 맛본 다음 그에게 부족한 건 그 모든 상황의 정점, 그가 그토록 경탄하는 황제와의 개인적 친분, 궁정과 전장과 군대의 상황에 대한 개념이었다.

물론 늪지이고 건강에 좋지 않은 지대인 카스피 해 남쪽 해안의 마잔다란 땅에서, 이 활동적이고 쉼 없는 군주 아바스 대제는 또다시 하나의 큰 도시를 건설하여, 페르하바드Ferhabad라고 명명하고, 백성들을 이주케 하여 신도시를 채웠다. 바로 인근에는 자신을 위해 이런저런 산악궁정을 원형 극장과도 같은 분지 꼭대기 위에다 지었다. 적인 러시아인들이며 터키인들에게서 그리 멀지 않은 곳으로, 둘러쳐진 산으로 보호가 된 위치였다. 아바스 대제는 보통 거기서 거주했는데 델라 발레가 거기로 찾아간다. 그는 마아니와 함께 도착하여, 좋은 대접을 받았다. 오리엔트식으로 현명하고도 사려 깊은 주저함 끝에, 황제에게 소개되고, 황제의 호의를 얻고 연회며 주연에 받아들여지는데, 거기서 그는 특히 유럽의 통치조직, 풍습, 종교를 설명해야 했다.

---

140 Carmeltiten: 은둔주의에서 비롯한 로마 가톨릭 종단. 1150년 (오늘날의) 이스라엘의 카르멜 산에서 창시되었다.

오리엔트 전반에서는, 특히 페르시아에서는, 높게는 왕좌 측근에 이르기까지의 모든 신분들에서 처신의 소박함과 순진무구함을 얼마만큼씩 찾아볼 수 있다. 상류층에는, 알현, 연회 따위에서 까다로운 격식이 있기는 하다. 그러나 일단 황제의 측근으로 가게 되면 금방, 지극히 장난스러운 모습을 취하는 일종의 카니발에서의 자유 같은 것이 생겨난다. 황제가 정원이나 정자에서 흥겨워할 때면, 궁정인사들이 딛고 있는 양탄자를 아무도 장화를 신은 채 밟으면 안 된다. 타타르 군주가 도착했을 때도 그의 장화를 벗긴다. 그런데 타타르 군주는, 한 발로 서 있는 것에 익숙하지 않아 비틀거리기 시작한다. 그러자 황제 자신이 가세하여 그를 붙잡아준다. 장화 벗기기 작전이 끝날 때까지 말이다. 저녁 무렵이면 황제가 궁정 모임 가운데 있는데, 거기서는 포도주가 채워진 황금 잔이 돌아간다. 어떤 잔들은 적절한 무게이지만, 또 어떤 잔들은 잔 바닥을 강화한 탓에 너무 무거워 그런 걸 들어본 적 없는 손님은 술을 쏟기도 하고, 술잔을 — 높으신 분들과 사정을 아는 이들이 더없이 즐겁게도 — 떨어뜨리기도 한다. 그렇게 모임에서 돌아가며 마시다가 누군가 마침내 더 이상 두 발로 서 있을 수가 없게 되면 들려 나가게 되거나 아니면 그러기 전에 제때 슬며시 사라진다. 작별을 할 때는 황제에게 경의를 표하지 않는다. 한 사람 한 사람 사라져 버려 마침내는 지배자 혼자 남아서 우울한 음악을 한동안 듣다가 마침내는 그도 쉬러 간다. 더욱 신기한 이야기들은 하렘에서 나오는 이야기들이다. 거기서 여자들은 지배자를 간지럼 태우고, 드잡이하고, 양탄자에 넘어뜨리려 한다. 그럴 때면 황제는 큰 웃음을 터뜨리며 욕을 하며 여자들 손에서 헤어나려 하거나 복수하려 한다.

그런데 황제의 하렘 내부의 오락에 관한 그런 재미있는 일화를 듣는다고 해서, 황제와 궁정의 국사처리청Staats-Divan이 한가롭거나 대충 돌아갔다고 생각해서는 안 된다. 아바스 대제로 하여금 카스피 해 연안의 제2의 수도를 짓게 한 것은 황제 자신의 활동적이고 쉼 없는 정신만이 아니다. 페르하바드는 사냥의 즐거움이며 궁정의 즐거움에 매우 유리한 위치에 자리 잡고 있기는 하지만 또한, 연산蓮山으로 보호되어 있고, 국경에 충분히 가까워 황제가 그의 숙적인 러시아며 터키의 동향을 하나하나 제때 알아보고 응분의 조처를 취할 수 있었다. 러시아인들로부터는 이제 아무것도 두려워할 게 없었다. 러시아 자체가 제위 찬탈자들과 가짜 황제로 제국 내부가 뒤흔들려 안정되어 있지 못했다. 반면 터키인들은, 황제가 벌써 12년 전에 가장 운 좋았던 전투에서, 얼마나 완벽하게 제압을 해놓았는지, 그 후로는 그곳으로부터 아무런 위험도 더 올 게 없었고, 오히려 큰 땅도 얻게 되었다. 그러나 그런 이웃 사이에 진정한 평화는 결코 확립될 수가 없었다. 개별적인 도발, 공개적 시위는 있어 양쪽 모두로 하여금 지속적으로 주목케 했다.

그러나 당시 아바스 대제는 군대를 좀 더 중무장시킬 필요가 있다고 보았다. 완전히 태곳적 스타일로 그는 휘하의 보병 전체를 아제르바이잔[141] 평원으로 모은다. 그의 모든 부대가, 기병과 보병이, 지극히 다채로운 무기를 들고 밀려온다. 동시에 수행원들의 행렬도 끝이 없었다. 그럴 것이 누구나, 이주할 때처럼 아내와 아이들을 데리고 보따리를 들고 오기 때문이다. 델라 발레도 자기의 아름다운 마아니와 그녀의 여종들을, 말이며 가마에 태워, 부대와 궁정의 뒤를 따르게 한다. 그래서 그를 황제가 칭찬한다. 이를 통해 그가 명망 있는 남자임을 증명했기 때문이다.

대규모 무리로 움직이는 그런 민족 전체에게, 그들이 집에서 필요로 하는 것들 중 아무것도 전혀 빠져서는 안 되었다. 그래서 온갖 종류의 상인이며 중개인들이 함께 가서 어디서든 잠깐씩 임시시장을 열고 좋은 매상

---

141 Aderbijan/Azerbaijan: 카스피 해 남서부에 있는 페르시아의 지방.

을 기대한다. 그래서 황제의 진영은 언제든 하나의 도시에 비교된다. 그 안에서는 치안과 질서가 잘 유지되고 있고, 무서운 벌로 다스리는 터라 아무도 강제 징수나 징발을 하지 못했고, 노략질은 더더욱 안 되었으며 지위 고하를 막론하고 모두가 현찰로 지불해야 했다. 그랬기 때문에 도중에 있는 모든 도시들만 비축품을 넉넉히 갖추고 있는 것이 아니라, 이웃하거나 멀리 떨어진 지역으로부터도 생필품과 필수품들이 고갈됨 없이 흘러 들어왔다.

그러나 그런 조직된 무질서로부터 전략적 작전을 위해서는 무엇이, 전술적 작전을 위해서는 무엇이 기대되는가? 특히 모든 보병 기간부대와 무기부대가 전투에 휘말려 특정한 전열병, 인병Nebenmann, 후열병의 구분 없이, 우연이 정하는 대로 뒤섞여 싸웠다고 하며, 그래서 운 좋게 얻어낸 승리도 아주 쉽사리 반전되고, 한 번만 전투에 패하게 되면 그것이 여러 해를 넘어서서 한 제국의 운명을 결정할 수 있었다는데 말이다.

그러나 이번에는 그런 무서운 주먹다짐과 무기의 뒤섞임에 이르지 않는다. 상상하기 어려운 고난 속에서 산맥을 뚫고 가기는 한다. 그러나 주춤하고, 물러서고, 심지어 자국의 도시들을 파괴할 채비를 한다. 초토화시켜 놓은 지역에서 적이 죽도록 말이다. 공황의 경보, 공허한 승리의 소식이 뒤섞인다. 무람하게 거부된, 자랑스레 거절한 평화의 조건들, 일그러진 전투욕, 책략으로 지연작전을 쓰는 것이 처음에는 평화를 지연시키나 마지막으로는 평화에 호조건이 된다. 이제 누구든, 황제의 명령과 처벌 지시에 응하여, 길과 혼잡한 무리에 시달려, 즉각 집으로 돌아갈 때, 감수할 더 이상의 어려움과 위험은 없다.

델라 발레도 궁정 가까운 카스빈Casbin에서 우리가 다시 만나게 되는데, 그는 터키인들에 맞선 출정出征이 그렇게 빨리 끝나버린 것이 불만이다. 그도 그럴 것이 그를 그저 호기심 많은 여행가, 우연에 의해 이리저리 내

몰리는 모험가로 보아서는 안 된다. 그는 오히려 중단 없이 좇아온 자신의 목표들을 품고 있다. 페르시아는 당시 사실 이방인들을 위한 나라였다. 아바스 대제의 여러 해에 걸친 진취적인 정책이 쾌활한 정신의 소유자들을 많이 끌어왔다. 아직은 격식 갖추어 외교 사절을 파견하는 시대가 아니었다. 대담하고 노련한 여행객들이 자임하고 나섰다. 영국인 셜리[142]가 이미 일찍이 스스로 나서서 동쪽과 서쪽의 중개자 역할을 했다. 독립적이고 유복한 귀족이고, 교양이 있고, 두루 추천을 받은 델라 발레 또한 입구를 찾아 궁정에 진입했으며 터키인들에 맞서라고 부추겨본다. 그를 몰아가는 것은 바로, 첫 십자군 참여자들을 고무했던 것과 똑같은 기독교적 공감이다. 그는 성묘聖墓에서 일어난 경건한 순례자들의 학대를 목격한 바 있고, 부분적으로는 함께 겪기까지 했다. 또 모든 기독교 민족들에게 중요했던 일은, 콘스탄티노플을 동쪽으로부터 동요시키는 것이었다. 그러나 아바스 대제는 기독교도들을 믿지 않았다. 기독교도들은 자신의 유익만 생각할 뿐, 한번도 적절한 시기에 그들 쪽에서 자기를 도와준 적이 없었던 것이다. 이제 그는 자신을 터키인들과 비교했다. 델라 발레는 그러나 굴하지 않고 페르시아를 흑해 연안의 코사크족과 동맹 맺게 하려고 한다. 이제 그는 이스파한으로 돌아온다. 이스파한에 정주하면서 로마 가톨릭교를 진흥할 의도를 가지고 말이다. 그 아내의 친척들을 먼저, 그다음에는 더 많은 그루지야 출신 기독교도들을 자기에게로 끌어들이고, 그루지야의 고아 소녀 하나를 고아원에서 입양하고, 카르멜 교단과 결속하면서 그가 염두에 둔 것은 대담하게도, 황제로부터 새로운 로마를 건설할 땅을 하사받겠다는 것이었다.

---

142 Sir Anthony Sherley(1565~1635): 1599년에 페르시아 공사였고 『페르시아 여행기』 (*Travels into Persia*)를 썼다.

이제 황제 자신이 다시 이스파한에 나타난다. 모든 세계지역으로부터 사신들이 물밀듯 몰려온다. 말을 탄 지배자가, 아주 큰 광장에, 그 병정들이며 지극히 명망 있는 시종들, 또 그들 중 가장 귀한 자들은 역시 모두 말을 타고 수행원을 거느리고 와 있는, 중요한 이방인들이 임석한 가운데서, 기분 좋은 알현을 허락한다. 선물이 오고, 그로써 큰 호사스러움이 벌어지는데, 선물은 펄쩍 뛰어오르며 비방받는가 하면, 유대인식으로 흥정도 된다. 하여 권위는 늘 최고의 것과 최저의 것 사이를 오락가락한다. 그다음에는 때로 아주 은밀하게 하렘에서 비밀리에, 또 때로는 만인의 눈앞에서 거래하며, 모든 공공연한 것에 개입해 가며, 황제가 지침 없이 자기 뜻대로 활동하는 모습이 보인다.

또 각별히 눈에 뜨이는 점은 종교적인 안건들에서의 특별히 자유로운 생각이다. 안 되는 건 이슬람교도를 기독교로 개종시키는 일뿐이다. 황제도 전에는 이슬람교로 개종시키기를 좋아했었는데 이제는 별 기쁨을 느끼지 못한다. 누구든 원하는 바를 믿고 해볼 수 있다. 그렇게 해서 예를 들면 아르메니아인들이 마침 십자가 세례[143] 잔치를 치르고 있다. 그 세례는 젠더루드 강이 뚫고 흐르는 그들의 호화로운 교외도시에서 지극히 장중하게 치러진다. 이런 직분을 황제는 큰 수행단과 함께 참석하여 행할 뿐만 아니라, 여기서도 그는 명령하기, 지시하기를 그칠 수 없다. 우선 황제는, 그게 실은 그들의 계획인데, 승려들과 의논을 하고, 그다음에는 위아래로 질주를 한다. 말을 타고 이리저리 다니며 행렬에다 질서와 침착을 명하는데, 휘하 전사들을 다루기라도 하듯 꼼꼼하게 한다. 잔치가 끝나면 그는 승려들과 다른 중요한 사람들을 주위에 불러 모아 그들과 함께 이런저런

---

143   아르메니아 교회의 풍습으로 매년 1월 5일에 십자가를 하루 동안 물에 담가두고, 그 물을 한 해 동안 세례수로 썼다.

종교적 의견들이며 관행들에 대하여 상의를 한다. 다른 믿음의 동료들에 맞서는 이런 생각의 자유는 황제 자신에게만 있는 것이 아니고, *시아파*[144] 전반에게 있다. 알리[145]가, 처음에는 칼리프들에 몰리다가 마침내 일이 거기에 이르자 곧 살해당했는데, 그를 추종하는 시아파는 여러 의미에서 이슬람교의 억압당한 파당으로 볼 수 있을 것이다. 그들의 증오는 그래서 주로 *수니파*[146]를 향해 있는데, 이들은 무함마드와 알리 사이에 끼어 있는 칼리프들[147]을 함께 헤아리고 존경한다. 이 믿음 쪽으로 터키인들이 기울어, 정치적이면서도 종교적인 분열이 두 민족을 갈라놓는다. 그런데 시아파는 생각이 다른 믿음의 동료들을 극도로 증오함으로써, 타종교인들에 대해서는 오히려 무심하여, 그들의 고유한 적수보다는 훨씬 먼저 호감을 가지고 받아들인다.

그러나 또한, 충분히 나쁘게도! 이 진취성이 황제의 자의의 영향 아래서 시달린다! 한 제국을 백성으로 채우느냐, 백성을 비우느냐는 전제정적인 의지에는 똑같은 일이다. 신분을 감추는 차림으로 나라를 두루 돌아다니던 아바스 대제는 몇몇 아르메니아 여자들의 악담을 듣게 되었는데 어찌나 모욕을 느꼈던지, 마을의 남자 주민 전체에게 더없이 끔찍스러운 형벌을 내렸다. 충격과 우려가 젠더루드 강 양안兩岸에서 퍼져갔고, 처음에는 황제가 그들의 축제에 참여하여 행복하게 해주었던 교외 도시 할리파[148]

---

144 Schiiten: 아라비아어로 '파, 파당'이란 뜻이다. 알리와 그 후손만 지도자로 인정하는 파이다.

145 Ali/Abī Tālib(602~61): 예언자 무함마드의 조카이자 사위. 제4대 칼리프(통치 656~61). 조카의 복수를 하려는 하리지리트족 사람에게 살해당했다.

146 Sunniten: 쿠란 다음으로 중요한, 구전되는 무함마드의 어록과 행적 Sunna(아라비아어로 '관습', '미덕'이라는 뜻)에 따라 명명된 이름이다. 지도자를 알리와 그 후손에 국한하지 않는 파이다.

147 선출된 칼리프들, 아부 바크르(재위 632~34), 우마르(재위 634~44), 우트만(재위 644~56)을 가리킨다.

는 깊디깊은 슬픔에 가라앉았다.

그렇게 해서 전제정으로 인하여 번갈아 가며 드높여지기도 하고 굴욕적으로 낮추어지기도 하는 큰 민족들의 감정을 우리는 늘 공유한다. 그런데 우리가 경탄하는 바는, 독재자Selbstherrscher이며 유일한 지배자 Alleinherrscher인 아바스 자신이 제국의 안전과 유복을 얼마나 드높였는가, 그리고 동시에 이런 상태에 지속성을 부여했는가 하는 점이다. 제국은 지속되었고, 그의 후손들의 허약함, 우둔함, 후속 없는 처신이 90년 동안 이어진 뒤에야[149] 비로소 제국을 완전히 멸망시킬 수 있었다. 그러나 그다음에 우리는 물론 이 압도적인 상像의 이면을 들춰봐야겠다.

독재는 어떤 것이든 모든 영향을 거부하고 통치자의 인격이 가장 큰 안전 가운데 지켜져야 하기 때문에 여기에서부터 이어지는 것이, 전제군주는 부단히 배반을 의심하고, 어디서든 위험을 감지하며, 또한 온 사방으로부터 폭력을 두려워해야만 한다는 점이다. 스스로 자신의 드높아진 지위를 폭력을 통해서만 주장하기 때문이다. 그래서 그는, 자기 이외에 명망과 신뢰를 일깨우고, 빛나는 완성도를 보이는 사람, 보물을 모으는 사람 그리고 활동에 있어서 자신과 경쟁하는 듯 보이는 사람이 있으면 누구든 질투한다. 그러다 보니 어떤 뜻에서나 그의 후계자가 가장 크게 혐의를 산다. 자기 아들을 질투 없이 바라본다면, 그 자체가 이미 국왕인 아버지가 큰 정신의 소유자임을 증명한다. 아들에게는 자연이 이제 곧, 지금까지의 모든 소유물과 획득물들을 자기 자신이라는, 힘 있게 뜻했던 이의 동의도 없이 철회도 불가능하게 넘겨줘 버릴 것이니 말이다. 다른 한편 아들로부터 요구되는 것은, 고귀하고 교양 있으며 취향이 풍부한 그가 자신의 희망들

---

148 Chalifa: 아르메니아의 도시. 현재 이름 Gulfa.
149 1772년 아프간인들이 페르시아로 밀고 들어와서 공포정치를 폈다.

을 절도 있게 낮추고, 자기의 소망을 감추며, 아버지의 운명에는 겉으로조차 기선을 제압하지 말라는 것이다. 하지만! 어디에서 인간의 본성이 그리 순수하고 크며, 그리 느긋하게 기다려내며, 그리 불가피한 조건들 아래서 즐겁게 활동하여, 그런 상황에서 아버지가 아들을 두고, 아들이 아버지를 두고 불평하지 않으랴? 설령 부자父子가 둘 다 천사처럼 순수하다 하여도, 그들 사이에는 감언이설로 모략하는 사람들이 들어서고, 조심성 없음이 범죄가 되고, 그럴듯함이 사실로 증명되는 법이다. 얼마나 많은 예를 역사는 우리에게 제공하는가! 그중에서 헤롯 대왕이 사로잡혀 있던 비참한 가족관계의 미로[150]만 생각해 보자. 그를 늘 흔들리는 위험 속에 있게 한 것이 가족만이 아니라, 예언을 통해 주목된 아기[151]도 그의 근심을 불러일으켜, 대왕의 임종 직전에 무차별로 펼쳐진 잔혹[152]의 계기가 되었다.

그러니까 아바스 대제에게도 그랬다. 아들들과 손자들이 혐의를 받았고, 또한 그들이 혐의를 사게끔 행동하기도 했다. 하나[153]는 죄 없이 살해되고, 다른 하나는 절반쯤 죄가 있어 눈알을 뽑히는 형을 당했다.[154] 이 아들이 말했다. "아버지는 제게서 빛만 뺏아간 것이 아니고 제국을 강탈했습니다."

전제정의 이런 불행한 결함은 불가피하게 또 다른 것을 좌지우지하는데, 거기서는 더욱 우연하게, 더욱 예견할 수 없게, 폭력과 범죄가 전개된다. 인간은 누구나 자신의 습관의 지배를 받는데, 외적 조건들로 제한이 되

---

150 헤롯(Herodes) 대왕(기원전 72~4?)은 로마인과 동맹을 맺어 유대의 왕이 되었으나 다섯 번의 결혼에서 비롯된 가족관계의 얽힘으로 세례 요한의 분노를 사고(마태복음 14장 3절 이하) 예수의 근심이 되었다 (마태복음 2장 1~8절).

151 예수.

152 베들레헴의 아기 살해(마태복음 2장 16절).

153 장남이다.

154 다른 두 아들과 손자가 이 형을 당했다.

면, 그때는 절도 있게 처신한다. 하여 절도 있음은 그에게 습관이 된다. 그 정반대의 일이 전제군주에게는 일어난다. 무제한의 의지 자체가 고조되다 보면 바깥으로부터 경고도 없으니 완전히 한계 없는 것을 지향할 수밖에 없다. 우리는 이를 통해 수수께끼가 풀리는 것을 본다. 통치 초기에는 축복받았던 칭송할 만한 젊은 군주가 어떻게 차츰차츰 폭군이 되어가서 세상에는 저주가 되고 그 가족에게는 멸망이 되는지 말이다. 그래서 그 일족은 종종 이런 고통에다 부득이 폭력적인 치유를 마련할 수밖에 없게 된다.

그런데 불행하게도 인간에게 나면서부터 주어진 지향, 절대적인 것에의 저 지향은, 원래는 모든 덕목을 증진하는 것인데 생리적 자극이 더해지면, 그 효과가 더욱 끔찍해진다. 여기에서 극도의 고조가 일어나는데, 이것이 다행히도 마지막에는 완전한 감각의 마비 가운데서 해체된다. 과도한 음주 말이다. 음주는 폭군 자신도 인간으로서는 아주 부정할 수 없는, 사려 깊은 정의와 재량권 사이에 있는 미미한 경계를, 한순간에 부수면서 한계 없는 화禍를 부른다. 소탈한 본성에, 사교적이고 좋은 기분의 그를 생각하시라. 그러나 그다음에는 의심, 혐오로 인하여 그리고, 가장 나쁜 것인데, 잘못 이해된 정의애로 인하여 오도당하고 격심한 음주로 흥분된, 그리고, 마지막 것을 말하자면, 가련한, 치유할 수 없는 신체적 불편으로 고통당하며 절망으로 몰린 그를 생각해 보라. 그러면 인정하게 될 것이다. 그렇게 끔찍한 모습을 지상에서 끝장낸 저 사람들이 찬양은 아니어도 용서는 받을 만하다고. 그래서 우리는, 그 입헌군주가 고귀한 도덕적 의식으로 스스로를 다스리는 교양 있는 민족들을 기쁘게 칭송한다. 군주 자신이 사랑하고 촉진할 이유가 있는, 절도 있고 조건 지어진 통치 형태[155]들은 다행스러운 것이다. 그런 것들은 군주에게 이런저런 책임을 면제해 주

---

155 입헌군주제를 뜻한다.

고 그에게 심지어 이런저런 후회를 아껴주기 때문이다.

그러나 군주만이 아니라, 신뢰, 호의 혹은 월권을 통해 최고의 권력에 몫을 가지게 된 사람은 누구나, 법과 도덕과, 인간의 감정, 양심, 종교 그리고 혈통이 행복으로, 인류에 대한 안심으로 그를 이끌어준 그 테두리를 넘어설 위험에 처한다. 그리하여 장관들이며 호의를 입은 자들, 민족 대표자들, 민족은 모쪼록 유의하시라. 그들 또한, 무조건적인 의지의 소용돌이에 휩쓸리면 자신과 다른 사람들을 돌이킬 수 없게 멸망으로 끌어내린다.

우리의 여행자에게로 되돌아오자면, 그가 불편한 처지에 처한 모습이 보인다. 오리엔트에 대한 그의 그 모든 남다른 사랑에도 불구하고 델라 발레도 결국은 느끼지 않을 수 없게 되었다. 자신이 어떤 후계도 생각할 수 없고 가장 순수한 뜻이 있고 가장 위대한 활동을 한다 하여도 결코 또 하나의 새로운 로마가 세워지지는 않을 나라에 있다는 것을. 그 아내의 친척들은 가족의 유대로도 모여 있지 않았다. 한동안 이스파한에서 친숙한 테두리 안에서 살고 난 다음 그들은 유프라테스 강가로 돌아가는 편이 낫겠다고 생각한다. 나머지 그루지야 사람들은 별 열성을 보이지 않는다. 분명 큰 계획이 각별하게 가슴에 자리를 차지하고 있었을 카르멜 교단 사람들도, 로마로부터 관심도 조력도 받지 못한다.

델라 발레의 열성이 지친다. 하여 그는 유럽으로 돌아가기로 결심한다. 유감스럽게도 마침 가장 때가 좋지 않을 때 말이다. 사막을 건너는 일은 감당하기 어려워 보여 그는 인도를 거쳐 가기로 정한다. 그런데 그때 마침 포르투갈인들, 스페인인들 그리고 영국인들 사이에서 아주 중요한 상거래 지점인 오르무스[156]를 두고 전쟁이 벌어지고, 아바스는 그 전쟁에 참전하는 것이 자신에게 유리하다고 생각한다. 황제는, 불편한 포르투갈인

---

156   Ormus/Hormuz: 한 세기 이상(1515~1622) 포르투갈의 소유였다.

이웃들을 퇴치하여 멀리 보내고, 도움을 주는 영국 사람들을 나중에 가서, 간계와 지체 같은 것으로 꺾고, 모든 유익을 스스로 차지하기로 결정한다.

그런 수상한 시류 가운데서 이제 우리 여행자에게 고유한 종류의 놀라운 감정이 엄습한다. 인간을 자기 자신과의 가장 큰 분열로 몰아넣는 감정인데, 우리가 타향에서 편치 않은 마음으로 집으로 되돌아 오려는데, 실은 벌써 집에 도착했었어야 한다고 소망하는 순간의, 조국에서부터 아주 멀리 떨어져 있다는 감정 말이다. 그런 경우에는 초조감에 저항하는 게 거의 불가능하다. 우리의 친우 델라 발레도 그런 감정에 사로잡힌다. 그의 활기 있는 성격, 그의 고귀하고 유능한 자기 신뢰가 그로 하여금 도중에 있을 온갖 난관을 잊게 한다. 모험을 벌인 대담함 덕분에 그는 지금까지 모든 장애를 이겨내고, 모든 계획을 관철하는 데 성공했다. 더 나아가 그는 같은 행운이 따라줄 것이라고 자신을 달래며, 사막을 거쳐 귀국하는 것은 견딜 수 없는 일로 보이기에, 인도를 거쳐서 가기로 결심한다. 아름다운 아내 마아니와 그녀의 양녀 마리우치아와 함께 말이다.

이런저런 불쾌한 사건이 장래의 위험의 전조로 나타난다. 그렇지만 그는 페르세폴리스와 쉬라즈를 경유하여, 언제나와 마찬가지로 유의하며, 사물들이며, 풍습, 풍속을 정확하게 표시하고 기록하였다. 그렇게 페르시아 만에 도착한다. 그러나 그곳에서 그는, 예견되었던 바와 같이, 항구들은 모조리 봉쇄되고, 모든 배는 전쟁에 쓰려고 징발되었음을 본다. 그곳 해안에서, 지극히 건강에 좋지 못한 지역에서 그는 영국인들이 진을 치고 있는 것을 만나는데, 영국인 카라반 역시 머물면서, 좋은 때를 기다리려 하고 있는 듯했다. 친절하게 맞아들여져서 그는 영국인에 합류하여, 영국인들의 막사 곁에 자기 천막을 치고 좀 더 편하려고 종려나무 오두막도 한 채 세운다. 여기서 그에게 다정한 별 하나가 빛나는 것 같다! 그의 결혼에는 지금껏 자녀가 없었다. 그런데 더할 나위 없이 기쁘게도 마아니가 임신을 했다고 밝힌다. 그러나 그가 병에 걸린다. 조악한 식사와 나쁜 공기가 그에게 아주 나쁜 영향을 끼치고 유감스럽게도 마아니에게도 그렇다. 그녀 쪽에서 너무나도 일찍 허물어진다. 신열이 떠나지 않는다. 그녀의 굳건한 성격이, 의사의 도움이 없이도 그녀를 한동안은 유지시키나 그다음에 그녀는 최후가 다가옴을 느끼면서 경건한 침착함에 몸을 맡겨, 자기를 종려 오두막에서 막사 아래로 데려다달라고 하고 거기서, 마리우치아가 축성된 촛불을 들고 있고 델라 발레가 전래의 기도를 하는 동안, 그의 품 안에서 숨을 거둔다. 그녀는 그때 스물 세 살이었다.

그런 엄청난 상실에서 위안을 찾으려고 그는 굳세게, 요지부동으로, 시신을 로마의 가족묘지로 운구해 가기로 결정한다. 송진, 향유 그리고 값비싼 특별한 향료 등이 없었으나, 다행히도 최고의 전사가 나타나고 그 사람이 경험 많은 사람들을 투입하여 정교하게 수습하여, 시신이 부패하지 않도록 유지했다.

그러나 이를 통해 그는 아주 큰 부담을 짊어지게 된다. 그가 이렇게 해서 이제는 미신에 사로잡힌 낙타 몰이꾼들, 탐욕스러운 선입견을 가진 관리들, 예의주시하는 세관원들을 장차의 전체 여행에서 잠재우거나 매수해야 하게 되었으니 말이다.

그런데 우리는 라리스탄[157]의 수도 라르Lar를 향해 그를 동행하고 있다. 거기서 그는 보다 나은 공기, 좋은 대접을 받으며 페르시아인들의 오르무스 정복을 기다려낸다. 그러나 페르시아인들의 승리도 그에게 후원이 되지는 못한다. 그는 다시 쉬라즈로 되밀려가게 되었고, 마침내는 영국 배를 타고 드디어 인도로 간다. 여기서 우리는 그의 태도가 지금까지의 것과 같음을 본다. 그의 굳건한 용기, 그의 지식, 그의 귀족적 특성들은 그로 하여

---

157 Laristan/Luristan: 남서 페르시아에 있는 지방.

금 어디서나 쉽게 받아들여지고 영예롭게 머물게 해준다. 그러나 마침내 그는 페르시아 만으로 되돌아가, 고향으로 가는 길을 사막을 거쳐서 갈 수밖에 없게 되었다.

여기서 그는 두려워했던 모든 험한 일을 겪는다. 부족 족장에게 십일조를 징수당하고, 세관원들에게 뜯기고, 아라비아인들에게 강탈당하고 기독교 세계에서마저 사방에서 조롱받고 지체되며, 마침내 그는 신기한 것들, 값진 것들을 충분히 로마로 가져온다. 그리고 가장 희귀하고 가장 귀한 것, 그가 사랑했던 마아니를 운구해 온다. 거기 로마, 아라 코엘리[158]에서 그는 성대한 장례를 치른다. 그가 그녀에게 마지막 경의를 표하려고 무덤 안으로 내려가는데, 그 곁에 처녀 둘이 보인다. 그가 없는 동안 우아하게 자라난 딸 *실비아*와 우리가 지금까지 마리우치아라는 이름으로 알고 있는 *티나틴 디 치바*[159]이다. 둘은 열다섯 살 남짓하다. 그의 아내가 죽은 이래 여행의 충실한 동반자이자 유일한 위로였던 뒤의 인물과 결혼하기로 그는 친척들의 뜻을 거슬러, 실로 교황의 뜻을 거슬러, 결심한다. 다들 그를 보다 귀한 사람, 보다 부유한 사람과 맺어주려고 했는데 말이다. 그런데 그는, 여러 해를 더 영광스럽게, 격하게 대담하고 용감한 성격을 실현하며 살았는데, 시비, 혐오, 위험도 없지 않았다. 66세에 이르러 죽을 때[160]는 수많은 후사를 남겼다.

---

158 Ara Coeli: 지금도 로마 시내 카피톨 곁의 아라코엘리(Aracoeli)에 있는 성모 마리아 교회이다.

159 Tinatin di Ziba: '예쁜'이란 뜻의 페르시아어 zībā를 Maria 위에 얹은 이름이다.

160 1652년 4월 20일.

양해를 구함

　말해둘 점은, 누구든 그 어떤 지식과 통찰에 이르는 길을 다른 나머지 길들보다는 우선하여 택하며 그의 후계자들도 즐겨 같은 길에 접어들어 전넘했으면 한다는 것이다. 내가 페터[161] 델라 발레를 시시콜콜 그려낸 건 이런 의미에서였다. 그 사람이, 오리엔트의 독특함을 나에게 맨 먼저 가장 분명하게 열어주었기 때문이다. 그리고 나의 선입견이겠으나 그의 서술을 통해 내가 비로소 나의 『서·동 시집』을 위한 고유한 터전과 바탕을 얻었다는 것이다. 종이며 책자가 참으로 많은 이 시대에, 페터 델라 발레의 이 방대한 책 한 권을 통독하는 것, 이것이 다른 사람들에게도 즐거운 일이 되었으면 한다. 이를 통해 중요한 한 세계 안으로 결정적으로 접어들 것이다. 이 세계는 그들에게 최신 여행기들 가운데서 비록 표면적으로 변경이 가해지기는 했으나, 그 바탕에 있어서는, 그 탁월한 사람에게 그의 당대에 보였던 세계와 같은 세계로 보일 것이다.

　　시인을 이해하려는 자
　　시인의 나라들로 가야 한다.
　　오리엔트에서 기뻐하라
　　옛것이 새것임을.

161　Peter: Pietro della Valle의 이름 Pietro를 친근하게 독일어화해서 쓰고 있다.

올레아리우스[162]

　지금까지 인쇄된 원고 분량은 우리로 하여금 보다 조심스럽게 그리고 이제부터는 덜 헤매며 나아갈 것을 유념하게 한다. 그래서 거명하는 이 탁월한 사람에 관해서도 그저 지나쳐 가며 이야기하련다. 다양한 민족들을 여행자들을 통해 보면 매우 특이하다. 그 가운데는 영국인들이 있는데 개중에는 지나쳐 가고 싶지 않은 셜리와 허버트[163]도 있다. 그다음에는 이탈리아인들이 있고 마지막으로는 프랑스인들이 있다. 여기서 이제, 힘 있고 기품 있는 독일인 하나가 나오기를. 유감스럽게도 그는 페르시아 궁정을 향해 가는 그의 여행에서 한 사람에게 묶여 있었는데,[164] 그는 모험가 이상으로, 공사公使 이상으로 보인다. 그러나 두 가지 의미에서 고집스럽게, 서툴게, 실로 멍청하게 처신한다. 그런다고 훌륭한 올레아리우스의 우직함이 흔들리지는 않는다. 아주 즐겁고 교훈적인 여행기를 그는 우리에게 준다. 그는 델라 발레보다 불과 몇 년 뒤에, 그리고 아바스 대제의 죽음 직후에 페르시아에 도착했고, 그가 귀환했을 때 독일인들은, 그 탁월한 인물, 사디와 더불어 유능하고 즐거운 번역[165] 하나를 알게 되어 그의 여행

162　Adam Olearius(1599~1671): 라이프치히의 문헌학자이며 신학자. 사절단의 서기로 1633년 러시아를 거쳐 페르시아로 갔다. 1639년에 끝난 이 여행의 기록을 남겼다.

163　Sir Thomas Herbert(1606~82): 1627~29년 사절단에서 페르시아 여행을 했다. 보고서 『페르시아 군주국 기술』(A Description of Persian Monarchy, 1634)을 펴냈다.

164　사절단장이었던 Otto Brüggemann이라는 사람으로 정직하지 못하고 부당했으며 심술궂었다고 한다.

165　올레아리우스 번역으로 1654년에 나온 『페르시아의 장미골짜기: 총명한 시인 쉬히 사디

기는 그만큼 더 소중하다. 덕분에 우리가 누리고 있는 좋은 것에 대하여 이 사람에게 깊이 감사하고 싶지만 부득이 여기서 중단한다. 같은 자리에서 우리는 다음 둘을 향한다. 그들의 공로 또한 피상적으로만 언급하겠다.

_____

에 관하여』는 페르시아 문학의 첫 독일어 번역이다.

타베르니에와 샤르댕

금세공사이자 보석상인 타베르니에[166]는 총명하고 처신 잘했던 사람으로, 값지고 정교한 상품들을 추천하여 보여주면서 오리엔트 궁정들에 들어갔고, 어디든 갔으며, 어디에서든 적응할 줄 알았다. 인도까지 가서 다이아몬드 광산에 이르렀는데, 위험한 귀향 여행을 마친 뒤, 서방에서는 그다지 우호적으로 받아들여지지 않았다. 그가 남긴 저술들은 지극히 교육적인데도, 후계자며 라이벌인 동향인 샤르댕[167]에 의해 인생길에서만 방해를 받은 것이 아니라 이후의 공적 의견 가운데서도 그 그늘에 묻혔다. 여행 시작에서부터 곧바로 아주 큰 장애들을 뚫고 가야만 했던 샤르댕은, 관대함과 사욕 사이를 오락가락하는 오리엔트의 권력자와 부자들의 사고방식을 탁월하게 이용할 줄 알았다. 가장 큰 보물을 소유하고 있으면서도 새 보석과 낯선 금세공품에 대한, 그들의 그치지 않는 욕망도 충족시켜 주었다. 그랬기 때문에 그는 적잖은 행운과 소득을 가지고 집으로 돌아온다.

이런 두 사람에게서는 그 총기, 평정심, 능숙함, 끈질김, 노련한 처세술, 당당함을 아무리 감탄해도 부족하다. 그리고 세속인들은 누구나 이들을 자신의 삶의 여정에서 본보기로 존경할 수도 있으리라. 그러나 이 두 사람

166　Jean Baptiste Tavernier(1605~89): 오리엔트를 널리 여행했다. 그의 『여섯 번의 터키, 페르시아, 인도 여행』(*Les six voyage en Turquie, en Perse et aux Indes*)을 괴테가 1815년 5월 21일에 대출하였다.

167　Jean Chardin(1643~1713): 1665~70, 1671~77년 두 차례에 걸쳐 페르시아 여행을 했다. 그의 『여행기』(*Journal de voyage*)를 괴테가 1815년 1월 25일에 대출하였다.

은, 누구에게나 주어지지는 않는 두 가지 장점을 소유하고 있었으니, 그들은 프로테스탄트였고 동시에 프랑스인이었다. 한데 이 두 가지는, 합쳐지면, 지극히 유능한 개인을 만들어낼 수 있는 특성들이다.

근년과 최근년[168]의 여행자들

18세기에, 또한 19세기에 감사하게도 우리가 새롭게 알게 된 일들을, 이 자리에서까지 손댈 수는 없겠다. 영국인들은 우리에게 지난 시기에 가장 미지의 지역들에 대해 밝혀주었다. 카불 왕국,[169] 오래된 게드로시아와 카라마니아로의 통로가 생겼다. 인더스 강 너머로, 또 거기서 날마다 더 넓게 활동이 펼쳐진다면, 누가 그걸 인정하지 않겠다며 시선을 거두랴. 그렇게 이를 통해 촉진되어, 옥시덴트에서도 (오리엔트에 대한) 심원한 언어 지식을 가지려는 욕구가 자꾸 확장됨에 틀림없다. 제한된 히브리어와 랍비의 권역을 벗어나 산스크리트어의 깊이와 넓이까지 이르기 위해 정신과 근면이 손을 잡으면 어떤 보조로 나아가는지를 생각해 보면, 그 오랜 세월, 이런 진전의 증인이 된 것이 기쁘다. 이런저런 것에 장애를 주며 파괴하는 전쟁들조차도 깊이 들여다보면 여러 가지 득을 가져온다. 지금껏 충분히 동화적으로 머물던 히말라야 산맥으로부터 내려와 인더스 강 양안에 이르기까지의 땅이 이제 우리에게 분명하게 나머지 세계와 관련되어 보인다. 인도 반도를 지나서 자바 섬에 이르기까지 내려오면 우리는 마음대로, 힘과 기회 닿는 대로, 우리의 조감을 확장하고 아주 특별한 것에서 배움을 얻을 수 있다. 그리고 그렇게 더 젊은 오리엔트의 친구들에게는 문이 하나하나씩 열린다. 저 근원적 세계의 비밀, 기이한 헌법이며 불행한

---

168   근년과 최근년은 괴테 당대의 기준이므로 실제적으로 18세기, 19세기를 뜻한다.

169   Das Königreich Kabul: 아프가니스탄.

종교의 결함들, 그리고 또한 시詩의 찬란함을 배우게 된다. 시는, 순수한 인류, 고결한 윤리, 명랑함과 사랑이 도피해 가는 곳이다. 카스트제의 분쟁, 환상적인 괴기스러움의 종교, 혼란스러운 신비주의를 넘어서 우리를 위로해 주고 마지막으로 그 안에 인류의 구원이 간직되어 있음을 확신시켜 주기 위해서 말이다.

스승들:
서거한 이들, 함께 사는 이들

우리의 인생과 공부 과정에서, 누구로부터 이것저것을 배웠는지, 어떻게 우리가 친구들과 동료들을 통해서만이 아니라 또한 맞서는 자와 적수를 통해 힘을 얻었는지, 정확한 설명을 스스로 하기란 거의 완수할 수 없는 어려운 과제이다. 그렇기는 하지만 특별히 감사해야 할 몇몇 사람은 거명해야만 할 것 같다.

존스. 이 사람의 공로는 참으로 세상에 다 알려져 있고, 여러 곳에서 소상히 기려져, 내가 할 수 있는 일이라고는, 예전부터 내가 그의 노력들로부터 최대한 장점을 끌어내려고 했다는 것을 그저 일반적으로 인정하는 것밖에 없다. 그렇지만, 내가 그에게 특별히 주목하는 한 측면을 그리고자 한다.

진정한 영국적 교육 방식에 따라 그리스와 이탈리아 문학에 대해, 그 언어들로 스스로 글을 쓸 수 있을 만치 기초가 있었던 그는 거기서 나온 문학작품들을 평가하는 것만이 아니라 여러 유럽 문학에 두루 통달했고, 오리엔트 문학에도 일가견이 있었다. 두 가지 아름다운 재능이 있었는데, 하나는 어느 민족이든 그 가장 고유한 공훈들을 평가할 줄 아는 것, 그리고 그다음에는 그 공훈들이 모두 필연적으로 근접하여 함께 있음에서 오는 아름다움과 선함을 어디서나 찾아낼 줄 아는 재능이었다.

하지만 그의 통찰을 전하는 데는 이런저런 어려움이 있었다. 무엇보다 자신이 그 일원인 영국 민족이 고대 그리스 로마 문학을 선호해 온 것이 장애가 되었다. 그리고 자세히 관찰하면, 쉽게 인지되는 것이, 그가 영리한 사람이라, 미지未知의 것을 기지旣知의 것에, 평가할 만한 것을 이미 평가된 것에 연결하려 했음을 알 수 있다. 그는 아시아 시예술에 대한 자신의 선호를 슬며시 가리고 거기서, 능숙한 겸손함으로써 대체로, 라틴과 그리스의 높이 찬양받는 시들에 견줄 만한 그런 예들을 제시한다. 그는 오리엔트의 우아한 섬세함을 고전주의자들도 받아들이게 하려고, 리듬이 있는 고대 그리스 로마 시형식들을 사용한다. 그러나 존스는 고풍스러운 면뿐만 아니라 애국적인 측면에서 많은 혐오스러운 일을 겪었던 것 같다. 오리엔트 시예술을 폄하하는 것이 그를 고통스럽게 했다. 그런 것이 그의 저서 『아시아 시예술에 대하여』의 말미에 있는 두 장밖에 안 되는, 딱딱하고 반어적인 논문 「아라비아인, 혹은 영국 시에 대한 대화」[170]에서 선명하게 비쳐 나온다. 여기서 그는 쓸쓸함을 드러내며 오리엔트의 의상을 차려 입은 밀턴과 포프가 얼마나 어처구니없어 보이는지를 우리 눈앞에 그려 보게 한다. 거기서 추론되는 것이, 이미 자주 반복해서 말하는 사실이기도 하지만, 어느 시인이든 그 언어 안에서, 그 당대와 풍습의 고유한 영역 안에서 찾아보고, 잘 알고 또 평가해야 한다는 것이다.

아이히호른. 즐겁게 인정을 하며 적어두는 바는, 지극히 공로 많은 분이 본인이 가지고 있던 존스의 저작 한 권을 42년 전에 내게 선물해 주셨는데, 현재 작업에서 내가 사용하고 있는 책이 바로 그 책이라는 점이다. 우리가 그를 아직 우리의 일원으로 꼽고 그의 입에서 이런저런 치유적이고 교육적인 것을 듣던 시절의 일이다. 또한 나는 은연중에 내내 그의 가르침을 따라갔다. 그리고 요즈음은 또다시 그의 손에서, 『예언자들』 그리고 그

---

170 Arabs, sive de Poesi Anglorum Dialogus: 대화 형식으로 영국 시인 한 사람에 아라비아 시인 한 사람씩을 맞세웠는데 예컨대 밀턴과 피르다우시를, 포프와 하피스를 맞세웠다.

들의 상태를 밝혀주는 아주 중요한 작품을 완성된 것으로 받아 기쁘다. 침착하고 이해력 있는 저자에게나 감정이 고조된 시인에게, 저 신이 주신 재능을 받은 이들이 드높은 정신으로 그들의 시대환경을 바라보며 성찰하고 그리하여 일어나고 있는 일을 의심쩍은 것은 벌하며, 경고하며, 위로하며 또 마음을 고양시키며 가리켜 보이는 것 이상으로 기쁜 게 무엇이 있으랴.

이 짧은 글로써 이 기품 있는 사람에 대한 나의 감사한 삶의 연관이 충실히 표명되었기를 바라는 바이다.

———

로어스바흐.[171] 견실한 인물 로어스바흐에게 빚진 것도 이 자리에서 생각해야겠다. 그는 나이가 지긋해서 우리 모임에 들어왔는데, 이 모임에서 그는 그 어떤 의미로도, 편안치 못했다. 하지만 내가 그에게 문의하는 것에 대해서는, 아는 범위 안에 있는 것이기만 하면, 모두 성실하게 답변해 주었다. 지나치게 뚜렷하게 한계를 긋는 일이 종종 있기는 했지만 말이다.

처음에는 그를 오리엔트 시문의 특별한 애호가로 알아보기 쉽지 않았다. 그렇지만 그 어떤 일을 애정과 열정을 쏟아, 시간과 힘을 들여 하고 나서도 희망했던 소득을 얻지 못했다고 생각하는 사람들 누구나 형편이 비슷하다. 그러다 늦게 되면, 인간이 가장 많이 누려야 마땅한 데서 즐김을 아쉬워하게 되는 시간이다. 그의 이해력과 그의 솔직함은 똑같이 상쾌했으며, 그와 함께했던 시간들을 나는 늘 즐겁게 회상한다.

---

171 Georg Wilhelm Lorsbach(1752~1816): 오리엔트학자로 1812년부터 예나 대학 교수였다. 괴테의 일기와 서간에 자주 언급된다.

폰 디츠

내 연구에 중요한 영향을 미친 사람은 고위성직자 폰 디츠[172]로 내가 고맙게 여기고 있다. 내가 좀 더 세심히 오리엔트 문학에 마음 쓰고 있을 무렵 『*카부스 서書*』[173]가 수중에 들어왔는데 얼마나 중요해 보이던지, 나는 많은 시간을 그 책에 바쳤고 이런저런 친구들에게도 그 책을 살펴보기를 권유했다. 어느 여행객 편에 나는, 내가 가르침을 빚진 저 귀한 사람에게, 정중한 인사를 전했다. 그랬더니 그의 편에서 다정하게도 튤립에 대한 작은 책을 보내왔다. 나는 비단 같은 종이에다, 화려한 꽃무늬 금장식 띠를 둘러 장식하게 하고 그 안에다 다음 시를 적어 넣었다.

> 땅은 얼마나 조심스레 거닐어야 하는지,
> 산 오르듯 오르기도 하고, 왕좌로부터 내리기도 하고
> 또 사람은 어찌, 말(馬)은 어찌 다루어야 하는지
> 그 모든 걸 왕은 아들에게 가르쳤다.
> 우리도 이제 안다, 우리에게 선물처럼
> 주어진 그대를 통해.
> 이제 그대는 튤립 꽃 벌판을 덧붙이시니
> 금빛 테두리가 나를 제한하지 않는다면

---

172 Heinrich Friedrich von Diez(1751~1817): 콘스탄티노플로 파견된 프로이센 공사. 그때부터 오리엔트 연구를 하였다. 괴테는 1815년부터 그와 서신을 주고받았다.

173 Buch des Kabus: 케캬부스(Kjekjawus)가 쓴 책 Qabus-nameh.

그대가 우리 위해 하신 일이, 어디에서 끝이 나랴.

그리고 그렇게 하여 편지를 통한 대화가 펼쳐졌다. 그 귀한 분의 생애 끝까지, 병고에 시달리면서도, 거의 읽을 수 없는 필치로 대화는 충실히 이어졌다.

그런데 나는 오리엔트의 풍습과 역사에 대해서는 그저 개략적으로만 알고 있었고, 언어에 대한 지식은 거의 전무하다시피 했기 때문에, 그런 친절은 각별히 소중했다. 미리 주어진 방법론적 방식에 있어서, 당장 밝히는 것이 중요한 만큼, 책들을 일일이 찾아보자면 힘과 시간의 소모가 큰데, 나는 의심스러운 경우에는 그를 향했으며 질문에 대해 언제든 힘이 되는 충분한 대답을 얻었다. 그의 이 편지들은 내용 때문에 충분히 출판될 만하고 또한 그의 지식과 그의 호의의 기념비로서 세워져야 마땅하다. 그의 엄격하고도 고집스러운 독특한 정서를 익히 아는 까닭에 나는 어떤 측면에서는 그를 건드리지 않도록 조심했다. 하지만 내가 *나스레딘 호자*의 성격, 세계정복자 티무르의 유쾌한 여행 동반자들과 막사 동거인들의 성격을 알고자 했을 때, 그는 그 자신의 사고방식에 어긋나는 것이었는데도 친절하게도 저 일화들 몇 가지를 번역해 주었다. 거기서 또다시 나타난 사실은, 서구인들이 나름의 방식으로 다루는, 실로 사람을 사로잡는 이런저런 동화들이 오리엔트에서 쓰였다는 것, 하지만 고유한 색깔, 적절한 진짜 음색은, 모습을 바꾸어 빚어가다 보니 대부분 상실되어 버렸다는 것이다.

그런데 이 책의 원고가 베를린왕립도서관에 있기 때문에, 이 분야의 대가 하나가 우리에게 번역을 해주는 일이 참으로 소망스러운 일일 것 같다. 어쩌면 그것은 라틴어로 가장 적절히 시작해 볼 수도 있으리라. 우선 학자들부터 그에 대한 완전한 지식을 가지게끔 말이다. 독일 독자들을 위해서는 그다음에 아마도 쓸 만한 발췌 번역을 낼 수 있지 않을까 한다.

내가 이분의 다른 저술들, 즉 『오리엔트의 기념물들 외外』도 읽고 거기서 도움을 받았다는 것을 현재 책자가 증명하기를 바란다. 곱씹어보며 고백해야 할 것은, 늘 동의만 할 수는 없는 그의 쟁론도 내게는 많은 득이 되었다는 점이다. 그러나 몇몇 대가들, 선배들이 힘과 노련함을 서로 겨루어 보고자 하면 결투장으로 달려가고 말았던 그의 대학 시절을 기억해 보면 그런 기회에, 어쩌면 한 학생에게서 늘 감추어져 있을 수도 있을 강함과 약함이 인지되었다는 것은 아무도 부정하지 못할 것이다.

이 『카부스 서』의 저자 케캬부스는, 정남쪽 방향으로 흑해黑海를 마무리하는 길란Ghilan 고원 거주민인 딜레미텐Dilemiten의 왕으로 우리가 그를 좀 더 상세히 알게 되면 곱절로 사랑스러워질 사람이다. 왕세자일 때 고도로 세심하게 가장 자유롭고, 가장 활동적인 삶으로 키워졌던 그는 동쪽에서 교육을 받고 자신을 시험해 보고자 자기 나라를 떠났다.

참으로 많은 기릴 만한 것을 보고해야 할 마흐무드가 죽은 직후 그는 가즈니로 가서, 마흐무드의 아들 메수드Messud의 지극히 우호적인 영접을 받았으며 이어 이런저런 전쟁 복무와 평화 복무가 있었고, 그 대가로 메수드의 누이 하나와 혼인하였다. 이곳저곳을 떠돌다가 케캬부스는 불과 몇 년 전 피르다우시가 『샤 나메』를 썼으며, 시인들과 재능 있는 인물들의 큰 회합이 그치지 않았던 궁정이요, 그의 아버지처럼 대담하고도 전투적인 새로운 지배자가 지력이 풍부한 집단을 존중할 줄 알았던 궁정에서 더욱 교육받을 수 있는 아주 귀한 공간을 찾을 수 있었다.

하지만 그가 어릴 적 받은 교육 이야기부터 하지 않을 수 없다. 그의 아버지는 신체적 교육을 최고도로 상승시키기 위해 아들을 탁월한 교육자에게 넘겼다. 그 교육자는 제자에게 활쏘기, 승마, 말 위에서 활쏘기, 투창, 타봉 다루기 그리고 공을 가장 노련하게 맞추기 등등 모든 승마술의 노련함을 익히게 하여 돌려보냈다. 이 모든 것이 완벽하게 이루어져 왕은 흡족해했다. 또 그랬기 때문에 교육자를 높이 칭송한 다음, 왕이 덧붙였다. 짐은, 그러나 한 가지를 더 상기시키노라. 그대는 내 아들에게 모든 것을 가르쳤다. 그런데 그건 다 낯선 도구를 필요로 하는 것이다. 말이 없으면 승마를 못 하고, 활이 없으면 쏘지를 못하며, 투창을 가지고 있지 않으면 그의 팔이 무엇이겠는가, 타봉과 공이 없다면 게임이 뭐겠는가. 그대가 왕자에게 가르치지 않은 유일한 것은, 필요불가결한 것, 아무도 도와줄 수 없는 데서, 그 자신만을 필요로 하는 것이다. 선생은 부끄러워하며 서 있었는데, 왕자에게는 수영 기술이 빠졌다는 것을 깨달았다. 이 기술 또한, 왕자가 좀 내켜하지 않았어도, 가르쳐서 익히게 했는데, 그것이 후에 그의 목숨을 구했다. 그가 수많은 순례자들과 함께 메카로 가는 여행 중에, 유프라테스 강에서 배가 가라앉아 불과 몇 사람만 화를 모면했을 때였다.

정신적으로도 그가 똑같이 높은 교육을 받았음을 증명하는 것이, 그가 가즈니의 궁정에서 좋은 대접을 받았다는 사실이다. 즉 그는 제후의 말동무로 임명되었는데, 그건 당시에는 중요한 일이었다. 왕의 말동무가 되자면 이해력이 있어야 하고, 모든 일어나는 일에 대하여 편안하게 흡족한 설명을 능히 할 수도 있어야 하니 말이다.

길란의 왕위 계승은 불안정했다. 제국의 존폐 자체가 불안정했는데 정복욕이 큰 세력 있는 이웃들 때문이었다. 처음에는 퇴위당했다가 다시 복위한 국왕이던 부친이 사망하고 나자, 큰 지혜와 결정적인 믿음의 헌신을 갖춘 계캬부스가 마침내 왕좌에 올랐다. 고령에 이르러, 아들 길란 샤 Ghilan Schach가 그 자신보다도 더 위험한 상황에 처할 것임을 예견했기에, 그는 이 주목할 만한 책 한 권을 쓴다. 이 책에서 그는 자기 아들에게 말한다. "너에게 여러 기술과 학문을 가르치는 것은 두 가지 이유에서이다. 운명에 의하여 궁핍한 상황에 놓이게 될 경우 그 어떤 한 가지 기술을 통하여 먹고살 수 있어야 하고, 네가 왕위에 머물게 될 경우, 즉 그 기술을 필요로 하지 않는 경우, 적어도 매사를 그 바탕에서부터 철저히 알고 있어야 하기 때문이다."

우리 시대, 자주 모범적인 헌신으로써 두 손이 해내는 일로 먹고사는 이민자들에게 그런 책이 수중에 들어왔다면, 얼마나 위로였겠는가.

그렇듯 탁월하고, 실로 그 가치를 가늠도 할 수 없는 책을 이제는 사람들이 알지도 못하게 된 원인은 아마도 주로, 저자가 그것을 자비로 발행했고 니콜라이 회사가 위탁판매를 맡았던 데에 있을 것이다. 그렇게 하여 책이 처음부터 서점에 쌓여 있게 되었던 것이다. 하지만 이 책에 어떤 보물이 들어 있는지 독자들이 짐작이라도 하도록, 각 장의 내용을 여기에다 신고, 이 책에 들어 있는 참으로 교화적이고도 유쾌한 일화들이며 이야기들, 못지않게 위대하고 비할 바 없는 원리들이 조금씩이나마 일반에게 알려지도록 해주기를 《모르겐블라트》Morgenblatt 나《게젤샤프터》Gesellschafter 같은 주요 일간지들에 부탁하는 바이다.

『카부스 서』의 장章별 내용

1) 신의 인식

2) 예언자의 찬양

3) 신을 찬양하다

4) 충만한 예배는 필요하고 유익하다

5) 부모에 대한 의무

6) 미덕을 통하여 출생신분을 상승시키기

7) 어떤 규칙에 따라 말해야 하는가

8) 누쉬레반[174]의 마지막 규칙들

9) 늙음과 젊음의 상태

10) 유복함과 식사 규칙

11) 술을 마실 때의 처신

12) 어떻게 손님들을 초대하고 대접하는가

13) 어떤 식으로 농담을 하고, 바둑과 장기 게임을 해야 하는가

14) 연인들의 됨됨이

15) 동거의 유익과 손해

16) 목욕과 세수는 어떻게 해야 하는가

17) 잠자기와 쉬기의 상태

18) 사냥에서의 법규

19) 구기 경기는 어떻게 하는가

20) 적에게 어떻게 맞서야 하는가

21) 재산을 늘리는 방법

22) 어떻게 재산을 간직하게끔, 그리고 되돌려주게끔 맡기는가

23) 남녀 노예의 구매

24) 어디에서 토지를 사들여야 하는가

25) 말 구입과 최상의 말의 표시

26) 남자는 여자를 어떻게 취해야 하는가

27) 자녀들을 키울 때의 법규

28) 친구를 만들고 고르는 장점들

29) 적들의 공격과 책략에 대해 태평하지 않기

30) 용서하는 것은 공로를 쌓는 것

31) 어떻게 학문을 추구해야만 하는가

---

174 Nuschirewan: 사산 왕조의 마지막 왕 재위 531~78.

————

그런데 이런 내용의 책 한 권에서 질문 없이 오리엔트의 형편에 대한 폭 넓은 지식을 분명 얻을 수 있겠듯이, 그 가운데서, 유럽적 상황에서도 배우고 판단할 유사점들을 충분히 찾아볼 수 있다는 것도 의심의 여지가 없다.

끝으로 짧은 연대기 하나를 되풀이한다. 케캬부스 왕은 대략 헤지라력曆 450년, 즉 1058년에 통치를 시작하여 헤지라력 473년, 즉 1080년에도 통치를 하였으며, 가즈니의 술탄 마흐무드의 딸과 혼인했다. 케캬부스 왕이 이 책을 써주었던 그 아들 길란 샤는 자기 나라들을 빼앗겼다. 그의 삶에 대해서는 알려진 바가 별로 없고, 죽음에 대해서는 알려진 바가 전혀 없다. 베를린에서 1811년에 나온 디츠의 번역을 보시기를.

앞서 고지한 작품을 출판하거나 위탁판매를 해줄 서점은 이 책을 공지해 주기 바랍니다. 가격을 낮추면 바람직한 보급이 용이해질 것입니다.

폰 하머[175]

이 훌륭한 사람에게 내가 얼마나 많은 것을 빚지고 있는지는 내가 쓰고 있는 이 작은 책이 그 모든 부분에서 증명하고 있다. 하피스와 그의 시는 내가 이미 오래전부터 주목하고 있었지만, 내가 문학, 여행기, 신문 등을 통해 접한 것이 이 비범한 사람의 가치와 공로에 대해서는, 무어라 일컬을 개념을 주지 못했다. 그러나 마침내, 1813년 봄, 하피스의 모든 작품의 완벽한 번역이 내게로 왔을 때, 나는 특별한 애호심으로 그의 내적 본질을 포착하게 되었으며 스스로 글을 씀으로써 그와 관계를 맺고자 했다. 이 우의적인 작업은 나로 하여금 수상쩍은 시절을 넘어서게 도와주었으며 마침내 성취된 평화[176]의 열매들을 지극히 편안하게 즐기게 하였다.

몇 년 전부터 이미 나도 『오리엔트의 보물 광맥』[177]의 비약적인 추진[178]을 개략적으로는 알고 있었으나 이제는 내가 거기서 장점을 얻어낼 때인 것 같다. 다양한 면면으로 이 작품은 시대의 욕구를, 가리키고 자극하면서 동시에 충족했다. 그리고 여기서 내게는 또다시, 우리가 어느 분야에서든

---

175 Joseph von Hammer-Purgstall(1774~1856): 오스트리아의 외교관이자 오리엔트학자. 오리엔트 문학 번역자이며 오스만 제국학의 창시자이고 오스트리아의 오리엔트학의 선구자이다.

176 빈 회의(Wiener Kongress, 1814년 가을~1815년 6월 9일)의 종료.

177 요제프 폰 하머가 엮은 *Fundgruben des Orients*. 총 6권으로 빈에서 출간되었다(1809~18). 이 방대한 책은 괴테의 주요 참고서가 되었고 오늘날의 연구자들에게도 그러하다.

178 '비약적 추진'의 원어 'schwunghafte Betrieb'는 보물 광맥/구덩이라는 은유에 연결하여 핵핵 퍼 올리는 듯한 작업을 연상시킨다.

함께 살아가는 동시대인들로부터 가장 아름답게 후원받는다는 사실이 진실임이 증명되었다. 지식 많은 사람들은 과거를 우리에게 가르쳐준다. 그들은 지금의 활동이 솟아 나오는 입지를 알려주며 앞으로 우리가 접어들어야 할 다음 길도 가리켜준다. 다행히도 앞서 말한 훌륭한 작품이 여전히도 같은 열성으로 계속되고 있다. 그리고 설령 이 분야에서 그의 연구를 과거로 향하게 한다 하더라도, 늘 기꺼이 새로워진 관심으로, 우리로 하여금 여기서 이렇게 신선하게 즐길 수 있고 쓸 수 있게 여러 면에서 제공하고 있는 것으로 되돌아가는 것이다.

그렇지만 한 가지 기억할 점은 고백해야겠는데, 만약 이 발행인이, 비전문가와 애호가들에게도 주목하여, 모두는 아니더라도 몇몇 논문들 앞에다 과거의 상황, 인물들, 지역성들에 대한 짧은 머릿글을 달았더라면, 이 중요한 수집서는 좀 더 빨리 나에게 힘이 되었을 것이라는 점이다. 그랬더라면 물론 알고 싶은 욕망에 찬 사람이 힘들여 이리저리, 산발적인 추적을 하지 않아도 되었을 테니까 말이다.

그렇지만 그 당시에 좀 더 있었으면 했던 것이 지금은 모두 우리에게서 충분하게 이루어져 있다. 페르시아 시예술의 역사를 우리에게 전승해 주는 이 평가할 수도 없는 작품을 통하여서 말이다. 그도 그럴 것이 내가 기꺼이 고백하건대,《괴팅겐 안차이게》지가 우리에게 그 내용에 대한 첫 소식을 간략히 알려주었던 1814년에 이미 나는, 즉시 주어진 제목에 따라 내 연구를 정리 정돈하였는데, 그 일이 상당히 유익했다. 초조하게 기다리던 전집이 드디어 출간되자, 나는 단번에 잘 아는 세상 한가운데 와 있는 것만 같았다. 그 상황이 여느 때는 그저 전체적으로, 오락가락하는 안개 띠를 뚫고 보였었는데 이제 하나하나 명확하게 인식하고 유의할 수 있었다.

내가 이 작품을 이용한 것에 흡족해하며, 이 쌓인 보물을 인생의 길에서 어쩌면 멀리 옆으로 치워두었을지도 모를 사람도 끌어들이려 했던 의도를 인식해 주었으면 한다.

분명 이제 우리는 기초를 하나 가지게 되었다. 그 위에서 페르시아 문학이 찬란하게 또 조감되게 세워질 수 있으며, 그 본보기에 따라 모름지기 다른 문학들도 알맞은 지위와 후원을 얻게 되길 바란다. 그렇지만 연대기적 체계를 계속 유지하고, 이를테면, 다양한 문학 장르에 따라, 체계적으로 전시하려는 시도 같은 것은 하지 않는 것이 지극히 바람직하다. 오리엔트 시인들에게서는 모든 것이 너무나도 뒤섞여 있어, 개별적인 것을 구분해 낼 수가 없다. 시대의 성격과 당대 시인의 성격만이 교훈적이며 또한 이것이 한 사람 한 사람에게 교훈적으로 작용한다. 앞으로도 지금까지와 마찬가지로 다루어나가고자 한다.

빛나는 쉬린[179]의 공로와 사랑스럽고 진지하게 가르치는, 내 작업의 끝에서 우리를 기쁘게 하는 클로버 이파리[180]의 여러 공로가 두루 널리 인정받았으면 좋겠다.

---

179 폰 하머의 저서 『쉬린, 페르시아의 낭만적인 시 한 편』(*Schirin, ein persisches romantisches Gedicht*, 1809)을 가리킨다.

180 행운의 표시. 폰 하머의 저서 『사랑스럽게 진지하게 가르치는 동방의 클로버 잎, 배화교도의 찬가들, 아라비아 비가들, 터키 목가들로 이루어짐』(*Morgenlandisches Kleeblatt, bestehend aus persischen Hymnen, arabischen Elegien, turkischen Ekologen*, 1819)을 가리킨다. 최신간들까지 괴테가 찾아 읽고 있음을 볼 수 있다.

번역[181]

그러나 독일인도 모든 종류의 번역을 통하여 오리엔트 쪽으로 점점 더 멀리 나아가기 때문에, 그래서 무언가 알기는 하면서도 되풀이해도 결코 충분치 않은 것을 이 자리에 적어볼까 한다.

번역에는 세 종류가 있다. 첫째는 우리 자신의 의미 안에 머물면서 타국을 알리는 것이니, 소박하고 산문적인 번역이 여기서는 가장 좋은 번역이다. 산문이란 어느 한 시예술의 모든 특성들을 완전히 지양하고 시적인 격정조차도 일반적인 수준으로 낮춤으로써, 처음에 가장 쓰임새가 크기 때문이다. 그런 번역은 우리가 민족적으로 편안히 있는 가운데, 우리의 일상의 삶 가운데서, 낯선 탁월한 것으로써 우리를 놀라게 하고, 어떻게 그런 일이 일어나는지 우리가 모르는 사이에, 보다 격조 높은 정서적 고양을 경험케 하면서 진정으로 우리를 북돋워 주기 때문이다. 루터의 성서 번역은 언제든 그런 효과를 낸다.

만약 니벨룽겐 서사시를 (그대로 시로 두지 않고) 곧장 능숙한 산문으로 옮겨 그것에 민중본이라고 도장을 찍어놓기라도 했더라면 득이 많으리라. 또한 이상하고, 진지하고, 음침하고, 공포스러운 기사적 감각이 송두리째 우리에게 다가왔을 것이다. 이것이 아직도 권할 만하고 행할 만한 일인가 아닌가는, 이 고풍스러운 작업에 더 적극적으로 헌신해 온 사람들이 가장 잘 판단할 것이다.

---

181 여기에서 개진되는 괴테의 번역론은 번역 이론 분야에서 비중이 큰 글이다.

번역의 두 번째 단계가 여기에 이어지는데, 타국의 상황 안으로 자신을 옮겨놓기는 하지만, 실은 낯선 뜻을 오로지 자기 것으로 만들어 자신의 뜻으로써 다시 그려내려고 애쓰는 시기이다. 그런 시기를 나는 단어의 가장 순수한 뜻에서 *패러디적*(원뜻: 노래 바꾸어 부르기) 시기라고 부르고 싶다. 그런 일에 소명을 받았다고 느끼는 사람들은 대부분 총명한[182] 사람들이다. 프랑스 사람들은 모든 시 작품들의 번역에서 이런 종류를 사용한다. 수백 가지 예들을 들리유Delille의 번역에서 찾아볼 수 있다. 낯선 말들을 자기 입에 담기 알맞게 만들듯, 이 프랑스 사람은 감정, 생각, 실로 대상들에 있어서도 그런 방식을 취한다. 낯선 열매에게 전적으로 그 자신의 토양에서 자라난 열매의 대용물이 되라고 요구한다.

빌란트[183]의 번역들이 이런 종류와 방식에 속한다. 그도 독특한 오성감각과 미감이 있어 고대며, 외국에 접근했는데, 거기서 그가 편안함을 찾는만큼만이었다. 이 탁월한 사람은 그 시대의 대표라고 보아도 좋을 것이다. 바로 그의 마음을 끄는 것을, 그는 자기 것으로 만들며 다시 그것을 전달하는 대로, 자신의 동시대인들에게도 편안하게 즐길 수 있게 전달하였는데 대단한 영향을 끼쳤다.

그러나 완전한 것 가운데도 불완전한 것 가운데도 오래는 머물러 있을수 없고, 변화에 변화를 자꾸 따라야만 하기 때문에, 우리는 최고이자 마지막 것이라고 일컬을 수 있는 세 번째 시공時空을 경험한다. 즉, 번역을 원전과 동일하게 만들고 싶어 하여, 하나가 다른 것 대신이 아니라, 다른 것 자리에서 통용이 되는 시공 말이다.

---

182 geistreich: 오늘날 통용되는 의미는 '재치 있는'이지만 여기서는 괴테의 뜻에 가깝게 표시했다. '에스프리가 있는' 정도의 뜻이다. 앞에서는 문맥에 따라 '명민한'으로도 번역하였다.

183 Christoph Martin Wieland(1733~1813): 시인, 번역가. 괴테, 쉴러, 헤르더와 더불어 바이마르의 중심인물이다.

이런 종류는 처음에는 아주 큰 저항에 부딪친다. 번역가가 원전에 단단히 어울려, 자기 민족의 독창성은 다소간에 포기하고, 그렇게 함으로써 제3의 것이 생겨나는데, 그런 것에 대한 대중의 미감美感은 이제부터 비로소 길러져야만 하는 것이다.

아무리 높이 평가되어도 결코 부족한 포스[184]는 처음에는, 사람들이 차츰차츰 새로운 양식을 귀 기울여 듣게 되고 차츰 편안해져 갈 때까지는 독자를 만족시킬 수 없었다. 그러나 무슨 일이 일어난 건지, 무슨 새로운 바람이 독일인들 가운데로 불어왔는지, 이 지력이 풍부하고 재능 넘치는 젊은 사람 수중에 얼마나 수사적인, 리듬의, 운율의 장점들이 있는지, 어떻게 이제 아리오스토와 타소, 셰익스피어와 칼데론이, 독일화된 낯선 이들이 우리 무대에 2중 3중으로 올려지는지 조감이 되는 사람은, 갖가지 장애 가운데서 누가 이 길을 맨 먼저 접어들었는지 문학사가 굴절 없이 발언해 줄 것을 희망해도 좋으리라.

그런데 하머의 작업들도 대체로 오리엔트 걸작들을 비슷한 방식으로 취급하는데, 거기서는 특히 외적 형식에의 접근이 추천할 만하다. 우리의 친구〔하머〕가 우리에게 제공하는, 피르다우시 번역의 구절들은 『보물광맥』에서 얼마간 읽을 수 있는 어느 번안자의 번역에 비해 얼마나 무한히 장점이 많은지 나타난다. 시인을 그 번안자처럼 바꾸어 그리는 방식을 우리는, 다른 일에서는 능력 있는, 부지런한 번역자가 저지르는 가장 슬픈 오류로 여긴다.

그러나 어느 문학에도 이 세 가지 시기가 되풀이되고, 돌아오고, 실로 그 세 가지 번역 방법이 동시에 행사되기 때문에, 지금 『샤 나메』와 니자

---

184 Johann Heinrich Voß(1751~1826): 『일리아드』의 번역자. 당대와 다음 세대인들에게 표준이 되는 번역본을 제공했다.

미의 작품들의 산문 번역 하나가 여전히 합당할 것 같다. 이 번역은, 중심 의미를 신속하게 알려는 독서에 좋다. 우리는 역사적인 것, 우화적인 것, 윤리적인 것을 대체로 즐거워함으로써 그들의 신념이며 사고방식과 점점 더 가까이 친숙해졌고, 마침내 그것과 완전히 형제같이 되었다.

우리 독일인들이 『샤쿤탈라』[185]의 그런 번역에 주는 가장 단호한 갈채를 기억하시라. 그러면 우리는 그것이 이룬 이 행운을 거의 확실히 저 일반적 산문 덕으로 돌릴 수 있을 것이다. 그러나 이제는 그것에서 제3의 종류의 번역 하나가 나올 시간인 것 같다. 원전의 다양한 사투리들에, 리듬상의, 운율상의 또 산문적인 발언 방식에 상응하며 이 시가 그 전체 고유함 가운데서 우리로 하여금 새롭게 기뻐하게 하고 토착화되게 하는 번역 말이다. 그런데 이 영원한 작품의 필사본이 파리에 있으니, 그곳에 사는 독일인 하나가 우리 주변을 위해 그런 작업을 한다면 불멸의 공적을 얻을 수도 있을 것이다.

『구름의 사신 메가 두타』[186]의 영어 번역자[187] 역시 모든 영예를 받을 만하다. 그런 작품을 처음 알게 되는 것은 항시, 우리 인생에서 결정적인 한 시대를 만들기 때문이다. 그러나 그의 번역은 사실은 두 번째 시기의 번역이다. 풀이하고 보충하면서, 이 번역은 5운보 약강격을 통해 북동유럽인들의 귀와 감각을 즐겁게 한다. 반면 나는 우리의 코제가르텐[188] 덕에 원어에서 곧바로 나온 몇 안 되는 구절을 알게 되었는데, 물론 아주 다른 열

---

185 고대 인도의 시인 칼리다사(Kalidasa, 4~5세기 추정)의 산스크리트어 희곡. 1791년에 처음 독일어로 번역되었다.

186 칼리다사가 쓴 산스크리트어 서정시.

187 Horace Hayman Wilson(1786~1860).

188 Johann Gottfried Ludwig Kosegarten(1792~1860): 예나 대학의 오리엔트학자. 괴테가 『서·동 시집』을 쓰는 동안 중요한 협업자였다.

림을 준다. 나아가 이 영국인은 모티프들의 변형Transposition을 감행했는데, 이건 숙련된 미학적 눈길이 곧바로 발견해 내고 인정하기 어려운 것이었다.

그러나 왜 우리가 세 번째 시기를 동시에 마지막 시기로도 일컫는지, 그것만 조금 설명하겠다. 원전과 동일시되기를 지향하는 번역은 마지막에는 행간 번역에 접근하며 원전의 이해를 아주 쉽게 한다. 이를 통하여 우리는 원전으로 인도된다. 아니 심지어 떠밀려간다. 그리하여 마지막으로 전체 원이 마무리된다. 낯선 것과 토착적인 것, 기지의 것과 미지의 것이 서로에게 다가가서 마무리되는 원[189] 말이다.

---

189 프리드리히 슐라이어마허(Friedrich Schleiermacher)의 '해석학적 원'(hermeneutisches Zirkel)과 상통하는 표현.

최종 마무리!

사라진, 태곳적의 오리엔트를 최근의 생생히 살아 있는 오리엔트에 연결하는 일이 우리에게서 얼마나 성공적으로 이루어졌는지는, 전문가와 우호적인 친구들이 판단할 것이다. 하지만 동시대사에 속하면서, 전체의 즐겁고 생생한 결론에 쓰일 수 있을 몇 가지가 더 수중으로 들어왔다.

4년쯤 전에 페테르부르크로 파견될 페르시아 공사가 황제의 위임을 받았을 때, 군주의 귀하신 비妃가 이 기회를 놓치지 않았다. 그보다는 그녀 쪽에서, 러시아 황제비[190]에게 중요한 선물을 보냈다. 편지 한 장이 동봉되었는데 운 좋게도 그 번역을 여기서 전할 수 있게 되었다.

———

글

페르시아 황제비가

모든 러시아인의 어머니 황제비 전하께 보냄

이 세상을 이루고 있는 자연이 존속하는 한, 위대한 궁정의 고귀하신 모후시여, 제국의 진주의 보물상자, 큰 제국의 빛나는 태양을 지니고, 가

---

190 Zarin-Mutter: 마리아 페도로브나(Maria Fedorowna). 독일 뷔르템베르크(Württemberg) 의 공주로 러시아로 출가하였으며, 바이마르 군주 카를 아우구스트 대공의 며느리가 된 파울로브나(Paulowna von Sachsen-Weimar-Eisenach)의 어머니이다.

장 높으신 분들의 중심점의 원을, 최고 힘의 열매의 야자수를 지니고 계시는 지배의 성좌 같으신 비妃시여, 그분께서 늘 행복하시고 일체의 사고로부터 무사하시기를 기원합니다.

이런 지극히 솔직한 제 소망을 말씀드린 후, 영예롭게 드리올 말씀은, 우리의 행복한 시대에, 너무나도 힘찬 존재의 큰 자비의 덕으로, 두 높은 힘의 정원들이 새롭게 신선한 장미꽃을 피웠으며 찬란한 두 궁정 사이로 스며 들어와, 한껏 솔직한 통합과 우의로써 제거된 모든 것들 이후, 이런 큰 자선을 인정하는 것 가운데서도 이제 이런저런 궁정과 연결된 모두가 우호적인 관계와 서신 교환을 나누기를 그치지 않으리라는 것입니다.

그러니까 이제, 러시아 궁정으로 파견하는 공사公使 미르차 아불 하산 칸 예하가 러시아 수도로 여행을 떠나는 이 순간 저는, 이 솔직한 편지라는 열쇠로 우정의 문들을 열 필요가 있다고 느꼈습니다. 또한, 친구들이 서로 선물을 하는 것은 오랜 관습이고, 우정과 충심의 원칙에 맞는 일이라, 보내드리는, 저희 나라의 지극히 얌전한 장신구를 기껍게 받아주시기를 부탁드립니다. 희망하는 바는, 황제비 전하께서 다정한 서신의 잉크 몇 방울로써 전하를 지극히 사랑하는 마음의 정원으로 하여금 원기가 나게 해 주시리라는 것입니다. 저야, 이따금씩 분부를 내려주시면 기쁠 것입니다.

신께서 전하의 나날을 맑고 행복하고 명예롭게 유지해 주시기를 기원하오며

선물
489캐럿 무게의 진주 목걸이
인디아 숄 다섯 개
종이 상자, 이스파한 공예품
펜을 넣어두는 작은 곽

화장실에서 사용하는 도구들을 담는 용기

금 비단 다섯 필

———

　나아가 페테르부르크에 머무는 공사가 양 민족의 관계에 대해 얼마나 영리하고 겸손하게 표현하는지를 우리는 이미 앞에서 우리 나라 사람들에게, 페르시아 문학과 시의 역사를 따라, 설명했다.

　그러나 최근 우리는 *타고난 공사*라고나 할 이 사람이, 두루 거쳐 영국으로 가는 길에 빈에서 자기 황제의 성은의 선물을 받았음을 알고 있다. 거기에는 군주 자신이, 시적인 표현, 의미와 광채를 완벽히 부여하려고 하였다. 이 시편들도 덧붙인다. 이런저런 건축자재들로써, 바라건대, 장구히 지속토록 지어진 우리의 궁륭 천장의 최종 마감석으로서 말이다.

در درفش

فتحعلي شه ترك جمشيد كيتي افروز
كشور خداي ايران خورشيد عالم آرا
چترش بصحن كيهان افكنده ظلّ اعظم
كردش بمغز كيوان اكنده مشك سارا
ايران كنام شيران خورشيد شاه ايران
زانست شير وخورشيد نقش درفش دارا
فرق سفير دانا يعني ابو الحسن خان
بر اطلس فلك شود از اين درفش خارا
از مهر سوي لندن اورا سفير فرمود
زان داد فرّ ونصرت برخسرو نصارا

깃발에 부쳐

터키인 페취 알리 샤는 젬쉬드[191]와 같지,

세상을 밝히는 이, 이란의 주인, 지상의 태양.

그의 양산은 세상벌판에 넓은 그림자 드리우고

그의 허리띠는 토성의 뇌 속에 사향 향기를 불어넣네.

이란은 사자들의 계곡, 그 제후는 태양.

하여 사자와 태양이 다라[192]의 군기軍旗에서 휘황하네.

대사 아불 하산 칸의 머리

비단 깃발을 높이 올려 천상의 궁륭을 만드네.

총애를 받아 런던으로 보내졌으니,

기독의 군주[193]에게 행복과 평안을 가져다주었노라.

---

191 Dschemschid/Jemshid: 아름다운 용모가, 혹은 행한 위업이 눈부셔서 '태양'이라고 불렸다는 페르시아 왕.

192 Dara: 다리우스(Darius)라는 이름으로 지배자를 뜻한다. 페르시아어 dārā는 '유복한', '부유한'이라는 뜻이다.

193 Christenherr: 영국의 왕을 뜻한다.

در پرده
با صورت شاه وافتاب

تبارك الله زاين پرده همايون فرّ
كه افتاب بر پردكش پرده در
بلي طرازش از كلك ماني ثاني
نكار فتحعلي شاه افتاب افسر
مهين سفير شهنشاه اسمان دركاه
ابو الحسن خان آن هوشمند دانشور
زپاي تا سر او غرق كوهر از خسرو
سپرد چون ره خدمت بجاي پا از سر
چو خواست باز كند تاركش قرين با مهر
قرانش داد بدين مهر اسمان چاكر
درين خجسته بشارت اشارتست بزرك
بر ان سفير نكو سيرت ستوده سير
كه هست عهدش عهد جهانكشا دارا
كه هست قولش قول سپهر فرّ داور

태양과 국왕이 그려진
훈장 띠에 부쳐

귀한 광채 빛나는 이 띠를 신께서 축복하시기를
태양이 그 앞의 너울을 걷는다.
그 장식은 제2대 마니의 붓에서 나왔다
태양왕관을 쓴 페취 알리 샤의 모습.
천상의 궁정을 가진 위대한 군주의 사신
아불 하산 칸, 학식 있고 현명하니,
머리에서 발끝까지 지배자의 진주에 묻혔네.
복무의 길을 그는 처음부터 끝까지 간다.
그의 머리를 태양으로 드높이려
하늘태양[194]을 신하 되라 그에게 주었노라.
이리 즐거운 복음, 큰 뜻이 있으니
대사로서는 고귀해지고 찬양받은 것
그의 약속은 세계의 지배자, 다라의 약속이고
그의 말은 천상의 광채를 지니신 우리 군주의 말씀이네.

---

194 태양 모양 훈장에 있는 태양의 모상.

오리엔트 궁정들은, 어린이다운 소박함의 외견 하에서, 특별히 영리하고 꾀 많은 처신과 방식을 눈여겨본다. 앞의 시들이 그 증거이다.

페르시아로 파견된 최근의 러시아 공사가 궁정에서 미르차 아불 하산 칸을 만나기는 했지만, 특별히 호의를 입지는 못했다. 그는 공사에게 겸손하게 처신했으며, 이런저런 봉사를 하여 공사의 감사를 불러일으키기는 했다. 몇 년 후 그가 위풍당당한 수행을 이끌고 영국으로 파견되었는데, 그를 제대로 기리기 위하여, 고유한 방법 하나를 쓴다. 그가 떠날 때 그로써는 그가 마땅히 가져야 할 생각할 수 있는 온갖 특권을 다 주지 않고, 신임장이며 그 밖의 필요한 것만 가지고 길을 떠나게 한다. 그렇지만 그가 빈에 도착하자마자, 그의 품격에 걸맞은 찬란한 증빙물품들이 그를 뒤따라오는데, 그의 중요성을 입증하는 눈에 뜨이는 증거들이다. 제국의 문장이 그려진 깃발이 그에게 보내지고, 태양 비유가 있는, 실로 황제 자신의 모상으로 장식된 훈장 띠 하나가 보내지고, 그 모든 것이 그를 최고 권력의 대리인으로 드높여 준다. 그 자신의 안에서 또 그 자신으로써 폐하의 권위가 현재해 있는 것이다. 그러나 거기에 그치지 않고 시를 덧붙인다. 오리엔트의 방식으로, 빛나는 은유들과 과장 가운데서 깃발, 태양, 모상을 기리는 시이다.

개별적인 것을 보다 잘 이해하도록 몇 가지 말을 덧붙인다. 황제는 자신을 "터키인"이라 부른다. 터키인에 속하는 카챠르 부족 출생인 것이다. 즉 전사를 이루는 페르시아의 모든 주요 종족들은 언어와 계보에 따라 터키어, 쿠르드어, 울리어, 그리고 아랍어를 쓰는 종족들로 나뉘었다.

황제는 자신을 *젬쉬드*와 비교하고 있다. 페르시아인들이 그들의 막강한 군주들을 그들의 옛 국왕들과, 어떤 특징과 결부하여, 페리둔은 기품에, 젬쉬드는 찬란함에, 알렉산드로스는 힘에, 다리우스는 비호에 결부하여, 함께 내세우곤 하는 대로 말이다. 황제 자신은 여기서 양산陽傘인데,

지상에 드리워진 신의 그림자인 것이다. 그가 필요로 하는 것은 물론 뜨거운 여름날의 양산이다. 그러나 양산은 황제 혼자에게만 그늘을 주는 것이 아니고 온 세상에다 준다. 가장 섬세하고, 가장 오래 지속되고, 가장 나눌 수 있는 향기인 *사향 향기*가 황제의 허리띠로부터 토성Saturn의 두뇌로까지 오른다. 토성은 그들에게만 해도 행성들 중 가장 높은 행성이다. 그것이 그리는 원은 아랫세계에서 마무리되는데, 토성에는 머리가 있다. 우주의 두뇌인 것이다. 두뇌가 있는 곳에는 뜻이 있다. 토성은 그러니까 황제의 허리띠에서 솟는 사향 향기를 맡을 수 있는 것이다. *다라*Dara는 다리우스 황제의 이름이며 지배자를 뜻한다. 그들은 결코 그들 선조의 기억을 놓치지 않는다. 이란이 *사자들의 계곡*이라 불린다는 사실을 그래서 우리는 중시한다. 지금 궁정이 보통 머물고 있는 페르시아의 이 부분은 대개 산악지대이고 또 제국은 충분히, 사자와도 같은 전사들이 살고 있는 계곡으로 생각되기 때문이다. *비단 깃발*은 이제 사신을 분명하게 한껏 높이 올리고 있으며 이를 통해 영국과의 우호적이고 애정에 찬 관계가 마지막으로 발언된다.

두 번째 시에서는, 단어의 연관이 페르시아 시예술에 하나의 내적인 우아한 생명감을 부여하고 있으며, 그것은 자주 나타나는데 의미 깊은 유사음을 통해 우리를 기쁘게 한다는 내용의 일반적인 주석을 앞에다 달았다.

*띠*는, 입구가 있고 그 때문에 문지기도 한 명 필요한 지역이라면 어디에서나 통용된다. 원문에서 "태양이 그 앞의 너울(혹은 대문)을 걷는다(연다)"라고 말하듯이. 그럴 것이 많은 오리엔트 방들의 문은 장막(너울)으로 되어 있다. 장막을 붙잡는 사람과 들어 올리는 사람이 그러니까 문지기인 것이다. *마니*Mani란 마네스Manes, 즉 마니교도들의 우두머리를 의미하는데 그는 노련한 화가였다고 한다. 그는 자신의 기이한 이단적인 교리를 주로 그림을 통해서 유포했는데 그 위치는 우리가 아펠레스[195]와 라파엘

로[196]를 말할 때와 같다. *지배자의 진주*라는 말에서는 상상력이 기이하게 자극됨이 느껴진다. 진주란 물방울에 대해서도 쓰이며 진주의 바다를 생각할 수 있다. 그 안으로 자비로운 전하가 은총 입은 신하를 잠수시킨다. 그를 다시 꺼내면, 물방울들은 그에게 매달려 있고, 그는 머리부터 발끝까지 귀하게 장식되어 있다. 그러나 이제 *복무의 길* 또한 머리와 발이, 시초과 단말이, 시작과 목표가 있다. 그러니까 이 길을 신하는 충실하게 끝까지 가기 때문에 그는 칭송받고 보상받는다. 이어지는 행들은 또다시 사신의 의도를 넘치게 드높이고 그에게는 그가 보내진 궁정에서, 마치 황제 자신이 거기 와 있기라도 하듯이, 최고의 신임을 굳히려는 뜻을 보인다. 여기서부터 우리는, 영국 파견이 지극히 중요한 안건이라고 추정한다.

페르시아 시예술에 관해서, 그것은 영원히 이완Diastole과 수축Systole 작용을 하는 중이라고 말하면, 진실한 것이다. 앞서 나온 시들이 이런 견해가 옳음을 입증한다. 그 가운데서는 늘 한계 없는 것 안으로 이어지고 금방 다시 규정할 수 있는 것으로 되돌아온다. 지배자는 세상빛이며 동시에 그의 제국의 주主이고, 양산이어서, 태양을 가려주고, 세상벌판에 그늘을 드리워주며, 그의 허리띠의 좋은 냄새를 토성도 맡을 수 있는 등등 모든 것이 멀리 밖으로 나아갔다가는 다시 안으로 들어오고, 지극히 동화적인 시대로부터 목하 궁정의 일상으로 되돌아온다. 여기에서 우리는 또다시, 그들의 비유적 표현들, 은유, 과장법이 결코 개별적으로가 아니라 전체의 연관성과 뜻 가운데서 받아들여져야 한다는 점을 배우게 된다.

---

195 Apelles: 기원전 4세기 그리스 화가. 알렉산드로스 대왕의 친구로, 그의 그림이 전해지는 것은 없으나 그리스 로마 시대의 가장 중요한 화가라는 데 이견이 없다.
196 Raphael/Raffaello(1483~1520): 괴테와 그 당대인들이 르네상스 시대의 가장 중요한 화가로 평가한다.

재검토

가장 오랜 시대로부터 최근에까지, 문헌적 전승에 두는 관심을 살펴보면, 이는 대체로, 양피지와 종이들에서 여전히 또 무언가를 바꾸고 개선됨을 통해 살아 있다. 만약 어느 옛 저자의 인정받은 오류 없는 필사본이 손에 들어온다면, 그런 관심은 아마도 곧장 식어버릴지도 모른다.

우리가 개인적으로 어떤 책에서 얼마간의 인쇄 오류를 용서하는 것은 우리가 그걸 찾아내는 것을 즐겁게 느껴서라는 것도 부정하기 어렵다. 이런 인간적 속성이 우리의 인쇄글에도 도움이 된다. 다양한 결함들을 없애려 하고, 어떤 오류들을 개선하는 일이 자신이나 남들에게 차후를 위해 남겨져 있기 때문이다. 하지만 작은 기여라면 불쾌하지 않게 거절하려 한다.

그러니까 우선 오리엔트 이름의 정서법에 대해 이야기해 보련다. 전체적인 균일함에 이르기가 어렵다. 동쪽과 서쪽 언어들의 큰 차이 때문에, 동쪽의 문자에 상응하는 우리네의 단어를 찾아내기 어렵기 때문이다. 그런데 유럽어들끼리도, 다양한 지파와 개별 사투리들 때문에, 고유한 알파벳에 다양한 가치와 의미가 놓이기 때문에, 일치시키기가 더더욱 어렵다.

프랑스 안내서로 우리는 주로 그런 지역들로 인도된다. 에르벨로 Herbelot[197]의 사전이 우리의 소망에 부합하는 도움을 준다. 그런데 프랑스 학자들은 오리엔트 말들과 이름들을 자국 발음과 듣기 방식에 수용해 편

---

[197] Barthélémy d'Herbelot de Molainville(1625~95): 1697년 파리에서 발간된 *Bibliothèque Orientale, ou Dichtionaire Universel Contenant Généralment Tout ce qui regarde la connoissance des Peuples de l'Orient* 의 저자.

안하게 만들어야만 했다. 그것이 독일 문화 안으로도 차츰차츰 넘어왔다. 그래서 우리가 헤지라Hedschra보다는 에쥐르Hegire라고 더 즐겨 말하는 것이다. 소리가 편안하고 또 오래 그렇게 알아왔기 때문이다.

　이런 면에서 영국인들은 얼마나 많은 것을 이루지 못했는가!

　그리고 그들이 이미 그 자신의 숙어 발음에 대해 의견 통일을 보지 못하고, 그러면서도 당연한 듯, 오리엔트 인명들도 자기들 방식에 따라 발음하고 쓰는 통에 우리는 또다시 동요와 회의에 빠진다.

　소리 나는 대로 쓰는 것이 제일 쉬우며 낯선 울림, 장단과 강세를 똑같은 것으로 쳐주기를 좋아하는 독일인들은 진지하게 작품으로 다가갔다. 그러나 그들은 타국의 것과 낯선 것에 조금이라도 더 다가가려고 늘 노력했기 때문에, 이 경우에도 고대의 글들과 근대의 글들 사이에 큰 차이가 발견된다. 하여 어느 권위를 따라야 할지 확신을 갖기 어렵다.

　그렇지만 나의 이런 근심을, 앞서의 황제시를 번역한 통찰력 있고도 호감을 주는 친구 J. G. L. 코제가르텐이 지극히 우호적으로 없애주었으며 바로잡아 주었다. 이 정정은 몇 가지 인쇄 오류도 지적되어 있는 색인에 포함되어 있다. 이 신뢰할 만한 사람이 장래의 『서·동 시집』을 위한 나의 준비도 마찬가지로 호의적으로 도와주기를 바란다.

색인[198]

A

아론 Aaron

아바스 Abbas

아브락사스 Abraxas

아불 하산 칸 Abul Hassan Chan

아부헤리라 Abuherrira

아체스테기 Achestegi

알라 Allah

암랄카이스 Amralkais

암루 Amru

안자리 Ansari

안타라스 Antaras

아라파트 Arafat

아스라 Asra

아타르 Attar

B

바다크샨 Badakschan

발흐 Balch

바미안 Bamian

바르메크 Barmekiden

바소라 Bassora

---

198 괴테 자신이 만든 색인이다. 괴테의 시각을 보여주는 부분이므로, 원어의 순서를 따르고
번역 표기를 앞세웠으며, 어순에 따라 재배열하거나 이에 의거하여 면수를 달지는 않았다.

바스탄 나메 Bastannameh

바자 Bazar

바흐람 구르 Behramgur

비다막 부덴, 숙취 Bidamag buden

비드파이 Bidpai

보하라 Bochara

보타이나 Boteinah

브라만 Bramanen

불불, 후투티 Bulbul

C

칼리프와 칼리프제 Caliph u. Caliphat

카챠르 Catschar

샤르댕 Chardin

샤타이 Chattai

히오스켄 Chiosken

히저 Chiser

호스로 파르비스 Chosru Parvis

호라즘 Chuaresm

클리투스 Clitus

D

다르나벤트 강 Darnawend

더비쉬, 떠돌이 악승 Derwisch

디츠 (폰) Dietz (von)

딜라람 Dilaram

자미 Dschami

잘랄 알딘 루미 Dschelâl-eddîn Rumi

제밀 Dschemil

젬쉬드 Dschemschid

칭기즈 칸 Dschengis Chan

E

에부수우드 Ebusuud

아이히호른 Eichhorn

엘로힘 Elohim

엔코미아스트, 찬미가 시인 Encomiast

안와리 Enweri

안와리 하카니 Enweri Chakani

에세디 Essedi

F

팔 Fal

파티마 Fatima

피르다우시 Ferdusi

페르하드 Ferhad

파리드 알딘 아타르 Ferideddin Attar

페취 알리 샤 Fetch Ali Schah

페트바 Fetwa

피르다우시 Firdusi vid. Ferdusi

G

가즈니 Gasnewiden

겐제 Gendsche

길란 샤 Ghilan Schach

은행나무 Gingo biloba

귀브인 Guebern

H

하피스 Hafis

하머 (폰) Hammer (von)

하레즈 Harez

하템 Hatem

하템 타이 Hatem Thai

하템 초그라이 Hatem Zograi

에쥐르 Hegire

후드후드, 후투티 Hudhud

후다일 부족 Hudseilite

후리 (들) Huris

I

이코니움 Iconium

예멘 Jemen

야즈데거르드 Jesdedschird

존스 Jones

이란 Iran

이스라엘 Israel

이슬람 Islam

이스펜디아르 Isvendiar

유숩 Jussuph

K

카쉬커 Kaschker

켸캬부스 Kjekjawus

쿠라이시 부족 Koraischiten

코제가르텐 Kosegarten

L

레비드 Lebid

라일라 Leila

로어스바흐 Lorsbach

M

마니 Maani

가즈니의 마흐무드 Mahmud von Gasna

만수르 1세 Mansur I.

마르코 폴로 내지는 폴로 Marko Polo
      vide Polo

마보르스 Mavors

메쥐눈 Medschnun

메가 두타 Mega Dhuta

메스네비 Mesnewi

메수드 Messud

미디안족 Midianiten

미르차 Mirza

미르차 아불 하산 칸 Mirza Aboul Hassan Khan

미스리 Misri

모알라카트 Moallakat

모베덴 Mobeden

모타나비 Motanabbi

모사퍼 Mosaffer

모세 Moses

물라이 Muley

N

니자미 Nisami

누쉬르반 Nuschirwan

나스레딘 호자 Nussreddin Chodscha

O

오아시스 Oasen

올레아리우스 Olearius

오마르 Omar

오마르 에븐 압드 엘 아시스 Omar ebn abd el asis

오르무스 Ormus

P

파르제인, 배화교도 Parse

팜베 Pambeh

팔레비어 Pehlewi

폴로 (마르코) Polo (Marko)

R

로다부 Rodawu

루스탄 Rustan

S

사디 Saadi

샤쿤탈라 Sacontala

사시 (실베스트르 드) Sacy (Silvestre de)

사히르 파르자비 Sahir Farjabi

사키 Saki

사만 왕조 Samaniden

사마르칸트 Samarkand

사나지 Sanaji

사포르 1세 Sapor der Erste

사라바 Saraba

사산 왕조 Sassaniden

사와드 벤 암레 Sawad Ben Amre

샤 나메 Schach Nameh
샤 세잔 Schach Sedschan
셰자이 Schedschaai
세합-에딘 Schehâb-eddin
샤이히 Scheich
시아파 Schiiten
쉬라즈 Schiras
쉬린 Schirin
작은 백조, 백조 먹이 Schwänchen
셀주크 왕조 Seldschugiden
젠더루드 강 Senderud
실비아 Silvia
스메르디스 Smerdis
조피 Sofi
줄라이카 Suleika
수니파 Sunniten
수라, 쿠란의 장 Sure
수멜푸어 Soumelpour

T
타라파 Tarafa

타베르니에 Tavernier
테리악 Theriak
티무르 Timur
티나틴 디 치바 Tinatin di Ziba
트란스옥시아나 Transoxanen
툴벤트, 터번 Tulbend
투스 Tus

U V
우즈베크 Usbeken
발레 (피에트로 델라) Valle (Pietro della)
베지르 Vesir
포스 Voß

W Z
바믹 Wamik
초헤이르 Zoheir
조로아스터 Zoroaster

실베스트르 드 사시[199]께

우리의 명인께로, 가거라! 징표가 되거라
너, 오 작은 책이여, 믿음직하고도 즐겁게.
여기[200] 시작에, 여기 끝에, 있느니
동東에, 서西에, 알파와 오메가가.

سيلويستر دساسي

يا ايها الكتاب سر الي سيدنا الاعز
فـسـلـم عـلـيـه بـهـذه الـورقـة
الـتـي هـي اول الـكـتـاب واخـره
يعني اوله في المشرق واخره في المغرب

---

199 Silvestre de Sacy(1758~1838): 콜레주 드 프랑스의 페르시아학과 교수로 당대 최고의 오
   리엔트학자. 괴테는 그가 쓴 아라비아어 문법책을 사용하였다. 이 시는 헌사의 성격을 취
   하고 있다. 코제가르텐이 드 사시에게 『서·동 시집』을 전했다.
200 '여기'란 지금 이 책의 이 면을 가리킨다. 아라비아어 글은 오른쪽에서 왼쪽으로 읽기 때문
   에 독일어 문장에서의 끝이 거기서는 시작점이 된다.

ما نصیحت بجای خود کردیم
روزکاری درین بسر بردیم
کر نیاید بکوش رغبت کس
بر رسولان پیام باشد وبس

우리는 이제 좋은 충고를 말하였느니
우리의 많은 나날을 거기에 바쳤노라
듣는 이들 귀에 거슬릴지도 모르겠으나—
사신[201]의 의무는 전하는 것. 전했으니 족하다.

201　괴테 자신을 가리킨다. 글귀는 쿠란 92장에서 나온 구절이다.

서西와 동東이 아름답게 만나는
지혜와 사랑의 시詩와 연구
『서·동 시집』

열두 묶음의 시와 오리엔트론論

늘 동쪽에서 서쪽을 바라보게 되는 우리는 그 지향을 "동서"라고 부르지만 서쪽에 있는 사람들에게는 같은 것이 "서·동"이다. 큰 서구 시인의 그러한 정신적인 동방행行이 담긴 책이 『서·동 시집』West-östlicher Divan이다. 제목의 원어 'Divan'이란 단어부터 독일어가 아닌 오리엔트의 단어 Dīwān을 가져다 쓰고 있으며 시집은 시 「헤지라」로 시작된다.

『서·동 시집』은 평생 그침 없이 시를 썼건만 본격적인 시집을 펴낸 적이 없는 괴테 본인이 공들여 만든 유일한 시집이기도 하다. 65세쯤이던 1814, 15년 두 해 동안 쓴 시편들을 중심으로 70세이던 1819년에 196편과 산문을 묶어 펴냈으며, 8년 뒤에 다시 시 43편을 더한 증보판 『신新 디반〔=시집〕』Neuer Divan을 냈다. 이 책은 이 증보판의 번역이다. 시집은 12서書, 즉 열두 개의 시 묶음으로 나뉘어 있고, 방대한 분량의 산문 「보다 나은 이해를 위하여」Besserem Verständnis가 함께 묶여 있다.(이 번역본에는 열두 시 묶음에 더해, 괴테 자신은 『서·동 시집』에 수록하지 않았으나 후대의 발행인들이 추가했던 시들을 선별하여 「유고에서」로 실었다.)

1814년 여름 갓 출간된 14세기 페르시아 시인 하피스의 시집 『디완』 *Dīwān*의 독일어 번역본이 괴테의 수중에 들어왔는데 이 책이 촉발제가 되었다. 이에 영감을 받아 시가 분수처럼 쏟아져 나왔고 또 깊은 오리엔트 연구가 병행되었다. 『서·동 시집』은 그러니까 만년의 시인에게 다시 한 번 찾아와 활짝 열린 창작기의 결실로, — 정신적인 가상의 오리엔트 여행이라는 형식으로 — 아름다운 사랑의 시, 깊은 시론詩論적 성찰, 노년의 심원한 삶의 지혜가 어우러져 펼쳐진다. 서西와 동東 — 시인이 몸담은 근대 유럽과 고대 페르시아에서 당대까지의 오리엔트 — 을 아우른다. '시성'詩聖이라고까지 불리는 노시인의 지혜와 사랑이 때로는 잠언의 형식으로, 때로는 오리엔트의 사막을 가는 카라반의 노래처럼 울려 퍼진다. 여러 해 만에 고향으로 가며 이 하피스의 책을 들고 갔고, 그곳에서 만나게 된 마리아네 폰 빌레머Marianne von Willemer(시집 안에서는 줄라이카로 등장한다)와의 사랑과 시적 교류로 시편들은 더욱 감성적이 되었다.

연구와 통찰이 어우러진 산문편 '보다 나은 이해를 위하여'는 시편들이 쓰이면서 동시에 이루어진 괴테의 깊은 오리엔트 연구의 결과물이다. 매우 자유롭고 다양한 형식과 길이의 글들로, 그저 시편 뒤에 수록된 통상의 시 해설이 아니고, 오리엔트 시문학의 이해를 심층적으로 돕는다. 페르시아의, 또한 이슬람 전역의 역사와 문학의 핵심적인 면모를, 그 근원에서부터 살피고 또한 뿌리를 함께하는 기독교 서방의 역사를 그 근원에서부터 짚어가며 동·서 교섭사를 아우르는, 방대한 오리엔트론論이다. 이는 오리엔트학의 초석을 놓은 글이어서, "오리엔트학의 마그나 카르타"라고까지 불린다. 오리엔트 현지인들조차 지금도 자주 인용하는 기본서이다.

그야말로 주옥같은 이 시편들에 방대한 오리엔트론이 더해진 『서·동 시집』(1819, 1827)은 세계문학 시대의 문을 활짝 여는 큰 획이다. 서와 동이 어우러진 아름다운 시편들이 지닌 높은 문학성뿐만 아니라, 산문편에서 더욱 여실한, 낯선 세계며 종교에 대해 놀라울 만치 열려 있는 괴테의 시각은 교류가 활발해진 오늘날 오히려 더욱 시사성을 가진다.

> 찬란하여라, 지중해 너머로
> 밀려들어 오는 오리엔트
> 오직 하피스를 알고 사랑하는 사람만이
> 안다, 칼데론이 노래한 것을.
>
>   *
>
> 이슬람의 뜻이 '신에의 귀의'라면
> 이슬람 가운데서 살고 또 죽는다, 우리 모두가.
>
>   *
>
> 자기 자신과 남들을 환히 아는 사람
> 여기서도 알게 되리
> 오리엔트와 옥시덴트가
> 이제는 갈라질 수 없음을.

시의 첫 묶음 「가인의 서」Moganni Nameh: Buch des Sängers는 "스무 해를 보내며 | 내게 주어진 것 누렸노라 | 더없이 아름다운 세월이었노라 | 바르메크 일족의 시대처럼"이라는 모토를 앞세워 시작된다. 이 짧은 모토나 아라비아어와 독일어가 병기된 제목에서 이미 서와 동의 넘나듦이 여실하다. 스무 해란, (공직과 궁정사회의 얽매임을 일시에 떨치고) 불쑥 이탈리아로 떠났던 1786년부터 나폴레옹이 침공한 1805년까지를 가리킨다. 평화로웠던 시절이 회고된다는 것은 당면한 현실이 혼란하다는 간접적 시사이

다. 나폴레옹의 침공으로 느슨하게나마 천여 년을 존속한 신성로마제국이 해체되는 사회적·정치적 혼란에 이어 그 나폴레옹 체제마저 다시 무너져 유럽 전체가 극도의 혼돈에 빠지게 되던 때이고, 시인 개인적으로도 괴로움이 많고 상실도 컸던 시기였다.

'헤지라'로 시작되는 열두 묶음의 시

서와 동은 도처에서, 전체에서도, 또 디테일에서도, 겹쳐진다. 서시 「헤지라」[1]로써 정신적 '헤지라'의 여정이 곧바로 시작된다. 혼돈에 빠진 한 세계를 떠나며 시작되는 정신적인 동방행이 이국적 풍물들 가운데서, 펼쳐진다.

> 북北과 서西와 남南이 쪼개진다
> 왕좌들이 파열한다, 제국들이 흔들린다
> 그대 피하라, 순수한 동방東方에서
> 족장族長의 공기를 맛보러 가라
> 사랑과 술, 노래 가운데서
> 히저의 샘물이 그대를 젊어지게 하리.

> Nord und West und Süd zersplittern,

---

1 무함마드가 메카에서 메디나로 본거지를 옮긴(622년) 이슬람 역사의 기점, 헤지라(괴테는 독일에서 통용되는 프랑스어 단어 에쥐르(Hegire)를 썼다)가 첫 시의 제목인 것은 유럽 시인 괴테의 아라비아 세계에 대한 관심이 시인 본인에게 있어 어떤 비중을 차지하는지를 시사한다.

Throne bersten, Reiche zittern,

Flüchte du, im reinen Osten

Patriarchenluft zu kosten,

Unter Lieben, Trinken, Singen,

Soll dich Chisers Quell verjüngen

"북과 서와 남이 쪼개"지니 피하여 갈 온전한 곳은 '동'뿐이다. "순수한 동방"은 "족장의 공기"가 감돌고 "사랑과 술과 노래"가 있는 곳이며, "히저의 샘"이 있는 곳이다. "순수한 동방", "심원한 근원"이란 조금 더 구체적으로는 인간이 신과 직접 교류하던 곳, 에덴이 있던 곳이고 기독교와 이슬람의 공동 기원의 터이기도 한 4강 유역Vierstromgebiet(현재의 티그리스 유프라테스 강 유역)으로 보인다. 히저는 금욕을 끝낸 하피스에게 "히저의 샘물"을 떠주어 그를 불멸의 시인으로 만들었다는 아라비아 전설 속 인물이고 "히저의 샘물"은 생명의 물이다. 젊음을 주고 불멸의 시인을 만들어주는 곳이라는 동화적인 설정은 독자를 세차게 이야기 속으로 끌어들인다. 독자도 차츰 이 특별한 가상의 여행 "헤지라"의 대열에 동참하게 된다. 그러한 동방의 특성은 무엇보다 근원적인 곳이라는 점이다(제2연). 구약성서의 지역이 불려 나온다. 기독교만이 아니라 이슬람 역시 기원한 원초적 풍경이고 에덴동산이 사라진 자리이다. 그렇게 서시는 시작되어, 사막과 오아시스를 달리며 울려 퍼지는 듯한 노래가 되며, 마침내는 낙원의 문 앞에까지 닿는다.("알아나 두어라, 시인의 말은|낙원의 문 주위를|언제나 나직이 두드리며 감도는 것을,|영원한 생명을 간구하며.") 서시 한 편뿐만 아니라 시집 전체 여정도 대략 그러한 흐름이다.

『서·동 시집』은, 아주 다양한 시편들의 모음이지만 자세히 보면 구성이 매우 긴밀하다. '서'書: Nameh: Buch로 제목이 달린 열두 개의 묶음은 각각 제목에 드러나 있는 개별적인 주제로 묶여 있는데, 편의를 위해 시집의 전체 순서에다 단락을 두어 대략 네 개의 갈래로 나누어 살필 수 있다.

1. 「가인歌人의 서書」, 「하피스 서」Hafis Nameh: Buch Hafis, 「사랑의 서」Uschk Nameh: Buch der Liebe

2. 「성찰의 서」Tefkir Nameh: Buch der Betrachtungen, 「불만의 서」Rendsch Nameh: Buch des Unmuths, 「지혜의 서」Hikmet Nameh: Buch der Sprüche

3. 「티무르의 서」Timur Nameh: Buch des Timur, 「줄라이카 서」Suleika Nameh: Buch Suleika, 「주막 시동의 서」Saki Nameh: Das Schenkenbuch

4. 「비유의 서」Mathal Nameh: Buch der Parabeln, 「배화교도의 서」Parsi Nameh: Buch des Parsen, 「낙원의 서」Chuld Nameh: Buch des Paradieses

첫 3서, 「가인의 서」, 「하피스 서」, 「사랑의 서」는 시집 전체 주제의 집약처럼 읽히는데, 첫 「가인의 서」가 특히 그러하다. 시집 전체의 표본이라 할 수 있는 이 첫 묶음의 첫 시 「헤지라」로 시작하여 오리엔트로 달려가는 듯한 정신적 행보가 이국적 배경과 풍물들 가운데서 그려진다. 둘째 묶음 「하피스 서」는 그 시집을 읽음으로써 괴테의 이 정신적 대장정이 시작된, 옛 페르시아의 대표적 시인 하피스에 집중되어 있다. 하피스는 그 이름의 뜻부터 '쿠란을 다 외우는 사람'인 경건한 인물이면서 동시에 사랑과 술을 노래한 시인이었다. 이어지는 「사랑의 서」에는 오리엔트에 투영한 사랑의 시편들이 담겨 있다. 이 주제는 뒤에 「줄라이카 서」에서 활짝 펼쳐진다. 전체적으로 구성이 매우 긴밀한 시집이고 낯선 풍물이 담겨서 이 묶음, 「가인의 서」, 「하피스 서」, 「사랑의 서」의 구성과 특징만 조금 상세히 안내를 해보면 다음과 같다.

「가인의 서」: 마치 시인이 카라반의 일원이 되어 오리엔트의 사막을 가고 있는 듯한 여정을 보여주는 서시 「헤지라」는 첫 묶음 「가인의 서」를 열면서 동시에 시집 전체의 서문과도 같다. 그렇게 출발한 시인의 눈에 맨처음 들어오는 것은 이국적 풍물이다. 서시 다음 시 「축복의 담보물」은 온갖 종류의 부적들, 즉 원초적인 소망과 기원을 담은 소박한 물건들을 담고 있다.(이 이국적 부적들은 그러나 또한 앞으로 시집에서 펼쳐질 시편들의 다양한 성격을 미리 요약해 주어 어느 시가 어떤 부적인가를 생각하며 읽을 수 있는 여지도 준다.) 이 이국적 풍물에서 시작된 생각은 노래와 이국적인 삶으로 넓혀진다. 「거침없는 생각」, 「탈리스만」, 「네 가지 은총」 등이 그것이다.

이국적인 것을 바라보던 시선이 그다음에는 곧바로, 지극히 보편적인 노래와 시에 대한 성찰로 넓혀진다. 그렇게 시 「고백」, 「원소」, 「창조와 생명주기」 등은 시詩에 대한 근본적인 성찰이어서, 시로 적힌 시론詩論으로도 읽을 수 있다. 그런 원론 다음에 시인의 개인적 체험들이 담기는데, 시간상 맨 먼저 쓰인 시 「현상」이 노시인에게 다시 열려오는 감성의 시기를 보여주며 이것이, 먼 오리엔트와 눈앞에 펼쳐진 풍경의 공통점을 보며 오리엔트와의 교차 속에서 그려진다. 「사랑스러운 것」, 「분열」 등이 그것이다. 지리적 교차만이 아니라 다음 시편 「지금 여기에 옛일이」에서는 시간적인 교차가 더해진다.

그리고 그다음에 본격적으로 시에 대한 아름다운 성찰들 —「노래와 형상」, 「대담무쌍」, 「당당하고 씩씩하게」— 이 연이어진다. 그 가운데서 "온누리 생명"을 눈여겨보며, "죽으라, 그리하여 이루어지라!"라는 수수께끼 같은 명제를 불나비의 비유에 담아 생명의 비밀까지 엿보는 심오한 성찰(「황홀한 그리움」)로 마무리되고, 이 무거운 성찰은 다시 가벼운 4행 시 한 편으로 산뜻하게 마무리된다.

「하피스 서」: 14세기 페르시아 시인 하피스라는 매우 낯선 인물의 소개 방식이 흥미로운 묶음이다. '쿠란을 외우는 사람'이라는 뜻인 하피스라는 별명이 이름이 된 시인이므로, 이 가장 두드러진 점이 첫 시 「별명」을 통해 대화 형식으로 소개된다. 별명이 왜 그런가 하는 질문과 대답, 그리고 그런 하피스에 대응하려는 서구 시인(괴테)이 하피스의 머리에 든 쿠란에 맞서 예수의 모습이 땀으로 배어 있는 '베로니카의 영상'을 들이대며 "믿음의 그 환한 상"을 강조하는 것으로 마무리된다.

이어지는 시 네 편 — 「고발」, 「페트바」, 「독일인이 감사한다」, 「페트바」, 「한정 없이」 — 은 하피스의 또 하나의 두드러진 측면을 전한다. 하피스는 쿠란을 다 외우는 경건한 사람인데, 끊임없이 술과 사랑을 노래한다. 이슬람의 계율과 정면충돌하는 부분이다. 이런 뜻에서 하피스는 당연히 파문(이슬람에서는 '페트바')감이다. 그러나 율법 학교를 세워 매진하느라, 평생 스스로 시집을 묶지 못했을 만큼 — 하피스 시집 『디완』은 제자들이 사후에 묶은 것이다 — 믿음 깊던 인물이기도 하다. 더없이 경건한, 그러나 파문이 마땅한 시인을 어찌할까, 어찌했나 하는 것이 이 네 편을 관통하는 질문이다. 두 번째 「페트바」는 매우 유머러스한, 절묘한 판결을 그리고, 그 현명한 판결 덕분에 세상에 남은 시인에 대한 독일인(괴테)의 감사가 미리 표명되어 있다. 좋은 노래로 남은 시인을 부각한다. 오늘날에도 이슬람권에서 책이 한 권 있는 집이면 그건 당연히 쿠란이고, 두 권 있는 집이면 두 번째 권은 하피스 시집이라고 한다.

다음 시 「따라 짓기」는 하피스가 사용한 오리엔트의 시 운율 가젤Ghasel에 대하여 쓰면서 운율 자체도 가젤을 따라 써본다.(가젤은 2행시의 나열로, 첫 행은 자유이지만 모든 두 번째 행이 똑같은 음으로 끝나야 하고 마지막 2행은 첫 행마저 같아야 하는 형식이다.(xa, xa, xa, xa, xa……aa) 같은 운율로만, 단조로움을 피하며 긴 시를 써가자면 시인이 여간 노련하지 않아서는 안 된다. 그러나 그 한계 역시 지적한다.)

그리고 그다음 시 「공공연한 비밀」에서는, "신비로운 혀"라고 불리는 하피스의 두드러진 세 번째 면모를 다룬다. 그 경건한 듯하면서, 또 확연히 율법에 위배되는 시인의 시에 담긴 '드러냄'과 '숨김'의 신비로움을 부각하며, 다음 시 「윙크」는 하피스의 그런 면모가 바로, 언어의/시의 보편적이고 본질적인 면모임을 부채라는 모티프를 통해 감각적으로 전달한다. 그리하여 찬가 「하피스에게」로 묶음이 마무리된다. 몇 편의 시로 하피스가 썩, 다가오게 만든다. 그리고 곳곳에 뿌려져 있는 이국적인 단어들로써 오리엔트의 분위기를 전하면서도, 궁극적으로 동서 공통성, 시의 보편적인 본질에 대한 성찰을 노래들에 담고 있다.

「사랑의 서」: 첫 시 「본보기들」과 「또 하나의 쌍」에서는 오리엔트의 유명한 연인들의 쌍이 불리어 나온다.(그 이야기를 다 소개하자면 각주가 엄청나게 방대해질 것이다.) 한 쌍 한 쌍의 사연이 아니라 그 이국적인 이름을 부르면서 여러 가지 사랑의 유형들이 제시된다. 다음 시 「교과서」에서 사랑의 원론을 이야기하기 위함이다. 누구든 미소 지으며 동의할 수밖에 없는 사랑 원론이다. 그러면서도 또 수수께끼처럼 말미에 이국적인 시인 이름 하나(니자미)가 설명 없이 던져 넣어진다. 매우 보편적인 마지막 맺음말을 — "풀릴 수 없는 것, 그걸 누가 풀까? | 사랑하는 이들이 서로 다시 만나며 풀지." — 미리 보증해 두는 역할이다.

그다음에는 개인적 경험인 듯한 노래가, 처음에는 아라비아적 감각성으로써 — 「경고받아」, 「탐닉하며」 —, 다음으로는 여러 가지 사랑의 증상들이 때로는 유머러스하게, 때로는 시적 은유를 통해, 때로는 이국적 소도구(옛 페르시아에서 사랑의 전령으로 여겨졌다는 후투티)를 등장시키며 제시되다가, 그 본령을 틈틈이 시적 은유로 드러내다가 다시 「비밀」이 되고 마지막에는 「비밀 중의 비밀」로 드러냈던 얼굴을 다시 부채로 가리는 듯, 잡힐 듯하던 것이 오리무중에 빠지는 듯, 마무리된다.

　이런 드러냄과 가림, 오리엔트와 옥시덴트의 교착이 이루어내는 보편적이고 매혹적인 시적 서사가 전편을 흐른다.

　그 뒤를 성찰의 시편들을 모은 묶음들이 따른다. 「성찰의 서」, 「불만의 서」, 「지혜의 서」에는 모두 서·동의 지혜가 어우러져 있다. 잠언집이라 할 묶음들인데 그 가운데 위치한 「불만의 서」에서는 주로 정신적 헤지라를 유발한 출발지의 현실들이 다루어지고 있다. 시 「원소」에서 시의 한 요소로 일컬어졌던 '증오'가 담긴다.(「지혜의 서」는 직역이 「잠언의 서」가 되겠으나, 잠언이 원래 그러하거니와, 삶의 지혜가 집약된 두드러진 그 성격에 따라 의역하였다.)

　그 뒤를 잇는 「티무르의 서」, 「줄라이카 서」, 「주막 시동의 서」는 각각 인물이 중심이 되고 있는데, 짧은 서·동의 교착(「티무르의 서」)이 다루어진 다음, 오리엔트를 무대로 하여 때로는 줄라이카를 중심으로 한 편의 연극과도 같은 아름다운 사랑의 시들이 「줄라이카 서」에서 펼쳐지는데 그 여운은 「주막 시동의 서」까지 나아간다. 「줄라이카 서」는 『서·동 시집』 가운데서도 그 절정 혹은 꽃이라 불리울 화사함을 보여준다.

　마지막 3서, 「비유의 서」, 「배화교도의 서」, 「낙원의 서」로써 다시 성찰의 시편들이 펼쳐지는데 매우 자유롭고 다채로운 종교적 성찰이 기반이 되고 있다. 이 시적인 대장정, 정신적 오리엔트행은 마침내 낙원까지 이르러서(「낙원의 서」) 대단원의 막을 내리고 있다.

　시각을 달리해서, 나폴레옹이 그 배경에 있는 미완의 「티무르의 서」를 중심축으로 삼고 그 전후로 양분해서 보는 견해도 있다. 거의 모든 『서·동 시집』 판본에서, 괴테 자신이 제외했던 많은 좋은 시편들을 발행자들이 나름으로 선별하여 「유고편」Nachlaß으로 덧붙이고 있기 때문에, 그럴 경우 양쪽이 똑같이 여섯 묶음이 된다.

각각의 묶음은 독립적이고 연결이 느슨해 보이지만 외관과는 달리, 상당히 긴밀한 전체 구조를 보이고 있으며, 가상의 오리엔트를 배경으로 시적 사유를 매우 집중적으로, 또한 다면적으로 담고 있다.

한정 없이 다채롭게 펼쳐지는 『서·동 시집』이라는 가상의 오리엔트 여행은 대립적인 서·동 두 세계를 포괄하는 시인의 정신적인 세계의 확장을 담고 있다. 새롭게 열린 시선, 확대된 의식으로 분방하게 그려가는 낯선 세계가 다채롭게 펼쳐지지만, 출발 지점의 현실이 그 성찰의 바탕에 있음이 자주 내비쳐진다. '명상', '불만', '지혜', '성찰'들을 내세운 시편들이 그러하다. 삶에 대한 일반적인 성찰뿐만 아니라 시와 문학 자체에 대한 시론적 성찰도 드물지 않게 시의 모습으로 나타난다. 화려하고 아름다운 연시들은 주로 '줄라이카', '사랑'이란 표제로 모여 있고, 오리엔트를 배경으로 하는 그 모든 어우러짐은 '낙원'에까지 이른다.

그러나 무엇보다 아름다운 시 모음이다. 모든 해설의 피안이고, 편편이 아름다운 시詩이다.

오리엔트론: 보다 나은 이해를 위하여

> 시를 이해하려는 사람은
> 시의 나라로 가야 하고
> 시인을 이해하려는 사람은
> 시인의 나라들로 가야 한다.

이 모토로 산문편 '보다 나은 이해를 위하여'가 시작된다. 초기 오리엔트학의 초석을 놓은 글이다. 폭넓은 지식과 사안의 핵심을 전달하는 투시적 시선, 과감한 조감과 디테일의 선명한 제시가 자유롭게 교차되는 괴테 특유의 학문적, 시적 서술이 돋보이는 논고이다. 오리엔트 문학의 특징을 그 형성사에서부터 살펴보는 것으로 시작하여, 중요한 문인들, 나아가 문화 및 정치체제의 특징을 살피고 서·동 교섭사를 정리한 방대한 산문집이며 초기 오리엔트학의 주요 자료 문헌이다. 기독교 성서에 대한 독특한, 부분적으로 지극히 파격적인 해석을 담은 논문들까지 포함되어 있다.

산문편은 오리엔트뿐만 아니라 기독교 서방의 근원의 역사와 동·서 교섭사를 아우르는 종합편이라 할 수 있겠다. 그럼에 있어서 거시사巨視史를 핵심적인 것만 아우르며 조감하는 원거리 시점과 섬세한 디테일의 예시나 시 분석이라는 집중 조명이 교차된다. 이를테면 줌zoom과 초점 맞추기 focusing가 번갈아 이루어지는 가운데 시적 상상력이 더해져서 수천 년을 쥐락펴락 갈무리하는 자유자재의 필법이 돋보인다. 현재에 "학술적"이라고 이해되는 조직적, 분석적 논지 전개와는 거리가 있다.

서시 「헤지라」의 시인이 기독교와 이슬람의 공동 기원의 터이기도 한 4강 유역을 향해 갔듯, 산문편의 저자 역시 "사람들이 자신을 여행객으로 보아주기를 가장 바라고" 있으며, 고대 페르시아는 끊임없이 서방 세계와의 비교와 연결 가운데서 소개되고, 특유한 오리엔트의 풍성한 풍물들은 기독교와 대비적인 현상으로, 또는 기독교와 이슬람 분화 이전의 본원적인 모습으로 해석되고 있다.

「서언」에 이어 "히브리인"의 특성이 먼저 간략히 그려진다. 이어지는 낯선 "아라비아인들"의 윤리가 핵심적인 아라비아적 면모를 짚어가며 전달된다. 메카의 사원 벽에 쓰여 있는 모알라카트의 긴 시 한 편을 통하여 복수욕이 구체적이고 감각적으로 전달된다. 이어 배화교도였던 고대 페르시아인들의 종교적 특성이 다루어지고, 이와 긴밀히 연결된 "통치"의 특성이 전달되며 "역사"의 개요가 이어진다. 문학을 살피기 위한 전제이다. "무함마드"의 절대권력이 "칼리프들"을 거쳐 약화되는 과정 역시 하나의 범례("가즈니의 마흐무드")를 통해 구체적으로 보여줌으로써, 종교와 일체가 된 정치의 면면을 보여주고 아울러 문학의 높은 자릿값, "민족성이 시에 바탕을 두고" 있는 역사를 가리켜 보인다. 그럼으로써 "시인왕"이라는 독특한 존재가 그려진다. 시문이 생활화된 500년 역사 속에서 남은, 선별된 7인의 시인이 구체적으로 거명되고 그들의 특징이 약술된다. 이는 보편적인 성찰로 마무리된다. 그럼으로써 "정신"이 부각된 오리엔트 시예술의 전통이 강조된다.

이어 "근년, 최근년" 문학으로 넘어오면서 오리엔트 특유의 군주 찬양 문학Panegyrik의 특성과 그 독특한 과장법의 효용과 한계가 실례를 통해 제시된다. 자칫 거부감이 들 수도 있는 이 전통을 괴테는 서구의 예와 비교해 가며 이해하도록 돕는다. 그리하여 오리엔트 시의 원소들이 요약된다. 사막을 오가는 카라반의 삶의 조건들과 연결된 비유들로 구체화된다. 페르시아 문학에 드라마가 없다는 사실도 주목하며, 절대권력 구조 속에서 대화가 결핍된 현실적 조건에서 그 연원을 찾아본다. 중시된 웅변술에서, 문학의 자연형식들로의 분화를 다루고, 오리엔트만이 아니라 어디서나 생활 속에 스며 있는 시의 예언적 능력, 표현 기능과 위로의 기능 등을 다시 구체적으로 보인다.

그러다가 자신에게로 돌아와, 자신이 펴내려는 『서·동 시집』의 윤곽을 스스로 그려 보인다.(「앞으로 출간될 『서·동 시집』」)

이어 구약에 대한 규모 큰 논문이 삽입되어 있다. 「사막의 이스라엘」을 통하여, 이번에는 지형적인 공간에 기반을 두어 기독교 문화권에서 "통치"가 구성되는 모습을 비춘다. 출애굽기가 새롭게 해석된다. 구약에 대한 해박한 지식과 독특한 시각에서 비롯된, 구약의 대담한 재조명, 재해석이다.

마지막으로 서·동 접촉사를, 교섭에 일익을 담당했던 역사적 인물들을 소개하는 형식으로 다룬다. 동방 순례, 십자군 원정에서 시작하여 마르코 폴로Marco Polo를 거쳐 요하네스 폰 몬테빌라Johannes von Montevilla, 피에트로 델라 발레Pietro della Valle 등 모험적인 여행을 했던 사람들이 먼저 다루어진다. 객관적으로 살피는 가운데, 다시금 한 인물이 집중 조명된다. 마르코 폴로에 비해 상대적으로 덜 알려진, 그러나 한 편의 소설처럼 다채롭기 그지없는 피에트로 델라 발레의 생애가 그것이다.

최종 마무리로는 존스Jones, 아이히호른Eichhorn, 올레아리우스Olearius 등 오리엔트의 문학과 역사를 전달한 인물들, 특히 그 번역본으로 자신이 큰 힘을 입은 폰 하머Joseph von Hammer, 폰 디츠Heinrich Friedrich von Diez 주교 등을 다루고 번역의 문제까지 다룬다.(번역 이론 분야에서 지금껏 중시되는 글이다!) "최종 마무리!"로 페르시아 황제가 그 대사에게 품격을 부여하기 위해 주는 글을 통해 바로 당대에 현재하는 문학의 기능을 살펴보고 있다. 괴테 자신이 만든 친절한 색인이 추가되어 있다. 그 뒤에 마무리 시구 두 편이 덧붙여진다.

정론正論이 되다시피 한 오리엔트론인데 필치는 더할 나위 없이 자유롭고 놀랍게 하이브리드하다.

한국의 『서·동 시집』 번역과 연구

『서·동 시집』의 한국어 번역은 각기 나름의 특징을 가진 몇 종이 나와 있다. 민음사 본(김용민 옮김, 2007)은 산문편이 번역에서 제외되어 있다. 시와진실사 본(최두환 옮김, 2002) 역시 시만 번역되어 있다. 문학과지성사 본(괴테독회 옮김, 2006)은 괴테 독회에서 함께 읽은 결과물로, 산문을 포함하는 완역인데 17인의 공동 번역이다. 이 번역본에서 이 책과 번역이 일치하는 부분, 특히 「가인의 서」, 「하피스 서」, 「불만의 서」 그리고 산문 일부는 번역자가 같기 때문에 그러하다. 함께 읽어 정확은 기했겠으나, 여럿이 힘을 합친다고 꼭 시詩가 이루어지는 건 아닌 것 같아, 조금 시간적 거리를 둔 후, 한 필치의 완역이 나와도 좋을 듯한 시점(2011년)에 가서야 1994년부터 해놓은 번역을 연구서와 함께 서울대학교 출판문화원에서 펴냈고(전영애 옮김, 2011) 3판까지 나왔었다. 그러나 그사이 오래 절판되었다가, 이제 괴테 전집 안으로 들어와 장구히 정착하게 되었다.

『서·동 시집』 시편에 담긴 그야말로 주옥같은 시편들은 언제든 번역에의 도전을 유발하고, 산문편의 논고에 담긴 낯선 것에 대한 괴테의 열린 태도, 모든 근본주의에 맞서는, 한없이 개방적인 시각은 글로벌해지는 시대에 점점 그 시사성을 더하는 터라, 오래 있는 정본으로 남기고 싶어 벌써 3판이나 나왔던 책의 번역을 다시 많이 수정하고 다듬어 펴내게 되었다.

『서·동 시집』 번역본을 위해 관련 자료를 흔쾌히 내주고 도움을 아끼지 않은 바이마르 괴테학회Goethe-Gesellschaft in Weimar, 괴테-쉴러-문서실Goethe- und Schiller-Archiv, 프랑크푸르트 괴테하우스 재단Freies Deutsches Hochstift/Goethehaus Frankfurt, 뒤셀도르프 괴테 박물관Goethe Museum Düsseldorf에 감사한다. 언제든 자문과 도움을 아끼지 않은 헨드리크 비루스Hendrik Birus 교수와 독일 바이마르 괴테학회의 골츠Jochen Golz 회장님께 각별한 감사를 전한다.

가보로 전해져 온 귀한 『서·동 시집』 초판본(1819)을 한국의 괴테 연구를 위해 흔쾌히 기증해 주신 고故 알프리트 홀레 그리고 레나테 홀레Alfried und Renate Holle 부부께 충심의 감사를 드린다. 괴테 전집의 출간을 맡아준 도서출판 길에, 정성으로 편집을 해주는 천정은 씨에게 감사드린다.

사연도 많은 『서·동 시집』

38년간 도서관 감독을 하며 온갖 책을 많이도 읽던 괴테의 손에, 14세기 페르시아 시인 하피스 시집의 방대한 번역본이 1814년 여름 막 출간되어 들어왔다. 그 여름 괴테는 오래전에 떠났던 고향 프랑크푸르트를 찾아가는데, 고향의 지인이자 열렬한 독자인 은행가 빌레머 씨 댁에 묵게 된다.(빌레머 씨는 양녀의 이름 철자를 괴테의 소설 『빌헬름 마이스터』의 등장인물 이름과 같게 고칠 만큼 괴테의 팬이었다.) 마침 맞이한 65세 생일을 그 집에서 보냈고, 다음 해에 한 번 더 잠깐 찾아갔다. 빌레머 씨에게는, 딸의 친구이자 교육도 함께 받게 한 양녀 마리아네가 있었다. 유랑극단에서 (상당한 돈을 지불하고) 데려온 여배우의 딸이었는데 똑똑하고 사랑스러운 아가씨였던 것 같다. 처음 괴테가 그 집에 머물 때 이 영리한 아가씨는 괴테가 읽는 두꺼운 하피스 시집을 속속들이 읽어, 같은 책을 읽은 사람들의 교감이 이루어진다. 급기야는 하피스 시집의 쪽수, 행수만을 적은 쪽지만으로도 자신의 마음을 표현하게 된다. 시인이 아니던 마리아네도 자기의 마음을 대신할 수 있는 시구를 찾아 두꺼운 책을 읽고 또 읽다 보니, 자꾸 시를 쓰게 되었다. 그런데 다음 해 괴테가 다시 프랑크푸르트를 찾았을 때는 빌레머 씨의 양녀 마리아네가 빌레머 씨의 아내가 되어 있었다.

괴테와 마리아네가 함께한 독서는 괴테에게서 다시 시인의 감성을 활짝 열었고 마리아네에게서는 없던 시인이 깨어났다. 이때 쏟아져 나온 시들이 『서·동 시집』으로 묶이게 되는데 그 중심은 「줄라이카 서」이다. (줄라이카 뒤에 마리아네가 있는 것.) 『서·동 시집』 안에는 마리아네의 시도 몇 편 들어가 있다. 별도의 표시가 없는 이 시들 중 두 편을 괴테의 충직한 비서 에커만이, 그 많은 시들 중에서, 제일 괴테다운 좋은 시로 꼽은 에피소드도 있다. 바로 그 시를 슈베르트가 곡으로 만들기도 했다.(동풍시, 서풍시)

감성적, 시적 교류가 있었으나 사회적 거리와 정중함을 두 사람은, 특히 괴테는, 결코 잃지 않았다. 그 집을 떠나고는──그가 그 집을 떠날 때 하이델베르크까지 전송을 온 내외를 잠깐 만나고는──죽을 때까지 마리아네를 다시 만난 적이 없다. 편지조차도, 빌레머 씨나 그 딸에게 보내어 간접적으로 소식을 전했을 뿐 직접 쓰는 일도 거의 없었다. 그렇건만 마리아네가 괴테에게 보낸 편지들은 긴 세월을 고이 간직했다가 임종을 1년 앞두고 정성스레 묶어서 돌려보냈다.[1] 이 돌려보낸 편지 묶음은 마리아네가 남기지 않았다. 괴테가 그 가문에 보낸 편지들은 더없이 귀하게 보관되어 있다.

『서·동 시집』은 출간되어 큰 주목을 받았지만 그 시집에 등장하는 줄라이카가 누구인지는 아무도 몰랐다. 만난 지 40년도 더 지나, 괴테가 죽고, 빌레머 씨도 죽고, 모든 관계자가 죽은 뒤 '할머니 가면을 잠깐 쓴 듯' 여전히 고왔다는 마리아네가 청년 빌헬름 그림(그림 형제의 형)에게 자신이

---

1 이런 쪽지가 덧붙여졌다. "사랑스럽던 이의 눈 앞으로 | 이걸 썼던 손길에게로 | 언젠가 뜨거운 갈망으로 | 기다리고 받던 것 | 그것들이 솟구쳤던 가슴에로 | 이 종이들은 돌아가거라. | 늘 사랑에 가득 차 거기 있던 것, | 가장 아름다웠던 시간의 증인들."(1831)

줄라이카라고 밝혀 그 모든 것이 세상에 알려지게 되었다. 그런 시적 교류가 이루어진 빌레머 씨의 게르버뮐레 집은 지금도 여전히 프랑크푸르트 마인 강가에 서 있고, 마리아네와 괴테가 마지막으로 만난 하이델베르크의 성곽 난간에는 괴테의 시구들을 조합하여 쓴 마리아네의 시구가 석판에 새겨져 박혀 있다. 두 사람 사이에 오간 글들이며 크고 작은 선물들이 독일의 이곳저곳 괴테 관련 박물관들에 남아 있고, 마리아네가 괴테를 위해 만들어 '줄라이카'라고 페르시아어로 수까지 놓은 슬리퍼는 스위스의 구두 박물관에 보관되어 있다.

『서·동 시집』에 한 편의 시로 등장하는 「은행나무」는, 괴테가 곱게 정서하여 책갈피로 누른 은행잎 두 장을 엇갈려 붙여 보낸 그대로 원고로 간직되어 있고, 괴테가 바이마르에 심은, 지금은 거목이 되어 서 있는 은행나무는 바이마르 관광객들이 만나는 출발점이다. 또 바이마르에는 은행나무를 소재로 한 온갖 관광상품이 가득하다. 수많은 다른 시편들이 남긴 정신적 유산들이야 말할 필요도 없거니와 그중 하나인 시 한 편 덕분에 나무 한 그루도 그야말로 호자 나무로 서서 도시에 보탬이 되고 있다.

번역의 뒷이야기

번역의 뒷이야기 역시 만만치 않다. 괴테의 『서·동 시집』과 번역자의 인연이 참으로 끈질기기 때문이다. 독문학 공부를 시작한 지 몇십 년이 지난 뒤 언젠가 난해한 괴테의 『서·동 시집』을 괴테 연구자들과 더불어 읽었는데, 2~3년에 걸쳐 원전을 완독하고 난 후 끝에 첨부된 「유고편」을 읽다가 몹시 놀란 일이 있었다. (「유고편」이란, 괴테 자신이 시집에 수록하지 않은 시들 중에서 편집자들이, 저자가 버린 것이 아까워서 나름으로 선별하여 거두어 넣은 것이다. 이 책에는 「유고에서」로 수록하였다.) 읽은 적이 있는 시를 마주쳤던 것이다. 30년도 훨씬 더 전인 중학 시절에 읽은 시였다. 혼자 서울에서 살다 보니 무엇이든 손에 닿는 건 모조리 읽던 때였다. 괴테라는 사람이, 독문학이라는 게 세상에 있다는 걸 알 리 없었건만, 어디에선가 읽은 그 시에 담긴 알 듯 모를 듯 수수께끼 같은 그림이 긴 세월을 지나서도 지워지지 않고 남아 있었던 것이다.

> 나를 울게 두어라! 밤에 에워싸여
> 끝없는 사막에서.
> 낙타들이 쉬고, 몰이꾼도 쉬는데,
> 돈 헤아리며 고요히 아르메니아인 깨어 있다
> 그러나 나, 그 곁에서, 먼먼 길을 헤아리네
> 나를 줄라이카로부터 갈라놓는 길, 되풀이하네
> 길을 늘이는 미운 굽이굽이들.
> 나를 울게 두어라! 우는 건 수치가 아니다.
> 우는 남자들은 선한 사람.
> 아킬레우스도 그의 브리세이스 때문에 울었다!
> 크세르크세스 대왕은 무적의 대군을 두고도 울었고
> 자신이 죽인 사랑하는 젊은이를 두고
> 알렉산드로스 대왕이 울었다.
> 나를 울게 두어라! 눈물은 먼지에 생명을 준다.
> 벌서 푸르러지누나.

아르메니아 사람은 대체 어디에 있는 뭐 하는 사람일까 하는 낯설음이 어렴풋이 기억에 남아 있었고, 무엇보다 남자들이 운다는 게 신기해서, 더구나 우는 남자들이 선하다니 신기했던 것이다. 아킬레우스는 그래도 들어는 본 이름이었지만 브리세이스가 누군지 궁금해서 『일리아드』를 찾아 읽었는데 수수께끼가 초장에 풀려버려 『일리아드』를 굳이 다 읽지 않았던 기억 정도가 남아 있다. (무적의 대군을 두고도 그들마저 언젠가 사라질 것을 생각하며 무상감에 눈물 흘리는 대왕의 심정이야 이해되었을 리 없고, 알렉산드로스 대왕이 왜, 어떻게 울었는지도 뒤늦게 산문편을 읽고야 알았다.)

그런 『서·동 시집』에 대해 괴테 탄생 250주년이던 1999년에 독일 뒤셀도르프 괴테 박물관에서 강연을 했는데, 이 이야기로 시작하며 그렇게 강한 기억을 남기는 시詩의 힘이 어디에 있는가를 살폈다. '시어詩語의 힘'이라는 주제는 후에 독일어 저서의 시작점이 되었고 그 후로도 독일어 연구서가 같은 주제로 세 권이나 더 나왔다.[2] 아무튼 그 강연 덕에 놀라운 분들을 만나게 되었고, 이 책을 번역해서 출간하지 않을 수 없는 많은 이유들이 생겨났다.

그러나 막상 번역을 시작했을 때, 방대한 기록에 매료되어 번역을 하면서도, 낯설기만 한 또 하나의 세계를 옮겨 오는 것이 너무나도 불확실한 일이라, 번역을 하는 동안, 그리고 번역을 마치고 나서도 언젠가 좀 더 가다듬어 보다 완성된 책으로 남길 수 있기를 꿈꾸며 내가 내 눈으로 확인해 보기 위하여 두 발로 헤매었던 세계가 괴테의 정신적 오리엔트행에 비견될 수 있을 만큼이나 넓어, 주마등처럼 눈앞을 스쳐간다. 괴테는 가보지도 않고 읽기만 하고도 명료하게 그려내었던 세계의 지역들을 번역자는 이해나마 하려고 힘닿는 데까지 그 세계를 발로 누볐던 것.

번역을 하는 동안 또 하나의 거대한 세계가 열려 오는 듯했다. 그토록

---

2 *"So sage denn, wie sprech' ich auch so schön?" Zur Macht der Poesie bei Goethe*(2011), *Lyrik in Konfrontationen. Wendezeiten*(2012), *Grenzgäge der poetischen Sprache*(2013)

매혹적이기는 했지만, 아무리 그러했어도 서양, 옥시덴트도 낯설기만 하다가 이제 겨우 조금 알겠는데 또 오리엔트라니! 그러던 어느 날, 그 낯선 14세기 페르시아 시인의 시집이 하버드 대학 박물관에 있다는 기사를 아주 우연히 보게 되었다. 곧바로 거기로 달려갔다.(불행히도 보스턴의 그 박물관은 먼 길을 갔건만 마침 수리 중이었다. 설령 열렸던들, 전시되어 있는 페르시아어 희귀본으로 내가 무얼 할 수 있었겠는가. 하피스라는 사람이 정말 있기라도 했던 사람인지 그것마저 불확실해서, 뭐든, 그 실재만이라도 알려줄 물증이 나는 필요했다. 그토록 모든 게 추상적이었다.)

번역을 시작하고는 괴테가 『서·동 시집』을 쓰던 시절에 읽었던 온갖 오리엔트 관련서들까지 찾아 읽느라 프라이부르크, 바이마르 등지의 출입도 어려운 고문서실에 숱한 나날을 앉아 보냈다. 첫 번역이 나온 후 오히려, 여전히 남아 있는 번역 정본에의 책무감 같은 것을 좇아 나는 마침내 ─ 마침 기회도 있어 ─ 동서의 접점으로 달려갔다. 옛 페르시아 땅으로 달려갈 수는 없었다. 아직도 여성들이 차도르를 감고 다녀야 하는 곳을 남다름이 눈에 띄는 아시아 여자가 혼자 가서 눈길 끌며 돌아다니고 싶진 않아서 말이다. 그 대신 두 문화가 만나는 접점, 충돌 지점이라도 내 손과 발로 더듬어봐야 이 장려한 글을 한 글자라도 더 바르게 다듬을 수 있을 것 같았다.

두 대륙 위의 도시, 이스탄불에서 출발하여 터키 서남쪽 끝, 십자군의 전진 기지였던 보드룸으로 가서 거기서부터 현재 터키의 서쪽 해안선을 따라 북상하며, 신화와 얽혀 있는 필라델피아, 에페소스(에베소) 같은 초기 기독교 유적지들을 더듬어가며 트로이 유적을 거쳐, 보스포루스 해협을 건너, 사도 바울이 유럽 대륙에 첫발을 놓았던 카발라 항구에 한참을 앉았다가, 알렉산드로스 대왕의 본거지 테살로니키를 지나, (카이사르와 폼페이우스의 결전이 벌어졌고, 『파우스트』 2부 2막의 무대가 되기도 했던) 파르

살루스 벌판, 페네이오스 강변을 지나, 그리스 해안선을 따라 다시 남쪽으로 내려오며 신화의 장소들을 더듬다가, 아테네를 거쳐 크레타 섬까지 가는 대장정이었다.

이스라엘 민족이 헤맨 광야의 크기를 가늠하러, 에돔 땅이며 광야의 오아시스 샘물이며 아르논 계곡이 요르단(요단) 강과 닿는 지점이나마 눈으로 재어보러 가기도 했고, 이슬람과 기독교가 함께하며 다투는 접점, 예루살렘의 통곡의 벽 위 황금성전을 마냥 맴돌기도 했고, 「낙원의 서」의 끝에서 두 번째 시의 소재인 잠자는 일곱 성인의 설화를 따라 에페소스며 멀리 바이에른의 작은 마을을 헤매기도 했고, 배화교도들의 자취를 찾아 그 후예들이 건너가 있는 인도에서 뭄바이 시내 한복판 "침묵의 탑" 위를 떠돌던 새들, 그 여전한 조장鳥葬의 흔적을 오래 바라보기도 했다. 파리의 아라비아 박물관에서 탈리스만 같은 온갖 부적들이며 섬세한 점토 하수거름망을 여러 시간 들여다보기도 했다. 성서의 땅은 거듭거듭 헤매었다. 그런 일들이 주마등처럼, 파노라마처럼 스쳐간다. 한 구절, 한 단어의 이해를 위해 그렇게 어딘든 달려갔을 만큼 매혹적인 텍스트였다, 『서·동 시집』은.

그런 온갖 헤매임들 덕분에 그 귀한 글의 번역을 조금은 더 자신을 가지고 마무리하고 또 다시 다듬을 수 있었다. 그만한 공을 들여야 할 글이었다. 결과물을 떠나서 무엇보다 나 자신이 배운 게 너무 많았다. 극동과 유럽 사이, 특히 조금은 아는 듯도 한 인도와 유럽 사이, 완전히 공백으로 남아 있던 거대한 지역의 역사와 문화, 문학 등등이 갑자기 동영상처럼 살아나 움직였으니 말이다.

덕분에 번역만 공들여 한 게 아니고 그에 관한 연구서를 그사이 두 권이나 펴냈다. 한국에서 또 독일에서. 국내에서 낸 한 권에 다 못 들어간 것이 또 독일어로 쓰인 것이다.[3] 공들이지 않을 수 없는 이유가 그 밖에도 여럿 있었다. 언젠가 프랑크푸르트로 향하는 기차 안에서 눈 밝은 한 신사를 만났고, 다음 해 뒤셀도르프에서는 강연을 마친 뒤 바로 그분의 아내였던 분의 간곡한 초청으로 그 댁에서 하룻밤을 묵으러 간 일이 있었고, 손님방 책상에 놓여 있던 책들 때문에 그걸 다 읽고 떠나느라, 하룻밤이 열 하룻밤이 된 일이 있었고, 다시 그분들의 주선으로 남독일 작은 시골 마을에서 열린 작은 블록 세미나에 참석하는 일이 있었고, 그곳에서 평생을 찾아 헤매던 스승을 만나는 일이 있었고 —. 그 모든 일의 중심에 한 권의 책이 있었다. 바로 이 『서·동 시집』이다. 뒤셀도르프에서의 나의 강연이 이 책에 관한 것이었고, 초청받은 댁 손님방 책상 위에 놓였던 책이 이 책의 초판본(1819년)이었고, 세미나는 이 책을 읽는 세미나였고, 만난 스승은 이 책의 연구분야에서 최고의 권위자였고, 나중에 사제가 조금 시차를 두고 바이마르 괴테학회의 괴테 금메달을 함께 받는 일까지 있었다. 스승은 『서·동 시집』 초판본이 나온 지 200년이 되는 해에, 제자는 불경하게도 그보다 좀 앞서서.

그 많은 사연이 얽힌 귀한 책 『서·동 시집』 초판본이 지금 내가 지키는 여백서원에 와 있다. 그러니 그 고마운 책을 위해 나도 뭔가를 해야 하지 않겠는가. 조심스럽게 거듭 고친 이 번역이, 나아가 대담한, '한 손에서 나온' 괴테 전집 기획이 그것이다.

괴테가 남긴 글이 워낙 방대하고 선별조차 어려워, 누가 혼자서 해낼 일은 아니다. 그런 생각이나마 한 사람도 아직 세상에 없는 것 같다. 그러나 세상에는 이런 무모한 일을 벌이는 사람을 격려해 주시는 분들도 있어 덕분에 작업이 잘 진행되고 있다. 특히 이 오래디오랜 인연의 『서·동 시집』이 새롭게 다듬어져 괴테 전집으로 출간되니 두려우면서도 참 기쁘다. 문

---

3 『괴테 서·동 시집 연구』(헨드릭 비루스와의 공저, 2012), *"Sich erbittend ew'ges Leben" Sieben Essays zu Goethes "West-östlichem Divan"*(2017)

득 나타나,『서·동 시집』과 기획되는 괴테 전집이 정착되고 널리 읽히도록 지원을 아끼지 않으시는 문보국 님께 깊이 감사드린다. 격려해 주시는 모든 분들께 감사드린다.

『서·동 시집』초판본(1819)의 겉표지
(자료 제공: Alfried und Renate Holle,
사진: 임수식)

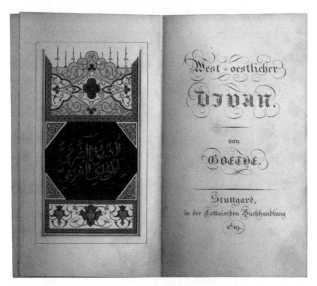

『서·동 시집』초판본(1819)의 속표지
(사진: 임수식)

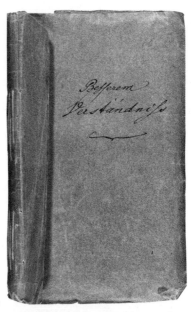

산문편인 제2부 '보다 나은 이해를 위하여'의
육필 겉장. 이 산문편은 후의 개정으로 인하여
"논고와 주석"이라 불리기도 한다.

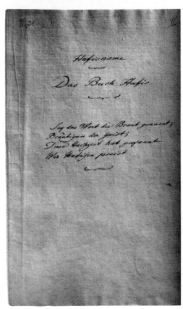

「하피스 서」의 간지에 적힌 육필
(자료 제공: 바이마르 괴테학회/괴테 쉴러 문서실
Goethe-Gesellschaft in Weimar/Goethe- und Schiller-Archiv)

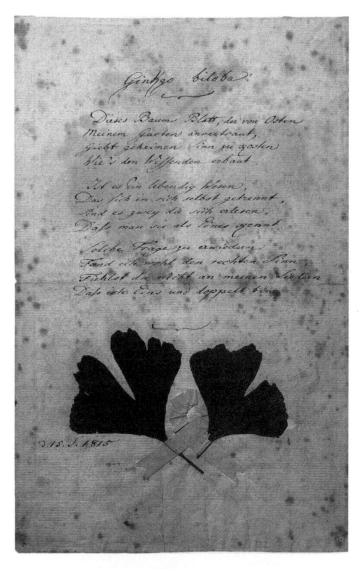

괴테가 마른 은행잎을 붙인 시 「은행나무」의 육필.
1815년 9월 15일 마리아네를 마지막으로 만났던 하이델베르크에서
그녀가 떠나고 나서 쓰여 그녀에게로 보내졌다.
(자료 제공: 뒤셀도르프 괴테 박물관 Goethe Museum Düsseldorf)

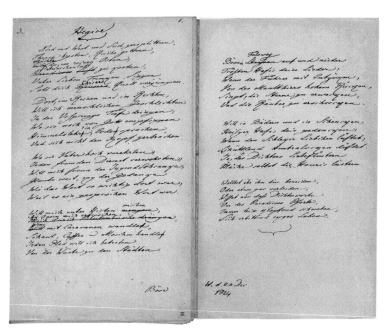

서시 「헤지라」의 육필.
오리엔트로의 정신적 출발을 알리는 이 시는 1814년 12월 크리스마스 이브에 쓰였다.
(자료 제공: 바이마르 괴테학회/괴테 쉴러 문서실)

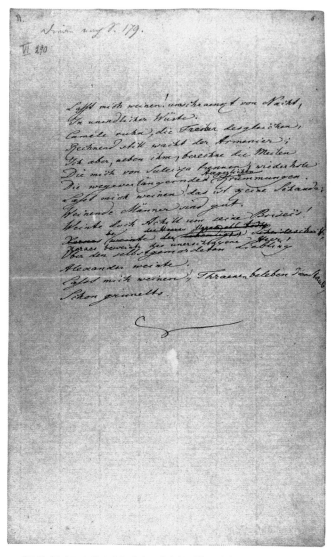

제목 없이 "나를 울게 두어라…"라고 시작되는, 「유고에서」에 수록된 시의 육필.
괴테 자신이 시집에 넣지 않아 편집자들이 다시 넣은 시편들 중 하나이다.

(자료 제공: 바이마르 괴테학회/괴테 쉴러 문서실)

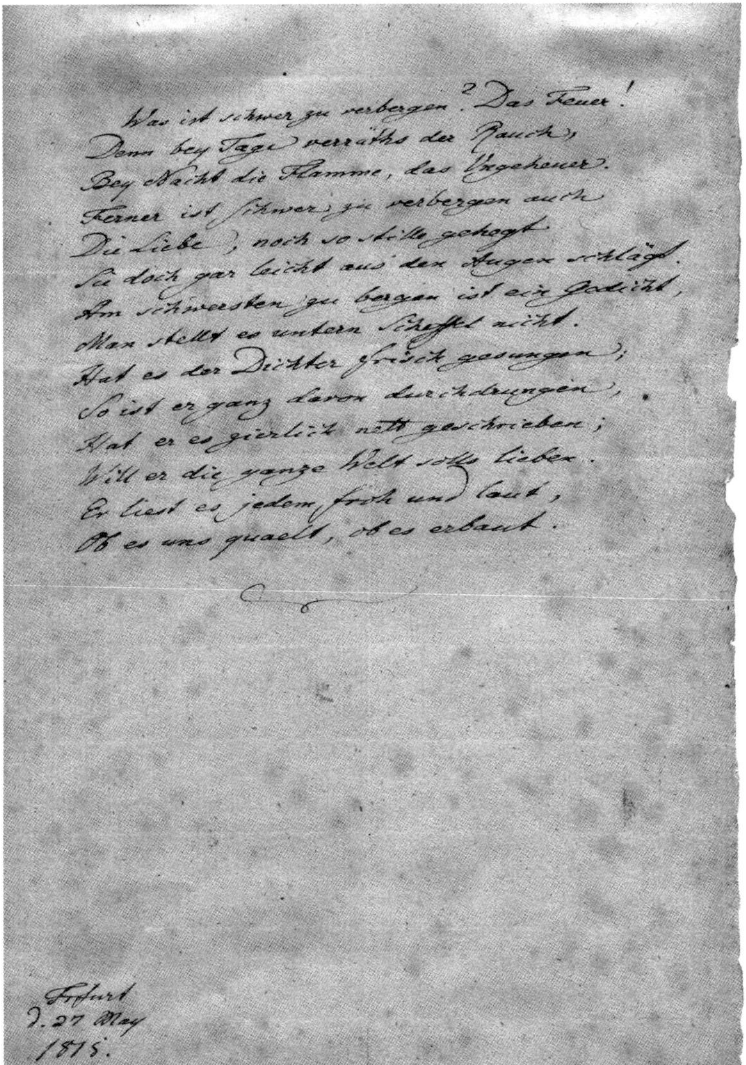

Was ist schwer zu verbergen? Das Feuer!
Denn bey Tage verräths der Rauch,
Bey Nacht die Flamme, das Ungeheuer.
Ferner ist schwer zu verbergen auch
Die Liebe; noch so stille gehegt,
Sie doch gar leicht aus den Augen schlägt.
Am schwersten zu bergen ist ein Gedicht,
Man stellt es untern Scheffel nicht.
Hat es der Dichter frisch gesungen;
So ist er ganz davon durchdrungen;
Hat er es zierlich nett geschrieben;
Will er die ganze Welt solls lieben.
Er liest es jedem froh und laut,
Ob es uns quaelt, ob es erbaut.

Frfurt
d. 27 May
1815.

시 「고백」의 육필.
(자료 제공: 바이마르 괴테학회/괴테 쉴러 문서실)

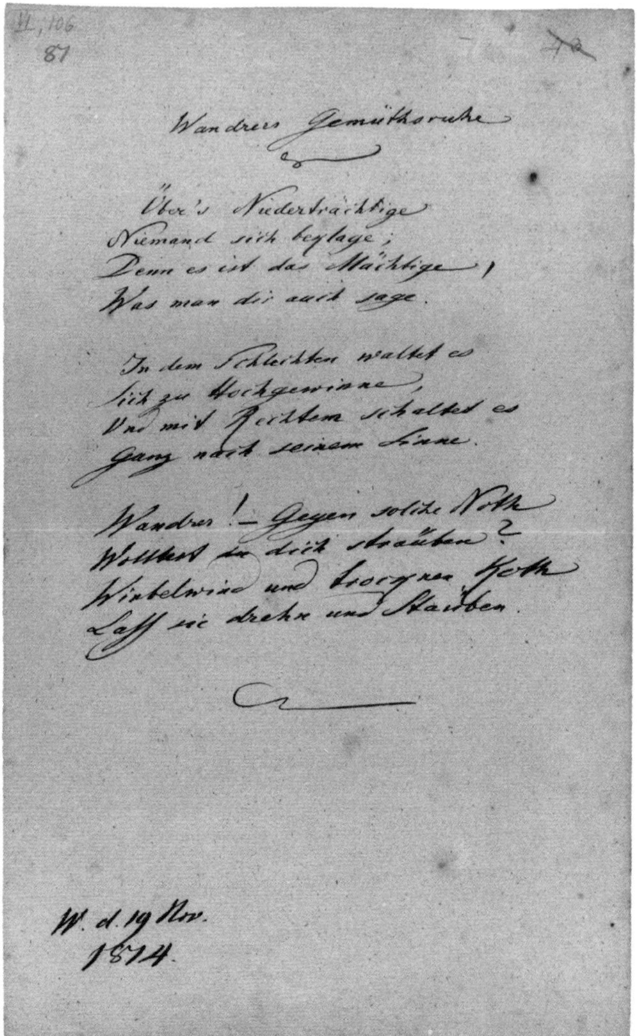

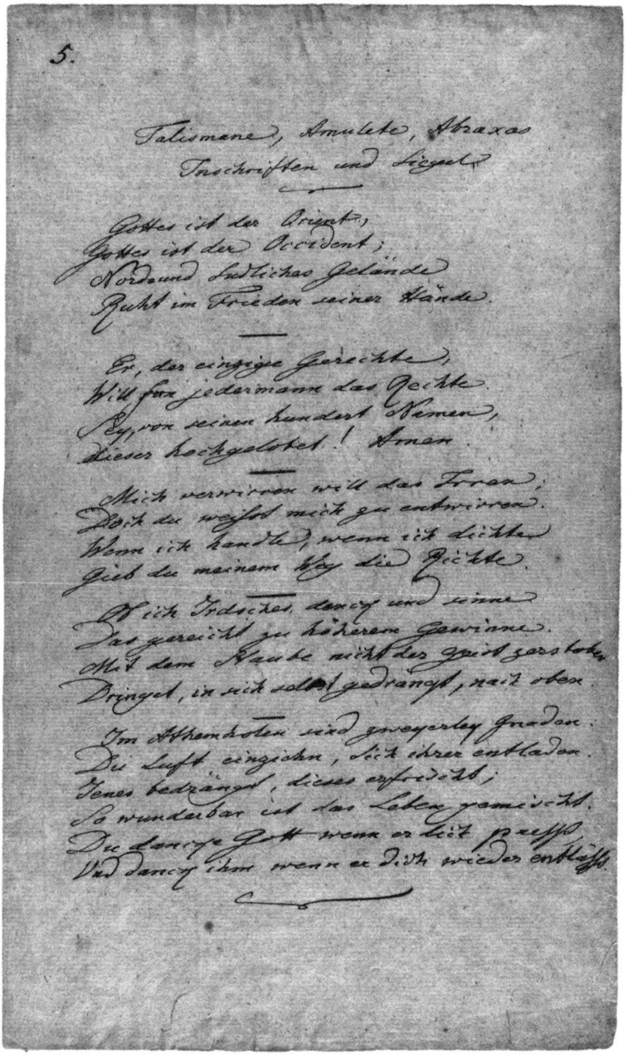

5.

Talismane, Amulete, Abraxas
Inschriften und Siegel.

Gottes ist der Orient,
Gottes ist der Occident;
Nord- und südliches Gelände
Ruht im Frieden seiner Hände.

—

Er, der einzige Gerechte,
Will für jedermann das Rechte.
Sey, von seinen hundert Namen,
Dieser hochgelobet! Amen.

—

Mich verwirren will das Irren;
Doch du weißt mich zu entwirren.
Wenn ich handle, wenn ich dichte,
Gieb du meinem Weg die Richte.

Ob ich Irdisches denk und sinne
Das gereicht zu höherem Gewinne.
Mit dem Staube nicht der Geist zerstoben
Dringet, in sich selbst gedrängt, nach oben.

Im Athemholen sind zweyerley Gnaden.
Die Luft einziehn, sich ihrer entladen.
Jenes bedrängt, dieses erfrischt;
So wunderbar ist das Leben gemischt.
Du danke Gott wenn er dich preßt,
Und dank ihm wenn er dich wieder entläßt.

시「탈리스만, 아물렛, 아브락사스, 새김글 그리고 인장」

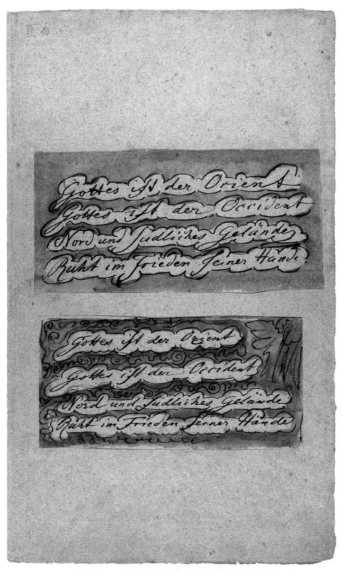

시 「탈리스만」의 첫 연 "동방은 신의 것…".
『보물 광맥』에서 괴테가 인용하였으며 오리엔트의 "구름"-글씨처럼 장식했다.
(자료 제공: 바이마르 괴테학회/괴테 쉴러 문서실)

시 위에다 이슬람의 '바스말라'(자비로운 신)라고 덧붙여 써넣은
시 「네 가지 은총」의 육필
(자료 제공: 바이마르 괴테학회/괴테 쉴러 문서실)

「낙원의 서」편의 시 「입장」의 육필.
낙원의 입장 자격이 있는지 보려고 "전사"였냐고 하는 후리의 물음(2연 3행)과
"나 인간이었다오. 그건 전사였다는 뜻이지"라고 하는 시인의 대답.
"전사"라는 단어가 거의 같은 뜻이기는 하나, "싸움꾼"(Streiter)보다
강력한 "전사"로 바꾸어 쓴 게 눈길을 끈다.

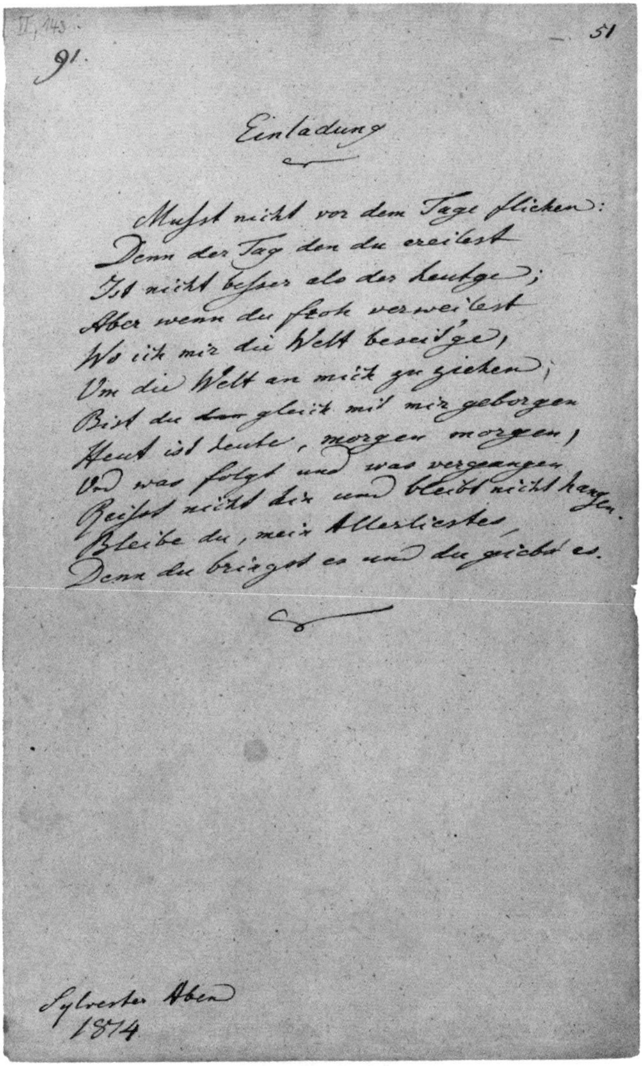

II, 143

91.

51

Einladung

Mußt nicht vor dem Tage fliehen:
Denn der Tag den du ereilest
Ist nicht besser als der heutge;
Aber wenn du froh verweilest
Wo ich mir die Welt beseit'ge,
Um die Welt an mich zu ziehen;
Bist du gleich mit mir geborgen
Heut ist heute, morgen morgen,
Und was folgt und was vergangen
Reißt nicht hin und bleibt nicht hangen.
Bleibe du, mein Allerliebstes,
Denn du bringst es und du giebst es.

Sylvester Abend
1814

「줄라이카 서」를 여는 시 「초대」의 육필.
1814년 12월 31일 저녁에 쓰였다.

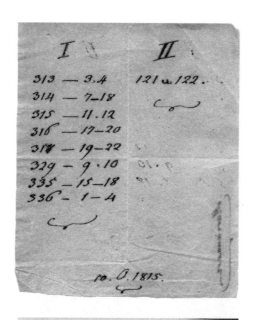

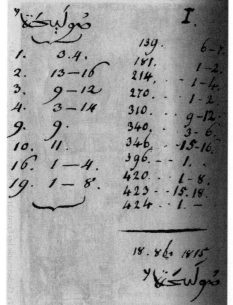

괴테와 마리아네 사이에 오간
암호 편지들.
하피스 시집에 나오는 시구의
면수, 행수를 적어 심경을 전했다.
위는 괴테의 편지이고
아래는 마리아네의 편지로,
마리아네가 자신의 심경을 나타내는
한 행을 찾아 424쪽까지 읽어나가고
'줄라이카'라고 페르시아어로
서명도 단 것이 보인다.
390~91쪽의 시가 이 암호의
풀이이다.

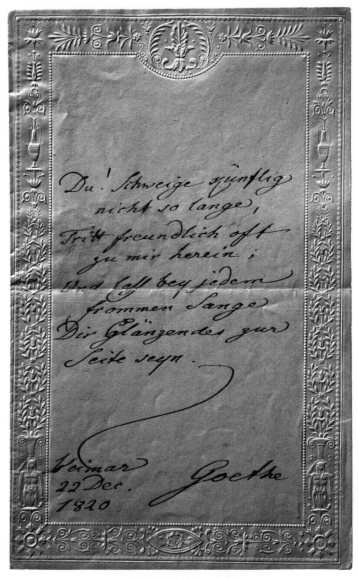

괴테가 마리아네에게 보낸 편지.
"그대, 앞으로는 그렇게나 오래 말없이 있지 말아요…."
(자료 제공: 프랑크푸르트 괴테하우스 재단Freies Deutsches Hochstift/Goethehaus Frankfurt)

"치자와 월계수가 함께 있네.
어쩌면 서로 나뉜 듯 보여도
둘은, 축복받은 시간들을 기억하며,
희망에 차 또다시 하나 되려 하네."
두 사람의 만남에서 의미 있었던 날(1815년
10월 15일)을 생각하며 1823년 같은 날에
괴테가 마리아네를 위해 쓴 시 편지.
치자와 월계수를 모아 넣고 초록빛 띠를
둘렀다.(월계수는 문학과 명성을, 치자는 순결과
열정적 사랑을 나타낸다.)
감싼 종이에 '에커만의 책 279쪽에 대하여'
라고 적혀 있다.
거기서 에커만은 「줄라이카 서」에 수록된
시 한 편(일명 '서풍시')을 제일
"괴테다운" 좋은 시라고 하는데
그 시는 마리아네가 쓴 것이었다

마리아네가 괴테에게 만들어 보낸 실내화.
이름 '줄라이카'가 페르시아어로 수놓여 있다.

후투티가 그려진 통.
후투티 시와 함께 괴테가
마리아네에게 보냈다.
후투티는 오리엔트의 '나이팅게일'로
페르시아 문학에서 사랑의 메신저로
등장하는 새이다.
(자료 제공: 프랑크푸르트 괴테하우스 재단)

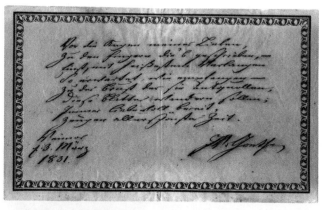

괴테가 마지막 정리를 하면서 1814~21년의 모든 편지를
묶어 돌려보내며 동봉한 시(위)와 겉봉(아래).
(자료 제공: 프랑크푸르트 괴테하우스 재단)

사랑스럽던 이의 눈 앞으로
이걸 썼던 손길에게로
언젠가 뜨거운 갈망으로
기다리고 받던 것
그것들이 솟구쳤던 가슴에로
이 종이들은 돌아가거라.
늘 사랑에 가득 차 거기 있던 것,
가장 아름다웠던 시간의 증인들